中國古典文學基本叢書

飲水詞校箋

長白 納蘭性德 撰
定襄 趙秀亭
會稽 馮統一 校箋

中華書局

圖書在版編目(CIP)數據

飲水詞校箋:典藏本/(清)納蘭性德撰;趙秀亭,馮統一校箋. —北京:中華書局,2015.11(2021.12重印)
(中國古典文學基本叢書)
ISBN 978-7-101-11198-9

Ⅰ.飲… Ⅱ.①納…②趙…③馮… Ⅲ.詞(文學)-作品集-中國-清代 Ⅳ.I222.849

中國版本圖書館CIP數據核字(2015)第199568號

封面題簽:王世襄
責任編輯:厚艷芬

中國古典文學基本叢書
飲水詞校箋(典藏本)
長白 納蘭性德 撰
定襄 趙秀亭
會稽 馮統一 校箋

*

中華書局出版發行
(北京市豐臺區太平橋西里38號 100073)
http://www.zhbc.com.cn
E-mail:zhbc@zhbc.com.cn
北京市白帆印務有限公司印刷

*

850×1168毫米 1/32 · 17¼印張 · 3插頁 · 366千字
2015年11月北京第1版 2021年12月北京第3次印刷
印數:7001-8500冊 定價:88.00元

ISBN 978-7-101-11198-9

納蘭性德小像（故宫博物院藏　禹之鼎繪）

納蘭性德像，禹之鼎繪。禹之鼎，字尚吉，揚州人，康熙十九年入内廷，爲著名宫廷畫家。禹之鼎是納蘭性德友人，此畫作於性德生前，爲現存唯一一幅納蘭性德寫真像。圖左下鈐有「禹之鼎」「尚吉」二方章，圖上有性德文友無錫嚴繩孫康熙二十六年款書。像今藏北京故宫博物院。

目録

飲水詞校箋卷二

飲水詞校箋卷三

飲水詞校箋卷四

飲水詞校箋卷五

附録

前言

《飲水詞》是清初詞人納蘭性德的詞集。納蘭性德，原名成德，後改性德，字容若，號楞伽山人；滿洲正黄旗人，大學士明珠長子，生長在北京。性德自幼聰慧好學，長而博通經史，尤好填詞，並以詞人名世。康熙十五年（一六七六）成進士，康熙十七年授乾清門三等侍衛，後循遷至一等；多次隨扈出巡，並曾奉使梭龍，考察沙俄侵邊情況。他生於順治十一年（一六五五），卒於康熙二十四年（一六八五），年僅三十一歲。

納蘭性德的著述十分豐富，今存《通志堂集》包括賦一卷，詩四卷，詞四卷，經解序跋三卷，序、記、書一卷，雜文一卷，《渌水亭雜識》四卷。除此之外，他還編刻過《大易集義粹言》、《詞韻正略》、《今詞初集》、《通志堂經解》等書。

納蘭性德才華艷發，雖是蒙古裔的滿族人，氣質上却多受漢文化影響。他曾有積極用世的抱負，却更嚮往温馨自在、吟咏風雅的生活。侍衛職司單調拘束，遠不合他的情志，因而雄心銷盡，失去了「立功」、「立德」的興趣。上層政治黨争傾軋的污濁内幕，更導致他厭畏思退。詩人的禀賦和生活處境的矛盾，使他憔悴憂傷、哀苦無端，於是便把無盡淒苦傾訴於筆端，凝聚爲哀感頑艷的詞章。他的詞把原屬個人的哀怨融擴爲帶有普遍性的人性抒發，具有獨特的個性和强烈的感染力。三百年來，尤其近百年來，他是擁有讀者最多、影響最大的清代詞家，他也是中國古代最傑出的詞人之一。

納蘭性德早年曾刻《側帽詞》，康熙十七年（一六七八）又委托顧貞觀在吴中刊刻《飲水詞》。此二本刻於性德生前，今皆不見傳本，只知《飲水詞》收詞不多，僅百餘闋，想來《側帽詞》收詞亦不會多。

對納蘭性德詞的編輯整理是在納蘭性德身後。康熙三十年（一六九一），性德師友徐乾學、顧貞觀、嚴繩孫、秦松齡諸人爲其編刻《通志堂集》，其中詞四卷，共三百首，出自顧貞觀手訂。同年，性德好友張純修在揚州又有《飲水詩詞集》之刻，其中詞三卷，排次與《通志堂集》相同，惟收詞略有增減而已。

清中後期刊刻的納蘭性德詞集，以兩種《納蘭詞》最爲重要。一爲汪元治結鐵網齋本《納蘭詞》（道光十二年），另一爲許增娱園本《納蘭詞》（光緒六年）。兩種本子都在補輯佚詞方面取得了很大成績，使性德詞的總數達到三百四十餘首。本書校箋者曾力圖覓得這二種《納蘭詞》所補佚詞的原始出處，但迄今未能盡如所願。汪刻本刊行時，《飲水》、《側帽》原刻本尚存世，汪氏曾據以參校；汪本收録的大多數詞，都不是從《通志堂集》録得，而另有其源頭依據。因此，對於納蘭性德詞的校勘來説，汪刻本更具有他本所無的特殊價值。

上個世紀百年間，納蘭性德的詞集（包括詞選本）出版不少於五十次，比其他任何一位清代詞家都多。讀者喜愛納蘭性德詞的情況，由此可見。出版次數最集中的時段，在二三十年代和八十年代之後，與這個世紀文化生態的興衰相一致。其間影響較大的幾種刊本爲：李勖《飲水詞箋》（一九三七，南京正中書局），是爲納蘭性德詞集的第一個注本。該本用傳統箋釋法，注重稽求語辭出處，給後來的注釋者奠定了一定的基礎。馮統《飲水詞》（一九八四，廣東人民出版社），以《通志堂集》爲底本，以張純修刻本、汪元治刻本及嘉慶前多種詞選本共十一種參校，對性德詞作了第一次全面校訂。早期各本中詞的面貌，可藉此本得以知曉。九十年代出了兩種《納蘭詞箋注》，一爲張草紉箋本（一九九五，上海古籍出版社），一爲張秉戍箋本（一九九六，北京出版社）。張草紉本是校注合一本，以光緒年間許增刻本爲底本，以《通志堂集》至譚獻《篋中詞》等共十二種參校；注釋則在李勖箋注基礎上有所訂補。張秉戍本則比較注重作品的評點和賞析。還有一本書須特別提到，即上海古籍出版社影印出版的《通志堂集》（一九七八）。由於該書的出版，納蘭性德的各種著作才得以廣爲學界所知。如果没有影本《通志堂集》的流佈，二十多年來納蘭性德研究的熱潮，或將難以出現。

回顧數百年納蘭性德詞的傳世過程，可以看出，納蘭性德詞的影響日益擴大，關注和喜愛他的詞的讀者越來越多，學者的研究也日漸深入。詞的各種刊本、選本以及校箋本，都爲納蘭詞的傳播和研究起了積極作用。

本書是一個新的校箋本，在前人的基礎上，重新對納蘭性德的詞作全面整理。納蘭性德生前，曾自定其詞集名爲「飲水詞」；道光以前人，也無例外地稱他的詞爲「飲水詞」。「如魚飲水，冷暖自知」，寄寓了性德的人生感慨，「飲水詞人」又被人當做了他的代稱。因此，本書仍用「飲水」二字，題爲「飲水詞校箋」。有關的整理工作，包括迻録原詞、標點、校訂、補輯、箋注、説明和輯評等内容。全書分編五卷。

迻録原詞，前四卷以《通志堂集》的四卷詞爲底本，並遵照其排次。底本中的明顯錯訛，如奪字、誤植詞牌等，均採用參校本訂補，並出校記。與參校本相比，底本在格律和取意諸方面明顯缺失的地方，也依他本訂入正文，並出校記。這樣做，希望能免却底本的缺陷，形成一個更完善的新文本。循校勘通例，底本與其他本子凡有不同的地方，也悉數出校記，以存各本面貌。

第五卷爲增補卷，補輯《通志堂集》未收詞四十八首，其中一首爲新發現的佚詞。補輯的依據，除列入參校的各本外，還有《楓江漁父圖跋》、《西餘蔣氏宗譜》等多種文獻及許增娱園本《納蘭詞》。個别詞據性德存世手蹟補入。增補詞凡有兩個以上不同來源的，一般選擇無明顯文字差錯或文意較優的一個爲底本，其餘作爲參校本入校。由於這個原因，第五卷詞的次序未能盡按其底本的刊刻時間先後排列。

標點全依《詞譜》、《詞律》，所用符號大體依傳統的點詞格式，即譜上所謂之「韻用句，句用逗，逗用頓，駢驪處用分」。因爲詞的標點不僅是文辭的斷句，還關乎已失傳的詞的樂句格式，因此，例不用嘆號、問號等感情色彩的標號。

本書初版本的參校本共十一種；此次修訂，增至十五種。所有參校本的選擇，仍按初版本的原則，以清中期以前（一八四〇年以前）爲時限。十五種參校本爲：

《今詞初集》 顧貞觀、納蘭性德編，康熙十七年刻本

《清平初選後集》〔一〕 張淵懿、田茂遇編，康熙十七年刻本

《東白堂詞選》 佟世南編，康熙十七年刻本

《古今詞彙》三編 卓回編，康熙十八年刻本

《百名家詞鈔》 聶先、曾王孫編，康熙二十三年前後緑蔭堂刻本

《瑶華集》 蔣景祁編，康熙二十五年天藜閣刻本

《飲水詩詞集》 張純修編，康熙三十年刻本

《草堂嗣響》 顧彩編，康熙四十八年辟彊園刻本

《古今詞選》 沈時棟編，康熙五十五年瘦吟樓刻本

《精選國朝詩餘》〔二〕 陳淏編，乾隆二十七年刻本

《昭代詞選》 蔣重光編，乾隆三十二年經鋤堂刻本

《國朝詞雅》 姚階編，嘉慶三年刻本

〔一〕《清平初選後集》清末石印本改稱《詞壇妙品》。

〔二〕《精選國朝詩餘》刻於潘遊龍編《精選古今詩餘醉》卷首。

《國朝詞綜》　王昶編，嘉慶七年刻本

《飲水詞鈔》　袁通編，嘉慶小倉山房刻本

《納蘭詞》　汪元治編，道光十二年結鐵網齋刻本

此外，個别詞的校訂還參用了納蘭性德詞稿手蹟。

本書的箋注和説明，用意各有所側重。局部辭句的解釋在「箋注」，整首詞意的疏解用「説明」。箋注是在前人的基礎上進行的，但若没有相當份量的修改和增補，則不足以稱爲是一個新的注本。本書特别注意在三個方面拓寬「箋注」的範圍，即：作者着意應用而舊注未能覺察的典故，作品相關密切的即時現實時事，以及作者移用、化用友人的成句。如卷二《木蘭花令》用謝朓詩，卷一《夢江南》（鐵甕古南徐）用康熙帝「射江豚」時事，卷五《浣溪沙》（寄嚴蓀友）化用嚴繩孫成句等條，都應屬比較重要的新注。其次，還對許多舊注給出了新的詮釋，或更换爲我們認爲更覺恰當的例證。

作品的創作本事及編年，大多在「説明」一項中體現。「説明」以考證爲主，較少涉及賞鑒和評論。對許多詞而言，「説明」實際上是闡釋的重心。它着眼於探索創作的具體歷史情境，力求體知作者的真實話語背景，揭示作品自在的而非後人臆加的題旨和内容。以此爲據，進而確定創作時間，給出儘可能準確的編年。這次修訂，「箋注」和「説明」兩部分都有所訂補。學界對初版本的一些中肯批評和近來發現的新史料，都給修訂工作提供了重要幫助。

本書的前言，對納蘭性德的生平、思想及創作未做全面細緻的介紹評析。書中所有箋釋都只爲協助讀者閲讀原詞。《飲水詞校箋》這樣的書，屬古籍整理範疇，其預想的讀者，原本就是對納蘭性德有一定了解的人群。我們希望讀者能直面原作，得出自己的理解和認識。另外，全面的評介勢必使前言篇幅太長，爲本書所難容納。對納蘭性德的思想面貌、經歷行蹟等諸多問題，在詞的「説明」中已提出了一些看法。如性德慨嘆興亡的作品，大多寫於東北，這應該與他的家族史有關。因此這些感嘆和明遺民的興亡之作既有歷史情境的不同，也有感情狀態的相同。又如，生於滿洲貴胄之家的納蘭性德，不藉門閥驕人，以真性情對待友人知交，故此，在他身後，師友哀悼文字中的交口贊譽顯然是真實的，尤其是大多出自漢族知識分子的稱譽，更是真正情誼的體現，絶非如一些研究者所言，是所謂「希康熙帝意旨」、「秉康熙帝旨意」的刻意行爲。再如，清末產生的關於性德曾眷一「入宮女子」的傳説，民國時即有人視爲信實，指性德的某些詞爲佐證。其實這種傳説於史無徵，作爲佐證的詞也多爲郢書燕説的誤解。如《減蘭》「相逢不語」一首，據云是寫與「宮中表妹」在「宮中重逢的情景」，但有確鑿證據證明這首詞寫的是沈宛，與宮女全然風馬牛。諸如此類意見，本書都作爲「箋注」和「説明」的內容，在有關詞作的考證中表述。先做考證，再有結論，而不是先認定一個成見，再按照成見的需要去强解詞意，才是正確的闡釋原則。

「輯評」輯録前人的評語，分别置於被評的詞之後。修訂時增補了清人評語，近人和今人的議論選録較少。

修訂本的「附録」，收録康熙時期的文獻十二種，均爲記載納蘭性德生平、創作的第一手資料。有關這些文獻的介紹，以「按語」形式隨附在各篇前後。

完結了《飲水詞校箋》的修訂，作爲校箋者，我們没有感到多少成功的輕鬆。詞的疏解和編年靠「説明」，我們還無力給每首詞都做出説明；現有的説明，也難免錯謬。學力不足，文獻難徵，發覆抉微，洵非易事。據説「詩無達詁」，但詩人創作的時間場合、對象緣由等項，却不容有多解，因爲客觀真實只有一個。每逢我們有足够的憑據，得以考實詞作後面的一節史事，曉悟詞人的一段衷曲，或破解一個久遠的謎團時，那種豁然開朗的愉快真是難以言喻，似乎三百年前的詞人在朝我們走近，他的身影刹那間變得清晰。可惜遇到這種愉快的機會一直不多。「箋注」也是如此，有些疑難語句仍然解決不了，有些分明欠妥的舊注仍在沿用。和箋釋相比，較高的期望在校訂。爲《飲水詞》整理出一個最完善、最少疵病的文本，是我們企求的最高目標。初版本由於校對不精，這個目標没能達到。這次修訂全力加强了校對，相信應能杜絶排印差錯，使校訂成果得到完滿實現。

納蘭性德離開人間三百多個春秋了，世界的模樣早已面目全非。什刹海畔，皂莢村頭，已難覓得飲水詞人的些許遺蹟。不可思議的是，竟然還有無數的人在讀他的詞，爲他那煙水迷離的詞境着迷。

七十年前曾有人預言：到社會主義時代，納蘭詞將和《紅樓夢》、曼殊大師的名畫一起被焚毁，事實却未如預言家之所料。生活在現代喧囂中的人們仍然需要納蘭性德詞，涵泳品味，從中尋找精神的「休息處」，尋找情感的共振點。「兩岸三地爭説《飲水詞》」，已成爲近年的一道文化景觀。納蘭性德説：「如魚飲水，冷暖自知。」他的「冷暖」，也許後人不能盡知，但類似的心靈感受，我們也曾有過體驗。《飲水詞》至今能令讀者心旌摇蕩，其魅力或即在此。「後身緣恐結他生裏」的詞句，納蘭性德只寫給了摯友顧貞觀，他不會想到三百年後人們對他的深切關注。那麽，就把這本《飲水詞校箋》，權當我們與他的一段「後身緣」罷。

本書初由遼寧教育出版社刊行（二〇〇一年七月）。此爲修訂重排本，改由中華書局出版。書中種種錯謬闕失，尚祈讀者不吝指正。

二〇〇四年夏月校箋者

本書疊年加印過程中，曾有幾次修訂增補，本次重排又有所訂補。書名遵書局意見，亦由「飲水詞箋校」改爲「飲水詞校箋」。特此説明。

二〇一五年六月校箋者

飲水詞校箋卷一

夢江南

江南好，建業舊長安。紫蓋忽臨雙鵠渡，翠華争擁六龍看。雄麗却高寒。

【校訂】

詞牌名汪刻本作「憶江南」，下同。

【箋注】

建業：漢稱秣陵縣，建安十六年，孫權徙治秣陵，改稱建業，後世又名建康、金陵，清爲江蘇江寧府。地即今南京市。

舊長安：李白《金陵》三首：「晉家南渡日，此地舊長安。地即帝王宅，山爲龍虎盤。」長安爲漢唐都城，後人常以長安喻指都城。建業爲六朝故都。

紫蓋：蓋，遮陽蔽雨之具，其用如傘，其形平頂垂幔，曲柄或直柄。紫蓋爲帝王儀仗之一種。沈約《齊故安陸昭王碑》：「陪龍駕於伊洛，侍紫蓋於咸陽。」納蘭性德《江南雜詩》：「紫蓋黄旗異昔年，烏衣朱雀總荒煙。」

鷁：謂鷁首，指舟船。古習以鷁鳥形繪於船首兩側，以懼江神。《太平御覽》引呂静《韻集》：「鷁首，天子舟也。」

翠華：即翠葆，以翠羽爲飾之旗旛，帝王儀仗之一種。司馬相如《上林賦》「建翠華之旗」，李善注：「翠華，以翠羽爲葆也。」

六龍：指皇帝車駕。天子車駕用六馬，稱六龍。《儀禮》鄭玄注：「馬八尺以上爲龍。」李白《上皇西巡南京歌》：「誰道君王行路難，六龍西幸萬人歡。」

雄麗却高寒：張孝祥《水調歌頭》「金山觀月」：「江山自雄麗，風露與高寒。」

【説明】

康熙二十三年（一六八四）九月至十一月，清聖祖首次南巡，抵揚州、蘇州、無錫、鎮江、江寧等地，性德以侍衛隨扈。徐乾學《納蘭性德墓志銘》：「上之幸海子、沙河，及西山、湯泉，及畿輔、五臺、口外、盛京、烏剌，及登東岳、幸闕里、省江南，未嘗不從。」性德於途次作《與顧梁汾書》云：「扈蹕遄征，遠離知己，君留北闕，僕逐南雲。……趣馬微勞，臣職已定。……身在屬車豹尾之中，名屬綴衣虎賁之列，尚敢與文學侍從鋪羽獵而叙長楊也乎。」（《通志堂集》卷十三）此詞並以下十闋《夢江南》，俱扈行聞見之作。前三闋寫江寧（南京）。

又

江南好，城闕尚嵯峨。故物陵前惟石馬，遺蹤陌上有銅駝。玉樹夜深歌。

【箋注】

城闕尚嵯峨：嵯峨，高峻狀。李商隱《咸陽》詩：「咸陽宫闕鬱嵯峨。」

陵前惟石馬：陵，南京明太祖孝陵。明清易代之際，陵前建築毁於戰火，惟石人石獸尚兀立。杜甫《玉華宫》詩：「當時侍金輿，故物獨石馬。」韋莊《聞再幸梁汴》詩：「昭陵石馬夜空嘶。」

銅駝：《晉書·索靖傳》：「靖有先識遠量，知天下將亂，指洛陽宫門銅駝，嘆曰：會見汝在荆棘中耳。」

玉樹：曲名，即《玉樹後庭花》曲，陳後主叔寶製。《隋書·樂志》：「陳後主於清樂中造《黄鸝留》及《玉樹後庭花》、《金釵兩鬢垂》等曲，與幸臣等制其歌詞，綺艷相高，極於輕蕩，男女唱和，其音甚哀。」杜牧《泊秦淮》詩：「商女不知亡國恨，隔江猶唱後庭花。」

又

江南好，懷古意誰傳。燕子磯頭紅蓼月，烏衣巷口緑楊煙。風景憶當年。

【箋注】

燕子磯：在南京東北郊，磯巖峭絶，三面俯臨大江，爲登臨勝地。

蓼：草名，叢生澤畔濕地，高可數尺，秋發紅穗，俗稱「水紅」。

烏衣巷：在南京城内東南角，東晉時望族王謝兩家多居此。劉禹錫有《烏衣巷》詩。又陳維崧《題姚簡叔畫》詩：「紅板橋東白石祠，烏衣巷口緑楊枝。」

【説明】

燕子磯二句，一寫城外，一寫城内；一寫秋，一寫春，約略道出江寧風致。清聖祖南巡，十一月初一至江寧，初二謁明孝陵，初四出城，駐蹕燕子磯。在江寧凡四日。

又

江南好，虎阜晚秋天。山水總歸詩格秀，笙簫恰稱語音圓。誰在木蘭船。

【箋注】

虎阜：即虎丘，在蘇州城外。性德《渌水亭雜識》：「虎丘山在吴縣西北九里，先名海涌山，高一百三十尺，周二百十丈。遥望平田中一小丘，比入山，則泉石奇詭，應接不暇。」《吴越春秋》：「闔閭葬此三日，金精爲白虎踞其上，因名虎丘。」性德《與顧梁汾書》：「虎阜一拳，依稀靈岫。」

語音圓：蘇州方言語音柔潤，所謂「吴儂軟語」。

木蘭船：木蘭舟。任昉《述異記》有魯班刻木蘭爲舟之傳説。施紹莘《夢江南》詞：「人何處，人在木蘭船。」（施詞見性德與顧貞觀合編之《今詞初集》）

【説明】

此闋寫蘇州。聖祖十月二十六日抵蘇州，二十七日遊虎丘，謂侍臣曰：「向聞吴閶繁盛，今觀其風土，大略尚虚華，安佚樂。家鮮蓋藏，人情澆薄。」其觀感與性德迥異。

又

江南好，真個到梁溪。一幅雲林高士畫，數行泉石故人題。還似夢遊非。

【箋注】

真個：果真。

梁溪：無錫西門外水名，亦爲無錫之代稱。

雲林：倪瓚，字元鎮，號雲林居士，元末畫家，善繪山水；性簡潔，人稱高士。句謂無錫風景如雲林畫境。

數行句：謂所見泉石多有故人題詠。故人，猶謂前人。

又

江南好，水是二泉清。味永出山那得濁，名高有錫更誰争。何必讓中泠。

【箋注】

二泉：在無錫惠山東麓。康熙四年，無錫知縣吴興祚築二泉亭於泉側，吴偉業《惠山二泉亭，爲無錫吴邑侯賦》詩：「九龍山畔二泉亭，水迭名標陸羽經。治行吴公今第一，此泉應足勝中泠。」程穆衡箋：「九龍山在常州府城北，自孤陳山至此凡九嶺，故名。其在無錫者曰惠山。第二泉，源出惠山石穴，陸羽品天下水，味此其第二，故名。又曰陸子泉。」

出山：杜甫《佳人》詩：「在山泉水清，出山泉水濁。」

有錫：《常州圖經》：「惠山之側有錫山，其山出錫。古謡云：有錫兵，天下争；無錫寧，天下清。」杜文瀾《古謡諺》引陸羽《慧山寺記》：「慧山，古華山也。山東峰當周秦間，大産鉛錫，故名錫山。漢興，錫方殫，故創無錫縣。王莽時錫復出，改縣名曰有錫。至孝順之世，錫果竭，順帝更爲無錫縣。」

中泠：中泠泉，在鎮江金山下，今已湮。王十朋《東坡詩集注·遊金山寺》詩注引程縯曰：「揚子江有中泠水，爲天下點茶第一。」

【説明】

以上二闋寫無錫。二泉一闋尤存深意。杜詩《佳人》「在山出山」句，仇兆鰲注：「謂守正清而改節濁也。」性德友人多前明舊人，紛紛「出山」入仕清朝，詞因反杜詩意而用之。南巡十月二十七日夜抵無錫，二十八日聖祖觀惠山，日晡啟程至丹陽，在無錫不足一日。

又

江南好，佳麗數維揚。自是瓊花偏得月，那應金粉不兼香。誰與話清涼。

【箋注】

佳麗句：王士禄《八聲甘州》「揚州作」詞：「醉餘惆悵絕，是從來、佳麗説揚州。」性德《平山堂》詩：「欲問六朝佳麗地，此間占絕廣陵秋。」維揚，《尚書·禹貢》「淮海惟揚州」，上古「維」「惟」互用。後人以維揚指代揚州。

瓊花：揚州名花。周密《齊東野語》：「揚州后土祠瓊花，天下無二本。絕類聚八僊，色微黄而有香。其後宦者陳源命園丁取孫枝，移接聚八僊根上，遂活，然香色大減。后土之花已薪，而人間所有者，特當時接本，仿佛似之耳。」王士禛《香祖筆記》：「世言瓊花，天下惟揚州蕃釐觀一株。」

偏得月：揚州月色向爲人稱賞。徐凝《憶揚州》詩：「天下三分明月夜，二分無賴是揚州。」

金粉：謂菊。歐陽修《漁家傲》詞：「惟有東籬黄菊盛，遺金粉。」柳永《甘草子》詞：「葉剪紅綃，砌菊遺金粉。」

【説明】

此闋寫揚州。結句以問語出之，似頗寂寞。清聖祖至揚州，僅十月二十二日停留半日，登覽蜀岡棲靈寺、平山堂及天寧寺。

又

江南好，鐵甕古南徐。立馬江山千里目，射蛟風雨百靈趨。北顧更躊躇。

【箋注】

鐵甕：鐵甕城，古潤州（即京口，今鎮江）子城，深狹而堅。杜牧《潤州二首》詩自注：「潤州城，孫權築，號爲鐵甕。」王令《憶潤州葛使君》詩：「金山寺近塵埃絶，鐵甕城深氣象雄。」

南徐：南朝宋元嘉八年，在京口置南徐州，轄晉陵、南東海二郡。

立馬句：此句紀實。山，指金山，在鎮江東北長江中（今已與南岸相連）。性德《金山賦》：「天子乃……汎樓船於中流，遂登兹山，駐蹕而騁望焉。於是南眺江路，百川爭赴……北睠海門，萬壑競奔……是日也，皇情既暢，天顔有喜，爰親展宸翰……題以『江天一覽』，永寵光於山寺。時某以小臣，幸得備虎賁之執戟，隸宿衛於鉤陳……稽首而獻頌曰：聖德備矣巡萬方，鸞旂羽葆紛蔽江。蛟龍爲駕黿鼉梁，陟彼金山瞰大荒。」立馬，完顔亮詩：「提兵百萬西湖上，立馬吴山第一峰。」（見岳珂《桯史》）千里目，王之涣《登鸛雀樓》詩：「欲窮千里目，更上一層樓。」

射蛟：《漢書·武帝紀》：「（元封）五年冬，行南巡狩……自潯陽浮江，親射蛟江中，獲之。」此喻康熙帝南巡臨江之武威。又，聖祖曾自云：「朕甲子年（按即康熙二十三年）南巡，由江寧登舟，趣金山寺，至黄天蕩，風大作，時衆皆懼而下篷，朕獨令滿掛船篷，截風而行，佇立船頭射江豚，略不經意。」（《康熙起居注》四十五年十月初六）據此，詞云「射蛟」，亦近寫實。

百靈：諸方神靈。宋之問《扈從登封告成應制》詩：「百靈無後至，萬國競前驅。」柳宗元《王京兆賀雨表》：「聖謨廣遠，驅百靈以從風；神化勞行，滋五稼而流澤。」

北顧：北固山，又稱北顧山。在鎮江東北，三面臨江，爲眺望江北之佳地，梁武帝稱爲「京口壯觀」。《世説新語·言語》：「荀中郎在京口，登北固望海，云：雖未睹三山，便自使人有凌雲意。」

躊躇：狀留連難捨之辭。性德《江南雜詩》：「最是銷魂難别處，揚州風月潤州山。」

又

江南好，一片妙高雲。硯北峰巒米外史，屏間樓閣李將軍。金碧矗斜曛。

【箋注】

妙高：金山極頂有宋僧所建曬經臺，名妙高臺，峰亦名妙高峰。妙高本爲須彌山，金山多佛寺，因襲用。妙高雲，謂佛家慈雲。性德《聖駕臨江恭賦》詩：「却上妙高臺，悠悠天水碧。」

硯北：南唐後主得名硯逾尺，硯周有三十六峰，皆大如手指，稱硯山。硯後歸宋書畫家米芾。米芾築宅於鎮江府治東南（甘露寺下傍江處），宅地即以硯易得。南宋紹定間，米氏故居歸岳珂，珂即其地築園，名硯山園。事見《悦生隨鈔》及《明一統志》。詞云硯北，即硯山園之北。

米外史：米芾，字元章，别署海嶽外史。善書畫，所繪山水，多以點染而成，人稱「米點山水」。

屏間樓閣：似是指屏間所繪之樓閣，但亦可理解爲透過屏紗所見之金山佛寺建築。清聖祖《南巡筆記》：「金山孤巒隱岫，屹立大江中，飛閣流丹，金碧照灼。」性德《金山賦》：「其中則有紺宇櫛比，丹樓鱗集。高臺崔巍而孤聳，虛亭弘敞而雙立。登殿則絢爛丹青，瞻像則輝煌金碧。」

李將軍：李思訓，唐宗室，繪畫用青緑金碧重色，稱金碧山水，呈盛世富麗之象。開元間官左武衛大將軍，人稱李將軍。其子李昭道，亦善繪事，稱小李將軍。

【説明】

以上二闋寫鎮江。聖祖南巡，十月二十三日自儀真渡江抵鎮江，二十四日遊金山、焦山，午後啟行。另「一片妙高雲」闋顯然曾受宋琬《浪淘沙》「揚子江中流望金山北面」詞影響，宋詞載納蘭性德與顧貞觀同編之《今詞初集》。詞云：「誰削玉嶙峋。千尺雲根。蛟龍深護海西門。金碧樓臺青黛樹，小李將軍。　哀雁落紛紛。喚起江豚。鐘聲兩岸客邊聞。登覽不如遥望好，倒影斜曛。」

又

江南好，何處異京華。香散翠簾多在水，緑殘紅葉勝於花。無事避風沙。

【箋注】

香散句：白居易《階下蓮》詩：「花開香散入簾風。」

無事：無須。

【説明】

比照京華，寫初至南中之感會。

又

昏鴉盡，小立恨因誰。急雪乍翻香閣絮，輕風吹到膽瓶梅。心字已成灰。

【箋注】

急雪句：此用謝道韞故事。《晉書·列女傳》：「王凝之妻謝氏，字道韞，聰識有才辯。嘗内集，俄而雪驟下，叔父安曰：何所似也？安兄子朗曰：散鹽空中差可擬。道韞曰：未若柳絮因風起。安大悦。」香閣，閨閣。

膽瓶梅：朱敦儒《絳都春》「梅花」詞：「便須折取，歸來膽瓶頓了。」

心字：即心字形薰香，今稱盤香。褚人穫《堅瓠四集》：「心字香，外國以花釀香，作心字，焚之。」鄒顯吉《望海潮》詞：「嘆篆香心字，灰冷難留。」

又

新來好，唱得虎頭詞。一片冷香惟有夢，十分清瘦更無詩。標格早梅知。

【箋注】

新來：新近、近來之意。

虎頭：晉畫家顧愷之，小字虎頭。此借指顧貞觀，二人不僅同姓，且同是無錫人。

冷香：梅之清香。高觀國《金人捧露盤》「梅花」詞：「冷香夢，吹上南枝。」

標格：風節、風格。陳善《捫虱新話》：「詩有格有韻，格高似梅花，韻勝似海棠花。」王彦泓《題徐雲閑故姬遺照》：「天然標格早梅邊。」

【説明】

顧貞觀《浣溪沙》「梅」詞：「物外幽情世外姿。凍雲深護最高枝。小樓風月獨醒時。　一片冷香惟有夢，十分清瘦更無詩。待他移影説相思。」顧詞作於康熙十七年（或十八年）冬，除夕時寄抵性德手。此詞爲收得顧詞後作。參見《鳳凰臺上憶吹簫》「除夕得梁汾閩中信，因賦」闋之「箋注」及「説明」。

江城子　咏史

濕雲全壓數峰低。影凄迷。望中疑。非霧非煙，神女欲來時。若問生涯原是夢，除夢裏，没人知。

【校訂】

袁刻、汪刻本無副題。

【箋注】

濕雲：李賀《巫山高》詩：「古祠近月蟾桂寒，椒花墜紅濕雲間。」范成大《巫山高》詩：「濕雲不收煙雨霏。」

數峰：謂巫山。陸游《入蜀記》：「巫山峰巒上入霄漢，然十二峰不可悉見。所見八九峰，惟神女峰最爲纖麗奇峭，宜爲僊真所托。」

望中疑：杜甫《咏懷古蹟》詩：「最是楚宫俱泯滅，舟人指點到今疑。」又龔鼎孳《長相思》詞：「望中疑，夢中疑。」

非霧非煙：彭孫遹《鶯啼序》詞：「非霧非煙，眉山兩點慵掃。」

神女：即巫山神女。

若問生涯原是夢：杜甫《咏懷古蹟》詩：「雲雨荒臺豈夢思。」李商隱《無題》詩：「神女生涯原是夢。」

【説明】

此闋本宋玉《高唐賦》，咏神女陽臺事，無關史事。副題作「咏史」，殊不可解。袁刻、汪刻本不取副題，或緣於此。

如夢令

正是轆轤金井。滿砌落花紅冷。驀地一相逢，心事眼波難定。誰省。誰省。從此簟紋燈影。

【箋注】

轆轤：井上汲水之具，摇動有聲。汲水多在清晨，故詩詞中多用轆轤聲爲清晨意象。周邦彦《蝶戀花》詞：「更漏將闌，轆轤牽金井。」

驀地一相逢：彭孫遹《醉春風》詞：「驀地相逢乍，三五團圓夜。」

心事眼波難定：謂難曉對方有情與否。韓偓《偶見背面是夕兼夢》詩：「眼波向我無端艷，心火因君特地燃。」又王彦泓《戲和子荆春閨》詩：「懶得閑行懶得眠，眼波心事暗相牽。」

從此簟紋燈影：簟，竹席。此句寫縈懷難眠之狀。蘇軾《南堂》詩：「掃地焚香閉閤眠，簟紋如水帳如煙。」杜甫《大雲寺贊公房》：「燈影照無睡，心清聞妙香。」

又

黃葉青苔歸路。屧粉衣香何處。消息竟沈沈，今夜相思幾許。秋雨。秋雨。一半因風吹去。

【校訂】

「黃葉青苔歸路。屧粉衣香何處」《詞彙》作「木葉紛紛歸路，殘月曉風何處」。

「竟沈沈」汪刻本作「半沈沈」；「沈沈」《詞彙》作「浮沈」。

「因風」《詞彙》作「西風」。

【箋注】

屧粉：龍輔《女紅餘志》：「無瑕屧牆之内皆襯以沉香，謂之生香屧。」《説文解字》：「屧，履中薦也。」屧粉，即履薦（屧牆）中所襯之沉香屑。陳維崧《多麗》詞：「今朝三月逢三，映一行、水邊粉屧，立幾簇、橋上紅衫。」

衣香：《海録碎事》：「漢武夢李夫人遺衡蕪香，覺而衣枕香三日不散。」元稹《會真詩》：「衣香猶染麝。」

沈沈：音訊杳絶。韓偓《長信宫》詩：「天上夢魂何杳杳，宫中消息太沈沈。」

秋雨句：此用朱彝尊詞成句。朱氏《轉應曲》詞：「秋雨。秋雨。一半迴風吹去。晚凉依舊庭隅。此夜愁人睡無。無睡。無睡。紅蠟也飄秋淚。」

【輯評】

陳廷焯曰：容若詞深得五代之妙。如此闋及下《酒泉子》一闋，尤爲神似。（《雲韶集》十五）

又

纖月黄昏庭院。語密翻教醉淺。知否那人心，舊恨新歡相半。誰見。誰見。珊枕淚痕紅泫。

【箋注】

舊恨新歡：歐陽修《漁家傲》詞：「一別經年今始見，新歡往恨知何限。」

珊枕：珊瑚枕。李紳《長門怨》詩：「珊瑚枕上千行淚，不是思君是恨君。」王彦泓《金縷曲》詞：「珊枕夢，乍驚醒。」

【説明】

三首《如夢令》，詞意仿佛，内容相關，或作於同時。其用朱彝尊成句，或有關朱氏者。「纖月」一闋見載於《今詞初集》，則作期不晚於康熙十七年。

采桑子

彤霞久絶飛瓊字，人在誰邊。人在誰邊。今夜玉清眠不眠。　香消被冷殘燈滅，静數秋天。静數秋天。又誤心期到下弦。

【校訂】

上片「彤霞」汪刻本作「彤雲」。

【箋注】

彤霞：道家傳説，僊人居所有彤霞翳護。曹唐《小遊僊》詩：「紅草青林日半斜，閑乘小鳳出彤霞。」

飛瓊：女僊名。《太平廣記》卷七十引《逸史》：「瑶臺有僊女三百餘人，皆處大屋。內一人云是許飛瓊，曰：不欲世間人知有我也。」字，指書信。

玉清：道教三清之一，僊境名。徐凝《和嵩陽客月夜憶上清人》：「瑶池月勝嵩陽月，人在玉清眠不眠。」又，女僊名。李冘《獨異志》、張讀《宣室志》都有玉清故事。

香消被冷：李清照《念奴嬌》詞：「被冷香銷新睡覺，不許愁人不起。」

心期：心願。晏幾道《采桑子》詞：「夜痕記盡窗間月，曾誤心期。」

【説明】

此闋多用道家傳説，以咏所思之人。近人多揣測其本事，皆無確憑。

又

誰翻樂府淒涼曲，風也蕭蕭。雨也蕭蕭。瘦盡燈花又一宵。　不知何事縈懷抱，醒也無聊。醉也無聊。夢也何曾到謝橋。

【校訂】

下片「何事」《草堂嗣響》作「何處」。

【箋注】

翻樂府：指填詞。翻，按曲調作歌詞；樂府，代指詞。

瘦盡句：曹溶《采桑子》詞：「憶弄詩瓢，落盡燈花又一宵。」又吴綺《南鄉子》詞：「瘦盡燈花紅不語。」

夢也何曾到謝橋：晏幾道《鷓鴣天》詞：「夢魂慣得無拘檢，又踏楊花過謝橋。」古人常稱所戀之人爲謝娘，稱其所居爲謝家、謝橋。

【輯評】

譚瑩曰：容若詞固自哀感頑艷，有令人不忍卒讀者。至如《采桑子》句云「瘦盡燈花又一宵」，《浣溪沙》句云「生憐瘦減一分花」，《浪淘沙》句云「紅影濕幽窗，瘦盡春光」等，竊謂《詞苑叢談》稱沈江東嘲毛稚黄有「三瘦」之目，固當以移贈容若耳。（粵雅堂本《飲水集》跋）

陳廷焯曰：淒淒切切，不忍卒讀（謂「無聊」以下三句）。（《雲韶集》十五）

陳廷焯又曰：哀婉沉著。（《詞則·別調集》評語）

又

嚴宵擁絮頻驚起，撲面霜空。斜漢朦朧。冷逼氈帷火不紅。　香篝翠被渾閒事，回首西風。何處疏鐘。一穟燈花似夢中。

【校訂】

《瑶華集》、《詞雅》有副題「丁零詞」。

上片「嚴宵」底本作「嚴霜」，與下句「撲面霜空」句重，從汪刻本改「宵」字。

下片「西風」《詞雅》作「東風」。

「何處疏鐘」《瑶華集》、《詞雅》、汪刻本作「數盡殘鐘」。

【箋注】

嚴宵：寒夜。王逸《楚辭注》：「風霜壯謂之嚴。」

斜漢：指銀河。秋日銀河斜向西南。

冷逼句：楊萬里《霰》詩：「寒聲帶雨山難白，冷氣侵人火失紅。」氈帷，即氈帳，北方遊牧民族用作居室，此爲軍旅所用。梁簡文帝《妾薄命》詩：「王嬙貌本絶，踉蹌入氈帷。」

香篝：薰籠。周邦彦《花犯》詞：「香篝薰素被。」

穟：同穗。王彦泓《洞僊歌》詞：「打窗風急，閃一燈紅穗。」

【説明】

此詞《瑶華集》有副題作「丁零詞」，當有據。所記則當爲塞北較遥遠處，非近邊可擬。性德秋日向北遠行僅一次，即康熙二十一年覘梭龍（今黑龍江一帶），詞即作於是役。參見後《蝶戀花》「盡日驚風吹木葉」詞之「説明」。

又

那能寂寞芳菲節，欲話生平。夜已三更。一闋悲歌淚暗零。　須知秋葉春花促，點鬢星星。遇酒須傾。莫問千秋萬歲名。

【箋注】

芳菲節：春天花木繁盛時節。歐陽修《玉樓春》詞：「洛陽正值芳菲節，穠艷清香相間發。」

星星：形容鬢邊雜生白髮。左思《白髮賦》：「星星白髮，生於鬢垂。」

遇酒二句：阮籍《咏懷詩》之十五：「千秋萬歲後，榮名安所之。」又李白《行路難》：「且樂生前一杯酒，何須身後千載名。」

【説明】

康熙二十三年九月，性德《致顧貞觀書》：「弟比來從事鞍馬間，益覺疲頓。髮已種種，而執殳如昔，從前壯志，都已隳盡。昔人言『身後名不如生前一杯酒』，此言大是。」書中消矸情緒，與此詞相彷彿，詞之作期，蓋與《致顧貞觀書》相近。

又

冷香縈遍紅橋夢，夢覺城笳。月上桃花。雨歇春寒燕子家。　箜篌別後誰能鼓，腸斷天涯。暗損韶華。一縷茶煙透碧紗。

【校訂】

上片「城笳」《昭代詞選》作「閨鴉」。

【箋注】

箜篌：彈撥樂器。據《舊唐書·樂志》，有卧箜篌、竪箜篌，一爲七絃，一爲二十三絃。盧仝《樓上女兒曲》：「誰家女兒樓上頭，卷却羅袖彈箜篌。相思絃斷情不斷，落花紛紛心欲穿。」後用作思婦懷人之象徵。

【説明】

康熙十一年秋，嚴繩孫離無錫，北上進京。十二年春，與性德在京相識，遂訂交。繩孫北上途中作《風入松》詞云：「別時不敢分明語，蹙春山、暗損韶華。」性德此詞用嚴繩孫詞句。繩孫在京，又有《減字木蘭花》詞云：「華燈影裏，纔飲香醪吾醉矣。試問梅花，春在紅橋第幾家。」性德詞首句「紅橋」，亦自嚴詞出。蓋詞作於與嚴繩孫相交未久，聊慰其思鄉之緒耳。此詞見於《今詞初集》，可證其作期在康熙十六年前。

【輯評】

陳廷焯曰：凄艷入神（謂上片）。凄絶（謂「腸斷」三句）。（《雲韶集》十五）

又

九日

深秋絶塞誰相憶，木葉蕭蕭。鄉路迢迢。六曲屏山和夢遥。　佳時倍惜風光别，不爲登高。祇覺魂銷。南雁歸時更寂寥。

【箋注】

九日：九月初九重陽節。

六曲屏山：六扇屏風。龔鼎孳《羅敷媚》詞：「分明六曲屏山路，那得朦朧。」

登高：舊時有重陽登高之俗。王三聘《古今事物考》：「九月九日，九爲陽數，而日月並應。俗嘉其名，以爲宜於長久，故燕享高會。漢費長房謂桓景作絹囊，盛茱萸懸臂，登高山，飲菊花酒，可消家厄。」

【説明】

性德重陽出塞僅一次，即覘梭龍。此詞作於康熙二十一年。

又

詠春雨

嫩煙分染鵝兒柳，一樣風絲。似整如攲。纔著春寒瘦不支。　涼侵曉夢輕蟬膩，約略紅肥。不惜葳蕤。碾取名香作地衣。

【校訂】

詞牌名《百名家詞鈔》作「羅敷媚」。

副題《百名家詞鈔》無「詠」字。

【箋注】

嫩煙：喻濛濛雨霧。

鵝兒柳：鵝黄色嫩柳。趙孟頫《早春》詩：「閑倚闌干看新柳，不知誰爲染鵝黄。」

風絲：風中細柳枝。雍陶《天津橋望春》詩：「煙柳風絲拂岸斜。」

似整如攲：若直若斜之意。

纔著句：高觀國《玉樓春》詞：「只爲春寒消瘦損。」

蟬：蟬鬢，喻婦女鬢邊散髮。

紅肥：謂花開盛艷。杜甫《陪鄭廣文遊何將軍山林》詩：「紅綻雨肥梅。」

名香：此指落花。

地衣：地毯。陸游《感昔》詩：「尊前不展鴛鴦錦，只就殘紅作地衣。」

又 塞上咏雪花

非關癖愛輕模樣，冷處偏佳。別有根芽。不是人間富貴花。　謝娘別後誰能惜，飄泊天涯。寒月悲笳。萬里西風瀚海沙。

【校訂】

詞牌名《百名家詞鈔》作「羅敷媚」。

副題《百名家詞鈔》無「咏」字。

上片「癖愛」《百名家詞鈔》作「僻愛」。

【箋注】

輕模樣：形容雪花飄飛之態。孫道絢《清平樂》「雪」詞：「悠悠颺颺，做盡輕模樣。」

富貴花：周敦頤《愛蓮説》：「牡丹，花之富貴者也。」陸游《留樊亭三日，王覺民檢詳日携酒來飲海棠下，比去，花亦衰矣》詩：「何妨海内功名士，共賞人間富貴花。」

謝娘：此指謝道韞，見前《夢江南》「昏鴉盡」詞之「箋注」。

瀚海：戈壁沙漠。此泛指塞外之地。

【説明】

性德出塞，與此詞中節令相符者有三：康熙十七年十月至十一月，僅及遵化迤北長城邊。時性德任侍衛未久，未必以小行而生天涯之嘆。另則皆在康熙二十一年。春二月至五月，隨駕東巡奉天、吉林，經廣寧，逢大雪，曠野如萬頃平沙，時在二月杪（據高士奇《扈從東巡日録》）。又秋九月至臘月赴黑龍江覘梭龍。概而言之，詞當作於康熙二十一年。

【輯評】

林花榭曰：納蘭容若咏雪花云：「冷處偏佳，别有根芽，不是人間富貴花。」綜其身世觀之，直是自

家寫照。(《讀詞小箋》)

又

桃花羞作無情死，感激東風。吹落嬌紅。飛入閒窗伴懊儂。　誰憐辛苦東陽瘦，也爲春慵。不及芙蓉。一片幽情冷處濃。

【校訂】

詞牌名《百名家詞鈔》作「羅敷媚」。

下片「幽情」《草堂嗣響》作「幽香」。

【箋注】

懊儂：煩悶。此指煩悶之人。

東陽瘦：用沈約事。沈約於南齊永明末曾任東陽太守，後人即以「沈東陽」稱之。《梁書·沈約傳》載約與人書云：「解衣一卧，支體不復相關。百日數旬，革帶常應移孔；以手握臂，率計月小半分。以此推算，豈能支久？」賀鑄《滿江紅》詞：「誰念東陽銷瘦骨，更堪白紵衣衫薄。」

芙蓉：此謂芙蓉鏡。段成式《酉陽雜俎續集》：「相國李公下第遊蜀，遇一老姥，言：郎君明年芙蓉鏡下及第。明年，果然狀頭及第。」康熙十二年，性德以病未與廷試。

一片句：王彦泓《寒詞》：「箇人真與梅花似，一日幽香冷處濃。」

【説明】

康熙十一年，性德舉順天鄉試，十二年二月應禮部春闈，中式。三月方殿試，因病未與。詞即緣此而作。「桃花」見時令，「懊儂」説心情，下片切病況。《通志堂集》有《幸舉禮闈以病未與廷試》詩。

又

海天誰放冰輪滿，惆悵離情。莫説離情。但值凉宵總淚零。　祇應碧落重相見，那是今生。可奈今生。剛作愁時又憶卿。

【箋注】

那是：猶今之「哪是」、「豈是」。

剛：恰逢，正值。

【説明】

性德妻盧氏卒於康熙十六年五月(據《盧氏墓志銘》)。此詞爲悼亡之作,故有「碧落重相見」語。據「但值涼宵」句,知作於盧氏卒後數年。另,此詞與《琵琶僊》「中秋」詞或爲同時之作(見該詞之「説明」)。

又

明月多情應笑我,笑我如今。辜負春心。獨自閒行獨自吟。　近來怕説當時事,結遍蘭襟。月淺燈深。夢裏雲歸何處尋。

【校訂】

上片「辜負」汪刻本作「孤負」。

【箋注】

明月句:蘇軾《念奴嬌》「赤壁懷古」詞:「故國神遊,多情應笑我,早生華髮。」

笑我二句:晏幾道《采桑子》詞:「鶯花見盡當時事,應笑如今,一寸愁心。」

蘭襟:稱美女性之衣衫。元好問《泛舟大明湖》詩:「蘭襟鬱鬱散芳澤,羅襪盈盈見微步。」晏幾道

《采桑子》詞：「結遍蘭襟，遺恨重尋，絃斷相如緑綺琴。」

月淺二句：晏幾道《清平樂》詞：「夢雲歸處難尋，微凉暗入香襟。猶恨那回庭院，依前月淺燈深。」

【説明】

此闋多用晏幾道語意，當爲寫情之作。

又

撥燈書盡紅箋也，依舊無聊。玉漏迢迢。夢裏寒花隔玉簫。　幾竿脩竹三更雨，葉葉蕭蕭。分付秋潮。莫誤雙魚到謝橋。

【校訂】

詞牌名《百名家詞鈔》作「羅敷媚」。

【箋注】

紅箋：紅色箋紙。晏殊《清平樂》詞：「紅箋小字，説盡平生意。」

玉漏：漏壺，古計時器。秦觀《南歌子》詞：「玉漏迢迢盡，銀潢淡淡横。」

寒花：菊花。薛濤《九日遇雨》詩：「茱萸秋節佳期阻，金菊寒花滿院香。」

玉簫：司空曙《送王尊師歸湖州》詩：「玉簫遥聽隔花微。」

秋潮：王彥泓《錯認》詩：「夜視可憐明似月，秋期祇願信如潮。」

雙魚：書信。《古樂府》：「尺素如殘雪，結成雙鯉魚。要知心中事，看取腹中書。」元稹《酬樂天書後三韻》：「漸覺此生都是夢，不能將淚滴雙魚。」

又

涼生露氣湘絃潤，暗滴花梢。簾影誰揺。燕蹴風絲上柳條。　舞鵾鏡匣開頻掩，檀粉慵調。朝淚如潮。昨夜香衾覺夢遥。

【校訂】

詞牌名《百名家詞鈔》作「羅敷媚」。

下片「舞鵾」張刻、袁刻、汪刻本作「舞餘」；「開」袁刻本作「閑」。

「香衾」《昭代詞選》、汪刻本作「香輕」。

【箋注】

湘絃：琴瑟之絃，此代指琴瑟。

燕蹴句：張炎《南浦》詞：「溪燕蹴遊絲。」

舞鵾：鏡背鎸刻的裝飾。據《太平御覽》引范泰《鸞鳥詩序》，有人偶獲鸞鳥，鳥不鳴，後以鏡映之，「鸞睹影感契，慨焉悲鳴，哀響中霄，一奮而絶」。劉敬叔《異苑》載有類似故事，唯鳥爲山鷄，「鑒形而舞，不知止，遂乏死」。後人即以鸞或山鷄圖案鎸爲鏡飾。另公孫乘《月賦》有「鵾雞舞於蘭渚」句。此詞雜糅數典而用之。

檀粉：淺赭色眉粉，化妝品。沈自南《藝林彙考》引《畫譜》：「七十二色有檀色，淺赭也，與婦人暈眉。」另《花間集》有「鈿昏檀粉淚縱横」句。

【説明】

此首以女性口吻出之，蓋擬思婦之辭。

又

土花曾染湘娥黛，鉛淚難消。清韻誰敲。不是犀椎是鳳翹。　祇應長伴端溪紫，割取秋潮。

鸚鵡偷教。方響前頭見玉簫。

【箋注】

土花：此指器物銹蝕斑蹟。梅堯臣《古鏡》詩：「古鏡得荒塚，土花全未磨。」

湘娥黛：湘娥謂舜妃娥皇、女英。張華《博物志》：「舜崩，二妃啼，以涕揮竹，竹盡斑。」黛，女子畫眉之物，色青。此指黑色斑痕。

鉛淚：李賀《金銅僊人辭漢歌》：「空將漢月出宫門，憶君清淚如鉛水。」此亦指斑漬。

犀椎：犀角制小槌，一稱響犀，打擊樂器，爲方響之一種。辭出蘇鶚《杜陽雜編》：「犀椎即響犀也，凡物有聲，乃響應其中焉。」蘇軾《浣溪沙》詞：「犀椎玉版奏涼州。」

鳳翹：鳳形首飾。周邦彦《南鄉子》詞：「不道有人潛看着，從教，掉下鬟心與鳳翹。」

端溪紫：端溪紫石硯。李賀《青花紫石硯歌》：「端州石工巧如神，踏天磨刀割紫雲。」

割取秋潮：謂所咏之物色碧如秋水。李商隱《房中曲》：「枕是龍宫石，割得秋波色。」

鸚鵡偷教：《淵鑒類函·鳥部》引《青林詩話》：「蔡確貶新州，侍兒名琵琶者隨之。有鸚鵡甚慧，公每叩響板，鸚鵡傳呼琵琶。」偷教，偷學之意。

方響：蕭奭《永憲録》：「方響，上圓下方，以銅爲之，磬屬也。」

【説明】

此爲咏物詞。所咏爲一金石故物，疑爲玉枕或古鏡。

又

白衣裳憑朱闌立，凉月趖西。點鬢霜微。歲晏知君歸不歸。　殘更目斷傳書雁，尺素還稀。一味相思。準擬相看似舊時。

【箋注】

白衣句：王彦泓《寒詞》：「況復此宵兼雪月，白衣裳憑赤欄干。」

趖：讀如梭，原意爲緩行，習慣多指日月運行偏西。

傳書雁：用蘇武雁足繫書故事。

尺素：亦指書信，古以方尺素絹作書，故名。另見前《采桑子》「撥燈書盡紅箋也」之「箋注」。

準擬句：唐劉得仁《悲老宫人》詩：「曾緣玉貌君王寵，準擬人看似舊時。」晏幾道《采桑子》詞：「秋來更覺銷魂苦，小字還稀。坐想行思，怎得相看似舊時。」

【説明】

是闋爲懷念南方友人之作。

又

謝家庭院殘更立，燕宿雕粱。月度銀牆。不辨花叢那辨香。　此情已自成追憶，零落鴛鴦。雨歇微涼。十一年前夢一場。

【箋注】

謝家：謝家、謝橋、謝娘諸辭，俱源於謝道韞典故，含意每有别。元稹《遣悲懷》詩云：「謝公最小偏憐女，嫁與黔婁百事乖。」後亦以謝家謂岳丈家。張泌《寄人》詩：「别夢依依到謝家，小廊迴合曲欄斜。」

銀牆：粉牆。

不辨句：元稹《雜憶》詩：「寒輕夜淺繞迴廊，不辨花叢暗辨香。」明末王彦泓《和孝儀看燈》詩襲用元詩云：「欲换明妝自忖量，莫教難認暗衣裳。忽然省得鍾情句，不辨花叢却辨香。」

此情句：李商隱《錦瑟》詩：「此情可待成追憶，衹是當時已惘然。」

十一年句：吴文英《夜合花》詞：「十年一夢淒涼。」

【説明】

元稹《雜憶》詩，乃悼亡妻之作。李商隱《錦瑟》詩，雖多聚訟，論者亦太半作悼亡視之（性德文友朱彝尊亦持是解）。此闋多用元、李成句，又有「零落鴛鴦」辭，則爲悼亡詞無疑。近人徐裕崑或持異説云：「此蓋生訣之情，非死别之恨。惟其事蹟，則今殊不可考。僅《賃廡剩筆》中嘗云納蘭眷一女，絶色也，有婚姻之約。旋此女入宫，頓成陌路。容若愁思鬱結，誓必一見，了此宿因。會遭國喪，喇嘛每日應内宫唪經，容若賄通喇嘛，披袈裟，居然入宫，果得一見彼姝。而宫禁森嚴，竟如漢武帝重見李夫人故事，始終無由通一詞，悵然而出。詞或咏其事也。」此説詭異近小説家言，且《賃廡剩筆》晚出，原不足據。惟顧貞觀《彈指詞》亦有《采桑子》云：「分明抹麗開時候，琴静東厢。天樣紅墻，衹隔花枝不隔香。檀痕約枕雙心字，睡損鴛鴦。孤負新凉，淡月疏櫺夢一場。」張任政《納蘭性德年譜》云：「觀上二首，咏事則一，句意又多相似，如謂容若詞爲悼亡妻之作，則閨閣中事，豈梁汾所得言之？」按《飲水》、《彈指》二集中，同調同韻悼亡之作，原不止此二闋，其解詳見《金縷曲》「亡婦忌日有感」詞之「説明」。歇拍云「十一年前夢一場」，據《盧氏墓志銘》，盧氏歸性德在康熙十三年，依虚數，十一年後爲康熙二十三年。詞之作期當在此年。

又

而今纔道當時錯，心緒凄迷。紅淚偷垂。滿眼春風百事非。　情知此後來無計，强説歡期。一别如斯。落盡梨花月又西。

【校訂】

上片「纔道」《昭代詞選》作「誰道」。

【箋注】

而今句：晏幾道《醉落魄》詞：「心心口口長恨昨，分飛容易當時錯。」又劉克莊《憶秦娥》詞：「古來成敗難描模，而今却悔當時錯。」

紅淚：美人淚。王嘉《拾遺記》：「魏文帝所愛美人，姓薛名靈芸，常山人也。靈芸聞别父母，歔欷累日，淚下沾衣。至升車就路之時，以玉唾壺承淚，壺則紅色。及至京師，壺中淚凝如血。帝改靈芸之名曰夜來。」

滿眼句：李賀《三月》詩：「東方風來滿眼春，花城柳暗愁殺人。」

落盡句：梅堯臣《蘇幕遮》詞：「落盡梨花春又了，滿地殘陽，翠色和煙老。」

【輯評】

梁啟超云：哀樂無常，情感熱烈到十二分，刻畫到十二分。（《中國韻文裏頭所表現的情緒》）

臺城路 洗妝臺懷古

六宮佳麗誰曾見，層臺尚臨芳渚。露腳斜飛，虹腰欲斷，荷葉未收殘雨。添妝何處。試問取雕籠，雪衣分付。一鏡空濛，鴛鴦拂破白蘋去。　相傳內家結束，有帕裝孤穩，韡縫女古。冷艷全消，蒼苔玉匣，翻出十眉遺譜。人間朝暮。看胭粉亭西，幾堆塵土。祇有花鈴，綰風深夜語。

【校訂】

詞牌名汪刻本作「齊天樂」。

副題《詞雅》作「遼后洗妝臺」。

【箋注】

洗妝臺：即傳聞所云遼后梳妝臺，遺址在北京北海瓊華島。徵諸史實，瓊華島妝臺實爲金章宗爲李宸妃所築，與遼無涉。陶宗儀《南村輟耕録》、蔣一葵《堯山堂外紀》等書皆有考證。元迺賢作《妝臺》詩，即咏金李宸妃事。至明代李夢陽《秋懷》詩，乃云「苑西遼后洗妝樓，檻外方湖静不流」，已誤爲遼事。性德友人高士奇撰《金鰲退食筆記》，亦詳辨其誤。然性德及同時文人同題之作，俱咏遼后事，實明知其誤，爲作詩而將誤就誤而已。詞中述及之宫苑名稱，則大多爲元故宫之物，大率取自《南村輟耕録》及蕭絢《元故宫遺録》之類舊籍。遼后，謂遼道宗懿德皇后蕭觀音，其事詳見《於中好》「咏史」詞之「箋注」。

層臺：《元故宫遺録》：「出掖門，皆叢林，中起小山，仿佛僊島。山上復爲層臺，迴闌邃閣，高出空中。」

臨芳渚：王勃《滕王閣》詩：「滕王高閣臨江渚。」

露腳斜飛：露腳，露滴。李賀《李憑箜篌引》詩：「吴質不眠倚桂樹，露腳斜飛濕寒兔。」

虹腰：虹形屈曲，因稱虹腰。吴文英《喜遷鶯》詞：「向虹腰、時送斜陽凝竚。」

荷葉：謂太液池中荷。按以上三句之「露」、「虹」、「荷葉」皆有雙關意。高士奇和性德同題《臺城路》詞自注：「梳妝臺舊有玉虹、金露亭及荷葉殿。」《南村輟耕録》：「廣寒殿在山頂……金露亭在廣寒殿東……玉虹亭在廣寒殿西……荷葉殿在方壺前。」

雕籠：禰衡《鸚鵡賦》：「閉以雕籠，剪其翅羽。」

雪衣：白鸚鵡。鄭處誨《明皇雜録》：「開元中，嶺南獻白鸚鵡，養之宫中。歲久，頗聰慧，洞曉言詞。

上及貴妃皆呼爲雪衣女。授以詞臣詩篇，數遍便可諷誦。」

一鏡句：謂太液池水。迺賢《妝臺》詩：「野菊金鈿小，秋潭玉鏡清。」

内家結束：遼臣耶律乙辛陷害懿德皇后，曾假后名僞作《十香詞》，其中有「青絲七尺長，挽作内家妝」之句。内家，宫廷；結束，裝飾打扮。又《草堂詩餘》載無名氏《憶秦娥》詞：「翠翹金鳳，内家妝束。」

帕裝二句：周春《遼詩話》引王鼎《焚椒録》：「后姿容端麗，爲蕭氏首。宫中爲語曰：『孤穩壓帕女古韡，菩薩唤作耨斡么。』蓋以玉飾首，以金飾足，以觀音作皇后也。」據《遼史·國語解》，孤穩，玉；女古，金；耨斡么，母后。俱爲契丹語譯音。

玉匣：妝鏡匣。庾信《咏鏡》詩：「玉匣聊開鏡。」何遜《咏照鏡》詩：「玉匣開鑒形。」

十眉：張泌《妝樓記》：「明皇幸蜀，令畫工作十眉圖，横雲、斜月皆其名。」明楊慎《丹鉛續録》列有十眉名目。

胭粉亭：高士奇《金鰲退食筆記》：「荷葉殿在方壺前，三間方頂；胭粉亭在荷葉殿西，后妃添妝之所也。」

塵土：辛棄疾《摸魚兒》詞：「君不見、玉環飛燕皆塵土，閑愁最苦。」

花鈴：塔鈴。塔檐懸鈴，皆爲鏤空，因稱花鈴。陳維崧同題之作有「塔鈴聲悄」句，曹貞吉同題作有「窣堵波高，雨淋鈴急」句，高士奇同題作有「依稀聽梵語」句（梵語謂梵鈴聲）。毛奇齡《西河詩話》：

「遼后梳妝臺址在瓊華島，即今白塔寺址是也。」又蘇軾《大風留金山兩日》詩：「塔上一鈴獨自語。」

【説明】

《臺城路》「咏妝臺」，倡和之作甚多，陳維崧、朱彝尊、曹貞吉、高士奇等皆有之。其作期當不早於鴻博名士齊集都下之時，即康熙十七年。又諸人之作皆述及秋季景物。按，瓊島原無寺，「本朝順治八年，毁山之亭殿，立塔建寺」，方得有鈴聲。康熙十八年七月二十八日「地震，白塔頹壞」，「二十年重建，加莊嚴焉」（引自高士奇《金鰲退食筆記》），然二十年七月朱彝尊典江南鄉試，二十一年五月陳維崧卒，故詞之作期，唯在康熙十七年。

又　上元

闌珊火樹魚龍舞，望中寶釵樓遠。韎韐餘紅，琉璃剩碧，待囑花歸緩緩。寒輕漏淺。正乍斂煙霏，隕星如箭。舊事驚心，一雙蓮影藕絲斷。　莫恨流年逝水，恨銷殘蝶粉，韶光忒賤。細語吹香，暗塵籠鬢，都逐曉風零亂。闌干敲遍。問簾底纖纖，甚時重見。不解相思，月華今夜滿。

【校訂】

詞牌名《昭代詞選》、汪刻本作「齊天樂」。

下片「逝水」汪刻本作「似水」。

【箋注】

上元：正月十五日，即元宵節。有元夜觀燈之俗。

闌珊句：火樹，謂燈，疊燈如樹。王仁裕《開元天寶遺事》：「韓國夫人置百枝燈樹，高八十尺，竪之高山上，元夜點之，百里皆見，光明奪目。」蘇味道《觀燈》詩：「火樹銀花合，星橋鐵鎖開。」辛棄疾《青玉案》「元夕」詞：「那人却在，燈火闌珊處。」魚龍舞，舞魚燈或龍燈。或以爲《漢書·西域傳》所云「漫衍魚龍角抵之戲」。辛棄疾《青玉案》：「鳳簫聲動，玉壺光轉，一夜魚龍舞。」

寶釵樓：原爲唐宋時咸陽旗亭，此泛指京中樓閣。蔣捷《女冠子》「元夕」詞：「春風飛到，寶釵樓上，一片笙簫，琉璃光射。」

靺鞨二句：高士奇《天禄識餘》：「靺鞨，國名，古肅慎地也。産寶石大如巨栗，中國人謂之靺鞨。」《舊唐書·肅宗紀》：「楚州刺史崔侁獻定國寶石十三枚……七曰紅靺鞨，大如巨栗，赤如櫻桃。」碧琉璃爲緑色玉石。二句寫燈火已殘。

花歸緩緩：蘇軾《陌上花詩引》：「遊九僊山，聞里中兒歌《陌上花》，父老言：吴越王妃每歲春必歸臨安，王以書遺妃曰：陌上花開，可緩緩歸矣。吴人用其語爲歌。」姜夔《鷓鴣天》詞：「沙河塘上春寒淺，看了遊人緩緩歸。」

隕星：謂煙火。辛棄疾《青玉案》「元夕」詞：「東風夜放花千樹，更吹落、星如雨。」

藕絲斷：郭鈺《秋塘曲》：「鴛鴦相逐低迴翔，藕絲易斷愁心腸。」

蝶粉：見後《朝中措》「蜀絃秦柱不關情」詞之「箋注」。

韶光忒賤：湯顯祖《牡丹亭・驚夢》：「雨絲風片，煙波畫船，錦屏人忒看的這韶光賤。」

曉風：崔涯《雜嘲》詩「寒鴉鼓翼紗窻外，已覺恩情逐曉風。」顧貞觀《望梅》「中秋」詞：「怕珮聲釵影，俱逐曉風零亂。」

闌干句：周邦彦《感皇恩》詞：「綺窗依舊，敲遍闌干誰應。」

纖纖：喻女子足。辛棄疾《念奴嬌》詞：「聞道綺陌東頭，行人曾見，簾底纖纖月。」

月華句：范仲淹《御街行》詞：「年年今夜，月華如練，長是人千里。」

【説明】

「舊事驚心」，用語頗重，非徒衍敷故實。「蓮影」、「簾底」句，則必涉情事。既問「甚時重見」，尚有期企之盼，所謂相思，當爲在世之人。據《太平廣記》卷二七五載，有少女名却要，與男子約會而不赴。明人王彦泓有詩咏其事云：「風光瞥去銷魂在，贏得驚心也勝無。」性德於彦泓詩極稔熟，其「驚心」辭即自王詩出。據此，可約略揣知性德此詞隱事。

又 塞外七夕

白狼河北秋偏早，星橋又迎河鼓。清漏頻移，微雲欲濕，正是金風玉露。兩眉愁聚。待歸踏榆花，那時纔訴。祇恐重逢，明明相視更無語。　人間别離無數，向瓜果筵前，碧天凝竚。連理千花，相思一葉，畢竟隨風何處。羈棲良苦。算未抵空房，冷香啼曙。今夜天孫，笑人愁似許。

【校訂】

詞牌名《昭代詞選》、汪刻本作「齊天樂」。

下片「向瓜果筵前」袁刻本作「向堆筵瓜果」。

【箋注】

白狼河：《水經注》：「遼水又右，會白狼水；水出右北平白狼縣。」《清史稿·地理志》直隸朝陽府：「建昌，東有布祜圖山，漢白狼山，白狼水出焉，今曰大凌河。」沈佺期《古意呈補闕喬知之》詩：「白狼河北音書斷，丹鳳城南秋夜長。」

星橋：即鵲橋。李清照《行香子》詞：「星橋鵲駕，經年纔見，想離情別恨無窮。」

河鼓：星名，古謂之黄姑。《爾雅》謂河鼓即牽牛。又《史記·天官書》張守節《正義》：「河鼓三星，在牽牛北，自昔傳牽牛織女七月七日相見，此星也。」

清漏三句：李商隱《辛未七夕》詩：「由來碧落銀河畔，可要金風玉露時。清漏漸移相望久，微雲未接過來遲。」

兩眉愁聚：柳永《甘草子》詞：「中酒殘妝慵整頓，聚兩眉離恨。」

榆花：曹唐《織女懷牛郎》詩：「欲將心就僊郎説，借問榆花早晚秋。」

人間句：秦觀《鵲橋僊》詞：「金風玉露一相逢，便勝却人間無數。」

瓜果筵：《荆楚歲時記》：「七夕，婦人結彩縷穿七孔針，陳瓜果於庭中以乞巧。有喜子網於瓜上則以爲符應。」

連理句：用唐明皇、楊貴妃事。白居易《長恨歌》：「七月七日長生殿，夜半無人私語時。在天願作比翼鳥，在地願爲連理枝。」

羈棲句：言旅人懷思。

空房句：言閨人念遠。

天孫：織女星。《史記·天官書》司馬貞《索隱》：「織女，天孫也。」

笑人：參見後第五卷《浣溪沙》「已慣天涯莫浪愁」闋之「箋注」。

【説明】

性德七夕居塞外凡二，皆隨扈往古北口外避暑。一爲康熙二十二年，一爲二十三年。然兩行皆未至大凌河地，詞云白狼河，泛指邊塞河流而已。檢《康熙起居注》，二十二年七月初七，駐蹕鼾流河邊；二十三年七夕，駐蹕松林。則詞之作期，或在康熙二十二年。

【輯評】

譚獻曰：逼真北宋慢詞。（《篋中詞》評語）

朱庸齋曰：納蘭以小令之法爲長調，故其長調氣格薄弱，即如其《臺城路》「塞外七夕」詞，譚獻評曰「逼真北宋慢詞」，其實距周、秦之作何止以道里計。近人每惜其「享年不永，力量未充」，未能臻於「沉著渾至」之境，其實納蘭長處正以凄惋清麗動人，何必定以「沉著」律之也。（《分春館詞話》三）

玉連環影

何處。幾葉蕭蕭雨。濕盡檐花，花底人無語。掩屏山。玉爐寒。誰見兩眉愁聚倚闌干。

【校訂】

《瑤華集》有副題「雨」。

【箋注】

玉爐：玉薰籠。孫光憲《生查子》詞：「玉爐寒，香燼滅，還似君恩歇。」

誰見句：蕭綱《賦樂名得箜篌》詩：「欲知心不平，君看黛眉聚。」

【説明】

此詞見收康熙十七年刊《清平初選後集》，當作於康熙十五年前後。

洛陽春

雪

密灑征鞍無數。冥迷遠樹。亂山重疊杳難分，似五里、濛濛霧。　惆悵瑣窗深處。濕花輕絮。當時悠颺得人憐，也都是、濃香助。

【校訂】

詞牌名汪刻本作「一絡索」。

【箋注】

五里句：梁元帝《咏霧》詩：「五里生遠霧，三晨闇城闉。」

悠颺：見前《采桑子》「塞上咏雪花」闋之「箋注」。

【説明】

康熙二十一年春，性德扈駕東巡。高士奇《扈從東巡日録》：「三月己未，告祭永陵（在今遼寧新賓縣西）。大雪彌天，七十里中，岫嶂嵯峨，溪澗曲折，深林密樹，四會紛迎，映帶層巒，一里一轉。復有崖岫横亘，嶺頭雪霏雲罩，登降殊觀，恍如洪谷子《關山飛雪圖》也。」所記與此詞境酷肖。

謁金門

風絲裊。水浸碧天清曉。一鏡濕雲青未了。雨晴春草草。　夢裏輕螺誰掃。簾外落花紅小。獨睡起來情悄悄。寄愁何處好。

【箋注】

水浸句：歐陽修《蝶戀花》詞：「水浸碧天風皺浪，菱花荇蔓隨雙槳。」

青未了：杜甫《望嶽》詩：「岱宗夫如何，齊魯青未了。」

草草：匆促之意。晁補之《金鳳鈎》詞：「春辭我，向何處。怪草草、夜來風雨。」

輕螺誰掃：輕螺，淡畫之眉。螺，螺子黛，一種眉筆。掃，描畫之意。

紅小：齊己《春日感懷》詩：「落苔紅小櫻桃熟，侵井青纖燕麥長。」

寄愁：李白《王昌齡左遷龍標遥寄》詩：「我寄愁心與明月，隨風直到夜郎西。」

【輯評】

陳廷焯曰：「草草」二字妙甚。婉約（謂「獨睡」以下二句）。（《雲韶集》十五）

四和香

麥浪翻晴風颭柳。已過傷春侯。因甚爲他成僝僽。畢竟是、春迤逗。　紅藥闌邊携素手。暖語濃於酒。盼到園花鋪似繡。却更比、春前瘦。

【校訂】

詞牌名汪刻本作「四犯令」。

上片「迤逗」袁刻、汪刻本作「拖逗」。

下片「盼到園花鋪似繡」，底本奪一「園」字，依律此句當七字，據袁、汪二刻本補。

【箋注】

侯：時節、時令。

僝僽：煩惱，愁苦。周紫芝《宴桃源》詞：「寬盡沈郎衣，方寸不禁僝僽。」

迤逗：引逗。

紅藥句：趙長卿《長相思》詞：「藥闌東，藥闌西，記得當時素手携，彎彎月似眉。」

海棠月 瓶梅

重檐淡月渾如水。浸寒香、一片小窗裏。雙魚凍合，似曾伴、個人無寐。横眸處，索笑而今已矣。與誰更擁燈前髻。乍横斜、疏影疑飛墜。銅瓶小注，休教近、麝爐煙氣。酬伊也，幾點夜深清淚。

【校訂】

詞牌名《昭代詞選》、汪刻本作「月上海棠」。

【箋注】

寒香：謂梅。羅隱《梅花》詩：「愁憐粉艷飄歌席，静愛寒香撲酒尊。」

雙魚凍合：雙魚，硯名。葉越《端溪硯譜》：「硯之形制，曰風字，曰鳳池，曰合歡，曰玉臺，曰雙魚。」凍合，謂硯底、硯蓋凍爲一體。

索笑：杜甫《舍弟觀赴藍田取妻子到江陵喜寄》詩：「巡檐索共梅花笑，冷蕊疏枝半不禁。」吴綺《風流子》「西湖」詞：「空記尋香梅市，索笑桃門。」

燈前髻：舊題漢伶玄《趙飛燕外傳》附《伶玄自叙》：「通德占袖，顧視燭影，以手擁髻，淒然泣下。」『擁髻』後常用作夫婦燈下相聚之典。劉辰翁《寶鼎現》詞：「又説向燈前擁髻，暗滴鮫珠墜。」

横斜疏影：林逋《山園小梅》詩：「疏影横斜水清淺，暗香浮動月黄昏。」

銅瓶：楊萬里《慶長叔招飲》詩：「急雪穿簾繞蠟燈，梅花微笑古銅瓶。」

麝爐：古有麝香不宜於花之説。《苕溪漁隱叢話》：「少游《春日》云『海棠花發麝香眠』，語固佳矣，第恐無此理。《香譜》云『香中尤忌麝』。唐鄭注赴河中，姬妾百餘盡騎，香氣數里，逆於人鼻。是歲，自京兆至河中，所過瓜盡一蒂不獲。然則海棠花下豈應麝香可眠乎？」又梅玄龍嗅麝香而亡事，爲梅花忌麝之另一説法，可參見《太平御覽·香部》。

煙氣：王銍《默記》：「江南大將獲李後主寵姬者，見燈則閉目云『煙氣』，易以蠟燭，亦閉目云『煙氣愈甚』。」王彦泓《寒詞》自注：「瓶花畏香，故嫌相逼。」

【説明】

詞用「索笑」、「擁髻」諸典，蓋追思亡妻之作。

金菊對芙蓉 上元

金鴨消香，銀虬瀉水，誰家夜笛飛聲。正上林雪霽，鴛甃晶瑩。魚龍舞罷香車杳，剩尊前、袖掩吴綾。狂遊似夢，而今空記，密約燒燈。　追念往事難憑。嘆火樹星橋，回首飄零。但九逵煙月，依舊籠明。楚天一帶驚烽火，問今宵、可照江城。小窗殘酒，闌珊燈灺，別自關情。

【校訂】

上片「夜笛」《瑶華集》、袁刻、汪刻本作「玉笛」。

「魚龍舞罷香車杳」《瑶華集》作「鳳簫聲動魚龍舞」；「剩尊前、袖掩吴綾」作「遍天街、月影如冰」；「掩」字汪刻本作「擁」。

「狂遊似」《瑶華集》作「幽歡疑」；「空記」作「猶記」；「密約」作「嫩約」。

下片「飄零」《瑶華集》作「堪驚」；「楚天一帶驚烽火，問今宵、可照江城」作「錦江烽火連三月，與蟾光、同照神京」；「別自關情」作「紅淚偷零」。

【箋注】

金鴨：鴨形銅香爐。瞿汝稷《指月録》：「金鴨香銷錦繡幃，笙歌叢裏醉扶歸。」

銀虬：銀漏壺之滴水龍頭。

誰家句：李白《春夜洛城聞笛》詩：「誰家玉笛暗飛聲，散入春風滿洛城。」

上林：秦漢皇家苑囿，此指清宫苑。

鴛甃：鴛瓦砌成之井壁。

吴綾：吴中産薄綾。湯式《一枝花》套曲：「價重如齊紈魯縞，名高似蜀錦吴綾。」

密約句：燒燈，即點燈，元宵節又稱燒燈節。蔣捷《絳都春》詞：「歸時記約燒燈夜。」

九逵：京城大道。《三輔黄圖》：「長安城面三門，四面十二門，皆通達九逵，以相經緯。」何遜《輕薄篇》：「長安九逵上，青槐蔭道植。」

楚天句：烽火，謂三藩之亂。自吴三桂等三藩康熙十二年叛亂後，大江以南及川陜相繼淪於戰火，至作此詞時，亂尚未靖。

江城：指湖南江華縣城，詳見本詞之「説明」。

燈灺：燈燭。

【説明】

此闋爲上元懷遠之作，所念爲好友張純修。張純修，字見陽，康熙十八年秋離京，赴湖南江華縣任。見陽臨行，性德曾以詩贈别，有「楚國連烽火，深知作吏難」句。此詞曾經修改，《瑶華集》猶存其初稿面目，作期可據以考定。「楚天一帶」以下二句，《瑶華集》作「錦江烽火連三月，與蟾光、同照神京」。按，錦江，爲四川成都，康熙十九年正月初四，勇略將軍趙良棟收復成都，消息至京，方及上元，與詞之原句恰切，故此詞爲康熙十九年正月作。詞初非贈張者，至同年四月二十一日，作書寄張（即寄張見陽第二十九手簡，見附録），並寄詞，因改若干字句，以切寄友之旨。張純修，詳見後《菊花新》詞之「箋注」。

點絳唇

一種蛾眉，下弦不似初弦好。庾郎未老。何事傷心早。　素壁斜輝，竹影横窗掃。空房悄。烏啼欲曉。又下西樓了。

【校訂】

汪刻本有副題「對月」。

【箋注】

一種句：一種，猶一樣。蛾眉，喻殘月。

初弦：上弦月。上弦月趨近於團圞，故下弦月不及也。

庾郎：庾信。信暮年作《愁賦》、《傷心賦》。

【説明】

由「傷心早」、「空房悄」等句，詞似作於盧氏初逝未久。

又 詠風蘭

別樣幽芬，更無濃艷催開處。凌波欲去。且爲東風住。　忒煞蕭疏，争奈秋如許。還留取。冷香半縷。第一湘江雨。

【校訂】

副題張刻本作「題見陽畫蘭」。

下片「争奈」汪刻本作「怎耐」。

【箋注】

風蘭：一種蘭花，花白色，吊置觀賞。

凌波：曹植《洛神賦》：「凌波微步，羅襪生塵。」

忒煞：太，過分。

【説明】

據張純修刻本副題「題見陽畫蘭」，及詞中「第一湘江雨」句，此亦爲投寄張見陽之作。康熙十八年，納蘭性德與張純修相别未久，曾致書云：「沅湘以南，古稱清絶，美人香草，猶有存焉者乎！長短句固騷之苗裔也，暇日當製小詞奉寄。」（致見陽第二十八通手簡，見本書「附録」）此作即寄贈之詞，當作於康熙十八年秋，見陽南行後不久。見陽既見此詞，乃有和作，其詞爲《點絳脣》「咏蘭，和容若韻」：「弱影疏香，乍開猶帶湘江雨。隨風拂處。似供騷人語。　九畹親移，倩作琴書侶。清如許。紉來幾縷。結佩相朝暮。」另，曹寅《楝亭集》有《墨蘭歌》，歌序云：「見陽每畫蘭，必書容若詞。」其歌中云：「瀟湘第一豈凡情，别樣蕭疏墨有聲。可憐側帽樓中客，不在薰爐煙外聽。」歌中若干字句，俱出自此詞。時性德物故已久，見陽、曹寅諸人猶顧念不已，其情誼深切可見。

又

寄南海梁藥亭

一帽征塵，留君不住從君去。片帆何處。南浦沈香雨。　回首風流，紫竹村邊住。孤鴻語。三生定許。可是梁鴻侶。

【箋注】

梁藥亭：梁佩蘭（一六二九—一七〇五），字芝五，號藥亭。廣東南海縣人，順治十四年舉人。以詩名，與屈大均、陳恭尹並稱嶺南三大家。有《六瑩堂集》。

留君句：蔡伸《踏莎行》詞：「百計留君，留君不住。留君不住君須去。」

南浦：江淹《别賦》：「送君南浦，傷如之何。」

沈香：《晉書·良吏傳》載吴隱之有清節，爲廣州刺史。「後至自番禺，其妻劉氏藏沈香一斤，隱之見之，遂投於湖亭之水。」後人因稱其投香之處爲沈香浦，地在今廣東南海琵琶洲。

紫竹村：未詳。朱彝尊《送梁孝廉佩蘭還南海》詩云：「馬甲柱脆紅螺肥，榕陰一畝竹十圍。」紫竹村或爲南海一地名。

孤鴻：蘇軾《卜算子》：「時見幽人獨往來，飄緲孤鴻影。」

三生：佛家語，前生、今生、來生是爲三生。

梁鴻：《後漢書·逸民傳》：「梁鴻，字伯鸞，家貧而尚節介，博覽無不通，而不爲章句。入霸陵山中，以耕織爲業，咏詩書，彈琴以自娱。」

【説明】

梁佩蘭《六瑩堂二集》卷五《寄延兒》詩序：「予自辛酉冬底入北，迨明年壬戌二月始至都下……已而燕山秋老，滿地鷹風……將駕吴船，汎月清淮，采蓴笠澤矣。維時身留吴下……」據知梁氏離京在壬戌即康熙二十一年秋。詞云「留君不住」，「片帆何處」，是乍别未久之作，詞當作於康熙二十一年内。另，梁氏宦情頗汲汲，與屈大均志節不類，性德以梁鴻比之，實不侔。

又

黄花城早望

五夜光寒，照來積雪平于棧。西風何限。自起披衣看。　對此茫茫，不覺成長嘆。何時旦。曉星欲散。飛起平沙雁。

【箋注】

黄花城：在今北京懷柔縣北長城内側，古爲重要關戍之一。《新五代史》云：「唐時黄花戍，以扼契丹，戍兵常自耕食，惟衣絮歲給幽州。」《日下舊聞考》云：「京東至山海關，西至黄花鎮，爲關塞者二百一十二。」蔣一葵《長安客話》云：「黄花鎮直天壽山之後。」（天壽山，即明十三陵北山）其他書籍如《春明夢餘録》、《天府廣記》、《鳳臺祇謁筆記》等記載均同，唯或稱城、或稱鎮而已。新舊地圖如《皇朝興地通考》、《中國歷史地圖集》，圖示亦同。今尋常可見之北京地圖，仍標有此處。舊注以爲山西山陰縣之黄花城，且據以判斷詞作於康熙二十二年聖祖赴五臺山時，實誤。檢《康熙起居注》，赴五臺經涿州、完縣、阜平，原不取道山陰。

五夜：五更。《文選》陸倕《新刻漏銘》：「六日不辨，五夜不分。」李善注引衛宏《漢舊儀》：「晝夜漏起，省中用火，中黄門持五夜。五夜者，甲夜、乙夜、丙夜、丁夜、戊夜也。」

積雪：祖詠《望薊門》詩：「萬里寒光生積雪。」

棧：木栅欄。

對此茫茫：《世説新語·言語》：「見此茫茫，不覺百端交集。」

何時旦：《史記·鄒陽列傳》集解引寧戚《飯牛歌》：「從昏飯牛薄夜半，長夜曼曼何時旦。」

【説明】

舊注以爲此闋爲隨扈五臺之作，實誤。地望不切之外，時令亦不合。聖祖赴五臺在康熙二十二年九月，即擬「積雪平棧」，冀中氣候當不至嚴寒若此。聖祖可能經黄花城之行，唯二十二年、二十三年兩次赴古北口，然皆在夏令，亦與詞境不合，故此詞必非隨扈之作。性德任侍衛，曾司牧馬之職，此或爲赴邊放牧時所作。棧，或即圈馬欄。

【輯評】

唐圭璋曰：不假雕琢，自見荒漠之境，苦寒之情，令人慷慨生哀。（《納蘭容若評傳》）

又

小院新涼，晚來頓覺羅衫薄。不成孤酌。形影空酬酢。　蕭寺憐君，别緒應蕭索。西風惡。夕陽吹角。一陣槐花落。

【箋注】

形影句：謂獨自一人，唯影相伴。李密《陳情表》：「煢煢孑立，形影相吊。」

夕陽吹角：陸游《浣溪沙》詞：「夕陽吹角最關情。」

槐花句：戴叔倫《送車參軍江陵》詩：「槐花落盡柳陰清，蕭索涼天楚客情。」

【説明】

此闋緣姜宸英作。姜宸英，字西溟，浙江慈溪人。康熙十二年結識性德，時姜已四十七歲。康熙十七年，西溟重入京，冀得鴻博薦，未果。性德館之於德勝門北千佛寺，多所軫助。詞有「新涼」、「槐花」句，當作於康熙十八年夏末秋初。關於姜宸英事，參看後《金縷曲》「慰西溟」詞之「箋注」及「説明」。

此調陳維崧有和韻詞，但原唱並非贈陳之作。陳維崧康熙十七年入京，居宋德宜宅中，未居寺廟。

浣溪沙

消息誰傳到拒霜。兩行斜雁碧天長。晚秋風景倍淒涼。　銀蒜押簾人寂寂，玉釵敲竹信茫茫。黄花開也近重陽。

【校訂】

詞牌名汪刻本作「浣沙溪」，下同。

「敲竹」汪刻本作「敲燭」。

【箋注】

拒霜：木芙蓉之異名。李時珍《本草綱目·木三》：「木芙蓉八月始開，故名拒霜。」

銀蒜：銀質簾墜，形略如蒜，用以押簾。蘇軾《哨遍》詞：「銀蒜押簾，珠幕雲垂地。」

玉釵敲竹：高適《聽張立本女吟詩》：「自把玉釵敲砌竹，清歌一曲月如霜。」又王彦泓《即事》詩：「玉釵敲竹立旁皇，孤負樓心幾夜涼。」

銀蒜二句：孫光憲《浣溪沙》詞：「春夢未成愁寂寂，佳期難會信茫茫。」

【輯評】

吴世昌曰：此必有相知名「菊」者爲此詞所屬意，惜其本事已不可考。（《詞林新話》卷五）

又

雨歇梧桐淚乍收。遣懷翻自憶從頭。摘花銷恨舊風流。　簾影碧桃人已去，屧痕蒼蘚徑空留。兩眉何處月如鈎。

【箋注】

銷恨：《開元天寶遺事·銷恨花》：「明皇於禁苑中，初有千葉桃盛開，帝與貴妃日逐宴於樹下。帝曰：『不獨萱草忘憂，此花亦能銷恨。』」王士禄《浣溪沙》詞：「莫將銷恨喚名花。」

屧痕句：朱松《蘆檻》詩：「未辨松窗眠淥浦，且將屐齒印蒼苔。」

月如鈎：李煜《烏夜啼》：「無言獨上西樓，月如鈎。」

又

欲問江梅瘦幾分。祇看愁損翠羅裙。麝篝衾冷惜餘熏。　可耐暮寒長倚竹，便教春好不開門。枇杷花底校書人。

【校訂】

下片「可耐」汪刻本作「可奈」。

「花底」袁刻、汪刻本作「花下」。

「校書人」之「校」字底本作「較」，從汪刻本改作「校」。

【箋注】

江梅句：范成大《梅譜》：「江梅，或謂之野梅，凡山間水濱荒寒清絶之趣，皆此本也。花稍小而疏瘦有韻，香最清。」程垓《攤破江城子》詞：「一夜無眠連曉角，人瘦也，比梅花、瘦幾分。」葉夢得《臨江僊》詞：「學士園林人不到，傳聲欲問江梅。」

麝篝：薰籠。餘熏，同「餘薰」。

倚竹句：杜甫《佳人》詩：「天寒翠袖薄，日暮倚修竹。」

枇杷句：王建《寄蜀中薛濤校書》詩：「萬里橋邊女校書，枇杷花裏閉門居。」《全唐詩·薛濤小傳》：「薛濤，字洪度。本長安良家女，隨父宦，流落蜀中，遂入樂籍。辨慧工詩，有林下風致。韋臯鎮蜀，召令侍酒賦詩，稱爲女校書。」

【説明】

性德《致顧貞觀手簡》云：「又聞琴川沈姓有女頗佳，亦望吾哥略爲留意。」又云：「吾哥所識天海風濤之人，未審可以晤對否？淪落之餘，方欲葬身柔鄉，不知得如鄙人之願否耳。」所言沈姓女，即沈宛。宛能詩詞，有《選夢詞》。據「天海風濤」句，知沈氏本江南女校書一流人物。致顧貞觀手簡作於康熙二十三年，此詞或緣沈氏作，則亦爲二十三年詞。沈後歸性德。參見後同調「十八年來墮世間」闋「吹花嚼蕊」條之「箋注」及該詞之「説明」。

又

淚浥紅箋第幾行。唤人嬌鳥怕開窗。那能閒過好時光。 屏障厭看金碧畫，羅衣不奈水沈香。遍翻眉譜只尋常。

【校訂】

上片「那能」《昭代詞選》、汪刻本作「那更」。

下片「金碧畫」張刻本、《昭代詞選》作「金碧畫」。

【箋注】

淚浥句：歐陽修《洞僊歌令》詞：「擬寫相思寄歸信，未寫了，淚成行，早滿香箋。」又《南鄉子》詞：「淚浥紅腮不記行。」

好時光：唐明皇《好時光》詞：「彼此當年少，莫負好時光。」

水沈香：又稱沉水香。《本草綱目·木一》：「沉香木之心節置水則沉，故名沉水，亦曰水沉。」馮贄《雲仙雜記》：「染衣用沈香水。」周邦彦《浣溪沙》詞：「衣籌盡日水沉微。」

眉譜：女子畫眉圖様。楊慎《丹鉛續録》有關於《十眉圖》的記載。

又

殘雪凝輝冷畫屏。落梅横笛已三更。更無人處月朧明。　我是人間惆悵客，知君何事淚縱横。斷腸聲裏憶平生。

【箋注】

冷畫屏：杜牧《秋夕》詩：「紅燭秋光冷畫屏。」

落梅横笛：落梅，古笛曲名。《樂府雜録》：「笛，雜曲也，有《落梅花》曲。」李白《司馬將軍歌》：「向月樓中吹落梅。」

更無句：更，猶云「絶」。李商隱《王十二兄與畏之員外相訪見招小飲》詩：「更無人處簾垂地。」

斷腸聲：李商隱《贈歌妓》詩：「斷腸聲裏唱陽關。」

又

睡起惺忪强自支。緑傾蟬鬢下簾時。夜來愁損小腰肢。　遠信不歸空竚望，幽期細數却參差。更兼何事耐尋思。

【箋注】

緑傾蟬鬢：蘇軾《浣溪沙》「春情」詞：「朝來何事緑鬟傾」。

竚望：凝望，等候之意。

參差：蹉跎，錯過之意。李商隱《櫻桃花下》詩：「他日未開今日謝，嘉辰長短是參差。」

又

十里湖光載酒遊。青簾低映白蘋洲。西風聽徹採菱謳。　沙岸有時雙袖擁，畫船何處一竿收。歸來無語晚妝樓。

【箋注】

採菱：《楚辭·招魂》王逸注：「採菱，楚人歌曲也。」《古今樂録》：「江南弄共七曲，第五曲採菱。」張蓊《多麗》詞：「採菱新唱最堪聽。」

【説明】

此闋寫蘇州無錫間見聞，作於康熙二十三年十月底。採菱雖似稍遲，然同時作詩云：「櫂女紅妝映茜衣，吴歌清切傍斜暉。」採菱謳，謂吴歌而已。參看下闋「脂粉塘空遍緑苔」詞之「説明」。

又

脂粉塘空遍緑苔。掠泥營壘燕相催。妒他飛去却飛回。　一騎近從梅里過，片帆遥自藕溪來。博山香燼未全灰。

【箋注】

脂粉塘：任昉《述異記》：「吴故宫有香水溪，俗云西施浴處，又呼爲脂粉塘，至今馨香。」

營壘：築巢。阮逸女《魚游春水》詞：「燕子歸來尋舊壘。」

梅里：地名。《史記・吴太伯世家》張守節《正義》：「太伯居梅里，在常州無錫縣東南六十里。」

藕溪：今或稱洋溪，在無錫西。

博山：博山爐，香爐。《西京雜記》：「長安巧工丁緩者……作九層博山香爐，鏤爲奇禽怪獸，窮諸靈異，皆自然運動。」徐𤊹《徐氏筆精》：「博山爐，上有蓋，如山形，番煙纏繞，不相離也。」李白《楊叛兒》詩：「博山爐中沈香火，雙咽一氣凌紫霞。」

【説明】

此闋與上闋「十里湖光載酒遊」作於同時。南巡扈駕似難獨自出行，惟偶患病，方得片刻棲遲自適。性德有《病中過錫山》詩二首，可爲此二闋詞注腳。其一云：「潤州山盡路漫漫，天入蓉湖漾碧瀾。彩鷁風檣連塔影，飛鴻雲陣度峰巒。泉烹緑茗徐斟渴，酒汎青瓷漸却寒。久愛虎頭三絶譽，今來仍向畫中看。」其二云：「櫂女紅妝映茜衣，吴歌清切傍斜暉。林花刺眼篷窗入，藥裹關心蠟屐違。藕蕩波光思瀇汖，碧山嵐氣望霏微。細莎斜竹吟還倦，繡嶺停雲有夢依。」詞云「妒他飛去却飛回」，蓋燕可依留從容，人却須一騎匆匆，未能盡其徘徊慨慕之情。

又

五月江南麥已稀。黄梅時節雨霏微。閒看燕子教雛飛。　一水濃陰如罨畫，數峰無恙又晴暉。湔裙誰獨上漁磯。

【校訂】

下片結句「湔裙」底本作「濺裙」，今從袁刻、汪刻本改作「湔裙」。

【箋注】

黄梅句：《歲華紀麗》：「麥秋梅雨。」羅隱《寄進士盧休》詩：「麥秋梅雨遍江東。」趙師秀《約客》詩：「黄梅時節家家雨。」

罨畫：《丹青總録·訂譌》：「畫家有罨畫，雜彩色畫也。」

湔裙句：杜臺卿《玉燭寶典》：「元日至於月晦，民並爲酺食，渡水，士女悉湔裳，酹酒於水湄，以度厄。」後泛指水畔洗衣。梁簡文帝《和人渡水》詩：「婉娩新上頭，湔裙出樂遊。」

【説明】

容若五月未嘗往江南，詞非寫實。顧貞觀《彈指詞》有《畫堂春》一闋，其首句云「湔裙獨上小漁磯」，與容若此調末句約略相同。兩詞刻畫景致亦相類，疑同爲題畫之作。

又 西郊馮氏園看海棠，因憶香嚴詞有感

誰道飄零不可憐。舊遊時節好花天。斷腸人去自今年。　一片暈紅纔著雨，幾絲柔緑乍和煙。倩魂銷盡夕陽前。

【校訂】

底本無副題，此據汪刻本補。

上片結句「今」字下汪刻本有雙行小字校「經」。

下片「纔著」汪刻本作「疑著」。

「幾絲柔緑乍和煙」汪刻本作「晚風吹掠鬢雲偏」，又有雙行小字校「幾絲柔柳乍和烟」，將底本「緑」字作「柳」；「乍」字《草堂嗣響》作「又」。

【箋注】

西郊馮氏園：明萬曆時大璫馮保之園林，在北京阜成門外。

香嚴詞：龔鼎孳寓所有「香嚴齋」，其詞集初稱《香嚴詞》，後定本名《定山堂詩餘》。

誰道句：龔鼎孳《菩薩蠻》「西郊海棠已放，風復大作，對花悵然」詞：「那禁風似箭，更打殘花片。

莫便踏花歸，留他緩緩飛。」

舊遊時節：龔鼎孳在京，疊年往馮氏園看海棠，今集中存其西郊海棠詞四闋。

人去：謂龔氏已卒。據董遷《龔芝麓年譜》：「康熙十二年癸丑，公五十九歲。春，奉命典會試，得韓菼等一百五十八人。九月十二日卒於京邸。」

暈紅：《妝臺記》：「美人妝面，既傅粉，復以胭脂調勻掌中，施之兩頰，濃者爲酒暈妝，淺者爲桃花妝。」

著雨：王雱《倦尋芳》詞：「海棠著雨胭脂透。」

和煙：和，合；指柳絲籠罩於煙雨中。鄭谷《小桃》詩：「和煙和雨遮敷水，映竹映村連灞橋。」

【説明】

龔鼎孳（一六一五—一六七三），字孝昇，號芝麓，合肥人。入清，官至左都御史、刑部尚書。有《定山堂集》，附詞四卷。其詞風格多樣，辭采清麗，推一代作手。康熙十二年，龔任會試主試官，容若出其門下。是年秋，芝麓即卒。京西馮氏園海棠，爲清初遊覽名勝，龔氏疊年往訪，作詞多首。其中《菩薩蠻》一首云：「年年歲歲花間坐，今來却向花間卧。卧倚璧人肩，人花并可憐。」所謂「璧人」，蓋指陪遊青年男子張詔九。張詔九，雲間人，容貌姣好，爲同郡文士宋徵輿（字直方，又字轅文，順治四年進士，官至都察院左副都御史）所嬖昵。明清間文士有好男寵之風，如陳其年與徐紫雲、宋直方與張詔九，俱爲著例。康熙六年，直方卒，詔九流落京中，乃依棲於龔芝麓門下。康熙八年春，龔氏偕詔九摩訶庵杏花下，作《菩薩蠻》詞云：「蔚藍一片山初染，粉紅花底看人面，玉笛怕花飛，花殘人不歸。當時花下客，把酒斜陽立。今日對斜陽，與花同斷腸。」即感宋、張舊事而作（參見王昶《西崦山人詞話》卷三、《全清詞·順康卷》一一四二頁）。性德此作與龔詞措辭用意多相關，且自言「因憶香嚴詞有感」，則此作亦或有關詔九事也。「誰道飄零不可憐」闋之意藴，近人屢爲揣測，兹拈出直方、詔九情事，庶或爲論者啟一思路。又，容若詞風，嘗深得芝麓意指，此爲顯例。詞當作於龔氏卒後；徐釚《詞苑叢談》稱此詞見於《側帽詞》，知必作於康熙十五年之前，或即爲康熙十三年作。

【輯評】

徐釚曰：《側帽詞》「西郊馮氏園看海棠」《浣溪沙》，蓋憶《香嚴詞》有感作也。王儼齋（按即王鴻緒）以爲柔情一縷，能令九轉腸迴，雖「山抹微雲」君不能道也。（《詞苑叢談》五）

張任政曰：容若此詞，似不勝重來之感。（《納蘭性德年譜》）

又 咏五更，和湘真韻

微暈嬌花濕欲流。簟紋燈影一生愁。夢回疑在遠山樓。　殘月暗窺金屈戌，軟風徐蕩玉簾鈎。待聽鄰女唤梳頭。

【箋注】

副題：明末陳子龍《湘真閣詞》有《浣溪沙》「五更」一闋。

遠山樓：湯顯祖《紫釵記》中「泣玉」一折，寫李益久戍不歸，妻小玉在遠山樓懷思其夫，云：「則他遠山樓上費精神，舊模樣直恁翠眉顰。」此借指女子居處。王彥泓《夢遊》詩：「繡被鄂君仍眺賞，篷窗新署遠山樓。」

屈戌：門上搭環。《南村輟耕録》：「今人家窗户設鉸具，或鐵或銅，名曰環紐。北方謂之屈戌。」按，今晉北猶稱環紐爲屈戌。朱彝尊《菩薩蠻》：「重重金屈戌，門掩黄昏月。」

【輯評】

陳廷焯曰：秀絶矣，亦自淒絶（上片）。結句從旁面生情。（《雲韶集》十五）

陳廷焯又曰：調和意遠，似此真不愧大雅矣，古今艷詞亦不多見也。惜全篇平平。（《詞則·閒情集》）

又

伏雨朝寒愁不勝。那能還傍杏花行。去年高摘鬭輕盈。　漫惹爐煙雙袖紫，空將酒暈一衫青。人間何處問多情。

【校訂】

納蘭性德存世時，於其詞每有改訂。遂至一詞而字句或有異同，並傳於世。《瑤華集》所收，多不一於《通志堂集》，即由此。然有異同之作，原爲一闋，不必視爲兩作，録其異詞入校記即可。汪刻本得此詞異稿爲「酒醒香消愁不勝」云云，遂與此詞分作二首計，實不必。本編仍視作一首，並以汪刻另首入校。

「伏雨朝寒」汪刻本另首作「酒醒香銷」。

「那能還傍杏花行」汪刻本另首作「如何更向落花行」。

「漫惹爐煙雙袖紫，空將酒暈一衫青」汪刻本另首作「夜雨幾番銷瘦了，繁華如夢總無憑」。

【箋注】

伏雨：連綿雨。杜甫《秋雨嘆》詩「闌風伏雨秋紛紛」句，仇注引趙子櫟曰：「闌珊之風，沉伏之雨，言其風雨不已也。」朝寒：彭孫遹《阮郎歸》詞：「幾回欲去又消停，朝寒不自勝。」

去年句：吴偉業《浣溪沙》詞：「摘花高處賭身輕。」

酒暈：見前同調「誰道飄零不可憐」闋之「箋注」。

【説明】

據汪刻本另首小注，此詞見於顧刻《飲水詞》，則詞之作期不晚於康熙十六年。

又

五字詩中目乍成。儘教殘福折書生。手挼裙帶那時情。　別後心期和夢杳，年來憔悴與愁并。夕陽依舊小窗明。

【箋注】

五字句：王彦泓《有贈》詩：「矜嚴時已逗風情，五字詩中目乍成。」目成，屈原《九歌·少司命》：「滿堂兮美人，忽獨與余兮目成。」蔣驥注：「以目定情也。」

儘教句：王彦泓《夢遊》詩：「相對祇消香共茗，半宵殘福折書生。」

手挼裙帶：挼，握。曹唐《小遊僊》詩：「玉女暗來花下立，手挼裙帶問昭王。」薛昭藴《小重山》

詞：「手挼裙帶繞階行。」

又

欲寄愁心朔雁邊。西風濁酒慘離顏。黄花時節碧雲天。　古戍烽煙迷斥堠，夕陽村落解鞍韉。不知征戰幾人還。

【校訂】

上片「離顏」《草堂嗣響》、汪刻本作「離筵」。

【箋注】

欲寄句：李白《王昌齡左遷龍標遥寄》詩：「我寄愁心與明月，隨風直到夜郎西。」

濁酒：范仲淹《漁家傲》詞：「濁酒一杯家萬里。」

黄花句：王實甫《西厢記》：「碧雲天，黄花地，西風緊，北雁南飛。」

斥堠：覘瞭敵情之工事。

不知句：王翰《凉州詞》：「醉卧沙場君莫笑，古來征戰幾人回。」

又

記綰長條欲別難。盈盈自此隔銀灣。便無風雪也摧殘。　青雀幾時裁錦字，玉蟲連夜翦春幡。不禁辛苦況相關。

【校訂】

《瑶華集》有副題「欲別」。

上片「記綰」《瑶華集》作「折得」；「自此」作「從此」；「便無風雪也摧殘」作「天將離恨老朱顏」。

下片「裁錦字」《瑶華集》作「傳錦字」；「玉蟲連夜」作「緑窗前夜」；「不禁」作「愁他」；「況相關」作「夢相關」。

【箋注】

記綰句：古人送別有折楊柳相贈之俗。張喬《寄維揚故人》：「離別河邊綰柳條，千山萬水玉人遥。」李商隱《離亭賦得折楊柳》：「人世死前惟有別，春風争擬惜長條。」

盈盈句：銀灣，銀河。《鷄跖集》：「許洞謂銀河爲銀灣。」《古詩十九首》之十：「迢迢牽牛星，皎皎河漢女。盈盈一水間，脈脈不得語。」朱彝尊《風入松》詞：「悵迢迢、路斷銀灣。」

青雀：青鳥。班固《漢武故事》：「有青鳥從西方來，集殿前。上問東方朔，朔對曰：西王母暮必降尊像……有頃，王母至。」後以青雀、青鳥借指信使。李商隱《漢宮詞》：「青雀西飛竟未迴，君王長在集靈臺。」

錦字：猶言書信。前秦竇滔妻嘗織錦爲《璇璣圖詩》以寄滔。顧敻《浣溪沙》詞：「青鳥不來傳錦字，瑶姬何處鎖蘭房。」

玉蟲：燈花。范成大《客中呈幼度》詩：「今朝合有家書到，昨夜燈花綴玉蟲。」

春幡：舊俗，立春日，婦女剪繒絹爲小幡，或簪家人之頭，或綴花枝之下，稱春幡。

又

誰念西風獨自涼。蕭蕭黄葉閉疏窗。沈思往事立殘陽。　被酒莫驚春睡重，賭書消得潑茶香。當時衹道是尋常。

【箋注】

誰念句：秦觀《減字木蘭花》詞：「天涯舊恨，獨自淒涼人不問。」

沈思句：仝珣《浣溪沙》詞：「暗思何事立殘陽。」

被酒句：被酒，指醉酒。程垓《愁倚闌》詞：「昨夜酒多春睡重，莫驚他。」

賭書句：李清照《金石録後序》：「余性偶强記，每飯罷，坐歸來堂烹茶，指堆積書史，言某事在某書某卷第幾葉第幾行，以中否角勝負，爲飲茶先後。中即舉杯大笑，至茶傾覆懷中，反不得飲而起。」

【輯評】

況周頤曰：「被酒莫驚春睡重」云云，亦復工於寫情，視此微嫌詞費矣。又：即東甫《眼兒媚》句意，酒中茶半，前事伶俜，皆夢痕耳。（《蕙風詞話》卷一、二）

吴世昌曰：容若《浣溪沙》云云，上結沉思往事，下聯即述往事，故歇拍有「當時」云云。賭書句用易安《金石録後序》中故事，知此首亦悼亡之作。（《詞林新話》卷五）

又

十八年來墮世間。吹花嚼蕊弄冰絃。多情情寄阿誰邊。　紫玉釵斜燈影背，紅綿粉冷枕函偏。相看好處却無言。

【校訂】

下片「枕函偏」汪刻本作「枕函邊」。

【箋注】

十八年句：李商隱《曼倩辭》：「十八年來墮世間，瑶池歸夢碧桃閒。」

吹花嚼蕊：李商隱《柳枝詩序》：「柳枝，洛中里娘也……生十七年，塗粧綰髻未嘗竟。已復起去，吹葉嚼蕊，調絲擫管，作天海風濤之曲，幽憶怨斷之音。……余從昆讓山，比柳枝居爲近。他日春曾陰，讓山下馬柳枝南柳下，吠余《燕臺詩》。柳枝驚問：『誰人有此？誰人爲是？』讓山謂曰：『此吾里中少年叔耳。』柳枝手斷長帶，結讓山爲贈叔乞詩。明日，余比馬出其巷，柳枝丫鬟畢粧，抱立扇下，風障一袖，指曰：『若叔是？後三日，鄰當去濺裙水上，以博山香待，與郎俱過。』余諾之。會所友有偕當詣京師者，戲盜余卧裝以先，不果留。」按，此序中之柳枝，乃歌妓也。

冰絃：琴絃。據《太真外傳》，拘彌國琵琶絃，爲冰蠶絲所製。

紫玉句：紫玉釵，辭出蔣防《霍小玉傳》。又尤侗《李益殺霍小玉判》：「紫玉釵落去誰家，工人流涕。」燈影背，張祜《贈内人》詩：「斜拔玉釵燈影畔。」湯顯祖《紫釵記》：「燭花無賴，背銀缸、暗擘瑶釵。」

紅綿：周邦彦《蝶戀花》詞：「淚花落枕紅綿冷。」

枕函：古以木或瓷制枕，中空可藏物，因稱枕函。

相看句：湯顯祖《牡丹亭・驚夢》：「相看儼然，好處相逢無一言。」

【説明】

此闋似爲沈宛作，參見前同調「欲問江梅瘦幾分」闋之「説明」。「吹花嚼蕊」、「天海風濤」，皆切沈宛身份。另，「十八年」、「紫玉釵」語皆見於唐傳奇蔣防撰《霍小玉傳》，「紅綿」句情境亦與小玉故事仿佛。小玉，亦歌女也，以詞爲沈宛而作，庶當無誤。康熙二十三年歲杪，顧貞觀作伐，沈宛至京，歸性德爲妾，詞即作於此時。又，湯顯祖《紫釵記》傳奇亦演霍小玉故事，故詞句又化用《紫釵記》曲文。性德藏書中有《紫釵記》，見《謙牧堂書目》。

【輯評】

況周頤曰：《飲水詞》有云「吹花嚼蕊弄冰絃」，又云「烏絲闌紙嬌紅篆」。容若短調，輕清婉麗，誠如其自道所云。（《蕙風詞話》卷五）

又

蓮漏三聲燭半條。杏花微雨濕紅綃。那將紅豆記無聊。　春色已看濃似酒，歸期安得信如潮。離魂入夜倩誰招。

【校訂】

上片「紅綃」《國朝詞綜》、汪刻本作「輕綃」。

「記無聊」汪刻本作「寄無聊」。

【箋注】

蓮漏：蓮花形漏器。李肇《國史補》以爲僧慧遠所製。

杏花句：韓偓《寒食夜有寄》詩：「雲薄月昏寒食夜，隔簾微雨杏花香。」

那將句：紅豆爲相思之象徵。古時婦女有懷遠人，則手拈紅豆，以爲可以使遠人念閨中。此句故反用之。記，惦念之意。韓偓《玉合》詩：「羅囊繡兩鴛鴦，玉合雕雙鸂鶒。中有蘭膏積紅豆，每回拈著長相憶。」

春色句：陳旅《題黄鸝海棠圖》詩：「上林春色濃於酒。」

信如潮：潮來有時，稱潮信。王彦泓《鍺認》詩：「夜視可憐明似月，秋期只願信如潮。」

離魂：唐傳奇有陳玄祐《離魂記》，言倩娘與王宙相愛慕，宙遠行，倩娘魂遂夜半離體與偕。

又

身向雲山那畔行。北風吹斷馬嘶聲。深秋遠塞若爲情。　一抹晚煙荒戍壘，半竿斜日舊關城。古今幽恨幾時平。

【箋注】

若爲情：猶言何以爲情。李珣《定風波》詞：「簾外煙和月滿庭，此時閒坐若爲情。」

【説明】

「身向雲山那畔行」，實自其自撰《長相思》之「身向榆關那畔行」出，惟前次爲春，此則深秋而已。「舊關城」仍爲榆關，否則「古今幽恨」四字不稱。此闋蓋有明清易代之感慨在焉。其作期，當爲康熙二十一年覘梭龍時。

又　大覺寺

燕壘空梁畫壁寒。諸天花雨散幽關。篆香清梵有無間。　蛺蝶乍從簾影度，櫻桃半是鳥銜殘。此時相對一忘言。

【箋注】

大覺寺：京中有大覺寺數處，最著者在西郊暘臺山，爲清初名勝。性德所遊，當爲其中一處。舊注以爲大覺寺在河北滿城，並以詞繫於康熙十八年三月，即聖祖往保定行圍打獵時，似誤。按是年行圍，僅及保定東白洋淀周邊，未至滿城。

燕壘空梁：薛道衡《昔昔鹽》詩：「暗牖懸蛛網，空梁落燕泥。」

畫壁：韓愈《山石》詩：「僧言古壁佛畫好，以火來照所見稀。」

諸天：佛教以神界衆神位爲諸天，亦指護法衆天神。

花雨：據《仁王經·序品》載，佛既説法，諸天共贊其功德，散花如雨。李白《尋山僧不遇》詩：「香雲遍山起，花雨從天來。」

幽關：寺居僻邃之地，悄愴少人，因稱幽關。全句言寺院中野花散漫。

篆香：焚香之煙彎環，稱篆煙，其氣味稱篆香。

清梵：誦經之聲。全句寫僧稀寺冷。

櫻桃句：王維《敕賜百官櫻桃》詩：「總是寝園春薦後，非關御苑鳥銜殘。」

忘言：陶淵明《飲酒》詩：「此中有真意，欲辨已忘言。」

又　古北口

楊柳千條送馬蹄。北來征雁舊南飛。客中誰與換春衣。　終古閒情歸落照，一春幽夢逐游絲。信回剛道別多時。

【校訂】

上片「舊南飛」袁刻本作「向南飛」。

【箋注】

古北口：京北長城關隘之一。孫承澤《天府廣記》：「古北口在密雲縣東北一百二十里，兩崖壁立，中有路僅容一車。下有澗，巨石磊塊，凡四十五里。」

楊柳千條：沈佺期《望春宫》詩：「楊柳千條花欲綻。」

北來句：句謂今日北來雁，正是舊時（去年）南飛者。

換春衣：陸游《聞雁》詩：「過盡梅花把酒稀，熏籠香冷換春衣。」

一春幽夢：李雯《浪淘沙》詞：「一春幽夢緑萍間。」

剛道：祇説。

【説明】

性德初充侍衛，曾司馬曹，此調或口外牧馬時作。清聖祖往古北口，一爲康熙二十二年，一爲二十三年，皆爲避暑。起程皆在舊曆五月末，早過换春衣之季，故此詞非扈從之作。家中來信，只道别久思念，於詩人之閒情幽夢，却渾然無所知。見信雖少慰藉，終有悵焉。

【輯評】

陳廷焯曰：情景兼勝。（《雲韶集》十五）

又

鳳髻抛殘秋草生。高梧濕月冷無聲。當時七夕記深盟。　信得羽衣傳鈿合，悔教羅襪葬傾城。人間空唱雨淋鈴。

【校訂】

上片「高」字下汪刻本有雙行小字校「官」。

「記深盟」汪刻本作「有深盟」。

下片「葬傾城」汪刻本作「送傾城」。

【箋注】

鳳髻句：《新唐書・五行志》：「楊貴妃常以假鬢爲首飾，時人爲之語曰：義髻抛河裏，黄裙逐水流。」又杜牧《爲人題贈》：「和簪抛鳳髻，將淚入鴛衾。」此合二典用之。秋草，白居易《長恨歌》：「西宫南内多秋草，落葉滿階紅不掃。」

高梧句：《長恨歌》：「秋雨梧桐葉落時。」姜夔《揚州慢》詞：「波心蕩、冷月無聲。」

當時句：樂史《太真外傳》：「妃徐而言曰：昔天寶十載，侍輦避暑驪山宫。秋七月，牽牛織女相見之夕，上憑肩而望，因仰天感牛女事，密相誓心：願世世爲夫婦。言畢，執手各嗚咽，此獨君王知之耳。」李商隱《馬嵬》詩：「此日六軍同駐馬，當時七夕笑牽牛。」

信得句：羽衣，謂道士。陳鴻《長恨歌傳》：「上詔高力士潛搜外宫，得弘農楊玄琰女，上甚悦。定情之夕，授金釵鈿合以固之。……適有道士自蜀來，知上心念楊妃，自言有李少君之術，玄宗大喜。方士乃竭其術以索之。久之，玉妃出，揖方士，問皇帝安否。言訖，憫然，指碧衣取金鈿釵合，各析其半，授使者曰：爲我謝太上皇，謹獻是物尋舊好也。」

羅襪：楊妃之襪。《太真外傳》：「妃子死日，馬嵬媪得錦袎襪一雙，相傳過客一玩百錢，前後獲錢無數。」

雨淋鈴：鄭處誨《明皇雜録補遺》：「明皇既幸蜀，西南行初入斜谷。屬霖雨涉旬，於棧道中聞鈴，音與山相應。上既悼念貴妃，採其聲爲《雨霖鈴》曲，以寄恨焉。其曲今傳於法部。」

【説明】

此闋爲感懷唐明皇、楊貴妃事作。

又

敗葉填溪水已冰。夕陽猶照短長亭。何年廢寺失題名。　倚馬客臨碑上字，鬭雞人撥佛前燈。净消塵土禮金經。

【校訂】

上片「何年」汪刻本作「行來」。

下片「倚馬」汪刻本作「駐馬」。

「浄消塵土禮金經」汪刻本作「勞勞塵世幾時醒」。

【箋注】

短長亭：古驛道記程築亭，供行人歇息。《白孔六帖》：「十里一長亭，五里一短亭。」

失題名：謂無榜額，已失廢寺之名。

鬬雞句：用唐賈昌事。唐玄宗好鬬雞，兩宫之間設鬬雞坊。賈昌七歲，通鳥語，馴雞如神，玄宗任爲五百小兒長。金帛之賜，日至其家。昌父死，天子賜葬器，乘傳洛陽道。天下號爲神雞童，時人歌云：生兒不用識文字，鬬雞走馬勝讀書。賈家小兒年十三，富貴榮華代不如。席寵四十年，恩澤不渝。天寶間，安史亂起，玄宗奔蜀，昌變姓名，依於佛舍。家爲兵掠，一物無存。大曆間，依資聖寺僧，讀釋經，漸通文字，了達經義。晝汲水灌竹，夜正觀於禪室。日食粥一杯，臥草席。事見陳鴻《東城老父傳》。

金經：佛經。

【説明】

詞末「浄消」一句，汪本作「勞勞塵世幾時醒」更見警策，當爲容若改定本。詞境哀煞，且有「鬬雞人撥佛前燈」語，而出自貴公子容若之口，落差懸絶，尤覺悚然。「君本春人而多秋思」（梁佩蘭評性德語），可於此得證。

又　庚申除夜

收取閒心冷處濃。舞裙猶憶柘枝紅。誰家刻燭待春風。　竹葉樽空翻綵燕，九枝燈灺顫金蟲。風流端合倚天公。

【校訂】

上片「收取」下汪刻本有雙行小字校「浄掃」。

下片「顫金蟲」張刻、袁刻本作「鸇金蟲」。

【箋注】

副題：庚申，康熙十九年（一六八〇）。除夜，即除夕，猶今言「大年三十晚上」。參見卷四《鳳凰臺上憶吹簫》「守歲」闋之「箋注」。

收取句：王彦泓《寒詞》：「個人真與梅花似，一日幽香冷處濃。」

柘枝：柘枝舞，盛行於唐代。郭茂倩《樂府詩集·舞曲歌辭》：「似是戎夷之舞。按今舞人衣冠類蠻服，疑出南蠻諸國也。」張祜《周員外出雙舞柘枝伎》詩：「金絲蹙霧紅衫薄，銀蔓垂花紫帶長。」舞人多爲女子，服色多用紅紫。柘枝舞宋、金後失傳，詞云「柘枝紅」，僅借謂舞裙爲紅色而已。

刻燭：刻標志於蠟燭，以計時。韓偓《妬媒》詩：「已嫌刻燭春宵短，最恨嗚珂曉鼓催。」

竹葉：酒名，或指酒爲緑色。白居易《錢湖州李蘇州以酒寄到》詩：「傾如竹葉盈尊緑，飲作桃花面上紅。」葛立方《韻語陽秋》：「酒以緑爲貴者，樂天所謂『傾如竹葉盈尊緑』是也。」

綵燕：立春日飾物。宗懍《荆楚歲時記》：「立春日悉剪綵爲燕以戴之，帖『宜春』二字。」方岳《立春》詩：「綵燕雙簪翡翠翹，巧裁銀勝試春韶。」

九枝燈：古燈具，一榦九枝，各托一盞，稱九枝燈。李商隱詩中喜用此辭，如「如何一柱觀，不礙九枝燈」、「九枝燈檠夜珠圓」等。性德詞喜用義山語。

金蟲：首飾，李賀《惱公》詩：「陂陀梳碧鳳，腰裊帶金蟲。」王琦匯解：「以金作蝴蝶、蜻蜓等物形而綴之釵上者。」

天公：南卓《羯鼓録》載，春日，唐明皇擊羯鼓催開柳杏之花，「笑謂嬪御曰：此一事不唤我作天公可乎？」（參見後《菩薩蠻》「催花未歇花奴鼓」詞之「箋注」）是句似云富貴風流皆爲皇恩賦與。

又

萬里陰山萬里沙。誰將綠鬢鬭霜華。年來强半在天涯。　魂夢不離金屈戍，畫圖親展玉鴉叉。生憐瘦減一分花。

【校訂】

《瑶華集》有副題「塞外」。

上片「綠鬢」《國朝詞綜》作「綠髮」。

下片「親展」《瑶華集》作「重展」。

【箋注】

陰山：今陰山、燕山至大興安嶺諸山脉之總名。《漢書·匈奴傳》：「北邊塞至遼東外，有陰山，東西千餘里。」

玉鴉叉：畫叉，張掛書畫所用。郭若虚《圖畫見聞志》：「張文懿性喜書畫，愛護尤勤。每張畫，必先施䌡幕，畫叉以白玉爲之。」

生憐句：生，甚，最。《牡丹亭·寫真》：「春夢暗隨三月景，曉寒瘦減一分花。」

【説明】

康熙二十一年二月至五月，納蘭性德隨扈吉林；九月至臘月，又奉使梭龍，與「强半在天涯」句合。梭龍遥遠，與「萬里陰山」句合。自梭龍歸，倩人繪《楞伽出塞圖》，此闋有「畫圖親展」句，當爲題圖之作。參見後《太常引》「自題小照」詞之「説明」。

【輯評】

陳廷焯曰：一片淒感（謂「年來」句）。筆筆淒艷，是容若本色（謂「生憐」句）。（《雲韶集》十五）

又

腸斷斑騅去未還。繡屏深鎖鳳簫寒。一春幽夢有無間。　逗雨疏花濃淡改，關心芳草淺深難。不成風月轉摧殘。

【校訂】

下片「芳草」底本原作「芳字」，似通實不切。上句相對之辭爲「疏花」，以「疏花」對「芳草」，甚當。從袁刻、汪刻本改。

【箋注】

斑騅：雜色馬。李商隱《對雪》詩：「關河凍合東西路，腸斷斑騅送陸郎。」

鳳簫：排簫，比竹爲之，參差如鳳翼。辛棄疾《江神子》詞：「繡閣香濃，深鎖鳳簫聲。」

逗雨：李賀《李憑箜篌引》詩：「石破天驚逗秋雨。」

芳草：《楚辭·招隱士》：「王孫游兮不歸，芳草生兮萋萋。」

【説明】

此闋與前同調之「古北口」一闋對看，頗有意味。一爲行人思家中，一爲家中思行人；共有「一春幽夢」，一逐遊絲，一在有無間，雖云念遠，實乃自惜之甚，其爲繼室官氏歟？二詞似作於同時。

又

容易濃香近畫屏。繁枝影著半窗横。風波狹路倍憐卿。　未接語言猶悵望，纔通商略已瞢騰。只嫌今夜月偏明。

【校訂】

下片「嫌」字下汪刻本雙行小字校「言」。

【箋注】

風波句：王彦泓《代所思别後》詩：「風波狹路驚團扇，風月空庭泣浣衣。」

未接句：王彦泓《和端己韻》詩：「未接語言當面笑，暫同行坐夙生緣。」

纔通句：王彦泓《賦得别夢依依到謝家》詩：「今日眼波微動處，半通商略半矜持。」瞢騰，原指神志不清，此謂緊張無措狀。

又

抛却無端恨轉長。慈雲稽首返生香。妙蓮花説試推詳。　但是有情皆滿願，更從何處著思量。篆煙殘燭並回腸。

【箋注】

慈雲：佛家語，喻佛心慈懷廣被世界。梁簡文帝《大法頌》：「慈雲吐澤，法雨垂凉。」

稽首：跪拜之禮，頭至手，而手至地。

返生香：東方朔《海内十洲記》：「聚窟洲：神鳥山，山多大樹，與楓木相類，而花葉香聞數百里，名爲返魂樹。伐其木根心，於玉釜中煮取汁，更微火煎如黑餳狀，令可丸之，名曰驚精香，或名之爲返生香。死者在地，聞香氣乃却活，不復亡也。」

妙蓮花：《妙法蓮華經》，即《法華經》，佛教經典。

但是句：王彦泓《和于氏諸子秋詞》：「但是有情皆滿願，妙蓮花説不荒唐。」

【説明】

汪刻本此闋排在同調之「大覺寺」一首後，似皆在大覺寺題内。推其内容，亦相符。據「返生香」句，知作於其妻盧氏卒後，時約在康熙十七年或略前。

又 小兀喇

樺屋魚衣柳作城。蛟龍鱗動浪花腥。飛揚應逐海東青。　猶記當年軍壘蹟，不知何處梵鐘聲。莫將興廢話分明。

【箋注】

小兀喇：即吉林烏拉，在今吉林省吉林市松花江畔。薩英額《吉林外紀》：「吉林烏拉始爲滿洲虞獵之地，順治十五年，因防俄羅斯，造戰船於此，名曰船廠。後置省會，移駐將軍，改名吉林烏拉。國語：吉林，沿也；烏拉，江也。」楊大瓢《柳邊紀略》：「船廠即小兀拉，南臨混同江，東西北三面舊有木城。」又有大烏拉，據高士奇《扈從東巡日録》，在船廠下游八十餘里，稱布特哈烏拉或打牲烏拉。在今永吉縣烏拉鄉。

樺屋魚衣：黑龍江流域民族舊俗，以樺木、樺樹皮築屋，以魚皮製衣。《北史·室韋傳》即有「衣以魚皮」、「樺皮蓋屋」之説，《大金國志》亦云「女真部其居多倚山谷，聯木爲柵或以板與樺皮爲牆壁」。清初東北猶存此俗。西清《黑龍江外紀》：「呼倫貝爾、布特哈以穹廬爲室，冬用氈毳，夏用樺皮。」乾隆帝《周斐詩序》：「周斐，樺皮房也。樺皮厚盈寸許，取以爲室，覆可代瓦，費不勞而工省，滿洲舊風也。」吴振臣《寧古塔紀略》：「呼兒喀、黑斤、非牙哈，總名烏稽韃子，又名魚皮韃子，因其衣魚皮，食魚肉爲生。其所衣魚皮極軟熟，可染。」高士奇《扈從東巡日録·附録》：「海濱有魚名『打不害』，肉疏而皮厚，長數尺。每春漲，溯烏龍江而上，入山溪間，烏稽人取其肉爲脯，裁其皮以衣，無冬夏襲焉。日光映之，五色若文錦。」日人間宮林藏於嘉慶十三年（一八〇八年，日本德川幕府時期）七月由庫頁島深入黑龍江下游一帶，其所見當地人「其衣服亦多用獸、魚皮製作」，居室則用「方木製成……房頂用樹皮覆蓋」（見《東韃紀行》）。

柳作城：植柳如牆，外掘壕塹，以障内外。此亦東北古俗，一般稱柳邊或柳條邊。其施用頗廣，不限一端。明築柳邊，以爲邊防；清初繼之，用防蒙古。又沿吉林至布特哈植柳，以截流人，並禁採參打牲。河北圍場周圍亦爲柳邊，以範圍皇家獵地。又有沿城鎮邊施之者，用如城牆。

蛟龍：指松花江中大魚。清聖祖東巡作《松花江放船歌》云：「松花江，江水清，乘流直下蛟龍驚。」

海東青：東北産名貴獵鷹。《滿洲源流考・物産》：「海東青，羽族之最鷙者。有黑龍江海東青，身小而健，其飛極高，能擒天鵝，搏兔亦俊於鷹鶻。」《寧古塔紀略》：「鷹第一等名海東青，能捉天鵝，一日能飛二千里。」《黑龍江外紀》：「海青，一名海東青，身小而健捷異常。見鷹隼以翼搏擊，大者力能制鹿。」

猶記句：性德先世爲海西女真，居吉林松花江流域。明廷置海西衛，海西諸部間屢有殺伐。至成化間，海西諸部始相繼南遷於遼河流域。「當年軍壘」，當爲海西遺蹟。

【説明】

康熙二十一年春，以三藩平定，聖祖東巡，告祭福陵、昭陵，並至烏拉行圍。性德隨扈，其見聞觀感多據於詩詞。高士奇《扈從東巡日録》詳記此行情況，茲摘數則：

三月甲戌（按爲二十六日）：駐蹕烏喇雞陵（按即吉林烏拉），又因造船於此，故曰船廠。江即松花江，滿言松阿喇烏拉者是也。

乙亥：冒雨登舟，溯松花江順流而下，風急浪涌，江流有聲。駐蹕大烏喇虞村，去船廠八十餘里。山多黑松林，結松子甚巨。土産人參，水出北珠，江有鱘魚，禽有鷹鶻、海東青之屬。烏稽人間有以大魚皮爲衣者。

詞所謂「莫將興廢話分明」，亦非泛言。蓋海西與建州同爲女真部落，而海西竟亡於建州。今重臨舊地，或主或奴，亦不得言也。聖祖於斯作《松花江放船歌》云：「松花江，江水清，夜來雨過春濤生。浪花疊錦繡縠明，綵帆畫鷁隨風輕。簫韶小奏中流鳴，蒼巖翠壁兩岸横。旌旄映水翻朱纓，雲霞萬里開澄泓。」其感奮之情自大不同。

又

姜女祠

海色殘陽影斷霓。寒濤日夜女郎祠。翠鈿塵網上蛛絲。　澄海樓高空極目，望夫石在且留題。六王如夢祖龍非。

【箋注】

姜女祠：孟姜女廟，在山海關附近。《清一統志·永平府》：「姜女祠在臨榆縣東南并海里許。祠前土丘爲姜女墳，傍有望夫石。俗傳姜女爲杞梁妻，始皇時因哭其夫而崩長城。」

翠鈿：祠有孟姜女塑像。今像甚樸拙，亦無翠鈿，已與三百年前不同。

澄海樓：《清一統志・永平府》：「澄海樓，在臨榆南寧海城上，前臨大海。明兵部主事王致中建。」高士奇《東巡日録》：「將入山海關，過歡喜嶺。澄海樓在關西八里許。」

望夫石：祠内一兀巖，高丈許，鐫「望夫石」三字。

六王句：六王，指戰國時齊、楚、燕、韓、趙、魏六國之王。祖龍，謂秦始皇。《史記・秦始皇本紀》：「今年祖龍死。」裴駰《集解》：「祖，始也；龍，人君象，謂始皇也。」

【説明】

此闋亦康熙二十一年東巡時作。據高士奇《扈從東巡日録》，至姜女祠在二月辛丑（二十三日），且詳記姜女祠事。返程於四月丁未（三十日）過山海關，則僅提及澄海樓。大約遊姜女祠、澄海樓在一往一返間。末句乃後人「換了人間」意，意在稱頌新朝，未必爲消極之嘆。

又

旋拂輕容寫洛神。須知淺笑是深顰。十分天與可憐春。　掩抑薄寒施軟障，抱持纖影藉芳茵。未能無意下香塵。

【校訂】

上片「顰」字下汪刻本雙行小字校「嚬」。

【箋注】

輕容：《類苑》：「輕容，無花薄紗也。」此指用於繪畫之素絹。

洛神：洛水女神，曹植《洛神賦》曾極寫其姿容妙曼。此藉指所繪女子。

十分句：范成大《宿東寺》詩：「素娥有意十分春。」

掩抑二句：謂圖中繪有帷障，美人立落花中。掩抑，阻御；藉，踐，立。

香塵句：美人行過，有香氣隨之，稱香塵。温庭筠《蓮花》詩：「應爲洛神波上襪，至今蓮蕊有香塵。」下香塵，謂挾香塵而下。

【説明】

此爲咏美人圖而作。「未能無意」，是有意也，語涉輕佻，所繪必風流故事中之人物。又自首句知非古畫，乃當時友朋中善繪事者爲之。

又

十二紅簾窣地深。纔移剗襪又沈吟。晚晴天氣惜輕陰。　珠衱佩囊三合字，寶釵攏髻兩分心。定緣何事濕蘭襟。

【箋注】

十二紅簾：吴文英《喜遷鶯》詞：「萬頃素雲遮斷，十二紅簾鈎處。」

窣：垂。劉致君《謁金門》詞：「簾半窣，四座緑圍紅簇。」

剗襪：衹穿襪而不著鞋。李煜《菩薩蠻》詞：「剗襪步香階，手提金縷鞋。」

珠衱：杜甫《麗人行》：「珠壓腰衱穩稱身。」蔡夢弼注：「腰衱，即今之裙帶也。」李賀《感諷六首》之五：「腰衱佩珠斷，灰蝶生陰松。」蕭貢詩：「腰素輕盈珠衱穩。」

三合字：香囊成雙，女子自留其一，一贈所歡。囊表繡字，字各半，雙囊合則字顯。三合字，原繡三字，囊各半。高觀國《思佳客》詞：「同心羅帕輕藏素，合字香囊半影金。」

兩分心：未字女兒梳雙髻，自中分之，左右各一。沈自南《藝林匯考》：「晏小山詞云『雙螺未學同心結』，雙螺，蓋當時角妓未破瓜時髮飾之名。」張萱《疑耀》：「今江南女兒未破瓜者，額前髮縛一把子，晏小山詞『雙螺』，即把子也。」

又　紅橋懷古，和王阮亭韻

無恙年年汴水流。一聲水調短亭秋。舊時明月照揚州。　曾是長堤牽錦纜，緑楊清瘦至今愁。玉鈎斜路近迷樓。

【校訂】

下片「曾是長堤牽錦纜」汪刻本作「惆悵絳河何處去」。

「至今」汪刻本作「綰離」。

「玉鈎斜路近迷樓」汪刻本作「至今鼓吹竹西樓」。

【箋注】

副題：紅橋，在揚州城西。王士禛《紅橋遊記》：「出鎮淮門，循河西北行，林木盡處，有橋，宛然如垂虹下飲於澗，又如麗人靚妝袪服，流照明鏡中，所謂虹橋也。橋四面皆人家荷塘，六七月間，菡萏作花，香聞數里，青簾白舫，絡繹如織，良謂勝遊矣。」王阮亭，即王士禛（一六三四—一七一一），字貽上，號阮亭，又號漁洋山人。順治十七年至康熙三年，任揚州推官。康熙元年夏，阮亭曾與袁于令、杜浚、陳允衡、陳維崧等遊紅橋，並賦《浣溪沙》三章。性德於康熙二十三年隨駕南巡方至揚州，亦賦此《浣溪沙》一闋，並用阮亭紅橋詞第一首之韻。

汴水：大運河自滎陽至盱眙，連接黄河與淮河段，稱汴渠，又稱汴水。白居易《長相思》詞：「汴水流，泗水流，流到瓜洲古渡頭。」

水調：胡震亨《唐音癸籤·樂通》：「《海録碎事》云隋煬帝開汴河，自造《水調》。按，《水調》及《新水調》，並商調曲也。唐曲凡十一疊，前五疊爲歌，後六疊入破。」賀鑄《采桑子》詞：「誰家水調聲聲怨，黄葉西風。」

舊時句：揚州明月爲詩家習用意象，有關詩句不勝枚舉。如杜牧《揚州》詩「誰家歌水調，明月滿揚州」；徐凝《憶揚州》詩「天下三分明月夜，二分無賴是揚州」；錢謙益《抵廣陵》詩「舊時明月空在眼，新愁水調欲沾衣」等等。

曾是句：長堤，即隋堤。隋煬帝沿通濟渠、邗溝築堤植柳，後人稱隋堤。佚名《開河記》：「煬帝龍舟既成，泛江沿淮而下。於吴越間取民間女年十五六歲者五百人，謂之殿脚女，至於龍舟御楫。即每船用綵纜十條，每條用殿脚女十人，嫩羊十口，令殿脚女與羊相間而行，牽之。」杜牧《汴河懷古》詩：「錦纜龍舟隋煬帝，平臺復道漢梁王。」

緑楊：指隋堤楊柳。《開河記》：「煬帝欲至廣陵，時恐盛暑，虞世基請用垂柳栽於汴渠兩堤上。詔：民間有柳一株，賞一縑。百姓競獻之。帝御筆賜垂柳姓楊，曰楊柳也。」

玉鈎斜：在揚州西，傳説爲隋煬帝葬宫女處。

迷樓：隋煬帝所建樓，在揚州西北郊。馮贄《南部煙花記》：「迷樓凡役夫數萬，經歲而成。樓閣高下，軒窗掩映，幽房曲室，玉闌朱楯，互相連屬。帝大喜，顧左右曰：使真僊遊其中，亦當自迷也，可目之曰迷樓。」

風流子　秋郊即事

平原草枯矣，重陽後，黄葉樹騷騷。記玉勒青絲，落花時節，曾逢拾翠，忽憶吹簫。今來是，燒痕殘碧盡，霜影亂紅凋。秋水映空，寒煙如織，皂雕飛處，天慘雲高。　人生須行樂，君知否，容易兩鬢蕭蕭。自與東君作別，剗地無聊。算功名何許，此身博得，短衣射虎，沽酒西郊。便向夕陽影裏，倚馬揮毫。

【校訂】

副題《今詞初集》、《古今詞選》作「秋盡友人邀獵」；《草堂嗣響》無副題；《昭代詞選》、汪刻本作「秋郊射獵」。

上片「忽憶」底本原作「忽聽」，依律當仄，據《草堂嗣響》、《昭代詞選》、汪刻本改。

下片「東君」《今詞初集》、《清平初選後集》、《昭代詞選》、汪刻本作「東風」。

「何許」《昭代詞選》、汪刻本作「何似」。
「此身」《昭代詞選》、汪刻本作「等閒」。

【箋注】

騷騷：風吹樹聲。

玉勒青絲：馬勒與繮繩。庾信《華林園馬射賦》：「控玉勒而摇星，跨金鞍而動月。」王僧孺《古意》：「青絲控燕馬，紫艾飾吴刀。」

拾翠：原指拾翠鳥之羽爲頭飾，後藉指遊春女子。曹植《洛神賦》：「或采明珠，或拾翠羽。」鄭谷《省試春草碧色詩偶賦》：「想得尋花徑，應迷拾翠人。」

燒痕：原野經火燒過之痕蹟。李昌祺《過吴門》詩：「歲歲春深燒痕緑。」燒，讀去聲。

天慘：日色暗淡。庾信《小園賦》：「風騷騷而樹急，天慘慘而雲低。」

人生句：楊惲《報孫會宗書》：「人生行樂耳，須富貴何時。」

東君：司春之神。辛棄疾《滿江紅》「暮春」詞：「可恨東君，把春去、春來無迹。」

剗地：衹是、總是之意。

短衣句：杜甫《曲江》詩：「短衣匹馬隨李廣，看射猛虎終殘年。」

倚馬句：《世説新語·文學》：「桓宣武北征，袁宏時從，被責免官。會須露布文，唤袁倚馬前令作，手不輟筆，俄得七紙，殊可觀。」

【説明】

此爲行獵詞。詞收於《今詞初集》，屬早期作品。又有「自與東君作别，剗地無聊」及「功名何許」句，當爲康熙十五年中進士後，未與館選，被迫賦閑時作。

【輯評】

田茂遇曰：豪情雲舉，想見秋崗盤馬時。（《清平初選後集》九）

況周頤曰：意境雖不甚深，風骨漸能騫舉，視短調爲有進。更進，庶幾沉著矣。歇拍「便向夕陽」云云，嫌平易無遠致。（《蕙風詞話》卷五）

畫堂春

一生一代一雙人。争教兩處銷魂。相思相望不相親。天爲誰春。　漿向藍橋易乞，藥成碧海難奔。若容相訪飲牛津。相對忘貧。

【箋注】

一生句：駱賓王《代女道士王靈妃贈道士李榮》詩：「相憐相念倍相親，一生一代一雙人。」

争教句：杜安世《訴衷情》詞：「夢蘭憔悴，擲果淒凉，兩處消魂。」

相思句：王勃《寒夜懷友雜體》詩：「故人故情懷故宴，相望相思不相見。」李白《相逢行》詩：「相見不相親，不如不相見。」

藍橋：用裴航遇雲英故事。秀才裴航道經藍橋驛，乞漿於老嫗。嫗使其女雲英擎一甌與之。裴見雲英，欲厚幣納娶，嫗云：有神仙遺靈藥，須玉杵臼搗之，倘得玉杵臼，即予聘。航訪得杵臼，爲嫗搗藥百日，遂娶雲英，並成僊。事見裴硎《傳奇》。

碧海：李商隱《嫦娥》詩：「嫦娥應悔偷靈藥，碧海青天夜夜心。」

飲牛津：據張華《博物志》載，有人於八月乘浮槎至天河，見一丈夫牽牛飲渚次，此丈夫即牽牛星宿。後即以飲牛津謂天河。劉筠《戊申七夕》：「淅淅風微素月新，鵲橋横絶飲牛津。」

【説明】

此闋寫戀人在天，欲訪而無由。近人蘇雪林以爲：此戀人爲「入宫女子」，「漿向藍橋易乞」似説戀人未入宫前結爲夫婦是很容易的；「藥成碧海」則用李義山詩，似説戀人入宫，等於嫦娥奔月，便難再回人間」，李義山身入離宫與宫嬪戀愛，有《海客》一絶，納蘭容若與入宫戀人相會，也用此典，居然與義山暗合（見《清代男女兩大詞人戀史的研究》，載於舊武大《武漢大學文哲季刊》一卷三號）。按，蘇雪林考詩人戀史，多傅會。義山《海客》詩，亦非戀詩。「入宫女子」云云，姑妄聽之而已。實則，人既在天上，即言不在人間，解作悼亡之作，最近事實。

蝶戀花

辛苦最憐天上月。一昔如環，昔昔都成玦。若似月輪終皎潔。不辭冰雪爲卿熱。　無那塵緣容易絶。燕子依然，軟踏簾鈎説。唱罷秋墳愁未歇。春叢認取雙棲蝶。

【校訂】

上片「都成」汪刻本作「長如」。

「若似」汪刻本作「但似」。

下片「無那塵緣」汪刻本作「無奈鍾情」。

【箋注】

昔：同夕。《莊子·天運》：「蚊虻噆膚，則通昔不寢矣。」郭慶藩集釋：「昔，猶夕。」

玦：有缺口之玉璧，此指缺月。

若似句，江淹《感春冰》詩：「冰雪徒皎潔，此焉空守貞。」王彦泓《和孝儀看燈》詩：「可憐心似清霄月，皎潔隨郎處處遊。」李商隱《蝶》詩：「並應傷皎潔，頻近雪中來。」

燕子句：李賀《賈公閭貴壻曲》：「燕語踏簾鉤，日虹屏中碧。」

秋墳：李賀《秋來》詩：「秋墳鬼唱鮑家詩，恨血千年土中碧。」

春叢句：《山堂肆考》：「俗傳大蝶必成雙，乃梁山伯、祝英臺之魂，又韓憑夫婦之魂。」李商隱《蜂》詩：「青陵粉蝶休離恨，長定相逢二月中。」

【説明】

此爲悼亡詞。性德妻盧氏卒於康熙十六年五月三十日，十七年七月二十八日葬京師西北郊皂莢屯。《盧氏墓志銘》云：「（容若）於其没也，悼亡之吟不少，知己之恨尤深。」此闋爲悼亡之一。殆爲康熙十六年或十七年作。

【輯評】

唐圭璋曰：此亦悼亡之詞。「若似」兩句，極寫濃情，與柳詞「衣帶漸寬」同合風騷之旨。「一昔」句可見塵緣之短，懷感之深。末二句生死不渝，情尤真摯。（《納蘭容若評傳》）

又

眼底風光留不住。和暖和香，又上雕鞍去。欲倩煙絲遮别路。垂楊那是相思樹。　惆悵玉顔成閒阻。何事東風，不作繁華主。斷帶依然留乞句。斑騅一繫無尋處。

【箋注】

眼底句：辛棄疾《蝶戀花》「餞范南伯知縣歸京口」詞：「眼底風光留不住，煙波萬頃春江櫓。」

和暖句：王彦泓《驪歌二疊》詩：「憐君辜負曉衾寒，和暖和香上馬鞍。」

相思樹：左思《吴都賦》：「楠榴之木，相思之樹。」李善注：「相思，大樹也……其實如珊瑚，歷年不變。」

斷帶句：見前《浣溪沙》「十八年來墮世間」闋「吹花嚼蕊」條之「箋注」引李商隱《柳枝詩序》。

又

散花樓送客

城上清笳城下杵。秋盡離人，此際心偏苦。刀尺又催天又暮。一聲吹冷蒹葭浦。　把酒留君君不住。莫被寒雲，遮斷君行處。行宿黄茅山店路。夕陽村社迎神鼓。

【校訂】

副題張刻本作「送見陽南行」。

【箋注】

散花樓：未悉，當是京中一酒樓。

刀尺句：杜甫《秋興》詩：「寒衣處處催刀尺，白帝城高急暮砧。」

蒹葭：劉禹錫《武陵書懷》詩：「露變蒹葭浦，星懸橘柚樹。」

【説明】

據張刻本副題，此闋亦爲送張見陽赴江華任之作，時在康熙十八年秋。

又

準擬春來消寂寞。愁雨愁風，翻把春擔閣。不爲傷春情緒惡。爲憐鏡裏顔非昨。　畢竟春光誰領略。九陌緇塵，抵死遮雲壑。若得尋春終遂約。不成長負東君諾。

【箋注】

九陌句：九陌謂京都大路，緇塵爲灰塵。謝朓《酬王晉安》詩：「誰能久京洛，緇塵染素衣。」此以九陌緇塵喻種種瑣務。

雲壑：此喻指脱離世俗氛圍之山林清浄地或隱居之所。孔稚圭《北山移文》：「誘我松桂，欺我雲壑。」戴叔倫《送萬户曹之任便歸舊隱》詩：「擬歸雲壑去，聊寄宦名中。」

又

又到緑楊曾折處。不語垂鞭，踏遍清秋路。衰草連天無意緒。雁聲遠向蕭關去。　不恨天涯行役苦。只恨西風，吹夢成今古。明日客程還幾許。霑衣況是新寒雨。

【箋注】

不語句：温庭筠《贈知音》詩：「不語垂鞭上柳隄。」

踏遍句：李賀《馬詩》：「何當金絡腦，快走踏清秋。」

蕭關：古關名，《漢書》卷五四顔師古注云「在上郡北」。

行役：《周禮·地官》賈公彦疏：「行謂巡狩，役謂役作。」《詩·魏風·陟岵》：「予子行役，夙夜無已。」

只恨句：龔鼎孳《浪淘沙》詞：「西風吹夢上妝臺。」

【説明】

語境甚落漠，不似扈蹕之作。蓋爲康熙二十一年秋往覘梭龍途中所咏。是年春，隨駕至奉天；秋，再出榆關。「又到」云云即謂此。蕭關，謂雁南去而已，非實指。

【輯評】

陳廷焯曰：情景兼勝，亦有筆力（謂上片）。一味淒感（謂下片）。（《雲韶集》十五）

又

蕭瑟蘭成看老去。爲怕多情，不作憐花句。閣淚倚花愁不語。暗香飄盡知何處。　重到舊時明月路。袖口香寒，心比秋蓮苦。休説生生花裏住。惜花人去花無主。

【箋注】

蘭成：庾信小字。陸龜蒙《小名録》：「庾信幼而俊邁，聰敏絶倫，有天竺僧呼信爲蘭成，因以爲小字。」杜甫《咏懷古蹟》：「庾信平生最蕭瑟，暮年詩賦動江關。」

閣淚：含淚。宋佚名《鷓鴣天》詞：「閣淚汪汪不敢垂。」

袖口句：晏幾道《西江月》詞：「醉帽簷頭風細，征衫袖口香寒。」

心比句：高觀國《喜遷鶯》詞：「香鎖霧扃，心似秋蓮苦。」

生生：世世代代。

惜花句：辛棄疾《定風波》「賦杜鵑花」詞：「畢竟花開誰作主，記取，大都花屬惜花人。」

【輯評】

譚獻曰：勢縱語咽，淒淡無聊，延巳、六一而後，僅見湘真。（《篋中詞》評）

又

露下庭柯蟬響歇。紗碧如煙，煙裹玲瓏月。並著香肩無可說。櫻桃暗解丁香結。　笑捲輕衫魚子纈。試撲流螢，驚起雙棲蝶。瘦斷玉腰沾粉葉。人生那不相思絶。

【校訂】

詞牌名《百名家詞鈔》作「鵲踏枝」。

汪刻本有副題「夏夜」。

上片「暗解」汪刻本作「暗吐」。

【箋注】

玲瓏：明徹貌。李白《玉階怨》詩：「却下水晶簾，玲瓏望秋月。」

櫻桃句：櫻桃，孟棨《本事詩》：「白尚書姬人樊素善歌，妓人小蠻善舞。嘗爲詩曰：櫻桃樊素口，楊柳小蠻腰。」後以喻女子口脣。丁香結，據《本草拾遺》，丁香結蕾未坼，觸擊則順理而解綻。後以喻愁緒鬱結。如李珣《河傳》詞有「愁腸豈異丁香結」之句。排釋愁思，則稱「解」，如王安石《出定力院作》詩「殷勤爲解丁香結，放出枝間自在春」。全句寫鬱思漸消，終至開顔。

魚子纈：纈，絞纈，一種織物染色法，今稱扎染。《韻會》：「纈，繫也，謂繫繒染成文也。」《通鑑》「唐貞元三年」胡三省注：「撮綵以綫結之，而後染色，既染則解其結，凡結處皆元白，餘則入染色矣。其色斑斕，謂之纈。」絞纈名目多見於詩歌中，魚子纈、醉眼纈、撮暈纈等等，多以紋樣圖案爲名。段成式《嘲飛卿》詩：「醉袂幾侵魚子纈。」

玉腰：謂蝶。陶穀《清異録》：「温庭筠嘗得一句云『蜜官金翼使』，遍干知識，無人可屬。久之，自聯其下曰『花賊玉腰奴』，予以爲道蟲蜂蝶。」

又 出塞

今古河山無定據。畫角聲中，牧馬頻來去。滿目荒凉誰可語。西風吹老丹楓樹。　從前幽怨應無數。鐵馬金戈，青塚黄昏路。一往情深深幾許。深山夕照深秋雨。

【校訂】

詞牌名《百名家詞鈔》作「鵲踏枝」。

上片「定據」汪刻本作「定數」。

下片「從前幽怨應無數」語句失諧。吴世昌云「通體俱佳，唯换頭『從前幽怨』不叶，可倒爲『幽怨從前』」（《詞林新話》）。然則「無」字又不叶矣。此句《百名家詞鈔》作「幽怨從前應不數」；袁刻、汪刻本作「幽怨從前何處訴」。

【箋注】

無定據：無憑準。宋佚名《青玉案》詞：「造化小兒無定據，翻來覆去，倒横直竪，眼前都如許。」

畫角：徐廣《車服儀制》：「角，本出羌，欲以驚中國之馬也。」

牧馬：賈誼《過秦論》：「胡人不敢南下而牧馬。」唐無名氏《胡笳曲》：「漢家自失李將軍，單于公然來牧馬。」句謂北方民族曾多次南下進入中原。

青塚句：青塚，俗名昭君墳，在今内蒙古呼和浩特市南郊。杜甫《咏懷古蹟》：「一去紫臺連朔漠，獨留青塚向黄昏。」仇兆鰲注引《歸州圖經》：「邊地多白草，昭君塚獨青。」此泛指邊地。

一往句：《世説新語·任誕》：「桓子野每聞清歌，輒唤奈何，謝公聞之曰：子野可謂一往有深情。」

【説明】

性德一生，未曾至青塚。或以爲作於隨扈往五臺山時，亦不確。清聖祖自京往五臺取徑完縣、阜平，原未出塞；五臺距青塚猶遠不相及。詞之作期，尚難取定。

【輯評】

吴世昌曰：此首通體俱佳，唯换頭「從前幽怨」不叶，可倒爲「幽怨從前」。（《詞林新話》）

又

盡日驚風吹木葉。極目嵯峨，一丈天山雪。去去丁零愁不絶。那堪客裏還傷别。若道客愁容易輟。除是朱顔，不共春銷歇。一紙鄉書和淚摺。紅閨此夜團圞月。

【校訂】

《瑶華集》有副題「十月望日與經巖叔别」。

下片「鄉書」汪刻本作「寄書」。

【箋注】

極目嵯峨：沈約《昭君辭》：「銜涕試南望，關山鬱嵯峨。」

一丈天山雪：李端《雨雪曲》：「天山一丈雪，雜雨夜霏霏。」

丁零：漢代匈奴屬國，地在匈奴之北。詳見本闋之「説明」。

一紙句：孟郊《聞夜啼贈劉正元》詩：「愁人獨有夜燈見，一紙鄉書淚滴穿。」

【説明】

此闋爲覘梭龍途中作。梭龍，亦寫作唆龍，通作索倫，清初東北民族名，亦藉指其地域，大略在今科爾沁迤北至黑龍江流域。康熙初，俄羅斯（時稱羅剎、老槍）侵擾我黑龍江，清聖祖爲固邊計，擬予反擊。康熙二十一年遣副都統郎談及侍衛等往索倫覘邊事情實，性德亦往行。有關記載詳何秋濤編《朔方備乘》卷五《平定羅剎方略》。據《清通典》述「俄羅斯秦時爲渾庾、屈射、丁靈諸國」，蓋清初人闇於知識，誤以俄羅斯爲丁靈（零）之裔。詞中之天山，亦藉指東北邊地之山。《瑶華集》此詞有副題「十月望日與經巖叔别」。按，經巖叔，名經綸，姚江人，善繪仕女，《圖繪寶鑒續纂》略載其行事。經綸嘗作客明珠家，爲性德臨蕭雲從《九歌圖》。性德使索倫，經綸隨行。《通志堂集》另有《唆龍與經巖叔夜話》詩，詩有云：「草白霜氣空，沙黄月色死。哀鴻失其群，凍翮飛不起。」尚非大寒景象，計其程，或在舊曆九月杪十月初。依此詞，則知經巖叔於十月中旬先行返京，因有「客里還傷别」、託捎家書之語。

河傳

春殘。紅怨。掩雙環。微雨花間晝閒。無言暗將紅淚彈。闌珊。香銷輕夢還。　斜倚畫屏思往事。皆不是。空作相思字。記當時。垂柳絲。花枝。滿庭胡蝶兒。

【校訂】

《瑶華集》有副題「春暮」。

上片「春殘。紅怨」《今詞初集》、《詞彙》、《瑶華集》作「春暮。如霧」；《百名家詞鈔》、袁刻、汪刻本作「春淺。紅怨」。

「雙環」《詞彙》作「雙鐶」。

「微雨」《今詞初集》、《詞彙》、《瑶華集》作「語影」。

「無言暗將」《今詞初集》、《詞彙》、《瑶華集》作「背人偷將」。

【箋注】

雙環：門環。

皆不是：皆不遂意。

相思字：韋應物《效何水部》詩：「及覆相思字，中有故人心。」辛棄疾《滿江紅》詞：「相思字，空盈幅。相思意，何時足。」

【説明】

此詞見於《今詞初集》，爲康熙十五年以前之作。

河瀆神

涼月轉雕闌。蕭蕭木葉聲乾。銀燈飄落瑣窗閒。枕屏幾疊秋山。朔風吹透青縑被。藥爐火暖初沸。清漏沈沈無寐。爲伊判得憔悴。

【箋注】

蕭蕭句：孟郊《戲贈無本》詩：「長安秋聲乾，木葉相號悲。」又柳永《傾杯》詞：「空階下、木葉飄零，颯颯聲乾。」

青縑被：白居易《冬夜與錢員外同直禁中》詩：「連鋪青縑被，對置通中枕。」

藥爐句：王彦泓《述婦病懷》詩：「無奈藥爐初欲沸。」

爲伊句：判得，拼得。柳永《鳳棲梧》詞：「衣帶漸寬終不悔，爲伊消得人憔悴。」

又

風緊雁行高。無邊落木蕭蕭。楚天魂夢與香消。青山暮暮朝朝。　斷續涼雲來一縷。飄墮幾絲靈雨。今夜冷紅浦溆。鴛鴦棲向何處。

【校訂】

下片「浦溆」張刻本作「浦淑」。

「棲向」《昭代詞選》作「飛向」。

【箋注】

靈雨：據《後漢書・鄭弘傳》，鄭弘爲淮陽太守，政寬人和，致行春天旱，有靈雨隨車而降。後遂以靈雨爲稱頌地方官典故。

冷紅：秋花。

浦溆：湘楚間稱水邊爲浦溆。

【説明】

此詞用語多及湘楚，殆爲寄張見陽詞。見陽任江華令，因有「靈雨」之辭。「鴛鴦」云云，則頗涉調侃，據知見陽爲携眷南行。詞當作於康熙十八年秋，時見陽離京未久。

落花時

夕陽誰喚下樓梯。一握香荑。回頭忍笑階前立，總無語，也依依。　箋書直恁無憑據，休説相思。勸伊好向紅窗醉，須莫及，落花時。

【校訂】

詞牌名下汪刻本有雙行小字校「好花時」。

上片「依依」汪刻本作「相宜」。

下片「箋書」汪刻本作「相思」。

【箋注】

香荑：喻指女子手指。《詩·衛風·碩人》有「手如柔荑」句，柔荑原爲草之嫩芽。此句謂與女子握手。

柳永《塞孤》詞：「相見了、執柔荑，幽會處、偎香雪。」吴文英《點絳唇》：「一握柔葱，香染榴巾汗。」劉永濟解説：「柔葱，手指也。」（見《微睇室説詞》）

直恁：竟然如此。

飲水詞校箋卷二

金縷曲 贈梁汾

德也狂生耳。偶然間、緇塵京國，烏衣門第。有酒惟澆趙州土，誰會成生此意。不信道、遂成知己。青眼高歌俱未老，向樽前、拭盡英雄淚。君不見，月如水。　共君此夜須沉醉。且由他、蛾眉謡諑，古今同忌。身世悠悠何足問，冷笑置之而已。尋思起、從頭翻悔。一日心期千劫在，後身緣、恐結他生裏。然諾重，君須記。

【校訂】

詞牌名《今詞初集》、《古今詞選》、《昭代詞選》作「賀新郎」。

副題《今詞初集》作「贈顧梁汾杵香小影」。

上片「緇塵」《百名家詞鈔》作「緇埃」。

「遂成」袁刻、汪刻本作「竟逢」。

「青眼高歌」汪刻本有雙行小字校「痛飲狂歌」。

下片「共君」汪刻本有雙行小字校「與君」。

「後身」《昭代詞選》作「後生」。

【箋注】

梁汾：顧貞觀（一六三七—一七一四），字華封（一寫作華峰），號梁汾，無錫人。康熙五年舉順天鄉試，擢内國史院典籍。康熙十年返里，退出仕途。康熙十五年再度入京，結識納蘭性德，情好日密，成忘年契友。梁汾重道義，篤友情，與性德及吴兆騫生死情誼最爲人稱道。梁汾有《彈指詞》。

德：作者自謂。

緇塵：見前《蝶戀花》「準擬春來消寂寞」闋之「箋注」。又陸機《爲顧彦先贈婦》詩：「京洛多風塵，素衣化爲緇。」吕延濟注：「言塵染衣黑也。」

烏衣：即烏衣巷，在南京，東晉時爲王、謝貴家居住。烏衣門第謂貴族門第。

有酒句：李賀《浩歌》：「買絲繡作平原君，有酒惟澆趙州土。」戰國時趙國平原君喜賓客，有門客數千。

會：知，理解之意。

成生：性德原名成德，故自稱成生。

不信道：道，竟。言乍逢知己，竟不敢自信之情。

青眼：據《晉書·阮籍傳》，籍能爲青白眼，見禮俗之士，以白眼對之，見良朋高士，則用青眼。杜甫《短歌行贈王郎司直》：「王郎酒酣拔劍斫地歌莫哀，我能拔爾抑塞磊落之奇才……青眼高歌望吾子，眼中之人吾老矣。」

俱未老：作此詞時，性德二十二歲；梁汾生於明崇禎十年（一六三七），方四十歲。

向樽前句：張榘《賀新涼》詞：「髀肉未消儀舌在，向樽前、莫灑英雄淚。」

月如水：曹操《短歌行》：「明明如月，何時可掇？」又曰：「我有嘉賓，鼓瑟吹笙。」此暗用其意，喻知交相遇。

蛾眉謡諑：屈原《離騷》：「衆女嫉余之蛾眉兮，謡諑謂余以善淫。」性德與梁汾交，時有譏忌之者。梁汾和作《金縷曲》「酬容若見贈次原韻」詞云：「且住爲佳耳。任相猜、馳箋紫閣，曳裾朱第。不是世人皆欲殺，争顯憐才真意。」可略見其情實。

悠悠：李商隱《夕陽樓》詩：「欲問孤鴻向何處，不知身世自悠悠。」

翻悔：是年性德成進士，俟得館選，乃不可得，其職司久不獲定，頗沮惱，因生赴考之悔意。辛棄疾《臨江僊》詞：「六十三年無限事，從頭悔恨難追。」

心期：以心相許，約爲知己。

千劫：猶言永恒。佛家以天地一成一毁爲一劫。高彦休《唐闕史》：「儒謂之世，釋謂之劫。」

後身緣：謂來世之情。白居易《答元微之》詩：「垂老休吟花月句，恐君更結後身緣。」

恐：估測之辭，猶今云或許、或可。

然諾重：然諾，承諾。重，鄭重。《新唐書·哥舒翰傳》：「家富於財，任俠重然諾。」

【説明】

顧貞觀和詞有附跋云：「歲丙辰，容若年二十二，乃一見即恨識余之晚。閲數日，填此闋爲余題照，極感其意，而私訝他生再結，殊不祥，何意爲乙丑五月之讖也。」可證此詞作於康熙十五年初識梁汾之時。詞之副題，《今詞初集》作「贈顧梁汾題杵香小影」，毛際可和詞及徐釚撰《詞苑叢談》則作「題顧梁汾側帽投壺圖」，實同爲一圖。梁汾赴京前，作《梅影》詞自題其圖，有「綏却標題，留些位置」語，圖固無定題；又有「側帽輕衫，風韻依然」句，知圖中梁汾作側帽狀。容若此調爲成名之作，詞出，京師競相傳鈔，稱之爲「側帽詞」。同年，性德初刊其詞集，即以「側帽詞」名之。

【輯評】

徐釚曰：金粟顧梁汾舍人風神俊朗，大似過江人物。畫《側帽投壺圖》，長白成容若題《賀新郎》詞於其上云云，詞旨嶔崎磊落，不啻坡老稼軒。都下競相傳寫，於是教坊歌曲間無不知有「側帽詞」者。（《詞苑叢談》五）

郭麐曰：容若專工小令，慢詞間一爲之，惟題梁汾杵香小影「德也狂生耳」一首，最爲跌宕。（《靈芬館詞話》二）

謝章鋌曰：納蘭容若深於情者也，固不必刻畫《花間》，俎豆《蘭畹》，而一聲《河滿》，輒令人悵惘欲涕。情致與《彈指》最近，故兩人遂成莫逆。其中贈梁汾《賀新凉》、《大酺》諸闋，念念以來生相訂交，情至此，非金石所能比堅。嗟乎！若容若者，所謂翩翩濁世佳公子矣。（《賭棋山莊全集·詞話》七）

傅庚生曰：其率真無飾，至令人驚絶。率真則疏快而不滯，不滯則見賦於天者，可以顯現而無遺，生香天色，此其是已。（《中國文學欣賞舉隅》十七）

又

姜西溟言别，賦此贈之

誰復留君住。嘆人生、幾番離合，便成遲暮。最憶西窗同翦燭，却話家山夜雨。不道只、暫時相聚。滾滾長江蕭蕭木，送遥天、白雁哀鳴去。黄葉下，秋如許。　曰歸因甚添愁緒。料强如、冷煙寒月，棲遲梵宇。一事傷心君落魄，兩鬢飄蕭未遇。有解憶、長安兒女。裘敝入門空太息，信古來、才命真相負。身世恨，共誰語。

【校訂】

副題《百名家詞鈔》、《古今詞選》、汪刻本無「姜」字。

「滾滾」底本作「袞袞」，此據《古今詞選》改。

下片「料强如」，底本原作「料强似」，《百名家詞鈔》、《古今詞選》作「料强如」。依律末字當用平聲，「如」字勝。因據《百名家詞鈔》改。

【箋注】

姜西溟：姜宸英（一六二八—一六九九），字西溟，號湛園，浙江慈溪人。棲遲京中多年，不得志。康熙十八年擬受薦鴻博，因故失期而罷。康熙三十六年中進士，年已七十。後二年，充順天鄉試副主考官，以物論紛紜被劾，下獄病卒。著作多種，後人輯爲《姜先生全集》。康熙十二年，經徐乾學介紹，與性德相識。徐尋南歸，姜亦隨去。康熙十七年返京，性德爲籌生計，館之於千佛寺。十八年秋，以母喪回南。康熙二十年辛酉十二月，再度來京。

遲暮：屈原《離騷》：「惟草木之零落兮，恐美人之遲暮。」

最憶二句：李商隱《夜雨寄北》詩：「君問歸期未有期，巴山夜雨漲秋池。何當共剪西窗燭，却話巴山夜雨時。」

不道：不料。

暫時：西溟至京方一年。

滾滾句：杜甫《登高》詩：「無邊落木蕭蕭下，不盡長江滾滾來。」

白雁：彭乘《墨客揮犀》：「北方有白雁，秋深則來，白雁至則霜降。」唐彥謙《留别》詩：「白雁啼殘蘆葉秋。」

梵宇：寺廟。時西溟居千佛寺。

一事：謂西溟年逾半百而無科名、無官職事。

未遇：不得志。

有解句：杜甫《月夜》詩：「遥憐小兒女，未解憶長安。」

裘敝：用蘇秦事。《戰國策·秦策》：「蘇秦始將連横説秦王，書十上而説不行，黑貂之裘敝，黄金百斤盡。」

才命句」；李商隱《有感》詩：「古來才命兩相妨。」

【説明】

此詞有嚴繩孫和作，副題爲「送西溟奔母喪南歸次韻」，詞中有「廢盡蓼莪詩句」語，可證此調爲送姜丁内艱之作，作於康熙十八年秋。

又　簡梁汾

灑盡無端淚。莫因他、瓊樓寂寞，誤來人世。信道癡兒多厚福，誰遣偏生明慧。莫更著、浮名相累。仕宦何妨如斷梗，只那將、聲影供群吠。天欲問，且休矣。　情深我自判憔悴。轉丁寧、香憐易爇，玉憐輕碎。羨殺軟紅塵裏客，一味醉生夢死。歌與哭、任猜何意。絶塞生還吳季子，算眼前、此外皆閒事。知我者，梁汾耳。

【校訂】

副題汪刻本作「簡梁汾，時方爲吳漢槎作歸計。」

上片「偏生」《昭代詞選》作「天生」。

「莫更著」袁刻本作「孰更著」；汪刻本作「就更著」，下有雙行小字校「誰更著」。

下片「判」《昭代詞選》、汪刻本作「拚」；袁刻本作「拌」。「昜爇」張刻本作「易爇」。

【箋注】

瓊樓：此特指雪後寺觀。據顧貞觀寄吴兆騫《金縷曲》「以詞代柬」詞題注：「丙辰冬，寓京師千佛寺冰雪中。」

仕宦句：康熙五年起，梁汾任内國史院典籍；康熙十年，忽因「病」罷歸。十五年再次入京，經徐乾學介紹與性德相識。據此句，梁汾似無再仕之意。

聲影句：成語「一犬吠影，百犬吠聲」。梁汾出入明珠府第，時必有以「投靠權門」譏忌之者。時性德父明珠寵遇日隆，任吏部尚書。

天欲句：即前贈梁汾《金縷曲》詞中「冷笑置之而已」意。

軟紅塵：都市飛塵。盧祖皋《魚游春水》詞：「軟紅塵裏鳴鞭鐙，拾翠叢中句伴侣。」性德《致張見陽書》第二十八簡：「鄙性愛閒，近苦鹿鹿，東華軟紅塵，只應埋没慧男子錦心繡腸。僕本疏慵，那能堪此。」

任猜：任他人猜測，與「聲影犬吠」句相照應。

絶塞句：吴季子，春秋時吴國賢公子季札，封於延陵，人稱延陵季子。此代指吴兆騫。吴兆騫（一六三一—一六八四），字漢槎，吴江人。以順治十四年江南科場案，流放寧古塔（今黑龍江寧安縣）。後得顧貞觀、納蘭性德等人救助，始於康熙二十年放還。著有《秋笳集》。至性德作此詞時，流徙塞外已十八年。漢槎與梁汾爲故交，梁汾因求性德援手。梁汾於丙辰冬作《金縷曲》二章寄漢槎，性德見之，遂允爲救助。科場案事，詳見孟森《心史論叢·科場案》。

【説明】

此詞作於顧梁汾寄吴漢槎《金縷曲》二章之後，約在康熙十五年歲杪或新歲之初。上半闋寫梁汾，多示慰敬；下半闋寫自己，詳述情分志趣。成、顧之交，時實有以鄙俗意猜測攻訐者，故語多涉及。梁汾結識性德，原基於道義學問，觀性德營救漢槎事，尤可見證。爲一諾之重，性德終致漢槎生入榆關。夏承燾先生云：「考順治丁酉科場案時，容若纔三齡，己亥漢槎出關，容若纔五歲，蓋與漢槎素未謀面，亦未有一字往復，特以梁汾氣類之感，必欲拯其生還。今誦其《金縷曲》『簡梁汾』，所謂『絶塞生還吴季子，算眼前、此外皆閒事。知我者，梁汾耳』，其一往情深如此。」性德《祭漢槎》文亦云：「自我昔年，邂逅梁溪（按，梁溪在無錫，代指梁汾），子有死友，非此而誰。金縷一章，聲與泣隨，我誓返子，實由此詞。」顧、成交誼之古道熱腸，真可昭後世矣。容若又與梁汾共編《今詞初集》、《全唐詩選》，多得切磋之樂。容若既亡數年，梁汾在江寧作詩贈曹寅云：「我亦生來澹蕩人，卧遊四壁常多暇。蕭統樓開昔見招，陳蕃榻在今重借。展圖忽憶蕊香幢（容若齋名），夢裏紅香吹暗麝。」所謂「蕭統樓開」，即謂當年與成德共操選業事。康熙二十九年，梁汾專程赴京，往容若墳前一哭，曾有詩云：「緇城便來亦便去，芙蓉鍔掛舊遊處。」自注：「余一展容若墓即擬出都。」其死生情分如斯，當年之群吠自不足道。（引夏承燾先生語，見《顧貞觀寄吴漢槎金縷曲徵事》一文；引顧貞觀詩，見顧撰《楚頌亭詩》。）

又

寄梁汾

木落吴江矣。正蕭條、西風南雁，碧雲千里。落魄江湖還載酒，一種悲凉滋味。重回首、莫彈酸淚。不是天公教棄置，是南華、誤却方城尉。飄泊處，誰相慰。　別來我亦傷孤寄。更那堪、冰霜摧折，壯懷都廢。天遠難窮勞望眼，欲上高樓還已。君莫恨、埋愁無地。秋雨秋花關塞冷，且殷勤、好作加餐計。人豈得，長無謂。

【校訂】

上片「南華」，《百名家詞鈔》、袁刻、汪刻本作「才華」。

下片「傷孤寄」，《百名家詞鈔》作「多憔悴」。

「摧折」《昭代詞選》作「摧挫」。

【箋注】

木落句：崔信明詩殘句：「楓落吴江冷。」吴江，即吴淞江，此指顧貞觀原籍無錫。

落魄句：杜牧《遣懷》詩：「落魄江湖載酒行，楚腰纖細掌中輕。」

南華句：《南華》，即《南華經》，《莊子》别名。《新唐書・藝文志》：「天寶元年，詔號《莊子》爲《南華真經》。」方城尉，用唐詩人温庭筠事。辛文房《唐才子傳・温庭筠》：「（庭筠）舉進士，數上又不第，出入令狐相國（按爲令狐綯）書館中。綯又嘗問玉條脱事，對以出《南華經》，且曰：『非僻書，相國燮理之暇，亦宜覽古。』譏綯無學，由是漸疏之。自傷曰：『因知此恨人多積，悔讀南華第二篇。』後謫方城尉。庭筠之官，文士詩人争賦詩祖餞，惟紀唐夫曰：『鳳凰詔下雖沾命，鸚鵡才高却累身。』庭筠仕終國子助教，竟流落而死。」

天遠句：辛棄疾《滿江紅》詞：「天遠難窮休久望，樓高欲下還重倚。」

加餐：勸增進飲食。《後漢書・桓榮傳》：「願君慎疾加餐，重愛玉體。」又彭孫遹《菩薩蠻》詞：「寄語好加餐，春來風雨寒。」

人豈句：謂當有所作爲。李商隱《無題》詩：「人生豈得長無謂，懷古思鄉共白頭。」

【説明】

顧梁汾與成德結識近十年間，至少有四年秋季在南，即康熙十七年、二十年、二十一年、二十二年。另二十三年九月底之前亦在南，詞之作期難以驟定。觀性德二十三年九月二十七日致梁汾簡（以前嘗誤作致嚴繩孫簡），有「從前壯志，都已隳盡」語，與此詞中「冰霜摧折，壯懷都廢」意彷彿；「秋雨秋花關塞冷」句，則合梁汾即將北上進京事；書中又云「中秋後曾與大恩僧舍以一函相寄」，詞或即隨僧舍函寄出。暫無確憑，姑繫於此。

又

再贈梁汾，用秋水軒舊韻

酒涴青衫卷。儘從前、風流京兆，閒情未遣。江左知名今廿載，枯樹淚痕休泫。摇落盡、玉蛾金繭。多少殷勤紅葉句，御溝深、不似天河淺。空省識，畫圖展。高才自古難通顯。枉教他、堵牆落筆，凌雲書扁。入洛遊梁重到處，駭看村莊吠犬。獨憔悴、斯人不免。衮衮門前題鳳客，竟居然、潤色朝家典。憑觸忌，舌難翦。

【校訂】

副題《昭代詞選》無「舊」字。

【箋注】

秋水軒舊韻：秋水軒，孫承澤（北海、退谷）之舊宅，在京師正陽門之西，背城臨河，疏柳蒹葭，有「都市濠梁」之稱。孫氏由明入清，曾官左都御史，經史詩文俱佳，在南北文人中輩分又較長，其秋水軒遂成文人聚集之所。康熙十年，周在浚（字雪客，周亮工之子）借居軒中，一時名士咸至，日日嘯咏爲樂，計有曹爾堪、龔鼎孳、梁清標、徐倬、陳維岳、曹貞吉、汪懋麟等。曹爾堪首唱「翦」字韻《賀新郎》，遂至諸子和作疊湊，周在浚輯録爲《秋水軒倡和詞》一書，共收二十六家，一百七十六闋。其中龔鼎孳、徐倬和作最多，都達二十二首。此後大江南北繼有和之者，爲清初詞壇之盛事。有關記載見汪懋麟《秋水軒詩集序》、曹爾堪《秋水軒倡和詞紀略》、王士禄《秋水軒倡和詞題詞》等文。性德未與秋水軒事，僅用其「翦」字韻，因稱舊韻。

酒涴句：涴，浸漬。吴文英《戀繡衾》詞：「少年驕馬西風冷，舊青衫，猶涴酒痕。」

風流京兆：《漢書·張敞傳》：「敞又爲婦畫眉，長安中傳張京兆眉嫵。有司以奏敞，上問之，對曰：臣聞閨房之内，夫婦之私，有過於畫眉者。」孫魴《柳枝詞》：「不知天意風流處，要與佳人學畫眉。」張孝祥《醜奴兒》詞：「畫眉京兆風流甚。」

江左：江東。魏禧《日録·雜説》：「江東稱江左，何也？曰：自江北視之，江東在左。」

枯樹：庾信《枯樹賦》：「桓大司馬聞而嘆曰：昔年種柳，依依漢南，今看摇落，淒愴江潭。」《世説新語·言語》：「桓公北征經金城，見前爲琅邪時種柳皆已十圍，慨然曰：『木猶如此，人何以堪！』攀枝執條，泫然流淚。」

玉蛾金繭：謂楊花柳絮。吴綺《柳含煙》「咏柳」詞：「江南路，柳絲垂，多少齊梁舊事，玉蛾金繭衹菲菲，掛斜暉。」

紅葉：此用「紅葉題詩」故事，有關記載甚多，兹移録《雲溪友議》：「盧渥舍人應舉之歲，偶臨御溝，見一紅葉，葉上乃有一絶句，詩曰：『流水何太急，深宫盡日閒。殷勤謝紅葉，好去到人間。』置於巾箱。及宣宗既省宫人，初下詔，許從百官司吏。渥任范陽，獲其退宫人，睹紅葉而吁嗟久之，曰：當時偶題隨流，不謂郎君收藏巾篋。驗其書蹟，無不訝焉。」

御溝句：詞用紅葉詩故事，實與其事無關。推其意，乃言欲在朝中所辦之事，其難甚於登天。深，即天意難測之意。

空省句：杜甫《咏懷古蹟》詩：「畫圖省識春風面，環佩空歸月夜魂。」據《西京雜記》：「元帝後宫既多，不得常見，乃使畫工圖形，案圖召幸之。諸宫人皆賂畫工，獨王嬙不肯，遂不得見。匈奴入朝，求美人爲閼氏，於是上案圖，以昭君行。及去，召見，貌爲後宫第一，帝悔之。」此句謂朝廷未能明察，致以非罪誤却人才。

堵牆落筆：杜甫《莫相疑行》詩：「憶獻三賦蓬萊宮，自怪一日聲烜赫。集賢學士如堵牆，觀我落筆中書堂。往時文彩動人主，今日饑寒趨路旁。」是句謂才人因同列見嫉，致人主恩不得終。

凌雲書扁：《晉書·王獻之傳》：「太元中，新起太極殿，安（按指謝安）欲使獻之題榜，而難言之，試謂曰：『魏時凌雲殿榜未題，而匠者誤訂之，不可下，乃使韋仲將懸橙書之。比訖，鬚鬢盡白，纔餘氣息。還語子弟，宜絶此法。』獻之揣知其旨，正色曰：『仲將，魏之大臣，寧有此事！使其若此，有以知魏德之不長。』安遂不之逼。」是句謂人才不得敬重，用非其道。

入洛遊梁：《三國志·陸遜傳》注引《陸機別傳》：「晉太康末，俱入洛，司徒張華一見而奇之，遂爲之延譽，薦之諸公。」《漢書·枚乘傳》：「乘久爲大國上賓，復遊梁，梁客皆善屬辭賦，乘尤高。」

獨憔句：杜甫《夢李白》詩：「冠蓋滿京華，斯人獨憔悴。」

題鳳客：據《世説新語·簡傲》載，吕安頗輕嵇喜，至喜門，「題門上作『鳳』字而去，喜不覺，猶以爲欣。故作『鳳』字，『凡鳥』也」。

朝家典：朝廷典册文書。

憑觸句：謂直言觸忌之性不改。

【説明】

此闋深憐梁汾高才不遇，流落不偶，又遭筲小排斥。詞之作期，與前同調之「德也狂生耳」一首約略同時而稍後，在康熙十六年春梁汾南歸之前。梁汾《梅影》詞：「入洛愁餘，遊梁倦極，可惜逢卿憔悴。」容若「入洛遊梁」，即出顧詞。

【輯評】

唐圭璋曰：當時滿漢之界甚嚴，居朝中，頗有不學無術之滿人，而高才若西溟、梁汾諸人，反沉淪於下。於是容若既憐友人之落魄，復憤當朝之措施失當。觀其《金縷曲》云：「袞袞門前題鳳客，竟居然、潤色朝家典。憑觸忌，舌難剪。」此種憤世之情，竟毫無顧忌，慷慨直陳，而爲友之真誠，尤可景仰。（《納蘭容若評傳》）

又

生怕芳樽滿。到更深、迷離醉影，殘燈相伴。依舊回廊新月在，不定竹聲撩亂。問愁與、春宵長短。人比疏花還寂寞，任紅蕤、落盡應難管。向夢裏，聞低喚。此情擬倩東風浣。奈吹來、餘香病酒，旋添一半。惜別江郎渾易瘦，更著輕寒輕暖。憶絮語、縱橫茗椀。滴滴西窗紅蠟淚，那時腸、早爲而今斷。任角枕，倚孤館。

【校訂】

上片「迷離」《詞彙》作「瞢騰」。

「問愁與」「愁」字下汪刻本雙行小字校「誰」。

「人比疏花還寂寞」《今詞初集》、《古今詞選》、《詞彙》、《昭代詞選》、汪刻本作「燕子樓空弦索冷」。

「任紅蕤、落盡應難管」《今詞初集》、《古今詞選》、《詞彙》作「任梨花、落盡無人管」；《昭代詞選》作「便梨花、落盡無人管」。

「向夢裏，聞低喚」《今詞初集》、《古今詞選》、《詞彙》、《昭代詞選》、汪刻本作「誰領略，真真喚」；《詞雅》作「向夢裏，鬧低喚」。

下片「擬倩」《詞彙》、《昭代詞選》作「擬向」。

「旋添」《今詞初集》、《古今詞選》、《詞彙》、《昭代詞選》作「還添」。

「江郎渾易瘦」《今詞初集》、《古今詞選》、《詞彙》、《昭代詞選》、汪刻本作「江淹消瘦了」。

「更著」《今詞初集》、《古今詞選》、汪刻本作「怎耐」；《詞彙》、《昭代詞選》作「怎奈」。

「任角枕」底本原作「任枕角」，今據《今詞初集》、《詞彙》、《昭代詞選》、袁刻、汪刻本改作「任角枕」。

【箋注】

生怕句：駱賓王《别李嶠》詩：「芳樽徒自滿，别恨轉難勝。」又錢惟演《木蘭花》詞：「今日芳樽惟恐淺。」

紅蕤：花蕚。王筠《安石榴》詩：「素莖表朱實，緑葉厠紅蕤。」

向夢句：王彦泓《滿江紅》詞：「無端夢覺低聲唤。」

餘香句：蔡松年《尉遲杯》詞：「覺情隨、曉馬東風，病酒餘香相伴。」

旋：即時，驟。

江郎：江淹，著有《别賦》。

輕寒輕暖：阮逸女《花心動》詞：「乍雨乍晴，輕暖輕寒，漸近賞花時節。」

縱横句：用李清照、趙明誠賭書潑茶事，見前《浣溪沙》「誰念西風獨自凉」闋之「箋注」。

角枕：《詩·唐風·葛生》：「角枕粲兮，錦衾爛兮。」

【説明】

此詞初見《今詞初集》，字句與《通志堂集》多異文，看「校訂」即可知。然此詞所懷何人，甚至是男是女，讀《通志堂集》本，似欠明晰。看《今詞初集》之異文，則可爽然。「燕子樓空弦索冷」，「誰領略，真真喚」之辭，皆切戀人亡逝事，可知此詞原爲悼亡之作。然盧氏卒於康熙十六年夏，詞有「春宵長短」句，詞之作期，須在康熙十七年春。此詞又見《古今詞彙》。《古今詞彙》刊於康熙十八年，亦可證必爲十七年所作。《今詞初集》有康熙十六年十二月魯超序，今人每以爲刊於十六年，且以十六年爲收詞下限，據此詞，則可知其收詞尚及康熙十七年。又陳維崧於康熙十七年冬至前一夕致吴漢槎書云：「弟近偶爾爲詩餘，又與容若成子有《詞選》一書，蓋繼華峰而從事者。」據此可知《今詞初集》編刊之曲折。蓋康熙十六年梁汾南還時，已携初選稿，然未即付刻。次年陳維崧至京，踵事增華，增益初選之稿。細覘陳氏「有《詞選》一書」語，乃編訖口氣，因可定《今詞初集》乃成德、梁汾、其年三人先後編成。魯超序在康熙十六年十二月，先成；截稿在十七年冬；刊成則須在十八年矣。《今詞初集》與卓氏《古今詞彙》收此詞之字句少有歧異，原因即在此。以古書序跋署時判斷刊行時間或收載作品時限，往往有誤，此亦一例。

又

慰西溟

何事添悽咽。但由他、天公簸弄，莫教磨涅。失意每多如意少，終古幾人稱屈。須知道、福因才折。獨卧藜牀看北斗，背高城、玉笛吹成血。聽譙鼓，二更徹。　丈夫未肯因人熱。且乘閒、五湖料理，扁舟一葉。淚似秋霖揮不盡，灑向野田黄蝶。須不羨、承明班列。馬蹟車塵忙未了，任西風、吹冷長安月。又蕭寺，花如雪。

【箋注】

天公句：謂姜宸英以薦不及期，失卻應博學鴻儒試之機遇。全祖望《姜先生宸英墓表》：「聖祖仁皇帝潤色鴻業，留心文學，先生之名遂達宸聽，嘗呼先生之字曰：姜西溟古文當今作者。於是京師之人來求文者户外恒滿。會徵博學鴻儒，東南人望首及先生。掌院學士崑山葉公（按指葉方藹）與長洲韓公（按指韓菼）相約，連名上薦。而葉公適以宣召入禁中，浹月既出，則已無及矣。翰林新城王公（按指王士禛）嘆曰：其命也夫！」

磨涅：喻受摧折。《論語・陽貨》：「不曰堅乎，磨而不磷；不曰白乎，涅而不緇。」林希逸《代陳玄謝啟》：「磨涅豈無，恪守磷緇之訓。」

幾人：猶今言「多少人」，言其極多。

藜牀：陋牀，庾信《小園賦》：「管寧藜牀，雖穿而可坐。」古詩文中每指貧寒高士之牀榻。

背高城句：西溟掛單千佛寺，寺近京城北城牆。

因人熱：藉人之力。《東觀漢記・梁鴻傳》：「比舍先炊，已，呼鴻及熱釜炊。鴻曰：童子鴻不因人熱者也。滅竈更燃之。」徐釚《滿江紅》詞：「世態何須防面冷，丈夫原不因人熱。」

五湖句：謂放棄功名，歸於林下。《國語·越語》記范蠡助勾踐滅吳功成，遂「乘輕舟以浮於五湖」。陳子昂《感遇》詩：「誰見鴟夷子，扁舟去五湖。」參見卷五《浣溪沙》「寄嚴蓀友」闋之「箋注」。

承明句：承明廬，漢承明殿旁室，供侍臣值宿。後以入承明爲在朝做官典故。應璩《百一詩》：「問我何功德，三入承明廬。」班列，朝班行列，此謂朝官。

花如雪句：嚴繩孫《金縷曲》「贈西溟次容若韻」詞：「爛醉緑槐雙影畔，照傷心、一片琳宫月。歸夢冷，逐回雪。」「回雪」指槐花隨風旋舞。性德詞與嚴氏和作同時，「花如雪」亦謂槐花。范雲《别詩》：「昔去雪如花，今來花如雪。」

【説明】

此闋與《點絳唇》「小院新涼」一闋約略爲同時之作。時姜西溟暫寓千佛寺，以鴻博舉薦不及期，頗沮喪，性德以詞慰之。同時友人如嚴繩孫、秦松齡等皆次容若韻賦《金縷曲》示慰。關於西溟舉薦誤期事，除全祖望文外，更有當事人韓菼爲西溟《湛園未定稿》所撰之《序》，《序》所記略同於全氏文，惟「文敏（按謂葉方藹）宣入禁中，待之兩月不得出，急獨呈吏部，已後期矣」數句，知韓曾獨自呈報。按：試博學鴻儒事，下詔在康熙十七年正月，與試舉子大多於夏秋間至京，十一月起，朝廷供給食宿。西溟既失薦，生計無着，賴性德周濟，權居千佛寺，方稍釋其困。後西溟《祭性德文》有云「於午未間，我蹶而窮，百憂萃止，是時歸兄，館我蕭寺」，即謂此節。鴻博於康熙十八年三月考試，三至五月陸續予中試者以職銜。榮枯咫尺，是夏爲西溟最傷數奇之時，此詞因多方勸慰之。然西溟功名心至死不衰，性德「五湖料理」之説，絶非西溟所願。鴻博之題薦，有漏夜趕往者，亦有人不受徵召，如顧炎武、黄宗羲、李顒，俱堅卧不出。西溟好友嚴繩孫雖然與試，不完卷而退場，原不望中，最終授一檢討。秦松齡中試並授檢討，但和此詞中有「牢籠豪傑」語，道破清廷用心。與以上諸人相比，西溟胸懷遠不及矣。

【輯評】

郭則澐曰：容若慰西溟《金縷曲》亦極沉痛，直語語打入西溟心坎，自是世間有數文字。（《清詞玉屑》一）

又

亡婦忌日有感

此恨何時已。滴空階、寒更雨歇，葬花天氣。三載悠悠魂夢杳，是夢久應醒矣。料也覺、人間無味。不及夜臺塵土隔，冷清清、一片埋愁地。釵鈿約，竟抛棄。　重泉若有雙魚寄。好知他、年來苦樂，與誰相倚。我自終宵成轉側，忍聽湘弦重理。待結箇、他生知己。還怕兩人俱薄命，再緣慳、剩月零風裏。清淚盡，紙灰起。

【校訂】

詞牌名《草堂嗣響》作「賀新郎」。

副題《草堂嗣響》無「有感」二字。

上片「滴空階、寒更雨歇」《草堂嗣響》作「滴寒更、空階雨歇」。「竟抛棄」袁刻本作「定抛棄」。

下片「相倚」《草堂嗣響》作「同倚」。「俱薄命」汪刻本作「都薄命」。

【箋注】

亡婦忌日：葉舒崇撰《納臘室盧氏墓志銘》云：「夫人盧氏，年十八歸余同年生成德。康熙十六年五月三十日卒，春秋二十有一。」

此恨句：李之儀《卜算子》詞：「此水幾時休，此恨何時已。」

滴空階：何遜《臨行與故遊夜別》詩：「夜雨滴空階，曉燈暗離室。」

葬花句：彭孫遹《憶王孫》詞：「不歸家，風雨年年葬落花。」

夜臺：墳墓，陰間。黄滔《馬嵬》詩：「夜臺若使香魂在，應作煙花出隴頭。」

埋愁：《後漢書・仲長統傳》：「寄愁天上，埋憂地下。」元好問《雜著》詩：「埋愁不著重泉底，盡向人間種白頭。」

釵鈿約：用唐明皇、楊貴妃愛情故事，見前《浣溪沙》「鳳髻抛殘秋草生」詞之「箋注」。

忍聽句：妻死習稱斷弦，再娶曰續弦。「重理」即謂續娶。性德續娶官氏之時日無考，讀此句，作此詞時似尚未續娶。忍，豈忍。

還怕二句：晏幾道《木蘭花》詞：「欲將恩愛結來生，只恐來生緣又短。」

剩月零風：顧貞觀《唐多令》詞：「雙淚滴花叢，一身驚斷蓬，儘當年、剩月零風。」

紙灰：焚化紙錢之灰。高翥《清明》詩：「紙灰飛作白蝴蝶，淚血染成紅杜鵑。」

【說明】

據「三載悠悠」句，知此闋作於康熙十九年五月三十日。顧貞觀《彈指詞》亦有《金縷曲》「悼亡」一闋，詞云：「好夢而今已。被東風、猛教吹斷，藥爐煙氣。縱使傾城還再得，宿昔風流盡矣。須轉憶、半生愁味。十二樓寒雙鬢薄，遍人間、無此傷心地。釵鈿約，悔輕棄。　茫茫碧落音誰寄。更何年、香階剗襪，夜闌同倚。珍重韋郎多病後，百感消除無計。那祇爲、箇人知己。依約竹聲新月下，舊江山、一片啼鵑裏。鷄塞杳，玉笙起。」此詞與容若詞同調、同題、同韻，顯爲同時和作。卷一《采桑子》「謝家庭院殘更立」闋，梁汾亦有和作。近人張任政云：「閨閣中事，豈梁汾所得言之？」似詫愕不得其解。實則言涉他人閨閣之詩古已有之，於生者有所謂「代贈」，於逝者有所謂「代悼亡」。明清之際，作詩爲他人悼亡乃爲文人一時習尚。如王彦泓《疑雲集》有《爲文始悼亡》詩；李良年有「爲尤悔庵悼亡」《一叢花》詞；朱彝尊則有「和梁尚書傷逝作」《鳳凰臺上憶吹簫》詞。如此作品，數不勝數，惟代人發哀，難得其真情而已。容若詞一往情深，血淚交融，真切動人；梁汾詞則有「傾城再得」、「香階剗襪」諸句，非止輕俗，尤見唐突，豈容若所忍言。關於和友人悼亡詩，雖爲當時習尚，然亦有非議之者。如朱慎即云：「友人婦死，而涕泗交頤，豈爲識嫌疑者哉！」（見性德同時人張潮撰《友聲》丁集）今學者錢鍾書更譏之爲「借面弔喪，與之委蛇」，「替人垂淚，無病而呻」，古之尋常事，固有難以理解者。

【輯評】

唐圭璋曰：柔腸九轉，淒然欲絶。（《納蘭容若評傳》）

錢仲聯曰：有人物活動，更突出主觀抒情，極哀怨之致，這一闋可爲代表。（《清詞三百首》）

又

疏影臨書卷。帶霜華、高高下下，粉脂都遣。别是幽情嫌嫵媚，紅燭啼痕休泫。趁皓月、光浮冰繭。恰與花神供寫照，任潑來、淡墨無深淺。持素障，夜中展。　殘釭掩過看逾顯。相對處、芙蓉玉綻，鶴翎銀扁。但得白衣時慰藉，一任浮雲蒼犬。塵土隔、軟紅偷免。簾幙西風人不寐，恁清光、肯惜鷫裘典。休便把，落英翦。

【箋注】

冰繭：喻紙潔白。王嘉《拾遺記》載有冰蠶，後即用以稱美蠶繭爲冰繭。凡絲製品如素絹、琴弦及素紙亦稱冰繭。常袞《晚秋集賢院即事》詩：「墨潤冰文繭，香銷蠹字魚。」

花神：高啟《梅花》詩：「幾看孤影低迴處，衹道花神夜出遊。」

殘釭：殘燈。

芙蓉句：謂綻開之花潔白如玉。

鶴翎句：鶴翎，喻細長之白色花萼。王建《于主簿廳看花》詩：「小葉稠枝粉壓摧，暖風吹動鶴翎開。」扁，薄。句謂薄而細長之花瓣潔白如銀。又，菊花有品種名曰鶴翎。

白衣：送酒人，代指酒。《續晉陽秋》：「陶潛九日無酒，出籬邊悵望之，見白衣人至，乃王弘送酒使也。即使就酌，醉而後歸。」李嶠《菊》詩：「黄華今日晚，無復白衣來。」劉辰翁《霜天曉角》「九日」詞：「多謝白衣迢遞，吾病矣，不能醉。」

一任句：杜甫《可嘆》詩：「天上浮雲如白衣，須臾忽變如蒼狗。」

軟紅：喻俗世浮華。高觀國《燭影摇紅》詞：「行樂京華，軟紅不斷香塵噴。」

鷫裘：即鷫鸘裘。《西京雜記》：「司馬相如初與卓文君還成都，居貧愁懣，以所著鷫鸘裘就市人陽昌貰酒與文君爲歡。」彭孫遹《虞美人》第二體詞：「壚頭肯典霜裘否，歸取文君酒。」

【説明】

此爲秋夜賞菊詞。苑中白花盛開，空中皓月朗照，於花月交映之際，簾幕低垂之時，清賞無寐，自是雅人高致。性德友人徐倬有同調「翦」字韻「燈下菊影」詞，時和者甚衆，疑容若此闋亦和徐氏之作。

踏莎美人　清明

拾翠歸遲，踏青期近。香箋小疊鄰姬訊。櫻桃花謝已清明。何事緑鬟斜嚲寶釵横。

淺黛雙彎，柔腸幾寸。不堪更惹其他恨。曉窗窺夢有流鶯。也覺箇儂憔悴可憐生。

【校訂】

下片「其他」袁刻、汪刻本作「青春」。

「也覺」汪刻本作「也説」。

【箋注】

拾翠：指婦女遊春，詳見卷一《風流子》「秋郊即事」詞之「箋注」。彭孫遹《哨遍》詞：「拾翠年時，踏青節候。」

踏青：清明前後郊遊稱踏青。吴融《閒居有作》詩：「踏青堤上煙多緑，拾翠江邊月更明。」

香箋句：香箋小疊，謂女子所寄信件。韓偓《偶見》詩：「小疊紅箋書恨字。」朱淑真《約遊春不去》詩：「鄰姬約我踏青遊。」

嚲：垂。歐陽修《阮郎歸》詞：「翠鬟斜嚲語聲低。」

箇儂：古口語，猶言「那人」。

紅窗月

燕歸花謝，早因循、又過清明。是一般風景，兩樣心情。猶記碧桃影裏誓三生。　烏絲闌紙嬌紅篆，歷歷春星。道休孤密約，鑒取深盟。語罷一絲香露濕銀屏。

【校訂】

上片「燕歸花謝」汪刻本作「夢闌酒醒」；「又過」作「過了」；「風景」作「心事」；「心情」作「愁情」；「碧桃」作「迴廊」；「三生」作「生生」。

下片「烏絲闌紙嬌紅篆」汪刻本作「金釵鈿盒當時贈」。「春星」下汪刻本有雙行小字校「青星」。「鑒取」《草堂嗣響》作「繫取」。「香露」汪刻本作「清露」。

【箋注】

因循句：王雱《倦尋芳》詞：「算韶光、又因循過了，清明時候。」

碧桃句：據《續青瑣高議》，魯敢與女子西真「復入一洞，碧桃艷杏，香凝如霧。西真曰：他日與君人間還，雙棲於此」。三生，謂前生、今生、來生。此句疑爲寫實。

烏絲闌：箋紙有綫格，稱絲闌，烏絲闌即黑色綫格。篆，指印章。

歷歷：清晰貌。《古詩十九首》：「衆星何歷歷。」

道休句：參見前《浣溪沙》「鳳髻抛殘秋草生」闋之「箋注」。

南歌子

翠袖凝寒薄，簾衣入夜空。病容扶起月明中。惹得一絲殘篆、舊薰籠。　暗覺歡期過，遥知別恨同。疏花已是不禁風。那更夜深清露、濕愁紅。

【校訂】

下片「已是」《草堂嗣響》作「已自」。

【箋注】

簾衣句：簾衣，即簾；簾以隔内外，因稱衣。空，謂月夜室内暗，院中明，人在室内，視簾外景物如無阻。施紹莘《憶秦娥》詞：「霜花暗綴簾衣薄。」

清露：鹿虔扆《臨江僊》詞：「清露泣香紅。」

又

暖護櫻桃蕊，寒翻蛺蝶翎。東風吹緑漸冥冥。不信一生憔悴、伴啼鶯。　素影飄殘月，香絲拂綺櫺。百花迢遞玉釵聲。索向緑窗尋夢、寄餘生。

【校訂】

下片「綺櫺」《昭代詞選》作「倚櫺」。

【箋注】

寒翻句：李煜《臨江僊》詞：「櫻桃落盡春歸去，蝶翻輕粉雙飛。」

冥冥：幽深貌。張籍《猛虎行》：「南山北山樹冥冥。」

香絲：柳絲。白居易《池邊》詩：「柳老香絲宛，荷新鈿扇圓。」綺櫺：瑣窗。

【說明】

以上《南歌子》二首，當作於康熙十六年盧氏去世時。前首尚在扶持，後闋已成絶望。據《盧氏墓志銘》，盧氏産後成疾，終至不起。

【輯評】

陳廷焯曰：「不信」二字真妙，真有情人語。淒艷欲絶（謂下片）。（《雲韶集》十五）

朱庸齋曰：尤善心理刻畫。先寫暖寒之於物的感受不同，寫出春天之特徵。「冥冥」暗示春去無蹤。過片後寫夢醒情景，末句作盡語，然已非歐、晏之法矣。（《分春館詞話》三）

又 古戍

古戍饑烏集，荒城野雉飛。何年劫火剩殘灰。試看英雄碧血、滿龍堆。　玉帳空分壘，金笳已罷吹。東風回首盡成非，不道興亡命也、豈人爲。

【箋注】

荒城句：劉禹錫《荆門道懷古》詩：「馬嘶古道行人歇，麥秀空城野雉飛。」

何年句：慧皎《高僧傳・竺法蘭》：「昔漢武穿昆明池底，得黑灰，問東方朔，朔云：不知，可問西域胡人。後法蘭既至，衆人追而問之，蘭曰：世界終盡，劫火洞燒，此灰是也。」後人以劫火指兵火。

龍堆：即白龍堆，漢代西域地名。漢後詩文中所用，皆虚指北方邊徼外沙漠，非實指。

玉帳：將帥之軍帳。李商隱《重有感》詩：「玉帳牙旗得上游，安危須共主君憂。」

東風句：李煜《虞美人》詞：「小樓昨夜又東風，故國不堪回首月明中。」

不道句：《國語・晉語》：「范成子曰：國之存亡，天命也。」揚雄《法言》：「命者，天之命也，非人爲也；人爲不爲命。」又干寶《晉武帝革命論》：「帝王之興，必俟天命。苟有代謝，非人事也。」

【説明】

有「龍堆」辭，必作於塞外；有「東風」辭，必作於春季。「興亡」句用意甚深，必切當時實事。是闋必爲康熙二十一年春東巡時作。高士奇《扈從東巡日録》：「三月丁巳（初九），鑾輿發盛京，過撫順。舊堡敗壘，榛莽中居人十餘家，與鬼倀爲鄰。撫順在奉天府東北八十餘里，前朝版圖盡於此矣。」有如此背景，方稱此詞。四月十二，東巡過性德祖居葉赫城之墟，則「英雄碧血」、「東風回首」，更覺字字千鈞。

【輯評】

葉恭綽曰：納蘭容若風流文采幾冠當時，其好與諸名流納交，余以爲别有氣類之感，以其上代金臺石部固爲後金所殄滅也。余昔誦其詞，有「興亡命也，豈人爲」句而憬然。（《解佩令》「題吴觀岱貫華閣圖」詞序）

一絡索

過盡遥山如畫。短衣匹馬。蕭蕭落木不勝秋，莫回首、斜陽下。　别是柔腸縈掛。待歸纔罷。却愁擁髻向燈前，説不盡、離人話。

【校訂】

詞牌名《昭代詞選》作「一落索」；《草堂嗣響》作「洛陽春」。

上片「落木」《草堂嗣響》作「木落」。

【箋注】

過盡句：高觀國《青玉案》詞：「入畫遥山翠分黛。」

短衣句：杜甫《曲江三章》詩：「短衣匹馬隨李廣，看射猛虎終殘年。」

擁髻：參見卷一《海棠月》「瓶梅」詞之「箋注」。

【説明】

既云「短衣匹馬」，自非扈從之作；「柔腸縈掛」者，亦未必盧氏。詞或作於康熙二十一年秋覘梭龍時。

又

野火拂雲微緑。西風夜哭。蒼茫雁翅列秋空，憶寫向、屏山曲。　山海幾經翻覆。女牆斜矗。看來費盡祖龍心，畢竟爲、誰家築。

【校訂】

詞牌名《草堂嗣響》作「洛陽春」。

《草堂嗣響》有副題「塞上」；汪刻本有副題「長城」。

【箋注】

野火句：《列子・天瑞》：「人血之爲野火。」《戰國策・楚策》：「野火之起也若雲蜺。」緑，青色。

西風句：吴偉業《送友人出塞》詩：「魚海蕭條萬里霜，西風一哭斷人腸。」哭，形容風聲淒厲。

屏山句：謂雁列秋空景象如屏風所繪。

翻覆：謂興亡更替。沈煉《答陸宫保書》：「然則必待天地翻覆而後爲變耶？」

女牆：城牆上部有垛口之短牆，此指長城。

【説明】

上片一、三兩句寫日間所見，第二句寫夜間所聞，故作交錯，遂成迷離。前三句景致開闊無際，第四句忽又凝入小小屏山。伸縮馳策極靈動，時空變化全無掛礙，妥帖渾成，不着痕蹟。姜白石「小窗橫幅」之句，未可獨擅於前。此闋與前一首似作於同一行旅。

赤棗子

驚曉漏，護春眠。格外嬌慵衹自憐。寄語釀花風日好，緑窗來與上琴絃。

【校訂】

「驚曉漏，護春眠」《瑶華集》作「聽夜雨，護朝眠」。

「格外」《瑶華集》作「端的」。

「衹自憐」《瑶華集》作「也自憐」。

「來與」《瑶華集》作「來看」。

【箋注】

釀花：催花開放。吴潛《江城子》詞：「正春妍，釀花天。」

緑窗句：趙光遠《咏手》詩：「捻玉搓瓊軟復圓，緑窗誰見上琴絃。」

眼兒媚

林下閨房世罕儔。偕隱足風流。今來忍見，鶴孤華表，人遠羅浮。　中年定不禁哀樂，其奈憶曾遊。浣花微雨，採菱斜日，欲去還留。

【箋注】

林下閨房：《世説新語・賢媛》：「謝遏絶重其姊，張玄常稱其妹，欲以敵之。有濟尼者，並遊張謝二家，人問其優劣，答曰：王夫人（按謂謝遏姊道藴）神情散朗，故有林下風氣；顧家婦（按謂張玄之妹）清心玉映，自是閨房之秀。」

偕隱：夫婦相偕隱居。

鶴孤句：《搜神後記》：「丁令威，本遼東人，學道於靈虚山。後化鶴歸遼，集城門華表柱。徘徊空中而言曰：有鳥有鳥丁令威，去家千年今始歸，城郭如故人民非。」此言人已故去。

羅浮：山名，在廣東省。柳宗元《龍城録》：「趙師雄遷羅浮日，暮憩於松林間，見一女人，澹妝素服，與語，芳香襲人，相與飲醉。寢起視，乃在大梅花樹下，有翠羽啾嘈，相顧月落參横，惆悵而已。」

中年句：《世説新語・言語》：「謝太傅語王右軍曰：中年傷於哀樂，與親友别，輒作數日惡。」

浣花句：言微雨洗滌花樹，此與下句均爲寫實景，非用典。

欲去還留：黄公度《浣溪沙》詞：「欲去還留無限思，輕匀淡抹不成妝。」

【説明】

偶至舊日同遊之地，物是人非，不禁懷想，所謂「一般風景，兩樣心情」。不忍觸舊痛，故曰「欲去」，不能忘舊情，故曰「還留」。作詞時，盧氏已逝去多年，詞中有「中年」二字，殆三十歲歟？

又

詠紅姑娘

騷屑西風弄晚寒。翠袖倚闌干。霞綃裹處，櫻唇微綻，靺鞨紅殷。　故宮事往憑誰問，無恙是朱顏。玉墀争採，玉釵争插，至正年間。

【校訂】

「騷屑西風弄晚寒」張刻本作「西風騷屑弄輕寒」。

【箋注】

副題：紅姑娘，草本植物。今張家口至内蒙古多見，仍名紅姑娘。舊時京中庭院内亦有種植者。高一二尺，開白花，結果圓形，大如算珠，果外籠薄翅。果熟時或爲黄色，或爲紅色，可食，亦入藥。蕭洵《元故宫遺録》：「金殿前有野果名姑娘，外垂絳囊，中空，有桃子如丹珠，味甜酸可食，盈盈繞砌，與翠草同芳，亦自可愛。」元曲中有詠紅姑娘者，性德與嚴繩孫皆有「詠紅姑娘」《眼兒媚》詞，同詠元故宫事。「娘」字京音讀若「蔫兒」。

騷屑：風聲。劉向《九嘆》：「風騷屑以摇木兮。」
翠袖句：紅姑娘之擬人寫法。
霞綃：形容漿果外之翅狀花萼。
櫻唇二句：形容紅色珠果自薄翅中微微露出。
靺鞨：紅寶石，見前《臺城路》「上元」詞之「箋注」。
故宫：指元故宫。
玉墀二句：想像元宫中宫女争採争戴紅姑娘之情事。
至正：元順帝年號（一三四一——一三六八）。

【説明】

紅姑娘，學名酸漿草，又有稱洛神珠、燈籠草者，野草而已。果雖曰可食，其實苦澀不適於口，兒童偶或吮吸，更多作玩物視之，以晶圓紅潤，又有薄殼爲可愛也。詞云「争採」、「争插」，皆詩家想像過甚之辭。性德與嚴繩孫相識於康熙十二年，詞或作於相交未久，蓋爲早期之作。

又 中元夜有感

手寫香臺金字經。惟願結來生。蓮花漏轉，楊枝露滴，想鑒微誠。欲知奉倩神傷極，憑訴與秋擎。西風不管，一池萍水，幾點荷燈。

【校訂】

「手寫香臺金字經」張刻本作「香臺手自寫金經」。

【箋注】

副題：中元，舊曆七月十五日爲中元節，僧寺作盂蘭盆會，民俗有祭祀亡故親人活動。

香臺：指佛堂。

金字經：佛經。王銍《默記》：「李後主手書金字《心經》一卷，賜其宫人喬氏。喬氏後入（宋）太宗禁中。聞後主薨，自内廷出經捨相國寺西塔，以資薦。且自書於後云：故李氏國主宫人喬氏，伏遇國主百日，謹舍昔時賜妾所書《般若心經》一卷，在相國寺西塔院，伏願彌勒尊前持一花而見佛。喬氏書在經後，字整潔而詞甚愴惋。」又，滿洲貴家有爲亡人被幛或棺表書寫金字佛經之俗，王公大臣去世，朝廷往往賜以呢或綾印金色梵字陀羅經被（參見《嘯亭續録》卷一）。近人溥儒（心畬）母死，停棺廣化寺，棺凡漆十三道，每漆一道，儒必往恭楷金粉書經殆遍。蓋於亡人書金字經有專疏矣。

蓮花二句：蓮花漏轉，原謂時光推移；楊枝則謂潔齒之齒木，此二語皆雙關佛教。蓮花爲佛門妙法，《蓮花經》爲佛門經典，蓮花界爲佛地，蓮花臺爲佛坐具。楊枝水則爲佛家所云起死回生、萬物復蘇之甘露。

奉倩：三國魏人荀粲，字奉倩。妻病逝，「不哭而神傷」，年餘亦死，年僅二十九歲。事載《三國志·荀惲傳》裴注，又見《世説新語·惑溺》劉孝標注。

秋擎：秋燈。擎同檠，燈柱或燈臺。

一池句：蘇軾《水龍吟》「楊花」詞：「曉來雨過，遺蹤何在，一池萍碎。」

荷燈：一稱河燈。舊俗，中元節製荷花形小燈，中燃小燭，浮於水面，以祀鬼。吴長元《宸垣志略》：「每歲中元建盂蘭盆會，放荷燈以數千計。南至瀛臺，北繞萬歲山而回，爲苑中盛事。」

【説明】

此闋爲中元夜思念盧氏之作，作期當在盧氏過世未久，約爲康熙十六或十七年。

又

詠梅

莫把瓊花比澹妝。誰似白霓裳。别樣清幽，自然標格，莫近東牆。　冰肌玉骨天分付，兼付與淒涼。可憐遥夜，冷煙和月，疏影横窗。

【校訂】

「莫把瓊花比澹妝」張刻本作「莫將瓊蕊比殘妝」。

【箋注】

澹妝：指梅花。歐陽修《漁家傲》詞：「僊格澹妝天與麗，誰可比。」另見同調「林下閨房世罕儔」闋之「箋注」引《龍城録》。

白霓裳：《楚辭·九歌·東君》：「青雲衣兮白霓裳。」又劉秉忠《春深》詩：「梨花亂舞白霓裳。」

自然標格：柳永《滿江紅》詞：「就中有、天真妖麗，自然標格。」

東牆：宋玉《登徒子好色賦》：「天下之佳人，莫若楚國，楚國之麗者，莫若臣里，臣里之美者，莫若臣東家之子……然此女登牆窺臣三年，至今猶未許也。」後有「東牆窺宋」成語。此借喻梅花之美麗。「莫近東牆」，有防窺視意。

冰肌句：李之儀《蝶戀花》詞：「玉骨冰肌天所賦，似與神僊，來作煙霞侶。」又蘇軾《西江月》詞：「玉骨那愁瘴霧，冰姿自有僊風。」

付與淒涼：柳永《彩雲歸》詞：「朝歡暮散，被多情，付與淒涼。」又，趙鼎《蝶戀花》詞：「年少淒涼天付與。」

疏影句：汪藻《點絳唇》詞：「起來搔首，梅影横窗瘦。」

【説明】

是闋咏白梅。北地天寒，原不産梅，清宫盆梅，皆自江南三織造貢來。昔有旗員，自江南移得梅樹，來京培植，爲之搭蘆棚，升炭火，終不發花，未幾枯死。近世張伯駒（叢碧）先生，貴盛公子，居北京展春園内，所植種種名貴梅花皆自暖洞出。高士奇《金鼇退食筆記》載：「每歲正月進梅花，十一月十二月進早梅、蠟瓣梅，又有香片梅，古榦槎牙，開紅白二色，安放懋勤殿。」張英《内廷應制集》有《南書房盆中白梅盛作花》詩。性德所見之梅，定是盆梅，若非宫中所見，則貢梅或有頒賜王公貴臣者。

【輯評】

唐圭璋曰：「别樣清幽，自然標格，莫近東牆」，則就花之神情描寫而隱有寄托者，皆一面寫花，一面

自道也。（《納蘭容若評傳》）

又

獨倚春寒掩夕扉。清露泣銖衣。玉簫吹夢，金釵劃影，悔不同攜。　刻殘紅燭曾相待，舊事總依稀。料應遺恨，月中教去，花底催歸。

【校訂】

首句「獨倚」下汪刻本有雙行小字校「依約」；「掩」字下校「斂」。「夕扉」汪刻本作「夕霏」。

「清露泣」下汪刻本雙行小字校「露上五」。

「釵劃」汪刻本雙行小字校「觴酹」。上片結句「同」字汪刻本雙行小字校「重」。

下片「刻殘紅燭曾相待，舊事總依稀」下汪刻本有雙行小字校「閒思往事曾相待，央及小風吹」；接下「遺」字下校「同」。

【箋注】

銖衣：《長阿含經》：「忉利天衣重六銖，炎摩天衣重三銖，兜率天衣重三銖半，化樂天衣重一銖，他化自在天衣重半銖。」後以銖衣指僊衣，或以喻衣裙之極輕。按，古二十四銖爲一兩，古一兩約今半兩。朱瀾《百字令》：「霧濕銖衣，香消羅袖。」刻殘紅燭：刻燭計時。見前《浣溪沙》「收取閒心冷處濃」闋之「箋注」。

【説明】

此闋乃懷人憶舊之作，關涉作者早年情事。詞中「玉簫吹夢，金釵劃影」、「月中教去，花底催歸」諸句，似俱爲寫實，並非引用古典。其情境祇有作者及所懷之人方可解得。

又

重見星娥碧海槎。忍笑却盤鴉。尋常多少，月明風細，今夜偏佳。　休籠彩筆閒書字，街鼓已三撾。煙絲欲裊，露光微泫，春在桃花。

【校訂】

首句「碧海槎」，底本原作「碧海查」。張刻、汪刻本作「碧海槎」，《國朝詞綜》、袁刻本作「碧海楂」。此依張刻、汪刻本改。

【箋注】

重見句：星娥，織女。李商隱《海客》詩：「海客乘槎上紫氛，星娥罷織一相聞。」槎，木筏。張華《博物志》載：「舊説云：天河與海通，近世有人居海濱者，年年八月有浮槎去。」碧海，參見前《畫堂春》詞之「箋注」。

盤鴉：女子梳頭，又指髮髻。李賀《美人梳頭歌》：「纖手却盤老鴉色，翠滑寶釵簪不得。」梅堯臣《次韻和酬永叔》：「公家八九妹，鬢髮如盤鴉。」

休籠句：趙光遠《咏手》詩：「慢籠彩筆閒書字。」

街鼓：更鼓，多設於譙樓。

撾：擊鼓。

露光句：謝靈運《從斤竹澗越嶺溪行》詩：「花上露猶泫。」周邦彦《荔枝香》詞：「夜來寒浸酒席，露微泫，舄履初會，香澤方薰。」周詞寫男女暫聚，容若詞亦同。

荷葉杯

簾捲落花如雪。煙月。誰在小紅亭。玉釵敲竹乍聞聲。風影略分明。　化作彩雲飛去。何處。不隔枕函邊。一聲將息曉寒天。腸斷又今年。

【校訂】

下片「曉寒天」《今詞初集》、《古今詞選》、《詞彙》作「曉霜天」。

「今年」《昭代詞選》作「經年」。

【箋注】

玉釵句：見前《浣溪沙》「消息誰傳到拒霜」闋之「箋注」。

風影：陳後主《自君之出矣》詩：「思君若風影，來去不曾停。」

化作句：李白《宮中行樂詞》：「祇愁歌舞散，化作彩雲飛。」

將息：勸人歇息，保重。謝逸《柳梢青》詞：「尊前忍聽，一聲將息。」

【説明】

是闋見於《今詞初集》，當作於康熙十七年。後闋同調之「知己一人誰是」亦同時之作。

又

知己一人誰是。已矣。贏得誤他生。有情終古似無情。别語悔分明。　莫道芳時易度。朝暮。珍重好花天。爲伊指點再來緣。疏雨洗遺鈿。

【校訂】

上片「有情」汪刻本作「多情」。「别語悔分明」汪刻本作「莫問醉耶醒」。下片「莫道芳時易度」汪刻本作「未是看來如霧」。「珍重」汪刻本作「將息」。

【箋注】

知己句：朱彝尊《百字令》：「滔滔天下，不知知己誰是。」

有情句：柳永《清平樂》詞：「多情争似無情。」

别語句：洪咨夔《清平樂》詞：「煙浦花橋如夢裏，猶記倚樓别語。」

再來緣：再世之緣。此用玉簫事。《緑窗新話》：「韋皋未仕時，寓姜使君門館，待之甚厚，贈小青衣曰玉簫，美而艷。乃與玉簫約，七年復來相取，因留玉指環。皋衍期不至，玉簫絶食而卒。後皋鎮蜀，時祖山人有少翁之術，能致逝者精魄形見。見玉簫曰：旬日便當托生，後十二年，再爲侍妾。後因誕日，東川盧尚書獻歌姬爲壽，年十二，名玉簫。遽呼之，宛然舊人，中指有玉環隱起焉。」

【説明】

康熙十七年七月，盧氏葬京西北郊皂莢屯。葉舒崇撰《盧氏墓志銘》有「於其没也，（成德）悼亡之吟不少，知己之恨尤深」之句，葉氏似曾見此詞。

梅梢雪 元夜月蝕

星毬映徹。一痕微褪梅梢雪。紫姑待話經年别。竊藥心灰，慵把菱花揭。　踏歌纔起清鉦歇。扇紈仍似秋期潔。天公畢竟風流絶。教看蛾眉，特放些時缺。

【校訂】

詞牌名汪刻本作「一斛珠」。

【箋注】

副題：元夜，正月十五元宵節之夜。詞作於康熙二十年元夜，參見「説明」。

星毬：燈球或焰火。高士奇《金鼇退食筆記》：「癸亥元夜，於五龍亭前施放煙火。坐觀星毬萬道，火樹千重。」按，三藩平定後，京師每歲元夕皆施放焰火。

紫姑：《荆楚歲時記》：「正月十五日，其夕迎紫姑，以卜將來蠶桑並占衆事。」劉敬叔《異苑》：「世有紫姑神，古來相傳，云是人家妾，爲大婦所嫉，正月十五日感激而死。故世人以其日作其形，夜於厠間或猪欄邊迎之。」歐陽修《驀山溪》詞：「應卜紫姑神，問歸期，相思望斷。」

竊藥：用李商隱《嫦娥》詩意，詳見前《畫堂春》詞之「箋注」。

菱花：謂妝鏡。韓偓《閨怨》詩：「時光潛去暗淒涼，懶對菱花暈曉妝。」

踏歌：《通鑑・則天后聖曆元年》胡三省注：「踏歌者，連手而歌，踏地以爲節。」

清鉦歇：鉦，打擊樂器，鑼之一種。《古今事物考》：「《黄帝内傳》曰：『玄女請帝鑄鉦鐃。』今銅鑼，其遺事也。」舊俗以爲月蝕爲天狗食月，家家鳴鉦擊鏡以嚇天狗。歇，則云月已復圓，不再鳴金。

扇紈：扇謂團扇，紈謂素絹，喻月色皎潔。班婕妤《怨歌行》：「新裂齊紈素，皎潔如霜雪。裁成合歡扇，團團似明月。」

【説明】

詞調名一般稱「一斛珠」，性德詞第二句有「梅梢雪」三字，因月以爲調名。陳維崧有《寶鼎現》詞，小序云：「甲辰元夕……是歲元夜月蝕。」甲辰是康熙三年（公元一六六四）。據沙羅周期計算，甲辰後另一次元夜月蝕，當在康熙二十年辛酉（公元一六八一）。與性德同時之尤侗、查慎行均有「辛酉元夕月蝕」詩。

木蘭花令　擬古决絶詞

人生若祇如初見。何事秋風悲畫扇。等閒變却故人心，却道故心人易變。　驪山語罷清宵半。淚雨零鈴終不怨。何如薄倖錦衣郎，比翼連枝當日願。

【校訂】

詞牌名，汪刻本無「令」字。

副題，汪刻本作「擬古决絶詞，柬友」。

上片「心人」汪刻本作「人心」。

下片「語罷」，底本原作「雨罷」，與下句「淚雨」重字，顯然欠妥，此據汪刻本改「語罷」。

【箋注】

副題：《樂府詩集》已有元稹《決絕詞》，所以本題有「擬古」二字。決絕，斷絕交情，永不再見。《宋書·樂志》引《白頭吟》：「聞君有兩意，故來相決絕。」

何事句：班婕妤《怨歌行》：「裁成合歡扇，團團似明月。出入君懷袖，動摇微風發。常恐秋節至，凉飆奪炎熱。棄捐篋笥中，恩情中道絕。」

等閒二句：謝朓《同王主簿怨情》詩：「平生一顧重，夙昔千金賤。故人心尚永，故心人不見。」

驪山句：見前《浣溪沙》「鳳髻抛殘秋草生」闋之「箋注」。

【説明】

汪刻本此闋副題有「柬友」二字，友人爲誰，未得其考。

長相思

山一程。水一程。身向榆關那畔行。夜深千帳燈。　風一更。雪一更。聒碎鄉心夢不成。

故園無此聲。

【校訂】

《草堂嗣響》有副題「出塞」。

【箋注】

榆關：即山海關，古名榆關，明代改今名。

聒：嘈雜擾人。柳永《瓜茉莉》詞：「殘蟬噪晚，甚聒得人心欲碎。」

故園：謂京師。

【説明】

康熙二十一年早春，性德隨扈東巡，詞作於往山海關途中。高士奇《扈從東巡日録》：「二月丙申（十八日），駐蹕豐潤縣城西。是夜雲黑無月，周廬幕火，望若繁星也。」又：「二月丁未（二十九日），東風作寒，急雨催暮，夜更變雪。駐蹕廣寧縣羊腸河東。」蓋此詞上片所寫乃二月十八日情形，下片所寫乃二月二十九日情形。

【輯評】

王國維曰：明月照積雪、大江流日夜、澄江靜如練、山氣日夕佳、落日照大旗、中天懸明月、大漠孤煙直、長河落日圓，此等境界可謂千古壯觀。求之於詞，則納蘭容若塞上之作，如《長相思》「夜深千帳燈」，《如夢令》「萬帳穹廬人醉，星影摇摇欲墜」差近之。（《人間詞話》，滕咸惠校注本）

唐圭璋曰：《花間》有句云「紅紗一點燈」，此言「夜深千帳燈」，境界一大一小，然各極其妙。（《納蘭容若評傳》）

朝中措

蜀絃秦柱不關情。盡日掩雲屏。已惜輕翎退粉，更嫌弱絮爲萍。　東風多事，餘寒吹散，烘暖微酲。看盡一簾紅雨，爲誰親繫花鈴。

【校訂】

《瑶華集》有副題「春暮」。

上片「已惜」《瑶華集》作「祇惜」；「弱絮」作「飛絮」。

【箋注】

蜀絃秦柱：指琴與瑟。漢蜀郡司馬相如善操琴，箏相傳爲秦蒙恬所造（《隋書·樂志》）。李白《長相思》詩：「趙瑟初停鳳凰柱，蜀琴欲奏鴛鴦絃。」又唐彦謙《漢代》詩：「别隨秦柱促，愁爲蜀絃幺。」柱，架琴絃之柱碼。

雲屏：雲母屏風。李商隱《龍池》詩：「龍池賜酒敞雲屏，羯鼓聲高衆樂停。」

輕翎退粉：輕翎，蝶翅。羅大經《鶴林玉露》：「《道藏經》云，蝶交則粉退，蜂交則黄退。」

絮爲萍：絮，楊柳之花。《群芳譜》：「萍，一名水花。春初始生，楊花入水所化。」

紅雨：喻落花。李賀《將進酒》詩：「桃花亂落如紅雨。」史肅《雜詩》：「一簾紅雨枕書眠。」

花鈴：即護花鈴。《開元天寶遺事》：「天寶初，寧王日侍，好聲樂。至春時，於後園中紉紅絲爲繩，密綴金鈴，繫於花梢之上，每有鳥鵲集，則令園吏掣鈴索以驚之，蓋惜花之故也。」

尋芳草　蕭寺記夢

客夜怎生過。夢相伴、綺窗吟和。薄嗔佯笑道，若不是恁凄凉，肯來麽。　來去苦匆匆，準擬待、曉鐘敲破。乍偎人、一閃燈花墮。却對著、瑠璃火。

【校訂】

上片「吟和」汪刻本作「冷和」。「薄嗔」汪刻本作「薄瞋」。「瑠璃火」底本原作「瑠琉火」，據張刻、汪刻、袁刻本改「琉」作「璃」。

【箋注】

瑠璃火：佛寺用琉璃燈。

【説明】

據「薄嗔」、「偎人」語，知所夢爲亡妻。盧氏既喪，一年餘始葬。舊習，其柩應暫厝寺廟。視「肯來麽」三字，副題所云「蕭寺」，即盧氏厝靈之廟宇。詞作於康熙十七年七月之前。參見後《望江南》「宿雙林禪院」闋之「説明」。

遐方怨

欹角枕，掩紅窗。夢到江南，伊家博山沉水香。浣裙歸晚坐思量。輕煙籠淺黛，月茫茫。

【校訂】

「浣裙」汪刻本作「湔裙」。

「淺黛」汪刻本作「翠黛」。

【箋注】

角枕：見前《金縷曲》「生怕芳尊滿」闋之「箋注」。

博山：博山爐。見前《浣溪沙》「脂粉塘空遍緑苔」闋之「箋注」。

沉水香：即沉香，薰香料。嵇含《南方草木狀》：「交趾有蜜香樹，欲取香，伐之，經年，其根榦枝節，各有别色也。木心與節堅黑，沉水者爲沉香。」《樂府詩集・楊叛兒》：「歡作沉水香，儂作博山爐。」

浣裙：别本異文作「湔裙」，見前《浣溪沙》「五月江南麥已稀」闋之「箋注」。

淺黛：遠山之色。

【説明】

此闋似贈沈宛之作。

秋千索 渌水亭春望

壚邊唤酒雙鬟亞。春已到、賣花簾下。一道香塵碎緑蘋，看白袷、親調馬。 煙絲宛宛愁縈挂。剩幾筆、晚晴圖畫。半枕芙蕖壓浪眠，教費盡、鶯兒話。

【校訂】

詞牌名《百名家詞鈔》作「撥香灰」。

上片「唤酒」汪刻本作「换酒」。

下片「教費」袁刻本作「聽不」。

【箋注】

渌水亭：性德家園亭，在北京什刹後海北岸。性德另有《渌水亭》詩云：「野色湖光兩不分，碧雲萬頃變黄雲。分明一幅江村畫，着個閑亭挂夕曛。」

壚邊句：壚，酒壚。辛延年《羽林郎》詩：「胡姬年十五，春日獨當壚。雙鬟何窈窕，一世良所無。」亞，通「壓」，將熟酒自酒槽中壓出之意，羅隱《江南曲》詩：「水國多愁又有情，夜槽壓酒銀船滿。」此指爲客人斟酒。李白《金陵酒肆留别》詩：「吴姬壓酒喚客嘗。」

白袷：白色夾衣。

調馬：馴馬。調，調習而使之知人意。李端《贈郭駙馬》詩：「新開金埒看調馬。」

宛宛：柔細貌。陸羽《小苑春望宫池柳色》詩：「宛宛如絲柳，含黄一望新。」

晚晴句：吴融《富春》詩：「水送山迎入富春，一川如畫晚晴新。」

教費句：王安石《清平樂》詞：「留春不住，費盡鶯兒語。」

【説明】

此詞有孫致彌和作，詞之作期可據以考知。孫氏《杕左堂集》詞三載《撥香灰》「容若侍中索和楞伽山人韻」詞：「流鶯並坐花枝亞，簾影動、合歡窗下。緑繡笙囊紫玉簫，稱鹿爪、調絃馬。宣和宫裱崔徽掛，恰側畔、有人如畫。幾許傷春夢雨愁，都付與、鸜哥話。」性德與孫氏詞皆寫晚春初夏景色。孫氏詞副題稱性德爲「侍中」，詞必作於性德任侍衛之後，即康熙十七年秋之後。考孫氏行蹟，惟康熙十八年及二十四年春在京。又孫詞有「流鶯並坐」、「恰側畔、有人如畫」等語，乃寫性德納沈宛後情景，因而此詞當作於康熙二十四年（一六八五）。

又

藥闌攜手銷魂侶。爭不記、看承人處。除向東風訴此情，奈竟日、春無語。　悠揚撲盡風前絮。又百五、韶光難住。滿地梨花似去年，却多了、廉纖雨。

【校訂】

詞牌名《瑶華集》、《詞雅》作「撥香灰」。

《瑶華集》有副題「無題」。

《國朝詞綜》有副題「渌水亭春望」，未選上一首。

汪刻本與上一首聯題，此首爲第一首，副題亦移於此。

上片「爭不記」《瑶華集》、《昭代詞選》、《詞雅》作「怎不記」。

「春無語」《草堂嗣響》作「花無語」。

下片「風前絮」《草堂嗣響》作「春前絮」。

「梨花」《草堂嗣響》作「梨雲」。

「却多了」《瑶華集》、《昭代詞選》、《詞雅》作「衹多了」。

【箋注】

藥闌：芍藥闌，又泛指花藥之闌，宋人王楙《野客叢書》有考證。趙長卿《長相思》詞：「藥闌東，藥闌西，記得當時素手携。」

争：猶「怎」。

看承：護持，照顧。吴淑姬《祝英臺近》詞：「曲曲屏山，温温沈水，都是舊看承人處。」

百五：冬至日至清明節，共一百零五日，因稱清明爲百五。彭孫遹《鵲橋僊》「清明」詞：「韶光百五禁煙時，又過了、幾番花候。」《燕京歲時記》：「清明即寒食，又曰禁煙節。」

滿地句：劉方平《春怨》詩：「梨花滿地不開門。」

廉纖雨：細雨。晏幾道《生查子》詞：「無端輕薄雲，暗作廉纖雨。」

【輯評】

陳廷焯曰：悲惋。曰似去年，已不勝物是人非之感，再加以廉纖雨，有心人何以爲情也。（《雲韶集》十五）

又

遊絲斷續東風弱。渾無語、半垂簾幙。茜袖誰招曲檻邊，弄一縷、秋千索。　惜花人共殘春薄。春欲盡、纖腰如削。新月纔堪照獨愁，却又照、梨花落。

【校訂】

詞牌名《瑶華集》作「撥香灰」。

《瑶華集》有副題「春閨」。

上片「渾無語」張刻本、《國朝詞綜》無「渾」字；《瑶華集》、《昭代詞選》、袁刻、汪刻本作「悄無語」。

「茜袖」《瑶華集》、《昭代詞選》、汪刻本作「紅袖」。

「弄一縷」《瑶華集》、汪刻本作「颺一縷」；《昭代詞選》作「怪一縷」。

下片「春薄」《瑶華集》、《昭代詞選》作「陽薄」。

【箋注】

茜：絳紅色。

【輯評】

謝章鋌曰：毛稚黃嘗自度曲名《撥香灰》，其句法字數與《憶王孫》俱同，但平仄稍異。容若《渌水亭春望》即填此調，因其中有「颺一縷、秋千索」句，故自名《秋千索》。（《賭棋山莊詞話》七）

茶瓶兒

楊花糝徑櫻桃落。緑陰下、晴波燕掠。好景成擔閣。秋千背倚，風態宛如昨。　可惜春來總蕭索。人瘦損、紙鳶風惡。多少芳箋約。青鸞去也，誰與勸孤酌。

【箋注】

楊花糝徑：糝，灑落。杜甫《絶句漫興》：「糝徑楊花鋪白氈。」潘汾《賀新郎》詞：「芳草王孫知何處，惟有楊花糝徑。」

秋千句：李商隱《無題》詩：「十五泣春風，背面秋千下。」陳子龍《醉花陰》詞：「一縷博山庭院内，人在秋千背。」

紙鳶：陳沂《詢芻録》：「紙鳶又名風鳶，初，五代漢李鄴於宮中作紙鳶，引綫乘風爲戲，後於鳶首以竹爲笛，使風入作聲如箏鳴，俗呼風箏。」顧貞觀《浣溪沙》詞：「悠揚燈影紙鳶風。」

青鸞：李白《鳳凰曲》詩：「青鸞不獨去，更有携手人。」

好事近

簾外五更風，消受曉寒時節。剛剩秋衾一半，擁透簾殘月。　争教清淚不成冰，好處便輕別。擬把傷離情緒，待曉寒重説。

【箋注】

簾外句：宋無名氏《浪淘沙》詞：「簾外五更風，吹夢無蹤。」

透簾：温庭筠《宿城南亡友別墅》詩：「還似昔年殘夢裏，透簾斜月獨聞鶯。」

【輯評】

陳廷焯曰：淋漓沈痛（下片）。（《雲韶集》十五）

又

何路向家園，歷歷殘山剩水。都把一春冷淡，到麥秋天氣。　料應重發隔年花，莫問花前事。縱使東風依舊，怕紅顏不似。

【箋注】

殘山剩水：范成大《萬景樓》詩：「殘山剩水不知數，一一當樓供勝絶。」

料應句：馬令《南唐書·昭惠周后傳》：「（後主）又嘗與后移植梅花於瑶光殿之西，及花時，后已殂，因成詩見意……云：失却煙花主，東風自不知。清香更何用，猶發去年枝。」

【説明】

首句言行役在外，第二句言沿途所經爲戰後荒殘之地，第三、四句言一春未歸，已至春盡夏初之時。康熙二十年二至五月，性德扈從至遵化、科爾沁；康熙二十一年二至五月，又隨駕至吉林，均與詞境相合。

又

馬首望青山，零落繁華如此。再向斷煙衰草，認蘚碑題字。　休尋折戟話當年，只灑悲秋淚。斜日十三陵下，過新豐獵騎。

【校訂】

上片「認蘇碑」《草堂嗣響》作「覓蘇碑」。

【箋注】

蘇碑：韓維《遺吴冲卿大饗碑文》詩：「世變文字異，歲久苔蘚蝕。」顧貞觀《憶秦娥》詞：「雙崖碧，古今多少，蘇碑題迹。」

折戟：杜牧《赤壁》詩：「折戟沈沙鐵未消，自將磨洗認前朝。」

十三陵：明陵，在北京昌平天壽山，葬明成祖而後十三帝。

新豐：王維《觀獵》詩：「風勁角弓鳴，將軍獵渭城。忽過新豐市，還歸細柳營。」新豐，漢縣名，在陝西臨潼境。漢高祖遷故鄉豐邑民居此，因名新豐。

【説明】

性德與友朋多次往遊十三陵，此調未必爲扈從之作。

太常引 自題小照

西風乍起峭寒生。驚雁避移營。千里暮雲平。休回首、長亭短亭。無窮山色，無邊往事，一例冷清清。試倩玉簫聲。喚千古、英雄夢醒。

【校訂】

《草堂嗣響》、《昭代詞選》無副題。

【箋注】

千里句：王維《觀獵》詩：「回看射雕處，千里暮雲平。」

無窮二句：向子諲《秦樓月》詞：「無邊煙水，無窮山色。」

【説明】

吴雯《蓮洋集》有《題楞伽出塞圖》詩：「出關塞草白，立馬心獨傷。秋風吹雁影，天際正茫茫。豈念衣裳薄，還驚鬢髮蒼。金閨千里月，中夜拂流黃。」此調副題所云「小照」，即《楞伽出塞圖》。圖爲性德康熙二十一年秋遠赴梭龍而繪，作者不詳，圖今存否亦未詳。姜宸英撰《納臘君墓表》云：「二十一年八月使覘唆龍羌，歸時從奚囊傾方寸札出之，疊數十紙，細行書，皆填詞若詩。雖形色枯槁不自知，反遍示客，資笑樂。」此詞當即奚囊中物，既歸，圖成，乃以之題照。姜宸英亦有《題容若出塞圖》詩二首，第二首云：「奉使曾經葱嶺回，節毛暗落白龍堆。新詞爛漫誰收得，更與辛勤渡海來。」亦可證題圖乃返回後事。

又

晚來風起撼花鈴。人在碧山亭。愁裏不堪聽。那更雜、泉聲雨聲。　無憑蹤蹟，無聊心緒，誰説與多情。夢也不分明。又何必、催教夢醒。

【校訂】

《國朝詞綜》有副題「自題小照」，未選上一首。

上片「撼花鈴」《昭代詞選》作「護花鈴」。

「泉聲」《草堂嗣響》作「風聲」。

【箋注】

花鈴：見前《朝中措》「蜀絃秦柱不關情」詞之「箋注」。

夢也句：張泌《寄人》詩：「倚柱尋思倍惆悵，一場春夢不分明。」徐燦《菩薩蠻》詞：「夢也不分明，遠山雲亂横。」

【説明】

既有「護花鈴」，必非山野旅途之作；然又云「泉聲」，亦非京中府第可有，惟京郊西山别墅，方可當之。吴長元《宸垣識略》云渌水亭在玉泉山，當有所據。以此詞作於玉泉山墅園，詞中景物皆可獲解。按，明珠府有渌水亭，爲亭名，但不能排除其墅園亦有亭名渌水。蓋此爲滿人舊俗，清宫殿名亦多重見於圓明園、承德避暑山莊。

【輯評】

陳廷焯曰：祇「那更」七字，便是情景兼到。真達人語（謂「夢也」以下二句）。（《雲韶集》十五）

陳廷焯又曰：容若《飲水詞》，在國初亦推作手，較《東白堂詞》（佟世南撰）似更閒雅。然意境不深厚，措詞亦淺顯。《太常引》云「夢也不分明，又何必催教夢醒」，亦頗淒警，然意境已落第二乘。（《白

雨齋詞話》三）

陳廷焯又曰：淒切語，亦是放達語。（《詞則·别調集》評語）

張德瀛曰：容若《太常引》詞云：「夢也不分明，又何必催教夢醒。」竹垞《沁園春》詞云：「沈吟久，怕重來不見，見又魂消。」二詞纏綿往復，郭子玄何必減庾子嵩。（《詞徵》六）

轉應曲

明月。明月。曾照個人離别。玉壺紅淚相偎。還似當年夜來。來夜。來夜。肯把清輝重借。

【校訂】

詞牌名汪刻本作「調笑令」。

「相偎」張刻本作「相猥」。

【箋注】

明月句：馮延巳《三臺令》詞：「明月，明月，照得離人愁絶。」

夜來：魏文帝宫中美人，即薛靈芸，魏文帝爲改名夜來。參見前《采桑子》「而今纔道當時錯」闋之「箋注」。

山花子

林下荒苔道韞家。生憐玉骨委塵沙。愁向風前無處説，數歸鴉。　半世浮萍隨逝水，一宵冷雨葬名花。魂似柳綿吹欲碎，繞天涯。

【校訂】

詞牌名汪刻本作「攤破浣溪沙」，下同。

上片「塵沙」《草堂嗣響》作「泥沙」。

下片「魂似」汪刻本作「魂是」。

【箋注】

林下句：道韞即謝道韞。見前《夢江南》「昏鴉盡」闋、《眼兒媚》「林下閨房世罕儔」闋之「箋注」。

數歸鴉：辛棄疾《玉蝴蝶》詞：「佳人何處，數盡歸鴉。」

一宵句：韓偓《哭花》詩：「若是有情争不哭，夜來風雨葬西施。」

魂似句：顧敻《虞美人》詞：「教人魂夢逐楊花，繞天涯。」

又

昨夜濃香分外宜。天將妍暖護雙棲。樺燭影微紅玉軟，燕釵垂。　幾爲愁多翻自笑，那逢歡極却含啼。央及蓮花清漏滴，莫相催。

【箋注】

昨夜濃香：徐釚《減字木蘭花》詞：「昨夜濃香似夢中。」

樺燭：《本草集解》：「樺木生遼東及西北諸地，其皮厚而輕虚軟柔，以皮卷蠟可以燭照。」蘇軾《至真州再和》詩：「小院檀槽鬧，空庭樺燭煙。」

紅玉：據《西京雜記》載，漢成帝后趙飛燕「色如紅玉」。薩都刺《洞房曲》：「美人骨醉紅玉軟，滿眼春酣扶不起。」

燕釵：釵首琢有燕形之玉釵。據郭憲《洞冥記》，神女贈漢成帝玉釵，後化作白燕飛去。宫人因仿其形製釵，稱玉燕釵。古女子新婚有簪燕釵之俗，以祈求生育。性德《端午帖子》：「釵名玉燕，兩兩斜飛。」

【説明】

此闋似爲新婚之作。

又

風絮飄殘已化萍。泥蓮剛倩藕絲縈。珍重别拈香一瓣，記前生。　人到情多情轉薄，而今真個悔多情。又到斷腸回首處，淚偷零。

【箋注】

風絮句：見前《朝中措》「蜀絃秦柱不關情」詞之「箋注」。

瓣：焚香一粒或一片稱一瓣。後一炷香亦稱一瓣。

人到句：性德有閒章，鎸「自傷情多」四字。

【説明】

此闋爲亡妻作。「記前生」，殆以約來世。疑詞作於盧氏忌辰。

又

欲話心情夢已闌。鏡中依約見春山。方悔從前真草草，等閒看。　環佩祇應歸月下，鈿釵何意寄人間。多少滴殘紅蠟淚，幾時乾。

【校訂】

上片「欲話」汪刻本作「欲語」。

【箋注】

夢已闌：辛棄疾《南鄉子》詞：「别後兩眉尖，欲説還休夢已闌。」

春山：女子眉之美稱。吴昌齡《端正好》曲：「秋波兩點真，春山八字分。」

方悔句：彭孫遹《卜算子》詞：「草草百年身，悔殺從前錯。」

環佩句：杜甫《咏懷古蹟》詩：「畫圖省識春風面，環佩空歸夜月魂。」

鈿釵句：見前《浣溪沙》「鳳髻抛殘秋草生」闋之「箋注」。

多少句：温庭筠《更漏子》詞：「玉爐香，紅蠟淚。」李商隱《無題》詩：「蠟炬成灰淚始乾。」

【說明】

此闋亦爲亡妻作，疑與前首作於同時。

又

小立紅橋柳半垂。越羅裙颺縷金衣。採得石榴雙葉子，欲貽誰。　便是有情當落日，祇應無伴送斜暉。寄語東風休著力，不禁吹。

【校訂】

上片「貽誰」張刻、袁刻、汪刻本作「遺誰」。

下片「落日」汪刻本作「落月」。

【箋注】

越羅：浙東浙產之羅，爲著名絲織品。韋莊《訴衷情》：「越羅香暗銷，墜花翹。」

縷金衣：猶金縷衣。顧夐《荷葉杯》詞：「菊冷露微微，看看濕透縷金衣。」

採得句：陳師道《西江月》「詠石榴」詞：「憑將雙葉寄相思。」王彥泓《無緒》詩：「空寄石榴雙葉子，隔簾消息正沈沈。」

不禁：經受不得。禁，平聲。

菩薩蠻

窗前桃蕊嬌如倦。東風淚洗臙脂面。人在小紅樓。離情唱石州。夜來雙燕宿。燈背屏腰緑。香盡雨闌珊。薄衾寒不寒。

【校訂】

《國朝詞綜》有副題「過張見陽山居賦贈」，係將張刻本《菩薩蠻》第一首詞題誤植。

上片「窗前」《百名家詞鈔》、汪刻本作「窗間」。

【箋注】

窗前桃蕊：温庭筠《春暮宴罷寄宋壽先輩》詩：「窗間桃蕊宿妝在。」

東風句：李雯《菩薩蠻》詞：「薔薇未洗胭脂雨。」

人在句：施樞《摸魚兒》詞：「人在小紅樓，朱簾半卷，香注玉壺露。」

石州：樂府商調曲名，《樂府詩集》載其辭，有「自從君去遠巡邊，終日羅帷獨自眠」句。李商隱《代贈》詩：「東南日出照高樓，樓上離人唱石州。」

綠：黑、暗之意。李商隱《飲席戲贈同舍》詩：「蘭回舊蕊緣屏綠。」

又

朔風吹散三更雪。倩魂猶戀桃花月。夢好莫催醒。由他好處行。　無端聽畫角。枕畔紅冰薄。塞馬一聲嘶。殘星拂大旗。

【箋注】

桃花月：喻指夢境中温柔旖旎之地。

好處：美好之境地。

紅冰：王仁裕《開元天寶遺事》：「楊貴妃初承恩詔，與父母相别，泣涕登車。時天寒，淚結爲紅冰。」彭孫遹《蝶戀花》詞：「十二屏山湘水浄，香蕤枕畔紅冰凝。」

又

問君何事輕離别。一年能幾團圓月。楊柳乍如絲。故園春盡時。　春歸歸不得。兩槳松花隔。舊事逐寒潮。啼鵑恨未消。

【校訂】

《瑶華集》有副題「大兀剌」。

上片「問君」《瑶華集》作「人生」。「能幾」《瑶華集》作「幾度」；「圓」汪刻本作「圞」。

下片「不得」《昭代詞選》作「未得」。「松花隔」《瑶華集》作「空灘黑」；接下「舊事逐」作「急雨下」；「啼鵑」作「精靈」。

【箋注】

楊柳句：沈約《雜詩》「春咏」：「楊柳亂如絲，綺羅不自持。」又温庭筠《菩薩蠻》詞：「楊柳又如絲，驛橋春雨時。」

松花：松花江。

舊事句：康熙初東北流人張縉彦《寧古塔山水記》云：「有大烏喇者，每遇陰雨，多聞鬼哭。則中夜狂沸鐵馬金戈之聲，如萬馬奔騰，蓋嘗係滅國古戰場也。」

啼鵑句：傳説，蜀主杜宇失其位，死，魂化杜鵑，夜啼達旦，血漬草木。顧況《子規》詩：「杜宇冤亡積有時，年年啼血動人悲。」虞集《送王君實御史》詩：「鵑啼劍閣我思歸。」

【説明】

《瑶華集》此闋有副題「大兀剌」，知作於康熙二十一年春扈從東巡時。據高士奇《扈從東巡日録》，「三月丙子（二十八日），駐蹕大烏喇虞村，是日已立夏矣」，至四月初三，方起程。詞中「舊事」、「啼鵑」句，顯然與性德先世事有關。明萬曆四十七年（一六一九），海西女真葉赫部貝勒金臺什敗於清太祖努爾哈赤，被太祖縊死，葉赫遂亡。金臺什即性德曾祖。東巡經祖籍舊地，時距葉赫之亡僅六十餘年而已，往事歷歷，因生感慨。疑前同調之「朔風吹散三更雪」一闋亦扈駕東巡時作。

【輯評】

陳廷焯曰：「楊柳乍如絲，故園春盡時」，亦淒婉，亦閒麗，頗似飛卿語。惜通篇不稱。（《白雨齋詞話》三）

吴梅曰：「楊柳乍如絲，故園春盡時」，淒婉閒麗，較「驛橋春雨」更進一層。（《詞學通論》九）

又

爲陳其年題照

烏絲曲倩紅兒譜。蕭然半壁驚秋雨。曲罷髻鬟偏。風姿真可憐。　鬚髯渾似戟。時作簪花劇。背立訝卿卿。知卿無那情。

【箋注】

陳其年：陳維崧（一六二五—一六八二），字其年，號迦陵，江南宜興人。康熙十八年試博學鴻儒，列一等，授翰林院檢討。康熙二十一年五月病卒於京師。其年爲陳貞慧之子，詞與駢文推一代作手，詞尤傑出。其《湖海樓詞》存詞一千六百餘闋。其年康熙十七年入京，結識性德。性德所題，爲《迦陵填詞圖》，粤僧大汕繪。圖繪其年倚書坐蓆，拈髯持筆，旁蕉葉上坐一女郎，手擫洞簫，膝横琵琶。畫有題字云：「歲在戊午閏三月廿四日，爲其翁維摩傳神，釋汕。」（一九八五年華東師範大學《詞學》第三輯圖片）

烏絲：其年詞初刊名《烏絲詞》，約刻於康熙八年。

紅兒：唐代名妓，事載羅虬《比紅兒詩序》。後泛指歌女。張先《熙州慢》詞：「持酒更聽，紅兒肉聲長調。」尤侗《浣溪沙》「題陳其年小影」詞：「烏絲闌寫懊儂歌，紅兒解唱定風波。」

驚秋雨：李賀《李憑箜篌引》：「石破天驚逗秋雨。」此喻樂聲高亢。

髻鬟偏：岑參《醉戲竇子美人》詩：「宿妝嬌羞偏髻鬟。」

鬚髯句：鬚，胡鬚。蔣永修《陳檢討迦陵先生傳》：「其年少清癯，冠而于思，鬚侵淫及顴準，天下學士大夫號爲陳髯。」《南史·褚彦回傳》：「山陰公主謂彦回曰：卿鬚髯似戟，何無丈夫氣。」

簪花劇：戴花爲戲。

無那：猶「無限」。李煜《一斛珠》詞：「繡牀斜憑嬌無那。」

【説明】

詞作於康熙十七年。性德初與其年交往頗頻，至康熙二十一年元夕，猶會於花間草堂。然其年卒，性德未爲作一字，似交不終。另，近人繆荃孫有此闋鈔本，與此本字句多乖（見張任政撰《納蘭性德年譜》），繆氏所出必有自，兹鈔附於下，詞云：「烏絲詞付紅兒譜。洞簫按出霓裳舞。舞罷髻鬟偏。風姿真可憐。　傾城與名士。千古風流事。低語屬卿卿。知卿無那情。」

又　宿灤河

玉繩斜轉疑清曉。淒淒月白漁陽道。星影漾寒沙。微茫織浪花。　金笳鳴故壘。喚起人難睡。無數紫鴛鴦。共嫌今夜凉。

【校訂】

上片「月白」袁刻本作「白月」。

【箋注】

灤河：在今河北省。鄭僑生修康熙《遵化州志》卷二：「灤河，又名灤江，州東七十里，源出塞外。」

玉繩：星名，在北斗之斗柄三星北。王夫之《薑齋詩話》：「有代字法，詩賦用之，如月曰望舒，星曰玉繩之類。」蘇軾《洞僊歌》詞：「夜已三更，金波淡，玉繩低轉。」

漁陽：秦、漢、唐皆設漁陽郡，轄地大略在今京津冀一帶。

星影句：韋莊《江城子》詞：「角聲嗚咽，星斗漸微茫。」朱彝尊《滿江紅》「塞上咏葦」詞：「寒沙摇漾，亂山無主。」

無數句：徐延壽《南州行》詩：「河頭浣衣處，無數紫鴛鴦。」紫鴛鴦，水鳥名，即鸂鶒，形大於鴛鴦，多紫色，好雌雄並游。

【説明】

清聖祖謁遵化孝陵，多經灤河。此闋爲性德秋冬間隨謁之作。檢《康熙實録》及《康熙起居注》，明言曾駐蹕灤河岸者二次，一爲康熙十七年十月二十、二十二日，一爲康熙二十年十一月三十日。當以十七年十月更合詞境節令。

又

荒雞再咽天難曉。星榆落盡秋將老。氈幕繞牛羊。敲冰飲酪漿。　山程兼水宿。漏點清鉦續。正是夢回時。擁衾無限思。

【校訂】

《瑤華集》有副題「水驛」。

下片「兼」《瑤華集》作「尋」；「夢回」作「晚香」；「擁衾」作「臨風」。

【箋注】

荒雞：雞鳴於三更以前稱荒雞。史惟圓《念奴嬌》詞：「荒雞夜叫，迢迢夢魂飛越。」

星榆：繁星。《玉臺新咏・古樂府・隴西行》：「天上何所有，歷歷種白榆。」王初《即夕》詩：「風幌涼生白袷衣，星榆才亂絳河低。」

敲冰句：迺賢《塞上五曲》：「倚岸敲冰飲橐駝。」酪，乳制品，多以馬乳爲之。烏孫公主《歌詩》：「肉爲食兮酪爲漿。」

鉦：擊打樂器，軍中巡夜用。

【説明】

晚秋時節，竟冷至敲冰，近邊當不至此。唯康熙二十一年秋往覘梭龍，極北苦寒，或有冰雪。

又

新寒中酒敲窗雨。殘香細裊秋情緒。纔道莫傷神。青衫濕一痕。　無聊成獨卧。彈指韶光過。記得别伊時。桃花柳萬絲。

【校訂】

《清平初選後集》有副題「新寒」。

上片「細裊」《今詞初集》、《清平初選後集》、《詞彙》、《昭代詞選》、汪刻本作「細學」。「纔道莫傷神」《今詞初集》、《清平初選後集》、《詞彙》、《昭代詞選》、汪刻本作「端的是懷人」，「濕一」《今詞初集》、《清平初選後集》、《詞彙》、《昭代詞選》、汪刻本作「有淚」。

下片「無聊成獨卧，彈指韶光過」《今詞初集》、《清平初選後集》、《詞彙》、《昭代詞選》、汪刻本作「相思不似醉，悶擁孤衾睡」。

【箋注】

新寒句：吴文英《風入松》詞：「料峭春寒中酒，交加曉夢啼鶯。」

殘香句：裊，香煙縈迴狀。蕭貢《擬迴文》詩：「紗籠月影斜窗碧，細篆香縈半幌風。」

青衫句：白居易《琵琶行》：「江州司馬青衫濕。」

【説明】

此闋見載於《今詞初集》，爲康熙十七年以前之作。《今詞初集》「纔道莫傷神」句作「端的是懷人」，可證爲懷友之作。康熙十五年八月初六性德《致嚴繩孫書》云：「别後光陰，不覺已四越月，重來之約，應成空談。明年四月十七，算吾咏『正是去年今日别君時』也。」同時又有《暮春别嚴四蓀友》詩云：「可憐暮春候，病中别故人。鶯啼花亂落，風吹成錦茵。」詞云「記得别伊時，桃花柳萬絲」，與書、詩皆切，故此詞當爲懷嚴繩孫作，作於康熙十五年夏秋之際，或即隨書以寄（成德有關書簡見本書附録）。

又

白日驚飈冬已半。解鞍正值昏鴉亂。冰合大河流。茫茫一片愁。　燒痕空極望。鼓角高城上。明日近長安。客心愁未闌。

【校訂】

上片「白日驚飈冬已半」袁刻、汪刻本作「驚飈掠地冬將半」。

【箋注】

驚飈：暴風。殷仲文《解尚書表》：「驚飈拂野，林無静柯。」

冰合：合，封。李賀《北中寒》詩：「黄河冰合魚龍死。」

燒痕：見前《風流子》「秋郊即事」詞之「箋注」。

鼓角句：白居易《祭杜宵興》詩：「城頭傳鼓角，燈下整衣冠。」

長安：借指京師(北京)。

客心句：謝朓《暫使下都夜發新林至京邑》詩：「大江流日夜，客心悲未央。」

【説明】

此闋當作於康熙二十三年冬南巡返程中。十一月初九至十一日，自清河至宿遷，聖祖巡查河工，沿黄河行。十二日始折入山東境。詞上片云「冬已半」、「大河流」皆屬寫實。然「冰合」似爲誇張，清初黄河自江蘇入海，河工險段俱在淮安府界，尚不至大冷。

又

蕭蕭幾葉風兼雨。離人偏識長更苦。欹枕數秋天。蟾蜍早下弦。　夜寒驚被薄。淚與燈花落。無處不傷心。輕塵在玉琴。

【校訂】

《古今詞選》「離人」作「愁人」；「長更苦」作「愁滋味」；末句作「風吹壁上琴」。

【箋注】

長更：更，讀平聲，爲「更點」之更。人不寐，天未明，遂顯更長。

蟾蜍：謂月。《淮南子·精神訓》：「月中有蟾蜍。」

淚與句：花仲胤妻《伊川令》「寄外」詞：「教奴獨自守空房，淚珠與燈花共落。」

玉琴句：温庭筠《題李處士幽居》詩：「瑶琴寂歷拂輕塵。」又周邦彥《玉樓春》詞：「玉琴虛下傷心淚，只有文君知曲意。」

又 迴文

霧窗寒對遥天暮。暮天遥對寒窗霧。花落正啼鴉。鴉啼正落花。　袖羅垂影瘦。瘦影垂羅袖。風翦一絲紅。紅絲一翦風。

【箋注】

迴文：詩體，常見有三式：一、逐句迴讀，稱「就句迴」，即如此闋；二、全首迴讀，即先將全詩從頭讀至尾，再從尾讀至頭，稱「通體迴」，多見於五、七言絶句；三、詩雖只能正讀，但書寫盤曲迴環，如蘇若蘭《迴文璇璣圖》詩，書作層層相套之圓環，須從中央讀起，然後逐層外讀，一層左旋，一層右旋，直至讀畢，所謂「從中央周四角」。

又

催花未歇花奴鼓。酒醒已見殘紅舞。不忍覆餘觴。臨風淚數行。　粉香看又別。空剩當時月。月也異當時。淒清照鬢絲。

【校訂】

此詞與後據《昭代詞選》補「夢回酒醒」一闋差近，祇「月也異當時」一句全同，其餘或換韻腳，或換文辭，汪刻本作兩調。

下片「又別」汪刻本作「欲別」。

【箋注】

催花：南卓《羯鼓録》：「嘗遇二月初，小殿内廷柳杏將吐，（明皇）睹而嘆曰：對此景物，豈得不爲他判斷之乎？高力士遣取羯鼓，上旋命之臨軒縱擊一曲，曲名《春光好》，神思自得，及顧柳杏，皆已發坼。上指而笑謂嬪御曰：此一事不唤我作天公可乎？」唐寅《花月吟》：「月中漫擊催花鼓，花下輕傳弄月簫。」

花奴：唐汝南王李璡小字花奴，璡善擊羯鼓。《羯鼓録》：「（玄宗）謂内宫曰：速召花奴將羯鼓來，爲我解穢。」

覆：翻倒酒杯，指飲酒。鮑照《秋夜》詩：「願君剪衆念，且共覆前觴。」

【説明】

此闋與後同調之「夢回酒醒三通鼓」闋初或爲一詞，然改易處甚多，竟如另作，本編因視爲二闋，並收之。作期當在康熙十六年前後，參見卷五《菩薩蠻》「夢回酒醒三通鼓」闋之「説明」。

又

惜春春去驚新燠。粉融輕汗紅綿撲。妝罷只思眠。江南四月天。　緑陰簾半揭。此景清幽絶。行度竹林風。單衫杏子紅。

【校訂】

《清平初選後集》有副題「初夏」。

上片「惜春春去驚新燠」《清平初選後集》、《昭代詞選》、汪刻本作「淡花瘦玉輕妝束」。

「紅綿」《清平初選後集》作「紅襟」。

【箋注】

惜春句：曹溶《浣溪沙》詞：「惜春春去又今年。」

粉融句：白居易《和夢遊春》詩：「朱唇素指匀，粉汗紅綿撲。」

行度句：祖詠《宴吴王宅》詩：「砌分池水岸，窗度竹林風。」

單衫句：古樂府《西洲曲》：「單衫杏子紅，雙鬢鴉雛色。」

【説明】

此詞見於《清平初選後集》(康熙十七年刊),當作於康熙十六年前,時性德未曾去過江南,疑爲題畫之作。

又

榛荆滿眼山城路。征鴻不爲愁人住。何處是長安。濕雲吹雨寒。　絲絲心欲碎。應是悲秋淚。淚向客中多。歸時又奈何。

【箋注】

住:停歇。

何處句:辛棄疾《菩薩蠻》詞:「東北是長安,可憐無數山。」(據汲古閣影宋鈔本《稼軒詞甲乙丙丁集》)

絲絲:謂細雨。

又

春雲吹散湘簾雨。絮粘蝴蝶飛還住。人在玉樓中。樓高四面風。　柳煙絲一把。暝色籠鴛瓦。休近小闌干。夕陽無限山。

【校訂】

下片「休近」《昭代詞選》作「休問」。

【箋注】

樓高句：《懊儂歌》：「歡少四面風，趨使儂顛倒。」馮延巳《鵲踏枝》詞：「樓上春山寒四面。」

又

曉寒瘦著西南月。丁丁漏箭餘香咽。春已十分宜。東風無是非。　蜀魂羞顧影。玉照斜紅冷。誰唱後庭花。新年憶舊家。

【箋注】

瘦：謂弦月。

丁丁：漏滴聲。方干《陪李郎中夜宴》詩：「丁丁寒漏滴聲稀。」

蜀魂：杜鵑鳥。見前同調「問君何事輕離別」詞之「箋注」。

玉照：張鎡《玉照堂品梅記》：「淳熙己巳，得苑圃於南湖之濱，有古梅數十，增取西湖北山紅梅合三百餘本，築堂數間，花時居宿其中，環潔輝映，夜如對月，因名曰玉照。」

誰唱句：杜牧《泊秦淮》詩：「商女不知亡國恨，隔江猶唱後庭花。」

【説明】

此闋甚爲可疑。置勝明遺老集中，恐不能辨識。

又

爲春憔悴留春住。那禁半霎催歸雨。深巷賣櫻桃。雨餘紅更嬌。　黄昏清淚閣。忍便花飄泊。消得一聲鶯。東風三月情。

【校訂】

下片「忍便」納蘭性德手蹟並《百名家詞鈔》作「忍共」。「東風」《昭代詞選》作「春風」。

【箋注】

閣：含淚。范成大《八場坪聞猿》詩：「行人舉頭雙淚閣。」

忍：豈忍之意。

便：便教、便讓之意。

消得：經得，劉克莊《清平樂》詞：「消得幾多風露，變教人世清涼。」

【説明】

此詞手蹟尚存，爲書贈高士奇者。按，高士奇與性德爲文字交，在其任内廷供奉之前，之後則「夙興夜寢，此興漸闌」（高氏《清玲堂詞序》）。高士奇康熙十六年入内廷，比性德充侍衛略早。此詞作期當不晚於康熙十七年。

【輯評】

顧隨曰：「深巷賣櫻桃，雨餘紅更嬌」，最易引起人愛好是鮮，而最不耐久也是鮮。如菓藕、鮮菱，實際没有什麽可吃，没有回甘。耐咀嚼非有成人思想不可。納蘭除去傷感之外，没有一點什麽，除去鮮，没有一點回甘。新鮮是好的，同時還要曉得蒼秀。（《駝庵詩話》）

林花榭曰：「深巷賣櫻桃，雨餘紅更嬌」，尤起人一片遐思。（《讀詞小箋》）

又

隔花纔歇廉纖雨。一聲彈指渾無語。梁燕自雙歸。長條脈脈垂。　小屏山色遠。妝薄鉛華淺。獨自立瑶階。透寒金縷鞋。

【校訂】

上片「一聲」《百名家詞鈔》作「一身」。

【箋注】

彈指：《翻譯名義集》：《僧祇》云：「二十瞬爲一彈指。」此狀寫寂寥抑鬱之態。

脈脈：依依若有情狀。杜牧《題桃花夫人廟》詩：「細腰宫裏露桃新，脈脈無言幾度春。」

小屏句：温庭筠《春日》詩：「屏上吴山遠，樓中朔管悲。」

鉛華：鉛粉，婦女化妝品。曹植《洛神賦》：「芳澤無加，鉛華弗御。」

透寒句：《西厢記》：「立蒼苔、將繡鞋兒冰透。」

【説明】

此爲擬思婦詞，意近温飛卿同調諸詞境。所謂納蘭詞逼真花間遺意者，殆指此類作品。

又

黄雲紫塞三千里。女牆西畔啼烏起。落日萬山寒。蕭蕭獵馬還。　笳聲聽不得。入夜空城黑。秋夢不歸家。殘燈落碎花。

【箋注】

黄雲：邊塞之雲。北邊多沙塵飛揚，因稱黄雲。杜甫《佐還山後寄》：「山晚黄雲合，歸時恐路迷。」仇兆鰲注：「塞雲多黄，故公詩云。」又孟郊《感懷》詩：「登高望寒原，黄雲鬱崢嶸。」

紫塞：長城。崔豹《古今注》：「秦築長城，土色皆紫，漢塞亦然，故稱紫塞焉。」

蕭蕭：馬嘶聲。《詩·小雅·車攻》：「蕭蕭馬鳴，悠悠旆旌。」

殘燈句：戎昱《桂州臘夜》詩：「曉角分殘漏，孤燈落碎花。」

又

飄蓬祇逐驚飈轉。行人過盡煙光遠。立馬認河流。茂陵風雨秋。　寂寥行殿鎖。梵唄琉璃火。塞雁與宮鴉。山深日易斜。

【箋注】

認河流：辨流向以定方位。

茂陵：漢武帝劉徹陵，在陝西興平境。詩文中用指前朝帝王陵墓。此指明十三陵。李賀《金銅僊人辭漢歌》：「茂陵劉郎秋風客。」

寂寥句：李商隱《舊頓》詩：「猶鎖平時舊行殿，盡無宮户有宮鴉。」

梵唄：唪經聲。

【説明】

比闋作於昌平明十三陵附近。

又

晶簾一片傷心白。雲鬟香霧成遥隔。無語問添衣。桐陰月已西。　西風鳴絡緯。不許愁人睡。祇是去年秋。如何淚欲流。

【校訂】

下片「西風」《昭代詞選》作「秋風」。

【箋注】

傷心：極言之辭，傷心白即極白。如杜甫詩「清江錦石傷心麗」、李白詞「寒山一帶傷心碧」，皆此類。

雲鬟句：杜甫《月夜》詩：「香霧雲鬟濕，清輝玉臂寒。」

絡緯：蟋蟀，一云爲紡織娘。

衹是句：言秋色與去年相同。

【説明】

去年秋時人尚在，今年秋時，風景不殊，人已云亡。詞當爲康熙十六年秋之作。

又 寄梁汾苕中

知君此際情蕭索。黄蘆苦竹孤舟泊。煙白酒旗青。水村魚市晴。　柁樓今夕夢。脈脈春寒送。直過畫眉橋。錢塘江上潮。

【校訂】

副題汪刻本作「寄顧梁汾苕中」，多一「顧」字。

【箋注】

苕中：浙江湖州有苕溪，因稱湖州一帶爲「苕中」或「苕上」。

黄蘆句：白居易《琵琶行》：「黄蘆苦竹繞宅生。」又周邦彦《滿庭芳》詞：「憑闌久，黄蘆苦竹，疑泛九江船。」

水村句：王禹偁《點絳唇》詞：「水村漁市，一縷孤煙細。」

柁樓：船尾柁工蔽身之樓，此謂船中居宿。

畫眉橋：顧貞觀《踏莎美人》詞：「雙魚好托夜來潮，此信拆看，應傍畫眉橋。」自注：「橋在平望，俗傳畫眉鳥過其下即不能巧囀；舟人至此，必携以登陸云。」平望，在江蘇吴江縣南運河邊。

【説明】

康熙二十一年秋，性德作《送沈進士爾璟歸吴興》詩云：「無限江湖興，因君寄虎頭。」自注：「時梁汾在苕上。」沈湖州烏程人，二十一年九月初四考中進士，旋即歸里。其時，性德正有往覘梭龍之命。此詞之作期，當在康熙二十二年春。

【輯評】

陳廷焯曰：畫景（謂上片末二句）。筆致秀絶而語特凝煉（謂下片末二句）。（《雲韶集》十五）

又 迴文

客中愁損催寒夕。夕寒催損愁中客。門掩月黄昏。昏黄月掩門。　翠衾孤擁醉。醉擁孤衾翠。醒莫更多情。情多更莫醒。

【箋注】

門掩二句：朱彝尊《菩薩蠻》「長山客山迴文」：「門掩乍黄昏，昏黄乍掩門。」

又

迴文

研箋銀粉殘煤畫。畫煤殘粉銀箋研。清夜一燈明。明燈一夜清。　片花驚宿燕。燕宿驚花片。親自夢歸人。人歸夢自親。

【箋注】

研箋：壓印有圖紋之花箋。

銀粉：研箋顏料。

殘煤：殘墨。

又

烏絲畫作迴紋紙。香煤暗蝕藏頭字。箏雁十三雙。輸他作一行。相看仍似客。但道休相憶。索性不還家。落殘紅杏花。

【箋注】

烏絲：此指印有墨綫闌之箋紙。

畫作迴文：迴文，見前同調「迴文（霧窗寒對遥天暮）」之「箋注」所述第三種迴文體。因須迴環書寫，故稱「畫」。前秦竇滔妻蘇若蘭曾作《迴文璇璣圖》詩寄夫，後因以代指妻信爲迴文錦書。

香煤：有二解：婦女之眉筆；點燃之香火。皆可通。

藏頭：詩體名，每句第一字連讀可組成話語。此句言，以眉筆或火頭蝕去藏頭詩之第一字，令讀詩者猜測。

箏雁句：箏十三絃，置柱礪三列，每列十三礪，斜行排列布置如雁行，稱雁柱。路德延《小兒》詩：「箏推雁柱偏。」又李商隱《昨日》詩：「十三絃柱雁行斜。」

輸他句：贊作書女子書寫極整潔，全無歪斜。

【説明】

性德妻妾惟沈宛擅詩，疑此詞爲贈沈宛作。康熙二十三年，成、沈結縭，觀此詞，沈氏似欲於二十四年春間歸省江南，性德勸慰之。婚纔數月，故「相看似客」；「休相憶」者，謂勿懷江南故家，索性待杏花落盡，再作歸計可也。惜乎是夏五月性德溘逝，沈宛終成悲劇。

又

闌風伏雨催寒食。櫻桃一夜花狼藉。剛與病相宜。鎖窗薰繡衣。　畫眉煩女伴。央及流鶯喚。半晌試開奩。嬌多直自嫌。

【箋注】

闌風伏雨：見前《浣溪沙》「伏雨朝寒愁不勝」詞之「箋注」。

寒食：寒食節。《荆楚歲時記》：「去冬節一百五日，即有疾風甚雨，謂之寒食，禁火三日。」寒食禁火之俗初載於《周禮》，甚爲古老。

剛與二句：天雨衣潮，置爐薰衣；人在病中亦怯寒，喜爐温，故稱「剛與」。剛，猶云恰好。

煩：客氣語，言須倩女伴代爲之。

央及：央求。

直：但，祇。言無論如何妝扮，皆自嫌不稱其意。

【説明】

此類描寫女性生活之作，納蘭詞中屢見，風格頗近温韋。以容若詞比《花間》，即謂此。

【輯評】

周之琦曰：集中屢用「央及」二字，此曲語，非詞語也。（鄭文焯原藏張祥河刻本《飲水詞》本闋後硃筆識語）

醉桃源

斜風細雨正霏霏。畫簾拖地垂。屏山幾曲篆香微。閒庭柳絮飛。　新緑密，亂紅稀。乳鶯殘日啼。餘寒欲透縷金衣。落花郎未歸。

【校訂】

詞牌名汪刻本作「阮郎歸」。

上片「篆香」汪刻本作「篆煙」。
下片「餘寒」汪刻本作「春寒」。

【箋注】

斜風句：張志和《漁歌子》詞：「斜風細雨不須歸。」
屏山句：陳子龍《醉落魄》詞：「幾曲屏山，竟日飄香篆。」

昭君怨

深禁好春誰惜。薄暮瑶階竚立。别院管絃聲。不分明。又是梨花欲謝。繡被春寒今夜。寂寂鎖朱門。夢承恩。

【校訂】

上片「别院」《詞雅》作「隔院」。

【箋注】

深禁：深宮。宮中稱禁中，蔡邕《獨斷》：「天子所居曰禁中，言門户有禁，非侍御之臣不得入也。」

夢承恩：韋莊《小重山》詞：「夜寒宮漏永，夢君恩。」

【説明】

「宮怨」爲古來詩家之傳統題材，此闋亦摹習之作，試與韋莊《小重山》詞對看，即知其意象所本。清代宮廷中宮女已是無多，據陸隴其《三魚堂日記》：「今大内之制，使八旗婦女輪入供役，朝入夕出，故宮中女人甚少，不比前朝多蓄怨女。」順治十五年禮部奏定宮闈女官及宮女人數，總數僅一百五十三人，且其中大多爲司燈、司樂、司簿、司食、司綵等工役人員。又《聖祖實録》卷一四四康熙二十九年正月己酉記：「今除慈寧宮、寧壽宮外，乾清宮妃嬪以下，使令老媼，灑掃宮女以上，合計止一百三十四人，可謂至少。」此爲中國宮廷一大改革，宮怨體詩歌産生之社會背景已漸消失。容若此作，祇當以「擬古」視之，並非反映清初現實情事。

飲水詞校箋卷三

琵琶僊 中秋

碧海年年，試問取、冰輪爲誰圓缺。吹到一片秋香，清輝了如雪。愁中看、好天良夜，争知道、盡成悲咽。隻影而今，那堪重對，舊時明月。　花徑裏、戲捉迷藏，曾惹下蕭蕭井梧葉。記否輕紈小扇，又幾番涼熱。祇落得、填膺百感，總茫茫、不關離别。一任紫玉無情，夜寒吹裂。

【校訂】

上片「争知道」底本奪「争」字，此據《草堂嗣響》補。依詞律，此句當上三下四；全首百字。

下片「戲」字《草堂嗣響》作「幾」。

「祇落」汪刻本作「止落」。

【箋注】

碧海：指青天。晁補之《洞僊歌》「泗州中秋」詞：「青煙冪處，碧海飛金鏡。」

冰輪：明月。蘇軾《宿九僊山》詩：「雲峰缺處涌冰輪。」

秋香：秋花，多指桂花，如李賀《金銅僊人辭漢歌》：「畫欄桂樹懸秋香。」但亦泛指秋花，如陳普《蓮花賦》：「惠蘭紛其秋香，竹松凌其冬青。」

了：明晰。

好天句：柳永《女冠子》詞：「相思不得長相聚，好天良夜，無端惹起千愁萬緒。」

紫玉：笛，以紫竹製。李白《留贈崔宣城》詩：「胡床紫玉笛，却坐青雲叫。」

夜寒句：辛棄疾《賀新郎》詞：「長夜笛，莫吹裂。」

【説明】

此爲中秋懷念亡妻之作。《采桑子》「海天誰放冰輪滿」闋有「但值凉宵總淚零」句，此闋有「又幾番凉熱」句，均非盧氏逝去當年口氣，疑此二詞作於同年，最早應爲康熙十八年。此詞「爭知道、盡成悲咽」句，徐刻《通志堂集》、張刻《飲水詩詞集》俱漏刻「爭」字，致後來諸本皆少一字。汪元治刻《納蘭詞》，見此闋不合律，遂疑爲性德自度曲。李慈銘《越縵堂日記》評汪刻本云：「校讎不精，又指其《琵琶僊》、《秋水》等調爲自度曲，蓋全不知此事者矣。」此老譏人亦過刻。謝章鋌《賭棋山莊詞話》卷七云：「《琵琶僊》係白石自度腔，容若《中秋》闋即填此調，只第六句比原作少一字。」所論甚是，惜不能知所少爲何字。康熙四十八年刊《草堂嗣響》收此調，不缺「争」字，方有全璧存世。

清平樂

淒淒切切。慘澹黄花節。夢裏碪聲渾未歇。那更亂蛩悲咽。　塵生燕子空樓。抛殘絃索牀頭。一樣曉風殘月，而今觸緒添愁。

【箋注】

黄花節：即重陽節。

碪聲：搗衣聲。參見後《南鄉子》「搗衣」闋之「箋注」。

塵生二句：燕子樓在徐州，唐時張愔愛妓關盼盼嘗居此。此借指亡妻生前居室。周邦彦《解連環》詞：「燕子樓空，暗塵鎖，一床弦索。」

曉風殘月：柳永《雨霖鈴》詞：「今宵酒醒何處，楊柳岸、曉風殘月。」

【説明】

此爲悼亡詞，似爲盧氏卒年重陽之作。

【輯評】

林花榭曰：「凄凄切切，慘澹黄花節。夢裏磓聲渾未歇，那更亂蛩悲咽。」凄楚絶似易安，置之《漱玉集》中，亦無遜色。（《讀詞小箋》）

又 上元月蝕

瑶華映闕。烘散蓂墀雪。比似尋常清景别。第一團圓時節。　影娥忽泛初弦。分輝借與宫蓮。七寶脩成合璧，重輪歲歲中天。

【校訂】

上片「團圓」汪刻本作「團圞」。

【箋注】

副題：康熙二十年元宵節月蝕。參見前《梅梢雪》詞「説明」。

瑶華：美玉，此代指月。《抱朴子・勖學》：「瑶華不琢，則耀夜之景不發。」

蓂墀：蓂，蓂莢；墀，宫殿之臺階。《孫氏瑞應圖》曰：「蓂莢者，葉圓而五色，一名曆莢。十五葉，日生一葉，從朔至望畢。從十六毁一葉，至晦而盡。月小則一葉卷而不落。聖明之瑞也，人君德合乾坤則生。」《春秋運斗樞》曰：「老人星臨國則蓂莢生。」《孝經援神契》曰：「王者德至於地則蓂莢生。」徐整《正曆》曰：「蓂莢者，瑞草也。」《風俗通》云：「古太平，蓂莢生階。」《白虎通》云：「王者考曆得其分度，則蓂生於階。」蓂墀，則謂生有蓂莢之玉階，有頌聖意。

清景：月夜之景。蘇軾《永遇樂》詞：「明月如霜，好風似水，清景無限。」

第一：一歲中之首度月圓。

影娥：據《三輔黄圖》，漢武帝宫中有影娥池，使宫人乘舟玩月影。

初弦：謂新月。

宫蓮：宫燈。《東觀奏記》：「上將命令狐綯爲相，夜半幸含春亭召對，盡蠟燭一炬方許歸學士院。乃賜金蓮花燭送之，院吏忽見，驚報院中曰駕來。俄而趙公至，吏謂趙公曰：金蓮花乃引駕燭，學士用之，莫折是否。頃刻而聞傳説之命。」

七寶句：古傳月由七寶合成，段成式《酉陽雜俎·天咫》：「君知月乃七寶合成乎，月勢如丸，其影日爍其凸處也，常有八萬二千户脩之。」七寶，七種寶物，説法不一，大略爲金銀寶石等物。合璧，完璧。

重輪：日月之外又現光圈一二重，稱重輪，古以爲祥瑞之象。唐張説有《月重輪頌》。

【説明】

此闋與前《梅梢雪》「元夜月蝕」作於同時。

又

煙輕雨小。望裏青難了。一縷斷虹垂樹杪。又是亂山殘照。　憑高目斷征途。暮雲千里平蕪。日夜河流東下，錦書應托雙魚。

【箋注】

青難了：難了，不盡。杜甫《望嶽》詩：「岱宗夫如何，齊魯青未了。」

憑高目斷：目斷，猶望斷。晏殊《訴衷情》詞：「憑高目斷，鴻雁來時，無限思量。」

暮雲句：王維《觀獵》詩：「千里暮雲平。」

又

孤花片葉。斷送清秋節。寂寂繡屏香篆滅。暗裏朱顏消歇。　誰憐散髻吹笙。天涯芳草關情。懊惱隔簾幽夢，半牀花月縱橫。

【校訂】

《瑶華集》、汪刻本有副題「秋思」。

上片「孤花片葉」《瑶華集》、《昭代詞選》、汪刻本作「凉雲萬葉」。

下片「散髻」《瑶華集》、《昭代詞選》、汪刻本作「照影」。

「半牀」袁刻本作「半窗」。

【箋注】

寂寂句：韋莊《應天長》詞：「寂寞繡屏香一炷。」

暗裏句：錢惟演《木蘭花》詞：「鸞鏡朱顏驚暗换。」

誰憐句：皇甫松《夢江南》詞：「雙髻坐吹笙。」

懊惱句：秦觀《八六子》詞：「夜月一簾幽夢，春風十里柔情。」

又

麝煙深漾。人擁緱笙氅。新恨暗隨新月長。不辨眉尖心上。　六花斜撲疏簾。地衣紅錦輕霑。記取暖香如夢，耐他一晌寒巖。

【校訂】

末句「寒巖」底本原作「寒巗」，此據汪刻本改。

【箋注】

緱笙氅：劉向《列僊傳》：「王子喬者，好吹笙。曰：告我家七月七日待我於緱氏山顛。至時，果乘白鶴，駐山頭，舉手謝時人，數日而去。」後因稱白色外套爲鶴氅或緱笙氅。此以借指喪服。

不辨句：范仲淹《御街行》詞：「都來此事，眉間心上，無計相回避。」

六花：雪花。梅堯臣《十五日雪》詩：「寒令奪春令，六花侵百花。」

地衣：地毯。李煜《浣溪沙》詞：「紅錦地衣隨步皺。」

寒嚴：寒甚，寒氣濃重。顧貞觀《鳳凰臺上憶吹簫》詞：「愁來也，玉肌生粟，一晌寒嚴。」（據《瑶華集》卷十）

【説明】

此闋似與後之《望江南》「宿雙林禪院」詞境相類。

又

將愁不去。秋色行難住。六曲屏山深院宇。日日風風雨雨。　雨晴籬菊初香。人言此日重陽。回首涼雲暮葉，黄昏無限思量。

【校訂】

《草堂嗣響》有副題「重九」。

【箋注】

將愁不去：辛棄疾《祝英臺近》詞：「是他春帶愁來，春歸何處，却不解、帶將愁去。」

又

青陵蝶夢。倒掛憐么鳳。退粉收香情一種。棲傍玉釵偷共。　愔愔鏡閣飛蛾。誰傳錦字秋河。蓮子依然隱霧，菱花暗惜横波。

【校訂】

下片「暗惜」《昭代詞選》、汪刻本作「偷惜」。

【箋注】

青陵句：李商隱《青陵臺》詩：「青陵臺畔日光斜，萬古貞魂倚暮霞。莫訝韓憑爲蛺蝶，等閑飛上别枝花。」青陵，即青陵臺，在河南封丘縣境。李冗《獨異志》：「宋康王以韓朋妻美而奪之，使朋築青陵臺，然後殺之。其妻請臨喪，遂投身而死。」又《太平寰宇記》亦記此事，記韓朋妻云：「妻腐其衣，與王登臺，自投臺下，左右攬之，着手化爲蝶。」李商隱《蜂》詩：「青陵粉蝶休離恨，長定相逢二月中。」

倒掛句：蘇軾《西江月》詞：「海僊時遣探芳叢，倒掛緑毛么鳳。」自注：「嶺南珍禽，有倒掛子，緑毛紅嘴，如鸚鵡而小。」

收香：《名物通》：「倒掛，即緑毛幺鳳，性極馴，好集美人釵上。日聞好香，則收藏尾翼間，夜則張翼以放香。」

愔愔句：李商隱《鏡檻》詩：「斜門穿戲蝶，小閣鑽飛蛾。」

蓮子句：《樂府・子夜歌》：「霧露隱芙蓉，見蓮不分明。」

橫波：喻女子眼神流盼狀。傅毅《舞賦》：「目流睇而橫波。」

又

風鬟雨鬢。偏是來無準。倦倚玉闌看月暈。容易語低香近。　軟風吹過窗紗。心期便隔天涯。從此傷春傷別，黃昏只對梨花。

【校訂】

上片「玉闌」底本原作「玉蘭」，此據《百名家詞鈔》、《國朝詞綜》、袁刻、汪刻本改。

下片「軟風」袁刻本作「輕風」。

「吹過」底本原作「吹遍」，此據《百名家詞鈔》、《昭代詞選》、《國朝詞綜》、《詞雅》、汪刻本改。

【箋注】

風鬟雨鬢：李朝威《柳毅傳》：「見大王愛女牧羊於野，風鬟雨鬢，所不忍視。」李清照《永遇樂》詞：「如今憔悴，風鬟霧鬢，怕見夜間出去。」

容易句：晏幾道《清平樂》詞：「勾引行人添別恨，因是語低香近。」

從此句：李商隱《杜司勳》：「刻意傷春復傷別，人間惟有杜司勳。」

【輯評】

陳廷焯曰：婉麗（謂「容易」句）。「便」字、「從此」二字中有多少沈痛。（《雲韶集》十五）

又 彈琴峽題壁

泠泠徹夜。誰是知音者。如夢前朝何處也。一曲邊愁難寫。　極天關塞雲中。人隨落雁西風。喚取紅巾翠袖，莫教淚灑英雄。

【校訂】

下片「落雁」汪刻本作「雁落」。

「紅巾」底本原作「紅襟」，此據汪刻本校字改。

【箋注】

副題：孫承澤《天府廣記》：「居庸關在府北一百二十里，有龍虎臺在關南口，中有峽曰彈琴峽，水聲在石罅間，響如彈琴，故名。」繆荃孫《雲自在龕隨筆》：「居庸關附近石刻彈琴峽三字，爲重熙八年李宗江題。」（按，重熙爲遼興宗年號。）

泠泠：水聲，陸機《招隱詩》：「山溜何泠泠，飛泉漱鳴玉。」又琴聲，朱熹《次秀野韻題卧龍庵》詩：「鵾絃寒夜獨泠泠。」顧貞觀《采桑子》詞：「小字香箋，伴過泠泠徹夜泉。」

極天句：居庸關附近長城俱緣山巔而築，極險峻。杜甫《秋興》詩：「關塞極天惟鳥道。」

唤取句：辛棄疾《水龍吟》詞：「倩何人唤取，紅巾翠袖，揾英雄淚。」

又

憶梁汾

纔聽夜雨。便覺秋如許。繞砌蛩螿人不語。有夢轉愁無據。　亂山千疊横江。憶君遊倦何方。知否小窗紅燭，照人此夜淒涼。

【校訂】

下片「小窗」《百名家詞鈔》作「緑窗」。

【箋注】

蛩螿：蟋蟀與寒蟬。姜夔《白石道人詩説》：「悲如蛩螿曰吟。」

有夢句：歐陽修《青玉案》詞：「相思難表，夢魂無據，惟有歸來是。」

遊倦：倦於行旅。

又

塞鴻去矣。錦字何時寄。記得燈前佯忍淚。却問明朝行未。　別來幾度如珪。飄零落葉成堆。一種曉寒殘夢，淒凉畢竟因誰。

【箋注】

記得句：韋莊《女冠子》詞：「別君時，忍淚佯低面，含羞半斂眉。」

如珪：江淹《別賦》：「秋露如珠，秋月如珪。……與子之別，思心徘徊。」珪以喻缺月。

【説明】

疑此闋及上闋作於同時，皆爲寄粱汾詞。詞中「錦字」、「燈前」等語，詩家亦多用於懷友。「幾度如珪」，謂分别數月。

一叢花 詠並蒂蓮

闌珊玉珮罷霓裳。相對綰紅妝。藕絲風送凌波去，又低頭、軟語商量。一種情深，十分心苦，脈脈背斜陽。

色香空盡轉生香。明月小銀塘。桃根桃葉終相守，伴殷勤、雙宿鴛鴦。菰米漂殘，沈雲乍黑，同夢寄瀟湘。

【校訂】

副題《詞雅》無「詠」字。

上片「斜陽」《百名家詞鈔》、《詞雅》作「夕陽」。

下片「沈雲」《百名家詞鈔》、《詞雅》作「枕雲」。

【箋注】

霓裳：即《霓裳羽衣曲》，唐舞曲名。據樂史《太真外傳》，唐玄宗夢遊月宫，有僊女舞此曲，玄宗密記之，遂傳人間。實則此曲爲河西樂曲，傳入中原。唐又有舞曲《凌波曲》，後詩家每混淆二曲，以《霓裳》爲描寫水生花卉如水僊、荷花之典故。吴文英《秋思》「荷塘」詞：「怕一曲霓裳未終，催去驂鳳翼。」

凌波：曹植《洛神賦》：「凌波微步，羅襪生塵。」鄭處誨《明皇雜録》：「玄宗夢凌波池中龍女，制《凌波曲》。」

軟語句：史達祖《雙雙燕》詞：「又軟語商量不定。」

心苦：辛棄疾《卜算子》「荷花」詞：「根底藕絲長，花裏蓮心苦。」

脈脈句：温庭筠《夢江南》詞：「斜暉脈脈水悠悠。」

色香句：顧貞觀《小重山》詞：「色香空盡轉難忘。」

桃根句：張敦頤《六朝事蹟類編》：「桃葉者，晉王獻之愛妾名也，其妹曰桃根。」此以二桃姊妹喻並蒂蓮花。党懷英《雙頭牡丹》詩：「水南水北何曾見，桃葉桃根本自僊。」

鴛鴦句：中國古民俗，每以蓮花、鴛鴦關連，喻相連相伴意，詩歌繪畫皆然。如姜夔《念奴嬌》「荷花」詞「記來時，嘗與鴛鴦爲侣」，張炎《緑意》「荷葉」詞「鴛鴦密語同傾蓋」等等。

菰米二句：杜甫《秋興》詩：「波漂菰米沉雲黑，露冷蓮房墜粉紅。」

【説明】

顧貞觀、嚴繩孫、秦松齡皆有《一叢花》「咏並蒂蓮」詞，當爲同時倡和之作。顧、秦、嚴同時在京過夏，唯康熙十九、二十年。

菊花新　用韻送張見陽令江華

愁絶行人天易暮。行向鷓鴣聲裏住。渺渺洞庭波，木葉下、楚天何處。　折殘楊柳應無數。趁離亭笛聲吹度。有幾個征鴻，相伴也、送君南去。

【校訂】

副題《草堂嗣響》、汪刻本無「用韻」二字。

下片「吹度」《草堂嗣響》、汪刻本作「催度」。

【箋注】

副題：張純修（一六四七—一七〇六），字子安（一作子敏），號見陽，一號敬齋，順天豐潤籍，隸正白旗滿洲包衣管領下人，貢生。康熙十八年任湖南江華縣令，約康熙二十六年遷揚州府同知，康熙三十二年陞廬州知府。在揚州時爲性德刻《飲水詩詞集》，並在《序》中稱容若爲異姓昆弟。見陽工書畫篆刻，富收藏，能詩詞，詞集名《語石軒詞》。用韻，用宋人張先同調詞之韻。

渺渺句：《楚辭·九歌》：「嫋嫋兮秋風，洞庭波兮木葉下。」

離亭：鄭谷《淮上與友人別》詩：「數聲風笛離亭晚，君向瀟湘我向秦。」

【説明】

是闋作於康熙十八年秋。

淡黄柳　咏柳

三眠未歇。乍到秋時節。一樹斜陽蟬更咽。曾綰灞陵離别。絮已爲萍風卷葉。空淒切。長條莫輕折。蘇小恨、倩他説。儘飄零、遊冶章臺客。紅板橋空，湔裙人去，依舊曉風殘月。

【校訂】

《草堂嗣響》無副題。

下片「湔裙」底本原作「濺裙」，此據《草堂嗣響》、袁刻、汪刻本改。

【箋注】

三眠：檉柳（人柳）別稱三眠柳。《三輔故事》：「漢苑中有柳狀如人形，號曰人柳，一日三眠三起。」《本草》：「檉柳，釋名赤檉、垂絲柳、人柳、三眠柳、觀音柳。」李商隱《江之嫣賦》：「不比苑中人柳，終朝剩得三眠。」

一樹句：李商隱《柳》詩：「如何肯到清秋日，已帶斜陽又帶蟬。」

曾綰句：李白《憶秦娥》詞：「年年柳色，灞陵傷別。」劉禹錫《楊柳枝》：「唯有垂楊綰別離。」《三輔黃圖·橋》：「霸橋，在長安東，跨水作橋。漢人送客至此橋，折柳贈別。」

長條句：寇準《陽關引》詞：「青青楊柳，又是輕攀折。」

蘇小句：蘇小小，南齊時錢塘名妓。白居易《杭州春望》詩：「柳色春藏蘇小家。」温庭筠《楊柳枝》：

「蘇小門前柳萬條。」

章臺：漢長安街名。唐韓翃有姬柳氏，有艷名。韓歸籍省親，柳留長安，會安史亂起，柳爲尼。韓不得柳氏音訊，因作詩寄柳云：「章臺柳，章臺柳，昔日依依今在否。縱使長條似舊垂，亦應攀折他人手。」事見許堯佐《柳氏傳》。後亦以章臺指冶遊之地。晏幾道《鷓鴣天》詞：「新擲果，舊分釵，冶遊音信隔章臺。」

紅板句：白居易《楊柳枝》：「紅板江橋青酒旗，館娃宫暖日斜時。可憐雨歇東風定，萬樹千條各自垂。」

湔裙：參見前《浣溪沙》「十八年來墮世間」闋「吹花嚼蕊」條之「箋注」。

依舊句：柳永《雨霖鈴》詞：「楊柳岸、曉風殘月。」

滿宫花

盼天涯，芳訊絶。莫是故情全歇。朦朧寒月影微黄，情更薄於寒月。　麝煙銷，蘭燼滅。多少怨眉愁睫。芙蓉蓮子待分明，莫向暗中磨折。

【箋注】

蘭燼：燃盡之燭花。李賀《惱公》詩「蠟淚垂蘭燼」王琦注：「謂燭之餘燼狀似蘭心也。」

芙蓉句：《樂府·子夜歌》：「霧露隱芙蓉，見蓮不分明。」

洞僊歌

詠黄葵

鉛華不御，看道家妝就。問取旁人入時否。爲孤情澹韻，判不宜春，矜標格、開向晚秋時候。無端輕薄雨，滴損檀心，小疊宫羅鎮長皺。何必訴淒清，爲愛秋光，被幾日、西風吹瘦。便零落、蜂黄也休嫌，且對倚斜陽，勝僊紅袖。

【校訂】

煞拍「倦僊」，底本作「勝僊」，此據汪刻本改。

【箋注】

黄葵：秋葵，俗稱羊角豆，一年生草本；花黄色，生於主枝葉腋間。

鉛華句：曹植《洛神賦》：「芳澤無加，鉛華弗御。」又李隆基《題梅妃畫真》詩：「憶昔嬌妃在紫宸，鉛華不御得天真。」

道家妝：《拾遺記》：「劉向於成帝之末，校書天禄閣，專精覃思。夜有老人，着黄衣，植青藜杖，登閣而進。向請問姓名，云：我是太乙之精。」後黄衣遂爲道士服色。晏殊《菩薩蠻》詞：「秋花最是黄葵好，天然嫩態迎秋早。染得道家衣，淡妝梳洗時。」高士奇《北墅抱瓮録》：「秋葵，黄花緑葉，紫帶檀心，惟玉人道妝，差可仿佛其風韻耳。」

入時：合乎時尚。朱慶餘《近試上張水部》詩：「妝罷低聲問夫婿，畫眉深淺入時無。」

無端句：晏幾道《生查子》詞：「無端輕薄雲，暗作廉纖雨。」

檀心：淺紅色花心。蘇軾《黄葵》詩：「檀心自成暈，翠葉森有芒。」

小疊句：范成大《菊譜》：「疊羅黄，狀如小金黄，花葉尖瘦，如剪羅縠。」鎮長，儘長，總長。皺，謂花瓣多襞褶。

唐多令　雨夜

絲雨織紅茵。苔階壓繡紋。是年年、腸斷黄昏。到眼芳菲都惹恨，那更説，塞垣春。

蕭颯不堪聞。殘妝擁夜分。爲梨花、深掩重門。夢向金微山下去，纔識路，又移軍。

【校訂】

上片「那更説」《草堂嗣響》作「那更識」。

【箋注】

爲梨花二句：戴叔倫《春怨》詩：「金鴨香消欲斷魂，梨花春雨掩重門。」

夢向二句：張仲素《秋閨曲》：「夢裏分明見關塞，不知何路向金微。」又：「欲寄征人問消息，居延城外又移軍。」金微山，今阿爾泰山。

【説明】

此爲擬閨怨詞，以思婦口吻寫成。「金微」云云，用唐人張仲素詩典而已。稍認真讀此詞，必不至以爲性德曾往金微山。

秋水 聽雨

誰道破愁須仗酒，酒醒後，心翻醉。正香銷翠被，隔簾驚聽，那又是、點點絲絲和淚。憶翦燭、幽窗小憩。嬌夢垂成，頻喚覺、一眶秋水。 依舊亂蛩聲裏，短檠明滅，怎教人睡。想幾年踪蹟，過頭風浪，祇消受、一段横波花底。向擁髻、燈前提起。甚日還來，同領略、夜雨空階滋味。

【校訂】

副題《草堂嗣響》作「雨夜」。

上片「仗」字汪刻本雙行小字校「是」。

「翻碎」底本原作「翻醉」，此據《草堂嗣響》改。

「幽窗」《草堂嗣響》作「西窗」。

下片「想幾年踪蹟」《草堂嗣響》無「想」字；「空階滋味」作「空階那滋味」，多一「那」字。

【箋注】

誰道句：趙長卿《南鄉子》詞：「誰道破愁須仗酒，君看，酒到愁多破亦難。」

横波：見前《清平樂》「青陵蝶夢」闋之「箋注」。

擁髻句：劉辰翁《寶鼎現》詞：「又説向燈前擁髻，暗滴鮫珠墜。」

夜雨句：何遜《臨行與故游夜别》詩：「夜雨滴空階，曉燈暗離室。」

虞美人

峰高獨石當頭起。影落雙溪水。馬嘶人語各西東。行到斷崖無路小橋通。　朔鴻過盡歸期杳。人向征鞍老。又將絲淚濕斜陽。回首十三陵樹暮雲黃。

【校訂】

《草堂嗣響》有副題「昌平道中」。

上片「峰高獨石」汪刻本作「高峰獨石」，又有雙行小字校「峰高崱屴」。

「影落」汪刻本作「湅合」。

下片「歸期」汪刻本作「音書」。

「人向征鞍老」汪刻本作「客裏年華悄」。

「濕斜陽」《草堂嗣響》作「灑斜陽」。

「回首」汪刻本作「多少」；「暮」作「亂」。

【箋注】

馬嘶句：言隊伍於山間分道而行，隔嶺遥聞人馬之聲。

絲淚：鮑照《代陸平原君子有所思行》詩：「絲淚毀金骨。」

【説明】

此非扈從詞，亦非郊遊詞，疑與性德曾司馬監有關。與性德同時之博爾都《送隨羲文奉使監牧口北》詩云：「玉壘雲深堆苜蓿，銀蹄秋老破風霜。居庸翠湧千峰秀，定有題詩貯錦囊。」可知京北昌平一帶爲監牧之地。容若詞所記，正在同一地區。參見前《點絳唇》「黄花城早望」闋之「説明」。

又

黄昏又聽城頭角。病起心情惡。藥爐初沸短檠青。無那殘香半縷惱多情。　多情自古原多病。清鏡憐清影。一聲彈指淚如絲。央及東風休遣玉人知。

【校訂】

上片「半縷」《昭代詞選》作「半穗」。

【箋注】

青：謂燈焰。趙長卿《念奴嬌》詞：「檠短燈青。」

多情句：柳永詞殘句：「多情到了多病。」張元幹《十月桃》詞：「有多情多病文園，醉裏憑闌。」

清影：謂清癯之身影。

淚如絲：張率《白紵歌辭》：「流嘆不寢淚如絲。」

又 爲梁汾賦

憑君料理花間課。莫負當初我。眼看雞犬上天梯。黄九自招秦七共泥犁。　瘦狂那似癡肥好。判任癡肥笑。笑他多病與長貧。不及諸公衮衮向風塵。

【校訂】

底本原無副題，此據汪刻本補。

下片「衮衮向」汪刻本作「健飯走」。

【箋注】

憑君句：指顧貞觀回南刊刻《今詞初集》及《飲水詞》事。花間，《花間集》，趙承祚編唐五代詞集。

雞犬：葛洪《神僊傳·淮南王》：「八公乃取鼎煮藥，使王服之。骨肉近三百餘人，同日升天。雞犬舐藥器者，亦同飛去。」李商隱《玉山》詩：「此中兼有上天梯。」

黄九句：黄九，黄庭堅；秦七，秦觀，並爲北宋詞人。秦詞婉約，黄詞綺艷，因以秦七黄九並稱。《苕溪漁隱叢話》：「陳師道曰：今代詞手，惟秦七黄九耳，唐諸人不逮也。」泥犂，佛家語，意爲地獄。《苕溪漁隱叢話》：「《冷齋夜話》云：法雲秀老，關西人，面目嚴冷，能以禮折人。黄魯直(庭堅字魯直)作艷語，人争傳之，秀呵曰：公艷語蕩天下淫心，恐生泥犂耳。魯直頷應之。苕溪漁隱曰：余讀魯直所作晏叔原《小山集序》云：余少時間作樂府，以使酒玩世。道人法秀獨罪余以筆墨勸淫，於我法中當下犂舌之獄；特未見叔原之作邪？觀魯直此語，似有憾於法秀。」此句言與梁汾不求顯達，共耽於詞，雖墮泥犂而不悔。

瘦狂二句：《南史·沈昭略傳》：「嘗醉，逢王景文子約，張目視之曰：『汝是王約耶？何乃肥而癡。』約曰：『汝沈昭略耶？何乃瘦而狂。』昭略撫掌大笑曰：『瘦已勝肥，狂又勝癡。』」

笑他句：「多病」性德自謂，「長貧」謂梁汾。

不及句：杜甫《醉時歌》：「諸公衮衮登臺省，廣文先生官獨冷。」

【説明】

康熙十五年，性德初識梁汾，共編《今詞初集》。十六年，梁汾携初編稿本南歸，謀鐫刊。十七年，下詔舉薦博學鴻詞，有欲薦梁汾者，梁汾力辭。同年春，以嚴繩孫建議，梁汾欲與吴綺共編《飲水詞》，性德遂以此詞答之，使付剞劂。梁汾董理刻詞事，終致刊成。詞中「雞犬上天」、「諸公衮衮」皆指鑽營鴻博者。據「眼看」句，詞當作於鴻博名士齊集京師之時。又按，作詞而不畏「墮泥犁」，比性德略早之詞人沈雄亦云：「泥犁中盡如我輩，便無俗物敗人意。」（《古今詞話》卷下）與性德意略近。然沈氏爲放達語，意輕；性德則爲决絶語，乃人生追求之鄭重抉擇，寄意極重。

又

緑陰簾外梧桐影。玉虎牽金井。怕聽啼鴂出簾遲。恰到年年今日兩相思。　淒凉滿地紅心草。此恨誰知道。待將幽憶寄新詞。分付芭蕉風定月斜時。

【箋注】

玉虎：轆轤。李商隱《無題》詩：「玉虎牽絲汲井回。」

怕聽句：張炎《高陽臺》詞：「莫開簾，怕見飛花，怕聽啼鵑。」

紅心草：沈亞之《異夢録》：「姚合曰：吾友王炎者，夕夢遊吴，侍吴王久。聞宫中出輦，言葬西施。王悼悲不止，立詔詞客作挽歌。炎遂應教，詩曰：西望吴王國，雲書鳳字牌。連江起珠帳，擇水葬金釵。

滿地紅心草，三層碧玉階。春風無處所，淒恨不勝懷。詞進，王甚嘉之。」

【說明】

詞用「紅心草」典，知爲悼亡之作。詞云「年年」，作期當不早於康熙十八年。「今日」，必爲紀念之期，婚日、忌日、葬日，或爲其一。

又

風滅爐煙殘灺冷。相伴惟孤影。判教狼藉醉清尊。爲問世間醒眼是何人。　難逢易散花間酒。飲罷空搔首。閒愁總付醉來眠。衹恐醒時依舊到尊前。

【校訂】

上片「風滅爐煙殘灺冷」袁刻、汪刻本作「殘燈風滅爐煙冷」。

「狼藉」張刻本作「浪藉」。

【箋注】

爲問句：《楚辭·漁父》：「舉世皆濁我獨清，衆人皆醉我獨醒。」

又

春情衹到梨花薄。片片催零落。夕陽何事近黄昏。不道人間猶有未招魂。　銀箋别記當時句。密綰同心苣。爲伊判作夢中人。長向畫圖清夜唤真真。

【校訂】

上片「夕陽」《昭代詞選》、汪刻本作「斜陽」。

下片「别記」底本原作「别夢」，此據袁刻、汪刻本改。

「當時句」《昭代詞選》作「當時寄」。

「密綰同心苣」《昭代詞選》作「珍重郎來意」。

「爲伊判作」《昭代詞選》作「郎今亦是」。

「長向畫圖清夜」《昭代詞選》作「還向畫圖影裏」。「長」汪刻本作「索」；「清夜」作「影裏」。

【箋注】

夕陽句：李商隱《樂遊原》詩：「夕陽無限好，只是近黄昏。」

未招魂：杜甫《返照》詩：「南方實有未招魂。」

同心苣：猶同心結，有苣狀花結，以示愛情。沈約《少年新婚爲之詠詩》：「錦履并花枝，繡帶同心苣。」牛嶠《菩薩蠻》詞：「窗寒天欲曙，猶結同心苣。」

長向句：杜荀鶴《松窗雜記》：「唐進士趙顔於畫工處得一軟障，圖一婦人甚麗。顔謂畫工曰：世無其人也，如可令生，余願納爲妾。畫工曰：余神畫也，此亦有名，曰真真。呼其名百日，晝夜不歇，即必應之，應則以百家彩灰酒灌之，必活。顔如其言，遂呼之百日，果活，步下言笑如常。」范成大《戲題趙從善兩畫軸》詩：「情知別有真真在，試與千呼萬喚看。」嚴繩孫《望江南》詞：「懷袖淚痕悲灼灼，畫圖身影喚真真。」

【説明】

此亦懷亡妻之作。盧氏卒於康熙十六年五月三十日，梨花期已過，詞至早當作於康熙十七年。

又

曲闌深處重相見。匀淚偎人顫。凄凉别後兩應同。最是不勝清怨月明中。　半生已分孤眠過。山枕檀痕涴。憶來何事最銷魂。第一折枝花樣畫羅裙。

【校訂】

下片「最銷魂」《昭代詞選》作「不消魂」。

【箋注】

匀淚句：匀，拭。李煜《菩薩蠻》詞：「畫堂南畔見，一晌偎人顫。」

最是句：錢起《歸雁》詩：「二十五絃彈夜月，不勝清怨却飛來。」

分：料想。

檀痕：淚痕。

又

彩雲易向秋空散。燕子憐長嘆。幾番離合總無因。贏得一回僝僽一回親。　歸鴻舊約霜前至。可寄香箋字。不如前事不思量。且枕紅蕤欹側看斜陽。

【箋注】

彩雲句：白居易《簡簡吟》：「彩雲易散琉璃脆。」此喻相愛之人容易分離。

燕子句：李商隱《無題四首》：「歸來展轉到五更，梁間燕子聞長嘆。」

歸鴻：回信。句言前已有約，於秋間相會。

紅蕤：謂枕。張讀《宣室志》載玉清宮有紅蕤枕。此借指繡枕。陳維崧《賀新郎》詞：「紅蕤枕畔，淚花輕颺。」

欹側：側卧。

【説明】

以戀人口吻作寄友詩，亦詩家常伎。此闋實爲寄顧貞觀詞。性德康熙二十三年春寄顧貞觀書云「秒夏新秋，準期握手」，即詞「舊約霜前至」事；詞「幾番離合」句，亦與梁汾曾數度南返合。詞或二十三年春隨書以寄。

又

銀牀淅瀝青梧老。屧粉秋蛩埽。采香行處蹙連錢。拾得翠翹何恨不能言。　　迴廊一寸相思地。落月成孤倚。背燈和月就花陰。已是十年蹤蹟十年心。

【箋注】

銀牀：井欄。佚名《河中石刻詩》：「井梧花落盡，一半在銀牀。」

屧粉：見前《如夢令》「黄葉青苔歸路」闋之「箋注」。

采香：范成大《吴郡志·古蹟》：「采香徑，在香山之傍小溪也。吴王種香於香山，使美人泛舟於溪以采香。」此指女子舊日經行處。

連錢：謂苔痕。文徵明《三宿巖》詩：「春苔蝕雨翠連錢。」此句謂所愛之人舊日經行處已結滿苔痕，久無人蹟。

翠翹：玉首飾，狀若翠羽。温庭筠《經舊遊》詩：「壞牆經雨蒼苔遍，拾得當時舊翠翹。」

迴廊句：李商隱《無題四首》：「春心莫共花争發，一寸相思一寸灰。」

已是句：高觀國《玉樓春》詞：「十年春事十年心，怕説湔裙當日事。」

【説明】

拾得翠翹而不能言者，蓋以新人在側。與盧氏結縭在康熙十三年，據「十年蹤蹟」句，詞作於康熙二十二年。

瀟湘雨　送西溟歸慈溪

長安一夜雨，便添了、幾分秋色。奈此際蕭條，無端又聽，渭城風笛。咫尺層城留不住，久相忘、到此偏相憶。依依白露丹楓，漸行漸遠，天涯南北。　悽寂。黔婁當日事，總名士、如何消得。祇皂帽蹇驢，西風殘照，倦遊蹤蹟。廿載江南猶落拓，嘆一人、知己終難覓。君須愛酒能詩，鑑湖無恙，一蓑一笠。

【箋注】

副題：見前《金縷曲》「姜西溟言別，賦此贈之」闋之「箋注」。

渭城句：王維有《渭城曲》，乃送別之詩。鄭谷《淮上與友人別》詩：「數聲風笛離亭晚。」

層城：《淮南子·地形訓》有「層城九重」語，後即以層城指京城。陳子昂《感遇》詩：「宫女多怨曠，層城閉蛾眉。」

漸行句：李煜《清平樂》詞：「離恨恰如春草，更行更遠還生。」又歐陽修《玉樓春》詞：「漸行漸遠漸無書，水闊魚沈何處問。」

黔婁：齊人，不肯出仕，家貧，死時衾不蔽體。事見皇甫謐《高士傳》。陶淵明《咏貧士》詩：「安貧守賤者，自古有黔婁。」

倦遊：厭煩遊宦求仕。

一人知己：《三國志·虞翻傳》裴注引《翻别傳》：「使天下一人知己者，足以不恨。」

鑒湖：在紹興，唐賀知章曾居之。

一蓑句：謂隱居生活，王質《浣溪沙》詞：「一蓑一笠任孤舟。」

【説明】

康熙十八年，西溟丁内艱回籍。時西溟已年逾五十，故性德婉勸其放棄出仕之求。然西溟終身追逐仕禄不衰，康熙二十年冬，即又返回京師。至康熙三十六年，方中進士，時年已七十。旋即以順天鄉試案下獄，瘐斃牢中。朱彝尊《書姜編修手書帖子後》曾記云：「吾友慈溪姜西溟，予嘗勸其罷試鄉闈，西溟怒不答也。平生不食豕，兼惡人食豕，一日予戲語之曰：假有人注鄉貢進士榜，燕豕一柈，曰：食之則以淡墨書子名，子其食之乎？西溟笑曰：非馬肝也。年七十，果以第三人及第。《楚辭》所云年既老而不衰者矣。」性德諸友，西溟最少見識。

雨中花　送徐藝初歸崑山

天外孤帆雲外樹。看又是、春隨人去。水驛燈昏，關城月落，不算淒涼處。　計程應惜天涯暮。打疊起、傷心無數。中坐波濤，眼前冷暖，多少人難語。

【校訂】

副題袁刻本無「徐」字。

【箋注】

副題：徐樹穀，字藝初，崑山人。徐乾學長子，康熙二十四年進士。

天外句：徐釚《畫屏秋色》詞：「天外歸帆，天際歸雲。」

看又句：吴文英《憶舊遊》詞：「送人猶未苦，苦送春隨人去天涯。」

水驛句：姜夔《解連環》詞：「水驛燈昏，又見在曲屏近底。」

中坐句：李賀《申胡子觱篥歌》：「心事如波濤，中坐時時驚。」

【說明】

徐樹穀爲徐乾學長公子，性德卒，樹穀曾爲作挽詩。此詞或爲慰其落第而作。郭則澐《十朝詩乘》卷四云：「健庵（即徐乾學）爲納蘭容若師，容若事之甚謹。其得罪，則明珠黨構之。……王横雲（鴻緒）、高江村（士奇）皆與徐氏有連，横雲且出健庵門，亦構之甚力。……甲子京兆試，健庵子侄皆取中，以磨勘興大獄，則江村所爲。」郭書晚出，庶或有據，則此詞乃作於康熙二十三年。

臨江僊

絲雨如塵雲著水，嫣香碎拾吴宮。百花冷暖避東風。酷憐嬌易散，燕子學偎紅。　人說病宜隨月減，懨懨却與春同。可能留蝶抱花叢。不成雙夢影，翻笑杏梁空。

【校訂】

上片「碎拾」汪刻本作「碎入」。

「吴宫」張刻本作「吴官」。

【箋注】

嫣香：花或花瓣。李賀《南園》詩：「可憐日暮嫣香落，嫁與東風不用媒。」

吴宫：李白《登金陵鳳凰臺》詩：「吴宫花草埋幽徑。」另參看前《虞美人》「銀牀淅瀝青梧老」闋「采香」條之「箋注」。

百花句：李商隱《無題》詩：「相見時難別亦難，東風無力百花殘。」

懨懨句：劉兼《春晝醉眠》詩：「處處落花春寂寂，時時中酒病懨懨。」

不成句：李德裕《鴛鴦篇》：「雙影相伴，雙心莫違。」

杏梁：文杏屋梁。元好問《貞燕詩》：「杏梁雙宿雙飛。」

又

長記碧紗窗外語，秋風吹送歸鴉。片帆從此寄天涯。一燈新睡覺，思夢月初斜。　便是欲歸歸未得，不如燕子還家。春雲春水帶輕霞。畫船人似月，細雨落楊花。

【校訂】

《瑶華集》有副題「無題」。

上片「碧紗窗」《今詞初集》、《詞滙》、《瑶華集》、《詞雅》作「曲闌干」。

「秋風吹送歸鴉」《今詞初集》、《詞滙》、《瑶華集》、《詞雅》作「西風吹逗窗紗」。

「新睡覺」《百名家詞鈔》作「初睡覺」。

【箋注】

春雲句：高觀國《霜天曉角》詞：「春雲粉色，春水和雲濕。」

畫船句：韋莊《菩薩蠻》詞：「壚邊人似月，皓腕凝雙雪。」

【説明】

此詞見於《今詞初集》，作期當不晚於康熙十七年。詞爲送人南還之作，所送何人，難以確考。

又

塞上得家報云秋海棠開矣，賦此

六曲闌干三夜雨，倩誰護取嬌慵。可憐寂寞粉牆東。已分裙衩緑，猶裹淚綃紅。曾記鬢邊斜落下，半牀凉月惺忪。舊歡如在夢魂中。自然腸欲斷，何必更秋風。

【校訂】

副題《草堂嗣響》祇作「海棠」二字。

上片「三夜雨」《詞雅》作「三伏雨」。

【箋注】

曾記二句：王彥泓《臨行阿瑣欲盡寫前詩》：「可記鬢邊花落下，半身凉月靠闌干。」

舊歡句：温庭筠《更漏子》詞：「春欲暮，思無窮，舊歡如夢中。」

自然句：《嫏嬛記》：「昔有婦人思所歡不見，輒涕泣，恒灑淚於北牆之下。後灑處生草，其花甚媚，色如婦面，其葉正緑反紅，秋開，名曰斷腸花，又名八月春，即今秋海棠也。」

【説明】

秋海棠八月花，性德扈從巡邊近於花期者，唯康熙二十三年五月十九至八月十五，詞或作於此時。

又　謝餉櫻桃

緑葉成陰春盡也，守宮偏護星星。留將顔色慰多情。分明千點淚，貯作玉壺冰。　獨臥文園方病渴，强拈紅豆酬卿。感卿珍重報流鶯。惜花須自愛，休袛爲花疼。

【箋注】

緑葉句：杜牧《嘆花》詩：「自恨尋芳到已遲，往年曾見未開時。如今風擺花狼藉，緑葉成陰子滿枝。」計有功《唐詩紀事》：「牧佐宣城幕，得垂髫者十餘歲。後十四年，牧刺湖州，其人已嫁生子矣。乃悵而爲詩云云。」

守宮：蜥蜴類動物。張華《博物志》四「戲術」云：「蜥蜴或名蝘蜓，以器養之，食以朱砂，體盡赤。所食滿七斤，治擣萬杵，點女人肢體，終身不滅。唯房室事則滅，故號守宮。」此以守宮言櫻桃紅若朱砂。

星星：喻櫻桃小而晶明。又，同「猩猩」，指猩猩之血，濃紅色，喻櫻桃之色澤。皮日休《重題薔薇》詩：「濃似猩猩初染就。」

顔色：《吴氏本草》：「櫻桃味甘，主調中，益脾氣，令人好顔色，美志氣。」

玉壺冰：鮑照《代白頭吟》：「清如玉壺冰。」王昌齡《芙蓉樓送辛漸》詩：「一片冰心在玉壺。」另參見前《采桑子》「而今纔道當時錯」闋「紅淚」條之「箋注」。

文園：漢司馬相如曾任孝文園令，患消渴疾（中醫病名，即糖尿病，口渴消瘦爲主要症狀），稱病閑居。後文人多以文園自稱，且以文園病渴指文人患病。李東陽《走筆次成國病中見寄》詩：「嗟予亦抱文園渴，漫倚高歌到夕陽。」

流鶯：《禮記·月令》鄭玄注：「含桃，櫻桃也。」《淮南子·時則訓》高誘注：「含桃，鶯所含食，故言含桃。」李商隱《百果嘲櫻桃》詩：「流鶯猶故在，争得諱含來。」

【説明】

蘇雪林論性德與宫女相戀，此詞爲主要證據。其云詞寫戀人贈容若以「内府櫻桃」，守宫典故惟宫女可用，戀人爲宫女「萬無疑義」。實此詞非爲戀情之作，詞「緑葉成陰」句，除見時令，亦暗用杜牧《嘆花》詩意，有「誤期」之事。自唐以後，新科進士例以櫻桃宴客，蓋榜放之際，恰櫻桃成熟之時。王定保《唐摭言》有「新進士尤重櫻桃宴」之説，沿及明清，此俗猶存。此詞亦當與「科舉」有關。詞又有「獨卧文園」句，示性德方患病。以「誤期」、「科舉」、「患病」三事聯想，稍知性德生平者，皆可知其所云，乃康熙十二年因病未與廷試事。康熙十一年壬子，性德中順天鄉試舉人；十二年癸丑二月，又捷禮部會試三十六名。三月方廷試，忽患病，致失期。性德頗抱憾，嘗作《幸舉禮闈以病未與廷試》詩，詩云：「漳濱强對新紅杏，一夜東風感舊知。」所謂「强對」，即由成於會試而失於廷試，人雖稱爲進士，而終覺勉强。當此之時，人餉以櫻桃，顯有且賀且慰之意。餉者爲誰？此「餉」字已見消息。《太平御覽》引《唐書》曰：「太宗將致櫻桃於酅公，稱『奉』，則以尊；言『賜』，又以卑。問之虞監，曰：昔梁帝遺齊巴陵王，稱『餉』。遂從之。」可見「餉」乃尊長饋少者之言，度性德諸社會關係，身份情誼合於餉櫻者，惟有一人，即徐乾學。乾學爲性德鄉試主考，性德爲其門生，初以必成進士期之，孰料竟因病失於垂成，因餉櫻桃，示已以進士視之，見亦賀亦慰之情。性德此闋，即緣此而作。「緑葉成陰」句，言誤期之憾，並切時令。「守宫」以下二句，寫櫻桃，又點出「護」、「慰」字。「分明」二句，言誤期傷心之同時，亦言昨歲得列門下，全無夤緣阿私，用「一片冰心在玉壺」意，兼雙方而言之。「獨卧」句，言病；「强拈」句，言以詞致謝；「感卿」句，用李義山詩。李《百果嘲櫻桃》詩云：「珠實雖先熟，瓊莩縱早開。流鶯猶故在，争得諱含來。」李詩原爲譏誚裴思謙之作，據《全唐詩話》裴緣仇士良關節及第，李詩「流鶯」二句，以「流鶯」暗指仇士良，「含來」謂裴登第乃仇氏使成，非由自試得中。性德則反用其意，於乾學之關切深示感激。末二句以花自喻，勸徐於「惜花」、「疼花」之際，尤要「自愛」。「自愛」二字，淺而言之，勸徐亦須保重其身；深而言之，師友情雖深，終須有原則，暗示徐慎用選士之權。故此句用意極重，最見性德品格。後若干年，徐乾學操縱選政，終致物議沸騰，其有負性德敬愛之意遠矣。蘇雪林之説，夏承燾先生曾以「甚傅會」三字評之，的爲灼見。另，或疑性德不當稱徐氏爲「卿」。按，贈人詩常將正事隱起，表面專咏情事，使人自己去領會。所以最好一箋到底，不露些許馬腳，是之謂「有比無賦」體（紀昀語）。如李商隱諸「無題」詩、朱慶餘《近試上張水部》詩均屬此類。朱詩云：「妝罷低聲問夫婿，畫眉深淺入時無。」「夫婿」爲表面情事語，並非張籍真爲朱氏「夫婿」。性德詞稱「卿」，亦即所托情事語，非謂徐氏爲「卿」。又，或以爲櫻桃爲帝王所賜，而由宫女分送臣下，性德作此詞以謝分送之宫女。按，既爲帝王所賜，則當致謝帝王，無致謝他人之理。且臣下謂皇帝所贈，衹可稱「賜」，絶無稱「餉」之可能。

又　盧龍大樹

雨打風吹都似此，將軍一去誰憐。畫圖曾見緑陰圓。舊時遺鏃地，今日種瓜田。　繫馬南枝猶在否，蕭蕭欲下長川。九秋黄葉五更煙。衹應摇落盡，不必問當年。

【校訂】

上片「曾見」汪刻本作「曾記」。下片「衹應」汪刻本作「止應」。

【箋注】

盧龍：清直隸縣名，今河北盧龍縣。

雨打句：辛棄疾《永遇樂》詞：「風流總被雨打風吹去。」

將軍句：用後漢馮異事。《後漢書・馮異傳》：「異爲人謙退不伐，每所止舍，諸將並坐論功，異常獨屏樹下，軍中號曰大樹將軍。軍士皆言願屬大樹將軍，光武以此多之。」庾信《哀江南賦》：「將軍一去，大樹飄零。」

畫圖句：據此句，性德似曾見《大樹將軍圖卷》。

舊時句：盧龍近山海關，明清易代之際爲戰場。

摇落：宋玉《九辯》：「蕭瑟兮草木摇落而變衰。」

【説明】

是闋爲康熙二十一年秋赴梭龍途中作。所咏「將軍」當爲明清易代之際人物。同時尤侗有《金人捧露盤》「盧龍懷古」詞云「出長安，臨絶塞，是盧龍。想榆關血戰英雄，南山射虎將軍」，又云「問當年、人安在，流水咽、古城空」，詞境與容若詞頗類，所涉史事或亦相同。又顧炎武有詩《玉田道中》亦爲同一題材。與容若所咏或爲同一人物。

又

寒柳

飛絮飛花何處是，層冰積雪摧殘。疏疏一樹五更寒。愛他明月好，憔悴也相關。　最是繁絲搖落後，轉教人憶春山。湔裙夢斷續應難。西風多少恨，吹不散眉彎。

【箋注】

層冰句：《楚辭·招魂》：「層冰峨峨，積雪千里。」

春山：女子之眉。此由柳葉如眉思及所懷之人。

湔裙：《北齊書·竇泰傳》：「竇泰，字世寧，大安捍殊人也。初，泰母期而不産，大懼。有巫曰：渡河湔裙，産子必易。泰母從之，俄而生泰。」此句言盧氏死於難産。

【輯評】

楊希閔曰：託驛柳以寓意，其音淒唳，盪氣迴腸。（《詞軌》七）

陳廷焯曰：明月無私，令人嘆息（謂上片末二句）。情詞兼勝（謂下片末二句）。（《雲韶集》十五）

陳廷焯又曰：容若《飲水詞》，才力不足，合者得五代人淒婉之意。余最愛其《臨江僊》「寒柳」詞

云：「疏疏一樹五更寒，愛他明月好，憔悴也相關。」言中有物，幾令人感激涕零。容若詞亦以此篇爲壓卷。（《白雨齋詞話》八）

陳廷焯又曰：纏綿沈着，似此真可伯仲小山，頡頏永叔。（《詞則·大雅集》五）

吴梅曰：容若小令，淒惋不可卒讀。顧梁汾、陳其年皆低首交稱之。究其所詣，洵足追美南唐二主，清初小令之工，無有過於容若者矣。同時有佟世南《東白堂詞》，較容若略遜，而意境之深厚，措詞之顯豁，亦可與容若相勒。然如《臨江僊》「寒柳」、《天僊子》「渌水亭秋夜」、《酒泉子》「荼蘼謝後作」，非容若不能作也。（《詞學通論》）

吴世昌曰：亦峰（按即陳廷焯）以容若爲「才力不足」，可見有眼無珠。（《詞林新話》五）

又

夜來帶得些兒雪，凍雲一樹垂垂。東風回首不勝悲。葉乾絲未盡，未死只顰眉。　可憶紅泥亭子外，纖腰舞困因誰。如今寂寞待人歸。明年依舊緑，知否繫斑騅。

【校訂】

上片「夜來帶得些兒雪」袁刻、汪刻本作「帶得些兒前夜雪」。

【箋注】

東風句：趙鼎《鷓鴣天》：「回首東風淚滿衣。」

顰眉：形容垂落之柳葉。駱賓王《王昭君》詩：「古鏡菱花暗，愁眉柳葉顰。」

纖腰：喻柳枝。

斑騅：代指遊冶男子。

【説明】

諸本皆以此闋排「寒柳」闋後，疑爲同時同題之作。

又

寄嚴蓀友

別後閒情何所寄，初鶯早雁相思。如今憔悴異當時。飄零心事，殘月落花知。　生小不知江上路，分明却到梁溪。匆匆剛欲話分携。香消夢冷，窗白一聲雞。

【校訂】

上片「閒情」《昭代詞選》作「相思」。

【箋注】

副題：嚴繩孫（一六二三—一七〇三），字蓀友，號藕蕩漁人。江南無錫人。康熙十八年，以布衣應博學鴻詞試，授檢討，累官至中允，康熙二十四年四月謝病歸。與性德相識於康熙十二年。繩孫善書畫，有《秋水詞》。

初鶯早雁：蕭子顯《自序》：「早雁初鶯，開花落葉。」

梁溪：在無錫，此代指無錫。

【説明】

康熙十五年夏至十七年夏，蓀友在無錫。據「如今憔悴」句，示盧氏已亡，則詞當作於十六年夏至十七年春間。

【輯評】

傅庚生曰：僊品、鬼才，何由判耶？試引舉他例以明之。温飛卿《商山早行》「雞聲茅店月，人蹟板橋霜」云云，吟哦之餘，覺有清清灑灑之致，是僊品也。納蘭容若《臨江僊》「別後閒情何所寄」云云，寓目之頃，俄有踽踽悸悸之情，是鬼才也。（《中國文學欣賞舉隅》十三）

又　永平道中

獨客單衾誰念我，曉來涼雨颼颼。緘書欲寄又還休。箇儂憔悴，禁得更添愁。　　曾記年年三月病，而今病向深秋。盧龍風景白人頭。藥爐煙裏，支枕聽河流。

【箋注】

永平：清直隸府名，治所在盧龍，轄遷安、撫寧、昌黎、灤州、樂亭、臨榆等縣。

箇儂：猶云那人。

曾記句：韓偓《春盡日》詩：「把酒送春惆悵在，年年三月病懨懨。」

河：灤河。

【説明】

此闋作於康熙二十一年秋往覘梭龍途中，約與前同調之「盧龍大樹」一闋同時。

又

點滴芭蕉心欲碎，聲聲催憶當初。欲眠還展舊時書。鴛鴦小字，猶記手生疏。　倦眼乍低緗帙亂，重看一半模糊。幽窗冷雨一燈孤。料應情盡，還道有情無。

【箋注】

點滴：雨打芭蕉聲。

欲眠三句：王彦泓《湘靈》詩：「戲仿曹娥把筆初，描花手法未生疏。沈吟欲作鴛鴦字，羞被郎窺不肯書。」又顧貞觀《踏莎美人》詞：「鴛鴦小字三生語。」

鬢雲鬆令

枕函香，花徑漏。依約相逢，絮語黄昏後。時節薄寒人病酒。剗地東風，徹夜梨花瘦。　掩銀屏，垂翠袖。何處吹簫，脈脈情微逗。腸斷月明紅豆蔻。月似當初，人似當初否。

【校訂】

詞牌名《草堂嗣響》、《詞雅》無「令」字；《清平初選後集》、《詞匯》、《昭代詞選》、汪刻本作「蘇幕遮」。

上片「花徑」《昭代詞選》作「花底」。

「剗地東風，徹夜梨花瘦」底本及《清平初選後集》作「剗地梨花，徹夜東風瘦」，此據《草堂嗣響》改。

下結二句「月似當初，人似當初否」底本兩「初」字原作「時」，此據《草堂嗣響》改。

【箋注】

剗地：盡是，謂風全無停歇。

紅荳蔻：范成大《桂海虞衡志》：「紅荳蔻花叢生，葉瘦如碧蘆。春末發，初開花先抽一榦，有大籜包之。籜解花見，一穗數十蕊，淡紅鮮妍如桃杏花色。蕊重則下垂如蒲萄，每蕊心有兩瓣相並，詞人托興如比目連理。」

【説明】

此闋見於《今詞初集》，語頗輕倩，早年之作，應在康熙十六年前。

【輯評】

張淵懿曰：柔情婉轉，無限風姿。（《清平初選後集》六）

又

咏浴

鬢雲鬆，紅玉瑩。早月多情，送過梨花影。半晌斜釵慵未整。暈入輕潮，剛愛微風醒。露華清，人語静。怕被郎窺，移却青鸞鏡。羅襪凌波波不定。小扇單衣，可耐星前冷。

【校訂】

上片「半晌」底本原作「半餉」，此據汪刻本改。

【箋注】

鬢雲：周邦彦《鬢雲鬆令》：「鬢雲鬆，眉葉聚。」

紅玉：柳永《紅窗聽》詞：「如削肌膚紅玉瑩。」

羅襪句：曹植《洛神賦》：「凌波微步，羅襪生塵。」

於中好

獨背斜陽上小樓。誰家玉笛韻偏幽。一行白雁遥天暮，幾點黄花滿地秋。　驚節序，嘆沉浮。穠華如夢水東流。人間所事堪惆悵，莫向横塘問舊遊。

【校訂】

詞牌名《昭代詞選》、汪刻本作「鷓鴣天」。

上片「斜陽」張刻本、《昭代詞選》、汪刻本作「殘陽」。

下片「華」《昭代詞選》作「花」。

【箋注】

穠華：《詩·召南》：「何彼穠矣，唐棣之華。」鄭玄箋：「興者，喻王姬顔色之美盛。」朱熹《詩集傳》：「穠，盛也。」

人間句：曹唐《張碩重寄杜蘭香》詩：「人間何事堪惆悵，海色西風十二樓。」所事，猶云事事。

横塘：蘇州、南京等地皆有横塘，此泛指江南。温庭筠《池塘七夕》詩：「一夕横塘似舊遊。」

【説明】

此爲秋日懷南方友人之作。

又

雁帖寒雲次第飛。向南猶自怨歸遲。誰能瘦馬關山道，又到西風撲鬢時。 人杳杳，思依依。更無芳樹有烏啼。憑將掃黛窗前月，持向今宵照別離。

【校訂】

詞牌名《瑶華集》、《草堂嗣響》、《昭代詞選》、汪刻本作「鷓鴣天」。

《瑶華集》有副題「離思」。

上片「雁帖」《草堂嗣響》作「雁貼」。

「向南猶自怨歸遲」《瑶華集》作「飄零最是柳堪悲」；接下「瘦馬」作「匹馬」。

「西風撲鬢時」《瑶華集》作「殘陽雨過時」；「鬢」字《草堂嗣響》作「面」；「西」字《昭代詞選》作「秋」。

下片「人杳杳，思依依。更無芳樹有烏啼」《瑶華集》作「魂黯黯，思淒淒。如今悔却一枝棲」；接下「憑」作「從」。

「宵」袁刻、汪刻本作「朝」。

【箋注】

帖：同貼。靠近之意。舒亶《虞美人》詞：「背飛雙燕貼雲寒。」

掃黛窗前月：掃黛，畫眉。掃黛窗前月，謂閨閣窗外之月。

又

別緒如絲睡不成。那堪孤枕夢邊城。因聽紫塞三更雨，却憶紅樓半夜燈。書鄭重，恨分明。天將愁味釀多情。起來呵手封題處，偏到鴛鴦兩字冰。

【校訂】

詞牌名《草堂嗣響》、《昭代詞選》、汪刻本作「鷓鴣天」。

上片「孤枕夢邊城」《草堂嗣響》作「孤枕夢難憑」；《昭代詞選》作「孤枕枕邊城」。

【箋注】

別緒句：梅堯臣《送仲連》詩：「別緒如絲亂，欲理還不可。」

夢邊城：夢於邊城，謂人在邊城而有夢。

半夜燈：韓偓《倚醉》詩：「静中樓閣深春雨，遠處簾籠半夜燈。」

書鄭重二句：李商隱《無題》詩：「錦長書鄭重，眉細恨分明。」

封題：在書札封口處簽押。曹唐《織女懷牽牛》詩：「封題錦字凝新恨。」

鴛鴦：歐陽修《南歌子》詞：「笑問鴛鴦兩字怎生書。」

【説明】

此闋亦爲塞上之作。上片寫塞上懷家中，下片寫閨中懷遠人。

又

誰道陰山行路難。風毛雨血萬人讙。松梢露點霑鷹紲，蘆葉溪深没馬鞍。　依樹歇，映林看。黄羊高宴簇金盤。蕭蕭一夕霜風緊，却擁貂裘怨早寒。

【校訂】

詞牌名汪刻本作「鷓鴣天」。

上片「鷹紲」底本原作「鷹細」，此據汪刻本改。

【箋注】

陰山：鄭僑生《遵化州志》卷二：「景忠山，州東六十里，舊名陰山。」

風毛句：班固《兩都賦》：「風毛雨血，灑野蔽天。」李白《上皇西巡南京歌》：「誰道君王行路難，六龍西幸萬人讙。」

鷹紲：鷹韁。紲同緤，韁繩。清宮有養鷹房，飼獵鷹。出獵，則駕鷹於臂，逢狐兔，即解紲放鷹。李白《贈新平少年》詩：「羈紲鞲上鷹。」

黄羊：野羊之一種，群聚，善奔跑，日間不易得，入夜，則喜逐光，獵捕甚易。舊時塞外極多見，二十世紀五十年代後，已絶少。沈自南《藝林匯考》：「今陝西近蕃地皆有黄羊，其肉肥美，膏黄厚而不膻。」

金盤：狀如盆，内貯酒，衆人圍而以荻管吸飲，稱瑣力麻酒。簇：謂人圍聚。此爲北方民族舊習。

【説明】

此爲扈從行獵詞，詞中描寫，多爲寫實。康熙十七年九月、十月，清聖祖巡行近邊，至遵化及景忠山，與此詞節令相合。

又

小構園林寂不譁。疏籬曲徑倣山家。晝長吟罷風流子，忽聽楸枰響碧紗。　添竹石，伴煙霞。擬憑尊酒慰年華。休嗟髀裏今生肉，努力春來自種花。

【校訂】

詞牌名《瑶華集》、汪刻本作「鷓鴣天」。

《瑶華集》有副題「小園」。

上片「晝長」《瑶華集》作「春窗」；「忽聽楸枰響碧紗」作「一雞聲中日上紗」。

下片「休嗟髀裏今生肉」《瑶華集》作「休言筋肉俱駑緩」；「努力春來」作「嘗向東風」。

【箋注】

小構：謂園林規模結構不大。

山家：山野人家。

楸枰：棋盤。《本草集解》：「楸木濕時脆，燥則堅，故謂之良材，宜作棋枰。」

添竹石二句：陳樵《霜巖石室》詩：「竹石無心吾所畏，煙霞有疾不須醫。」

休嗟句：《三國志·蜀先主傳》裴注引《九州春秋》：「（劉）備住荆州數年，嘗於（劉）表坐起至厠，見髀裏肉生，慨然涕流。還坐，表怪問備，備曰：吾常身不離鞍，髀肉皆消。今不復騎，髀裏肉生。日月若馳，老將至矣，而功業不建，是以悲耳。」髀肉，大腿内側肉。

【説明】

性德嘗在其宅中築茅屋，詞即緣此事而作。性德致張見陽第一簡云：「茅屋尚未營成，俟葺補已就，當竭誠邀駕作一日劇談耳。」築屋必在康熙十八年見陽南赴江華前。手簡後顧梁汾跋語云：「卿自見其朱門，貧道如遊蓬户——容兄因僕作此語，構此見招。」則又必築於康熙十六年冬梁汾南還之後。茅屋既成，改稱草堂，或花間草堂。草堂落成在康熙十七年内，詞即作於堂成之際。

又　十月初四夜風雨，其明日是亡婦生辰

塵滿疏簾素帶飄。真成暗度可憐宵。幾回偷拭青衫淚，忽傍犀奩見翠翹。　惟有恨，轉無聊。五更依舊落花朝。衰楊葉盡絲難盡，冷雨淒風打畫橋。

【校訂】

詞牌名《草堂嗣響》、汪刻本作「鷓鴣天」。

副題「生辰」《草堂嗣響》作「忌辰」，下多「有感」二字。

上片「疏簾」《草堂嗣響》作「珠簾」。

「偷拭」汪刻本作「偷濕」。

下片「淒風打畫橋」汪刻本作「西風冪畫橋」。

【箋注】

真成句：蘇軾《臨江僊》詞：「徘徊花上月，空度可憐宵。」

犀奩：婦女梳妝匣，以犀角爲飾。

絲：諧「思」音。

【説明】

據「真成」語氣，盧氏卒必未久，詞即作於康熙十六年。

又

冷露無聲夜欲闌。棲鴉不定朔風寒。生憎畫鼓樓頭急，不放征人夢裏還。　秋淰淰，月彎彎。無人起向月中看。明朝匹馬相思處，如隔千山與萬山。

【校訂】

詞牌名《昭代詞選》、汪刻本作「鷓鴣天」。

上片「生憎畫鼓樓頭急」下汪刻本有雙行小字校「樓頭畫鼓三通急」。

下片「月中」汪刻本雙行小字校「五更」。

「如隔」《昭代詞選》、汪刻本作「知隔」。

【箋注】

冷露句：王建《十五夜望月寄杜郎中》詩：「冷露無聲濕桂花。」

無人句：盧綸《裴給事宅白牡丹》詩：「別有玉盤承露冷，無人起向月中看。」

如隔句：岑參《原頭送范侍御》詩：「別君衹有相思夢，遮莫千山與萬山。」

又 送梁汾南還，爲題小影

握手西風淚不乾。年來多在別離間。遥知獨聽燈前雨，轉憶同看雪後山。　憑寄語，勸加餐。桂花時節約重還。分明小像沈香縷，一片傷心欲畫難。

【校訂】

詞牌名《昭代詞選》、汪刻本作「鷓鴣天」。

副題《昭代詞選》作「送顧梁汾南還」；汪刻本作「送梁汾南還，時方爲題小影」。

下片「約重還」《昭代詞選》作「定重還」。

「欲畫難」《昭代詞選》作「畫出難」。

【箋注】

憑寄語二句：王彦泓《滿江紅》詞：「欲寄語，加餐飯。難囑咐，魚和雁。」

分明句：李賀《答贈》詩：「沈香熏小像，楊柳伴啼鴉。」按，李詩「小像」本當作「小象」，即象（動物）形薰籠，然李詩訛誤已久，遂作「畫像」之典。顧貞觀《南鄉子》詞：「無計與傳神，小像沉香祇暗熏。」

一片句：韋莊《金陵圖》詩：「誰謂傷心畫不成。」又元好問《家山歸夢圖》詩：「卷中正有家山在，一片傷心畫不成。」

【説明】

康熙十六年十二月十五日性德寄嚴繩孫書云：「華峰在都，相得甚歡，一旦忽欲南去，令人幾日心悶。數年之間，何多離别！訂在明年八月間來都，若吾哥明春北來則已，否則秋間即促其發軔，亦吾哥之大惠也。」（見本編附録《納蘭性德手簡》致嚴繩孫第四簡）據此書可知：一，性德方作書時，梁汾在都，擬將南歸，尚未成行。二，約定明年秋梁汾北返。三，明年嚴繩孫可能北行。實則梁汾乃在作此書後不久，即於康熙十七年初離京南還。詞即作於梁汾行前。「桂花時節約重還」句，亦與寄嚴氏書合。十七年夏，繩孫入京，亦與此書合。惟秋間梁汾未踐約回京，蓋爲避求人舉薦鴻博之嫌疑。康熙十六年一年内，春，梁汾在南，約秋季返京，年底又欲南去，故詞有「年來多在别離間」句。性德與梁汾之另外幾次離别，皆與此詞所寫不合。如十六年初梁汾南還，時與性德相識未久，第一次離别，不可稱「年來多在别離間」。再如康熙二十年七月梁汾丁内艱南還，或二十一年春南還，時嚴繩孫在都，與書中「明春北來」語牴牾。因此，此詞作期必爲康熙十七年正月。所謂「小影」，乃容若畫像，即後梁汾存於無錫惠山貫華閣者。道光間，像毁於火。

南鄉子 搗衣

鴛瓦已新霜。欲寄寒衣轉自傷。見説征夫容易瘦，端相。夢裏回時仔細量。　支枕怯空房。且拭清砧就月光。已是深秋兼獨夜，淒涼。月到西南更斷腸。

【箋注】

搗衣：古布多用絲麻織就，鬆軟暄厚，不便裁剪縫紉，故裁紉前須先漂漿，及其半乾，搗之使挺括匀整。搗具爲一木槌，一石砧。槌長尺許，圓滑如面杖；砧方如棋枰，大小亦如之，一面朝上，光滑潔淨。其搗法，先將布疊齊整，薦於砧，婦執槌一端，用力擊打，槌杆平行落於布上，非以一端直立搗之。約數十下，再疊布之内層，使之朝外受搗。秋令爲製寒衣季節，故每至八月夜，幾户户搗衣，砧聲四起，古詩多記之。或以搗衣爲洗衣，實誤。洗衣用搗，多在溪間或河岸，藉水邊石爲之，非用專門之砧。且洗衣無季節性，不可能有「長安一片月，萬户搗衣聲」之景象。此詞「夢裏回時」句，即寫婦女搗後方思裁剪之情形。

又 爲亡婦題照

淚咽却無聲。衹向從前悔薄情。憑仗丹青重省識，盈盈。一片傷心畫不成。　别語忒分明。午夜鶼鶼夢早醒。卿自早醒儂自夢，更更。泣盡風檐夜雨鈴。

【校訂】

上片「却無聲」袁刻、汪刻本作「更無聲」。「衹向」汪刻本作「止向」。

下片「風檐」汪刻本作「風前」。

【箋注】

憑仗句：丹青，此謂畫像。省識，此指看畫。杜甫《咏懷古蹟》詩：「畫圖省識春風面。」

一片句：高蟾《金陵晚望》詩：「世間無限丹青手，一片傷心畫不成。」

鶼鶼：《爾雅·釋地》：「南方有比翼鳥焉，不比不飛，其名謂之鶼鶼。」

泣盡句：李商隱《二月二日》詩：「新灘莫悟遊人意，更作風檐夜雨聲。」

又

飛絮晚悠颺。斜日波紋映畫梁。刺繡女兒樓上立，柔腸。愛看晴絲百尺長。　風定却聞香。吹落殘紅在繡牀。休墮玉釵驚比翼，雙雙。共啑蘋花綠滿塘。

【箋注】

飛絮句：曾覿《訴衷情》詞：「幾番夢回枕上，飛絮恨悠揚。」

啑：水鳥吃食。陸游《過建陽縣》詩：「閑泛晴波啑綠蘋。」

又

柳溝曉發

燈影伴鳴梭。織女依然怨隔河。曙色遠連山色起，青螺。回首微茫憶翠蛾。　淒切客中過。料抵秋閨一半多。一世疏狂應爲著，橫波。作箇鴛鴦消得麽。

【校訂】

副題汪刻本作「御溝曉發」。

下片「料抵」汪刻本作「未抵」。

【箋注】

柳溝：在今北京延慶縣八達嶺北。《清史稿・地理志》：「宣化府延慶州：口四：周四溝堡、四海治堡、柳溝城、八達嶺。」

鳴梭：謂織布。徐彦伯《春閨》詩：「裁衣卷紋素，織錦度鳴梭。」

青螺：喻山。劉禹錫《望洞庭》詩：「遥望洞庭山水翠，白銀盤裏一青螺。」

又

何處淬吴鈎。一片城荒枕碧流。曾是當年龍戰地，颼颼。塞草霜風滿地秋。　霸業等閒休。躍馬横戈總白頭。莫把韶華輕换了，封侯。多少英雄衹廢丘。

【箋注】

吴鈎：兵器。鈎，或謂刀，或謂劍。古吴地以善鑄兵器著名。詩家以吴鈎泛指刀劍。

一片句：李珣《巫山一段雲》詞：「古廟依青嶂，行宫枕碧流。」

龍戰：《周易・坤》上六：「龍戰于野，其血玄黄。」後以喻群雄争奪天下。胡曾《滎陽詩》：「當時天下方龍戰，誰爲將軍作誄文。」

【說明】

此爲深秋經塞外古戰場之作，當作於康熙二十一年往覘梭龍時。

又

煙暖雨初收。落盡繁花小院幽。摘得一雙紅豆子，低頭。說著分携淚暗流。　人去似春休。卮酒曾將酹石尤。別自有人桃葉渡，扁舟。一種煙波各自愁。

【校訂】

《瑶華集》有副題「孤舟」。

上片「煙暖雨初收」《瑶華集》作「風暖霽難收」。

「落盡繁花」《瑶華集》作「燕子歸時」。

「說著」《瑶華集》作「憶著」。

下片「卮酒」《瑶華集》作「別酒」。

「別自有人桃葉渡，扁舟」《瑶華集》作「惆悵空江煙浪裏，孤舟」。

「煙波」《瑶華集》作「相思」。

【箋注】

石尤：石尤風，逆風。《嫏嬛記》引《江湖紀聞》：「石尤風者，傳聞爲石氏女嫁爲尤郎婦，情好甚篤。尤爲商遠行，妻阻之，不從。尤出不歸，妻憶之，病亡，臨亡長嘆曰：『吾恨不能阻其行，以至於此。今凡有商旅遠行，吾當作大風爲天下婦人阻之。』」後以船遇打頭風爲石尤風。

桃葉渡：晉王獻之有愛妾名桃葉，獻之曾送其至秦淮渡口，後因名其地爲桃葉渡。地在今南京。辛棄疾《祝英臺近》詞：「寶釵分，桃葉渡，煙柳暗南浦。」

【説明】

此爲送友南還詞。雖不忍分携，念其家中「别自有人」盼夫歸，故惟禱其一路順風而已。以詞中節令看，似作於康熙十五年初夏嚴蓀友南歸之際。

鵲橋僊

月華如水，波紋似練，幾簇澹煙衰柳。塞鴻一夜盡南飛，誰與問、倚樓人瘦。　韻拈風絮，録成金石，不是舞裙歌袖。從前負盡掃眉才，又擔閣、鏡囊重繡。

【校訂】

詞牌名底本原作「踏莎行」，誤。《瑶華集》、汪刻本均作「鵲橋僊」，據改。

《瑶華集》有副題「秋夜」。

【箋注】

韻拈風絮：此用謝道韞事。詳見前《夢江南》「昏鴉盡」闋之「箋注」。

録成金石：宋趙明誠撰《金石録》，其妻李清照表上於朝。

掃眉才：稱才女。胡曾《寄薛濤》詩：「掃眉才子知多少，管領春風總不如。」掃眉，畫眉。

鏡囊：鏡袋。古有懷鏡占卜之習。《嫏嬛記》云：「先覓一古鏡，錦囊盛之，誦咒七遍，出聽人言，以定吉凶。又閉目信足走七步，開眼照鏡，隨其所照，以合人言，無不驗也。」王建《鏡聽詞》記一女子以鏡占夫歸期，並許願：若夫三日歸來，必爲鏡重繡鏡囊（「可中三日得相見，重繡鏡囊磨鏡面」）。

【説明】

詞言及「風絮」、「金石」、「掃眉」諸語，疑爲沈宛作。性德妻妾中，唯沈氏堪稱才女。宛於康熙二十三年秋九月隨顧貞觀北上入都，性德方迫於隨扈南巡，至十一月底始歸。詞末句「擔閣鏡囊」語，擬想沈氏在京等候情形。詞應作於此時。

踏莎行

春水鴨頭，春山鸚觜。煙絲無力風斜倚。百花時節好逢迎，可憐人掩屏山睡。　密語移燈，閒情枕臂。從教醞釀孤眠味。春鴻不解諱相思，映窗書破人人字。

【校訂】

上片「春山」底本原作「春衫」，此據汪刻本改。「風斜倚」《昭代詞選》作「東風倚」。下片「孤眠味」《昭代詞選》作「愁滋味」。

【箋注】

首二句：言水色碧如鴨頭，山花紅如鸚嘴。蘇軾《送別》詩：「鴨頭春水濃於染。」禰衡《鸚鵡賦》：「紺趾丹嘴，綠衣翠衿。」

人人：對親昵者之稱呼。歐陽修《蝶戀花》：「憶得前春，有個人人共。」又雁行亦成人字，故睹雁字而思及遠人。辛棄疾《尋芳草》詞：「更也没書來，那堪被、雁兒調戲。道無書，却有書中意，排幾個、人人字。」

又 寄見陽

倚柳題箋，當花側帽。賞心應比驅馳好。錯教雙鬢受東風，看吹緑影成絲早。 金殿寒鴉，玉階春草。就中冷暖和誰道。小樓明月鎮長閒。人生何事緇塵老。

【校訂】

底本原無副題，此據張刻、袁刻、汪刻本補。

【箋注】

倚柳句：劉過《沁園春》詞：「傍柳題詩，穿花勸酒。」

側帽：《周書·獨孤信傳》：「信在秦州，嘗因獵日暮馳馬入城，其帽微側，詰旦而吏民有戴帽者，咸慕信而側帽焉。」晏幾道《清平樂》詞：「側帽風前花滿路。」

賞心：娱心悦志。邵雍《同程郎中父子月陂上閒步吟》：「必期快作賞心事。」

金殿句：王建《和胡將軍寓直》詩：「宮鴉棲定禁槍攢，樓殿深嚴月色寒。」
玉階句：王維《雜詩》：「愁心視春草，畏向玉階生。」

【説明】

此闋表達充任侍衛之厭煩情緒，作期在張見陽南赴江華（康熙十八年）之後。

翦湘雲 送友

險韻慵拈，新聲醉倚。儘歷遍情場，懊惱曾記。不道當時腸斷事，還較而今得意。向西風、約略數年華，舊心情灰矣。　正是冷雨秋槐，鬢絲憔悴。又領略愁中，送客滋味。密約重逢知甚日，看取青衫和淚。夢天涯、繞遍儘由人，祇尊前迢遞。

【校訂】

《草堂嗣響》無副題。
上片「灰矣」《草堂嗣響》作「休矣」。
下片「冷雨」《草堂嗣響》作「雨冷」。

「儘由人」《草堂嗣響》作「總由人」。

【箋注】

險韻句：晏幾道《六幺令》詞：「昨夜詩有回文，韻險還慵押。」

新聲：新曲子。「翦湘雲」爲顧貞觀自度曲，故稱新聲。倚：倚調填詞。

情場：王彦泓《即事》詩：「歷盡情場灩澦灘，近來心性耐波瀾。」

冷雨秋槐：楊凝《送客入蜀》詩：「明朝騎馬摇鞭去，秋雨槐花子午關。」

【説明】

「翦湘雲」乃梁汾自創詞調。此詞副題爲「送友」，或即爲贈梁汾之作。

鵲橋僊 七夕

乞巧樓空，影娥池冷，佳節祇供愁嘆。丁寧休曝舊羅衣，憶素手、爲予縫綻。 蓮粉飄紅，菱絲翳碧，仰見明星空爛。親持鈿合夢中來，信天上、人間非幻。

【校訂】

上片「佳節祇供愁嘆」汪刻本作「説著淒涼無算」。

下片「菱絲翳碧」汪刻本作「菱花掩碧」。

「仰見明星空爛」汪刻本作「瘦了當初一半」。

「親持鈿合夢中來」汪刻本作「今生鈿盒表予心」。

「信天上」汪刻本作「祝天上」。

「非幻」汪刻本作「相見」。

【箋注】

乞巧樓：孟元老《東京夢華録》：「至初六初七日晚，貴家多結綵樓於庭，謂之乞巧樓。」見前《臺城路》「塞外七夕」闋之「箋注」。梁辰魚《普天樂》「咏時序悼亡」曲：「羨誰家乞巧樓頭，笑聲喧玉倚香隈。」

影娥池：用漢武帝宫中事。見前《清平樂》「上元月蝕」闋之「箋注」。

丁寧句：舊時七月初七有曝衣之俗。《初學記》引崔寔《四民月令》：「七月七日曝經書及衣裳，不蠹。」

縫綻：縫合，猶言縫衣，非僅指補綻。

蓮粉句：杜甫《秋興》詩：「露冷蓮房墜粉紅。」

菱絲：菱蔓。菱蔓甚長，蕩漾水中如絲。

鈿合：用唐明皇、楊貴妃故事。見前《浣溪沙》「鳳髻抛殘秋草生」闋之「箋注」。

天上人間句：白居易《長恨歌》詩：「但教心似金鈿堅，天上人間會相見。」

【説明】

詞寫懷念盧氏之情，作於康熙十七或十八年七夕。

御帶花 重九夜

晚秋却勝春天好，情在冷香深處。朱樓六扇小屏山，寂寞幾分塵土。虬尾煙銷，人夢覺、碎蟲零杵。便强説歡娱，總是無憀心緒。　轉憶當年，消受盡，皓腕紅萸，嫣然一顧。如今何事，向禪榻茶煙，怕歌愁舞。玉粟寒生，且領略、月明清露。嘆此際凄凉，何必更、滿城風雨。

【箋注】

冷香：菊、梅等開於秋冬季節之花，皆可稱冷香。

六扇小屏山：六折屏風。顧敻《玉樓春》詞：「曲檻小屏山六扇。」

虯尾：薰爐。毛滂《滿庭芳》詞：「拂香篆，虯尾横斜。」

碎蟲句：碎蟲謂秋蟲鳴叫聲稀，零杵謂搗衣聲稀。

紅萸：茱萸。《太平御覽》引《風土記》：「茱萸，椒也，九月九日成熟，色赤，可採。世俗以此日折茱萸。費長房云：『以插頭髻，云辟惡。』」徐積《答李端叔》詩：「紅萸黄菊花將發，正是詩家得意時。」

禪榻茶煙：杜牧《題禪院》詩：「今日鬢絲禪榻畔，茶煙輕颺落花風。」

怕歌句：陸游《朝中措》詞：「怕歌愁舞懶逢迎。」

玉粟：皮膚因受凉呈粟狀。梅鼎祚《玉合記》：「緑鬟雲散裊金翅，雙釧寒生玉粟嬌。」

滿城風雨：潘大臨詩殘句：「滿城風雨近重陽。」

【説明】

此詞上片歇拍「便强説歡娱，總是無憀心緒」，較之詞律，疑脱一字。性德友人丁煒《紫雲詞》亦有

《御帶花》一闋，副題爲「重九夜，用側帽詞韻」。若此詞果爲《側帽詞》中作品，則當作於康熙十五年前。

疏影　芭蕉

湘簾卷處。甚離披翠影，繞檐遮住。小立吹裙，曾伴春慵，掩映繡牀金縷。芳心一束渾難展，清淚裹、隔年愁聚。更夜深、細聽空階，雨滴夢回無據。　正是秋來寂寞，偏聲聲點點，助人離緒。纈被初寒，宿酒全醒，攪碎亂蛩雙杵。西風落盡庭梧葉，還剩得、緑陰如許。想玉人、和露折來，曾寫斷腸詩句。

【校訂】

上片「吹裙」底本原作「吹裾」，此據汪刻本改。

「曾伴」底本原作「常伴」，此據《今祠初集》、《瑶華集》改。

「繡牀」《今詞初集》、汪刻本作「繡妝」。

「清淚裹」汪刻本有雙行小字校「裹」作「裏」。

「更夜深」《今詞初集》、《瑶華集》作「到夜深」。

下片「初寒」《今詞初集》、《古今詞選》、《瑶華集》作「寒生」；《昭代詞選》作「生寒」。

「全醒」《今詞初集》、《古今詞選》、《瑶華集》作「全消」。

「庭梧葉」《今詞初集》、《古今詞選》、《瑶華集》作「梧桐葉」。

「和露」《百名家詞鈔》作「和淚」。

結句「曾寫斷腸詩句」底本原脱「詩」字，據《譜》、《律》，當作六字句，此據《今詞初集》、《古今詞選》、《瑶華集》、《昭代詞選》、袁刻、汪刻本補。

【箋注】

離披：舒展摇蕩貌。

吹裙：李端《拜星月》詩：「細雨人不聞，北風吹裙帶。」

金縷：金縷衣。

芳心：花心。蘇軾《賀新郎》詞：「芳心千重似束。」錢珝《未展芭蕉》詩：「冷燭無煙緑蠟乾，芳心猶卷怯春寒。」

難展：李商隱《代贈》詩：「芭蕉不展丁香結。」

空階句：柳永《尾犯》詞：「夜雨滴空階，孤館夢回，情緒蕭索。」

聲聲句：朱淑真《悶懷》詩：「芭蕉葉上梧桐雨，點點聲聲有斷腸。」

宿酒：宿醉。白居易《早春即事》詩：「眼重朝眠足，頭輕宿酒醒。」

雙杵：楊慎《丹鉛録》：「古人搗衣，兩女子對立執杵，如舂米然。嘗見六朝人畫搗衣圖，其制如此。」杜甫《夜》詩：「新月猶懸雙杵鳴。」

曾寫句：韋應物《閒居寄諸弟》詩：「芭蕉葉上獨題詩。」

【説明】

此闋見於《今詞初集》，各本異文頗多，當爲早期之作。或作於康熙十五年前。沈時棟有《疏影》「芭蕉，步朱竹垞原韻」詞，可知《疏影》「芭蕉」詞由朱彝尊原倡，性德詞亦步朱氏詞韻之作。朱氏詞見《茶煙閣體物集》。

添字采桑子

閒愁似與斜陽約，紅點蒼苔。蛺蝶飛回。又是梧桐新緑影，上階來。　天涯望處音塵斷，花謝花開。懊惱離懷。空壓鈿筐金縷繡，合歡鞋。

【校訂】

下片「縷繡」汪刻本作「綫縷」。

【箋注】

又是句：歐陽修《摸魚兒》詞：「梧桐秋院落，一霎雨添新緑。」

空壓：閒置。

鈿筐：即針綫筐籮。

合歡鞋：既指鞋上所繡圖案，又指製鞋工藝。圖案，謂鞋繡有蓮、藕等物；工藝，則爲將兩鞋幫並齊，依圖樣同針繡透兩幫而縫納，畢，以刀自兩幫間剖開，兩鞋幫即有相同之絨狀花樣，稱合歡繡。今民間農家女猶可爲之。又，鞋雙行雙止，永不分離，且鞋音近「諧」，故「凡娶婦之家，先下絲麻鞋一兩，取和諧之義」（《中華古今注》卷中）。王涣《惆悵詩》：「薄倖檀郎斷芳信，驚嗟猶夢合歡鞋。」是句言遠人不歸，閨中人所製合歡鞋無人穿用。

望江南 宿雙林禪院有感

挑燈坐，坐久憶年時。薄霧籠花嬌欲泣，夜深微月下楊枝。催道太眠遲。　憔悴去，此恨有誰知。天上人間俱悵望，經聲佛火兩淒迷。未夢已先疑。

【校訂】

詞牌名《昭代詞選》、汪刻本作「憶江南」。

【箋注】

雙林禪院：孫承澤《天府廣記》三十八《寺廟》：「西域雙林寺在阜成門外二里溝，萬曆四年建，佛作西番變相。」《日下舊聞考》九十七《郊坰》：「萬曆四年，西竺南印僧足克戬古爾東入中國，過阜成門外二里溝，見一松盤覆，趺坐其下，默持《陀羅尼咒》，匝月不食。畢常侍奏之，賜松地居焉，賜寺名西域雙林寺。」余棨昌《故都變遷紀略》十：「雙林寺，明萬曆初大璫馮保營葬地，造寺曰雙林。」雙林寺毁於清末，民國時僅存一塔，張恨水曾見之。至上世紀六十年代，塔亦坼盡。按，雙林寺地，今爲紫竹院公園。

年時：去年。

薄霧句：毛先舒《鳳來朝》詞：「正輕煙薄霧籠花泣，疑太早，又疑雨。」

【説明】

雙林禪院即盧氏厝柩之處。全闋皆懷念盧氏，上片憶去年，每逢夜深，妻即催寢；下片言眼前，唯經聲佛火而已。前《尋芳草》「蕭寺紀夢」一闋，亦作於此寺，時亦相近，蓋在康熙十六年盧氏卒後至十七年七月安葬之前。參見前《尋芳草》闋之「説明」。

木蘭花慢　立秋夜雨，送梁汾南行

盼銀河迢遞，驚入夜，轉清商。乍西園蝴蝶，輕翻麝粉，暗惹蜂黃。炎涼。等閒瞥眼，甚絲絲、點點攪柔腸。應是登臨送客，別離滋味重嘗。　疑將。水墨畫疏窗。孤影澹瀟湘。倩一葉高梧，半條殘燭，做盡商量。荷裳。被風暗翦，問今宵、誰與蓋鴛鴦。從此羈愁萬疊，夢回分付啼螿。

【校訂】

下片「畫疏窗」《百名家詞鈔》、《古今詞選》、《詞雅》、汪刻本作「罨疏窗」；「做盡」《詞雅》作「作盡」。

【箋注】

副題：立秋，謂康熙二十年立秋。

清商：秋風。潘岳《悼亡》詩：「清商應秋至，溽暑隨節闌。」

炎涼：指節候，兼指世態。

瞥眼：猶一瞬。

登臨：登山臨水。《楚辭·九辯》：「憭慄兮若在遠行，登山臨水兮送將歸。」

水墨二句：言窗上雨痕若水墨畫成之瀟湘景。杜甫《奉先劉少府新畫山水障歌》：「得非懸圃裂，無乃瀟湘翻。」

荷裳：荷葉。韓翃《送客歸江州》詩：「露濕荷裳已報秋。」

蓋鴛鴦：鄭谷《蓮葉》詩：「多謝浣溪人不折，雨中留得蓋鴛鴦。」

啼螿：寒蟬。王沂孫《聲聲慢》詞：「啼螿門静，落葉階深，秋聲又入吾廬。」

【説明】

康熙二十年夏，吴兆騫入塞事已定，年内即將至京。梁汾原擬與兆騫會於北京，忽得母喪之耗，遂倉卒南歸。

飲水詞校箋卷四

百字令 廢園有感

片紅飛減，甚東風不語、衹催漂泊。石上臙脂花上露，誰與畫眉商略。碧甃瓶沈，紫錢釵掩，雀蹋金鈴索。韶華如夢，爲尋好夢擔閣。　又是金粉空梁，定巢燕子，一口香泥落。欲寫華牋憑寄與，多少心情難託。梅豆圓時，柳綿飄處，失記當初約。斜陽冉冉，斷魂分付殘角。

【校訂】

詞牌名《瑶華集》、《草堂嗣響》作「念奴嬌」。

副題《瑶華集》無「有感」二字。

上片「甚東風」《瑶華集》作「正東風」；《百名家詞鈔》作「任東風」。

下片「空梁」《瑶華集》作「梁空」。

「一口」《瑶華集》作「一點」；《國朝詞綜》、汪刻本作「滿地」。

「心情」《瑶華集》作「人情」。

「失記」張刻本、《百名家詞鈔》、袁刻本作「失寄」；《國朝詞綜》作「空覓」。

「當初約」《瑶華集》、汪刻本作「當時約」。

【箋注】

廢園：未悉何園。

臙脂：謂落花。

誰與句：謂畫眉之人已無。薛道衡《豫章行》：「無復前日畫眉人。」

碧甃句：碧甃，井；瓶，汲水瓶。瓶沈於井，謂井久已無人使用。白居易《井底引銀瓶》詩：「井底引銀瓶，瓶沈簪折知奈何？」李中《經廢宅》詩：「玉纖素綆知何處，金井梧桐碧甃寒。」

紫錢句：紫錢，苔蘚。李賀《過華清宫》詩：「雲生珠絡暗，石斷紫錢斜。」句謂舊人遺釵已被紫苔掩没。

金鈴索：護花鈴之繩索，見前《朝中措》詞之「箋注」。

又是三句：化用薛道衡《昔昔鹽》「空梁落燕泥」句意。周邦彦《瑞龍吟》詞：「定巢燕子，歸來舊處。」陳亮《虞美人》詞：「水邊臺榭燕新歸，一口香泥濕帶落花飛。」

梅豆：梅子。歐陽修《漁家傲》詞：「葉間梅子青如豆。」

斜陽句：周邦彥《蘭陵王》詞：「斜陽冉冉春無極。」

【輯評】

周稚圭曰：或言納蘭容若南唐李重光後身也，予謂重光天籟也，恐非人力所及。容若長調多不協律，小令則格高韻遠，極纏綿婉約之致，能使殘唐墜緒絕而復續。第其品格，殆叔原、方回之亞乎！（《篋中詞》評語）

又 宿漢兒村

無情野火，趁西風燒遍、天涯芳草。榆塞重來冰雪裏，冷入鬢絲吹老。牧馬長嘶，征笳亂動，並入愁懷抱。定知今夕，庾郎瘦損多少。　便是腦滿腸肥，尚難消受此，荒煙落照。何況文園憔悴後，非復酒壚風調。回樂峰寒，受降城遠，夢向家山繞。茫茫百感，憑高惟有清嘯。

【校訂】

詞牌名《草堂嗣響》、《昭代詞選》作「念奴嬌」。

上片「征笳亂動」，袁刻、汪刻本作「征笳互動」。

下片「茫茫」《草堂嗣響》作「迢迢」。

【箋注】

漢兒村：在永平府遷安縣境，今屬河北遷西縣。又稱漢兒莊、漢兒城，清聖祖謁孝陵巡近邊，曾多次經漢兒村。如《康熙起居注》二十一年十月：「三十日癸卯，上入龍井關口，駐漢兒莊城西。」又二十二年十一月：「二十一日乙未，上入龍井關口，駐蹕漢兒城西。」

榆塞：榆關，即山海關。山海關、漢兒村俱屬永平府，皆爲長城關隘。

牧馬二句：李陵《答蘇武書》：「胡笳互動，牧馬悲鳴。」又吴均《渡易水》詩：「日昏笳亂動。」

庾郎：庾信。《海録碎事》引庾信《愁賦》：「閉門欲驅愁，愁終不肯去，深藏欲避愁，愁已知人處。」

腦滿腸肥：《北齊書・琅邪王傳》：「琅邪王年少，腸肥腦滿，輕爲舉措。」

文園憔悴：以司馬相如自喻。參見前《臨江僊》「謝餉櫻桃」闋之「箋注」。

酒壚：酒肆。《漢書・食貨志》注：「酒家開肆待客，設壚，故以壚名肆。」《史記・司馬相如列傳》：「買一酒舍沽酒，而令文君當壚。相如身自著犢鼻褌，與保庸雜作，滌器於市中。」李商隱《送崔珏往西川》詩：「卜肆至今多寂寞，酒壚從古擅風流。」

回樂二句：李益《夜上受降城聞笛》詩：「回樂峰前沙似雪，受降城外月如霜。」回樂峰，實爲回樂烽，唐地名，在今寧夏靈武境；受降城，有三，唐景雲中爲禦突厥而築，在今内蒙古黄河沿岸。此泛指邊塞。

【説明】

詞云「重來」，即一年中兩度至漢兒村。清聖祖惟康熙二十年兩度赴遵化沿邊，一爲三月至五月，一爲十一月至十二月。詞寫冬日至漢兒村事。

又

緑楊飛絮，嘆沈沈院落、春歸何許。盡日緇塵吹綺陌，迷却夢遊歸路。世事悠悠，生涯未是，醉眼斜陽暮。傷心怕問，斷魂何處金鼓。　夜來月色如銀，和衣獨擁，花影疏窗度。脈脈此情誰得識，又道故人别去。細數落花，更闌未睡，别是閒情緒。聞余長嘆，西廊惟有鸚鵡。

【校訂】

詞牌名《瑶華集》作「念奴嬌」。

《瑤華集》有副題「寄友」。

上片「緑楊」《瑤華集》作「楊花」。

「院落」《瑤華集》作「庭院」；「何許」作「何處」。

「緇塵吹」《瑤華集》作「黄塵飄」。

「未是」《瑤華集》作「泛泛」；汪刻本作「非是」。

「斷魂」《瑤華集》作「斷腸」。

下片「夜來」《瑤華集》作「夜丙」。

「獨擁」《瑤華集》作「高卧」。

「疏窗」《瑤華集》作「斜街」。

「閒情緒」《瑤華集》作「愁情緒」。

「聞余」《瑤華集》作「聞人」。

【箋注】

綺陌：京城街道。劉滄《及第後宴曲江》詩：「綺陌香車似水流。」

金鼓：戰鼓。此指戰事。

細數句：王安石《北山》詩：「細數落花因坐久。」

【說明】

此爲送友詞。「金鼓」句，當指三藩之亂。詞應作於三藩戰亂方熾之際。康熙十五年四月嚴繩孫回南，詞之作期，可據以參考。

又

人生能幾，總不如休惹、情條恨葉。剛是尊前同一笑，又到別離時節。燈灺挑殘，爐煙爇盡，無語空凝咽。一天涼露，芳魂此夜偷接。　怕見人去樓空，柳枝無恙，猶埽窗間月。無分暗香深處住，悔把蘭襟親結。尚暖檀痕，猶寒翠影，觸緒添悲切。愁多成病，此愁知向誰説。

【校訂】

詞牌名《昭代詞選》、汪刻本作「念奴嬌」。

上片「總不如休惹、情條恨葉」汪刻本有雙行小字校「才一番好夢、煙雲無迹」。

「尊前同一笑」汪刻本雙行小字校「心情凋落後」。

下片「暗香」張刻、袁刻本作「香香」；《昭代詞選》作「和香」。

【箋注】

人生句：韋莊《菩薩蠻》詞：「遇酒且呵呵，人生能幾何。」

情條恨葉：洪瑹《水龍吟》詞：「念平生多少，情條恨葉，鎮長使、芳心困。」

剛是句：王彦泓《續遊十二首》：「又到尊前一笑同。」

無語句：柳永《雨霖鈴》詞：「執手相看淚眼，竟無語凝咽。」

接：見，會面。史達祖《醉落魄》詞：「今夜夢魂接。」

沁園春　代悼亡

夢冷蘅蕪，却望姍姍，是耶非耶。悵蘭膏漬粉，尚留犀合；金泥蹙繡，空掩蟬紗。影弱難持，緣深暫隔，衹當離愁滯海涯。歸來也，趁星前月底，魂在梨花。　鸞膠縱續琵琶。問可及、當年萼緑華。但無端摧折，惡經風浪；不如零落，判委塵沙。最憶相看，嬌訛道字，手翦銀燈自潑茶。今已矣，便帳中重見，那似伊家。

【校訂】

汪刻本無副題。

下片「不如」張刻本作「不知」。

【箋注】

夢冷句：王嘉《拾遺記》：「漢武帝思懷往者李夫人，息於延涼室，卧夢李夫人授帝蘅蕪之香。帝驚起，而香氣猶著衣枕，歷月不歇。」

却望句：《漢書·外戚傳》：「上思念李夫人不已，方士齊人少翁言能致其神，乃夜張燈燭，設帷帳，陳酒肉，而令上居他帳。遥望見好女如李夫人之貌，還帷坐而步，而又不得就視。上愈益相思悲感，爲作詩曰：『是耶非耶，立而望之，偏何姍姍其來遲。』」

蘭膏：潤髮油。浩虚舟《陶母截髮賦》：「象櫛重理，蘭膏舊濡。」

犀合：以犀角爲飾之鈿盒。

金泥句：金泥，以金屑合膠調作漿狀，以涂織物或器皿之用。蹙，刺繡方法之一種，皺縮其綫紋，使緊密匀貼。杜甫《麗人行》：「繡羅衣裳照暮春，蹙金孔雀銀麒麟。」

蟬紗：薄如蟬翼之紗。楊維楨《内人剖瓜詞》：「美人睡起袒蟬紗。」

鸞膠句：據《海内十洲記》，鳳麟洲僊人煮鳳喙麟角作膠，能續弓弩已斷之弦，名爲鸞膠，亦名續弦膠。後多以喻續娶後妻。陶穀《風光好》詞：「琵琶撥盡相思調，知音少。待得鸞膠續斷弦，是何年。」

蕚緑華：女僊名，事見《真誥·運象》及《太平廣記》五十七。此以喻亡妻。

惡：憚畏。

嬌訛句：訛，誤讀字音。句言女子讀字訛誤而撒嬌。蘇軾《浣溪沙》詞：「道字嬌訛苦未成，未應春閣夢多情。」

潑茶：以沸水沖茶葉，通稱沏茶。《續仙傳》：「主人以湯潑茶。」《太平廣記》一八〇：「此有茶味，請自潑之。」

帳中句：帳中，見「却望姗姗」句之「箋注」。伊家，猶云「那人」，指亡人。

【説明】

副題「代悼亡」，通志堂本、張純修本皆有之，必有據。以内容看，遠不及《金縷曲》「亡婦忌日有感」之真情動人。惟未悉所代者何人。

又

試望陰山，黯然銷魂，無言徘徊。見青峰幾簇，去天纔尺；黄沙一片，匝地無埃。碎葉城荒，拂雲堆遠，雕外寒煙慘不開。踟躕久，忽冰崖轉石，萬壑驚雷。　窮邊自足秋懷。又何必、平生多恨哉。祇淒凉絶塞，蛾眉遺冢；銷沈腐草，駿骨空臺。北轉河流，南横斗柄，略點微霜鬢早衰。君不信，向西風回首，百事堪哀。

【校訂】

下片「秋懷」袁刻、汪刻本作「愁懷」。

【箋注】

黯然句：江淹《别賦》：「黯然銷魂者，唯别而已矣。」

去天句：李白《蜀道難》詩：「連峰去天不盈尺。」

匝地：遍地。孔平仲《送登州太守出城馬上作》詩：「黄沙匝地半和雲。」

碎葉二句：碎葉城、拂雲堆，皆唐時邊塞地名，碎葉城在今吉爾吉斯斯坦，拂雲堆在今内蒙古。此泛用以指絶遠邊地，非實指。

冰崖二句：李白《蜀道難》詩：「飛湍瀑流争喧豗，砯崖轉石萬壑雷。」

秋懷：愁懷。

蛾眉遺冢：謂青冢。杜牧《青冢》詩：「青冢前頭隴水流，燕支山下暮雲秋。蛾眉一墜窮泉路，夜夜孤魂月下愁。」

駿骨空臺：用《戰國策·燕策》燕昭王故事。昭王求賢不得，郭隗以市馬爲喻，云有人以五百金市千里馬之骨，一年而得千里馬者三。昭王遂築臺，置千金於臺上，延請天下之士，後人稱爲黄金臺或燕臺，遺址在今河北易縣。梅堯臣《傷馬》詩：「空傷駿骨埋，固乏弊帷葬。」吴偉業《夜宿阜昌》詩：「草没黄金臺，猶憶昭王迎。」

斗柄：北斗七星，玉衡、開陽、瑶光三星爲柄。韋應物《擬古》詩：「天河横未落，斗柄當西南。」

【説明】

詞寫秋日遠行極邊之地，惟康熙二十一年往覘梭龍足以當之。詞多用邊外古地名，皆非實指。古詩詞中用地名，每不合於地理，惟取興到神會，以求詞境遼闊高壯。

又

丁巳重陽前三日，夢亡婦澹妝素服，執手哽咽。語多不復能記，但臨別有云：「銜恨願爲天上月，年年猶得向郎圓。」婦素未工詩，不知何以得此也，覺後感賦

瞬息浮生，薄命如斯，低徊怎忘。記繡榻閒時，並吹紅雨；雕闌曲處，同倚斜陽。夢好難留，詩殘莫續，贏得更深哭一場。遺容在，祇靈飆一轉，未許端詳。　重尋碧落茫茫。料短髮、朝來定有霜。便人間天上，塵緣未斷；春花秋葉，觸緒還傷。欲結綢繆，翻驚搖落，兩處鴛鴦各自涼。真無奈，把聲聲檐雨，譜出迴腸。

【校訂】

小序「臨別有云」《草堂嗣響》作「臨別時有云」，多一「時」字；「婦素未工詩」作「素未工詩」，奪「婦」字；「何以得此」作「何以有此」，下奪「也覺後」三字。小序後汪刻本溢「長調」二字。

上片「記繡榻閒時」袁刻本作「記繡床倚遍」；汪刻本作「自那番摧折」。

「並吹紅雨」汪刻本作「無衫不淚」。

「雕闌曲處，同倚斜陽」汪刻本作「幾年恩愛，有夢何妨」；「同倚」袁刻本作「同送」。

「夢好難留，詩殘莫續」汪刻本作「最苦啼鵑，頻催別鵠」。

「更深」汪刻本作「更闌」。

下片「便人間」汪刻本作「信人間」。

「塵緣」《草堂嗣響》作「情緣」。

「秋葉」汪刻本作「秋月。」

「還傷」汪刻本作「堪傷」。

「搖落」汪刻本作「漂泊」。

「兩處鴛鴦各自凉」底本原作「減盡荀衣昨日香」，《草堂嗣響》與底本同，祇是「昨日」作「舊日」。此據汪刻本改。

「把聲聲檐雨」底本原作「倩聲聲鄰笛」。此據汪刻本改。

「譜出迴腸」汪刻本作「譜入愁鄉」。

【箋注】

丁巳：康熙十六年（一六七七）。性德妻盧氏卒於是年五月三十日。

紅雨：落花。李賀《將進酒》詩：「況是青春日將暮，桃花亂落如紅雨。」又周邦彦《蝶戀花》詞：「桃花幾度吹紅雨。」

靈飆：陰風。此謂夢中人隨風消逝。

碧落：天。白居易《長恨歌》：「上窮碧落下黄泉，兩處茫茫皆不見。」

綢繆：殷切之情。李陵《與蘇武》詩：「獨有盈觴酒，與子結綢繆。」

摇落：凋殘、零落之意。葉夢得《臨江僊》詞：「却驚摇落動悲吟。」

迴腸：謂悲思。徐陵《與楊僕射書》：「朝千悲而掩泣，夜萬緒而迴腸；不自知其爲生，不自知其爲死也。」

東風齊著力

電急流光，天生薄命，有淚如潮。勉爲歡謔，到底總無聊。欲譜頻年離恨，言已盡、恨未曾消。憑誰把，一天愁緒，按出瓊簫。往事水迢迢。窗前月、幾番空照魂銷。舊歡新夢，雁齒小紅橋。最是燒燈時候，宜春髻、酒暖蒲萄。凄凉煞，五枝青玉，風雨飄飄。

【箋注】

電急流光：謂光陰疾如閃電。孫楚《除婦服》詩：「時邁不停，日月電流。」蔣捷《一剪梅》詞：「流光容易把人抛。」

譜：製曲填詞。

按：演奏簫笛類樂器。就口言，稱吹；就手指言，稱按。

雁齒句：雁齒，臺階。庾信《温湯碑》：「仍爲雁齒之階。」倪璠注：「雁齒，階級也。」《白帖》：「橋有雁齒。」白居易《新春江次》詩：「鴨頭新緑水，雁齒小紅橋。」

燒燈：見前《金菊對芙蓉》詞之「箋注」。

宜春髻：婦女春日髮式。《荆楚歲時記》：「立春之日，悉剪綵爲燕，戴之，帖『宜春』二字。」《牡丹亭·驚夢》：「你側著宜春髻子恰憑欄。」

酒暖句：嚴繩孫《倦尋芳》「送成容若扈從北行」詞：「笑回頭，有葡萄酒暖，當壚如月。」

五枝句：謂五枝燈。《西京雜記》：「有青玉五枝燈，高七尺五寸，作蟠螭，以口銜燈。」李頎《王母歌》：「爲看青玉五枝燈，蟠螭吐火光欲絶。」

摸魚兒 送座主德清蔡先生

問人生、頭白京國，算來何事消得。不如罨畫清溪上，蓑笠扁舟一隻。人不識。且笑煮、鱸魚趁著蓴絲碧。無端酸鼻。向岐路消魂，征輪驛騎，斷雁西風急。　英雄輩，事業東西南北。臨風因甚成泣。酬知有願頻揮手，零雨淒其此日。休太息。須信道、諸公衮衮皆虛擲。年來蹤蹟。有多少雄心，幾番惡夢，淚點霜華織。

【校訂】

副題：張刻本作「送德清蔡夫子」；汪刻本作「送別德清蔡夫子」。

【箋注】

副題：蔡啟僔（一六一九—一六八三），字石公，號崑暘，浙江德清人。康熙九年狀元，任檢討、日講起居注官。康熙十一年與徐乾學同放順天鄉試主考。性德爲此榜舉人，因稱蔡爲座主。會有劾取副榜不及漢軍者，蔡、徐並引咎歸里。康熙十五年復官，十六年旋以病還里。其行事詳見韓菼撰《蔡檢討墓志銘》。

霅畫：霅畫溪，習稱西溪，在浙江長興縣，有花木叢蘢之勝。長興爲德清北鄰。

鱸魚句：《世説新語·識鑒》：「張季鷹辟齊王東曹掾，在洛見秋風起，因思吴中菰菜蒓羹、鱸魚膾，曰：人生貴適意耳，何能羈宦數千里以要名爵。遂命駕便歸。」

事業句：謂不做官亦可成事業。黄庭堅《同韻和元明兄知命弟九日相憶》詩：「早爲學問文章誤，晚作東西南北人。」

零雨句：零雨，細慢之雨。孫楚《征西官屬送於陟陽侯作詩》：「晨風飄歧路，零雨被秋草。」淒其，淒悲。謝靈運《初發石首城》詩：「欽聖若旦暮，懷賢亦淒其。」

年來句：柳永《八聲甘州》詞：「嘆年來蹤蹟，何事苦淹留。」

【説明】

康熙十二年秋，蔡啟傳以順天鄉試事罹吏議，引咎南歸，性德以此詞送之。

又

午日雨眺

漲痕添、半篙柔綠，蒲梢荇葉無數。空濛臺榭煙絲暗，白鳥銜魚欲舞。橋外路。正一派、畫船簫鼓中流住。嘔啞柔櫓。又早拂新荷，沿堤忽轉，衝破翠錢雨。　蒹葭渚。不減瀟湘深處。霏霏漠漠如霧。滴成一片鮫人淚，也似汨羅投賦。愁難譜。祇綵綫、香菰脈脈成千古。傷心莫語。記那日旗亭，水嬉散盡，中酒阻風去。

【校訂】

上片「空濛臺榭煙絲暗」底本原作「臺榭空濛煙柳暗」，失律，此據袁刻、汪刻本改。

「橋外路」底本原作「紅橋路」，此據袁刻、汪刻本改。

「中流住」張刻本作「中流柱」。

【箋注】

午日：五月初五端午節。

畫船簫鼓：唐德宗《九日》詩：「中流簫鼓誠堪賞，豈假横汾發棹歌。」

嘔啞：摇櫓聲。李咸用《江行》詩：「瀟湘無事後，征棹復嘔啞。」

翠錢：喻新發萍葉。何尚之《華林清暑殿賦》：「網户翠錢，青軒丹墀。」

霏霏句：吴融《春雨》詩：「霏霏漠漠暗和春，冪翠凝紅色更新。」

鮫人淚：用「鮫人泣珠」故事。郭憲《洞冥記》：「乘象入海底取寶，宿於鮫人之舍，得淚珠，則鮫所泣之珠也。」此以喻雨。

汨羅投賦：投，投贈，此謂作賦祭吊。《漢書・賈誼傳》：「誼既以適去，意不自得，及渡湘水，爲賦以弔屈原。其辭曰：『仄聞屈原兮，自湛汨羅。造托湘流兮，敬弔先生。』」又揚雄作《反離騷》，自岷山投諸江流，地既不切，且於屈子忠信殞身有譏議，故不取。

綵綫句：綵綫，謂百索。韓鄂《歲華紀麗・端午》：「百索繞臂，五綵纏筒。」原注：「以五綵縷造百索繫臂，一名長命縷。」香菰，謂粽。《藝文類聚》四引周處《風土記》：「仲夏端五，亨鶩角黍。」注：「端，始也，謂五月五日，以菰葉裹黏米。」《古今事物考》：「《續齊諧記》曰：屈原五月五日投汨羅江死，楚人哀之，每貯米竹筒投祭。漢建武中，長沙歐迴見一人自稱三閭大夫，曰：常苦蛟龍所竊，更有惠者，以楝葉塞筒，五彩絲縛之，則蛟龍所憚也。世以菰葉裹黏米，謂之角黍，今粽子是也。」

旗亭：酒肆。

水嬉：水上遊戲，歌舞、競渡之類。

中酒句：顧貞觀《風流子》詞：「阻風中酒，浪迹難招。」

【説明】

此闋寫都中午日，多言水上事，約略爲什刹海附近風光。

相見歡

微雲一抹遥峰。冷溶溶。恰與個人清曉畫眉同。　紅蠟淚。青綾被。水沈濃。却向黄茅野店聽西風。

【校訂】

詞牌名張刻本作「烏夜啼」。

上片「冷溶溶」《草堂嗣響》作「淡溶溶」。

下片「却向」汪刻本作「却與」。

【箋注】

微雲句：秦觀《滿庭芳》詞：「山抹微雲，天連衰草。」

恰與句：黄庭堅《紀夢》詩：「窗中遠山是眉黛。」

青綾：青色絲織品，多用於貴家。庾信《謝趙王賚白羅袍袴启》：「永無黄葛之嗟，方見青綾之重。」

水沈：謂水沈香。見前《浣溪沙》「淚浥紅箋第幾行」闋之「箋注」。

錦堂春 秋海棠

簾際一痕輕緑，牆陰幾簇低花。夜來微雨西風軟，無力任欹斜。仿佛個人睡起，暈紅不著鉛華。天寒翠袖添凄楚，愁近欲棲鴉。

【校訂】

張刻本接前首，詞牌名作「又」。

底本原無副題，此據張刻、袁刻、汪刻本補。

上片「簾際一痕輕緑」汪刻本作「簾外淡煙一縷」。

「西風軟」汪刻本作「西風裹」。

【箋注】

秋海棠：又名斷腸花。參見前《臨江僊》「塞上得家報云秋海棠開矣」闋之「箋注」。

仿佛句：惠洪《冷齋夜話》：「東坡《海棠》詩云：『只恐夜深花睡去，更燒銀燭照紅妝。』事見《太真外傳》曰：『上皇登沉香亭，召太真。妃於時卯醉未醒，命力士使侍兒持掖而至。妃子醉韻殘妝，鬢亂釵横，不能再拜。上皇笑曰：豈妃子醉？是海棠睡未足耳。』」按，今本《太真外傳》不載此事。

天寒翠袖：杜甫《佳人》詩：「天寒翠袖薄，日暮倚修竹。」

憶秦娥　龍潭口

山重疊。懸崖一線天疑裂。天疑裂。斷碑題字，古苔横齧。　風聲雷動鳴金鐵。陰森潭底蛟龍窟。蛟龍窟。興亡滿眼，舊時明月。

【校訂】

詞牌名張刻、汪刻本作「憶秦娥」，下同。

【箋注】

龍潭口：在遼寧鐵嶺縣境。賈弘文《鐵嶺縣志》：「龍潭口山，城東南五十八里。」明末，當建州女真努爾哈赤興起之際，龍潭口扼開原以東要衝。據萬曆時人馮瑗《開原圖說》繪《開原疆場總圖》，龍潭口東爲建州，南爲哈達，北爲葉赫（首領爲性德曾祖金臺什、布揚古），西爲明開原總兵轄境。有柴河、松山、威遠、鎮北等堡爲開原鐵嶺屏障。時葉赫附明，龍潭口一帶遂成努爾哈赤與明殺伐之戰場。《開原圖說》云：「奴酋日眈眈側目於開原，處留我人民，擄掠我牛羊，招納我叛亡，我不能禁也。第士馬雕敝，屯堡蕭條，孤懸開原，幅員不過七八十里。西備西虜，北戍北關，東虞建夷，三面受敵，終歲清野，犬羊爲鄰，燕雀處室，守疆圉者，無終歲之計，焉得不惴惴哉！」明兵部主事茅瑞徵撰《東夷考略》，即曾記萬曆四十七年十一月「奴兒哈赤擁衆入龍潭口」事，弘旺（胤禩之子）《皇清通志綱要》亦記天命四年十一月太祖「入龍潭口，往開原鐵嶺地方，筑撫順城。」

陰森句：龍潭口山以有龍潭得名，潭底蛟龍或爲當地傳説。

興亡句：趙長卿《青玉案》詞：「滿眼興亡知幾許。」

【説明】

康熙二十一年春，清聖祖東巡至大兀剌，於返程中經龍潭口。據高士奇《扈從東巡日録》，四月十三日過葉赫，十四日過威遠，十五日至開原，十六日至鐵嶺，途間行圍打獵，故行程較緩。性德遊龍潭口，當即在此數日内。龍潭口距性德祖居之地不及百里，早年興亡恩怨記憶猶新，故其慨甚深。過葉赫，想必感慨更甚，然言必觸忌，竟至無詞。惟及龍潭口，始賦「天裂」、「興亡」之句，其旨亦在幽隱難言之間。《扈從東巡日録》曾云：「庚寅（十三日），雨中過夜黑（葉赫）河，見梨花一樹，慘淡含煙，爲賦《南樓令》詞一首。夜黑城在北山之隈，磚甃城根，亦有子城，尚餘臺殿故址。水草豐美，微有阡陌。太祖高皇帝破之，其地遂墟。」清聖祖是日作《經葉赫故城》詩云：「斷壘生新草，空城尚野花。翠華今日幸，谷口動鳴笳。」其感奮之情固自與性德不同。

又

春深淺。一痕摇漾青如翦。青如翦。鷺鷥立處，煙蕪平遠。吹開吹謝東風倦。緗桃自惜紅顔變。紅顔變。兔葵燕麥，重來相見。

【箋注】

緗桃：即緗核桃，結桃淺紅色。陳允平《戀繡衾》詞：「緗桃紅淺柳褪黄。」

兔葵：劉禹錫《再遊玄都觀絶句引》：「重遊玄都，蕩然無復一樹。唯兔葵燕麥，動揺於春風耳。」兔葵，草名，據《海録碎事》，言「花白莖紫」。

減字木蘭花

燭花揺影。冷透疏衾剛欲醒。待不思量。不許孤眠不斷腸。　茫茫碧落。天上人間情一諾。銀漢難通。穩耐風波願始從。

【箋注】

茫茫句：用白居易《長恨歌》句意，見前《沁園春》「瞬息浮生」闋之「箋注」。

銀漢：銀河。王昌齡《蕭駙馬宅花燭歌》：「銀漢星回一道通。」

穩耐：忍受。穩，意猶忍。歐陽修《桃源憶故人》詞：「别後寸腸縈損，説與伊争穩。」

又

相逢不語。一朵芙蓉著秋雨。小暈紅潮。斜溜鬟心隻鳳翹。　待將低喚。直爲凝情恐人見。欲訴幽懷。轉過回闌叩玉釵。

【校訂】

《精選國朝詩餘》有副題「離情」。

「一朵」《精選國朝詩餘》作「一抹」。

「小暈」《精選國朝詩餘》作「眉眼」。

「鬟心隻」《精選國朝詩餘》作「金釵與」。

「直爲凝」《精選國朝詩餘》作「無限疑」。

「幽懷」《精選國朝詩餘》作「情懷」。

煞拍「轉過回闌叩玉釵」《精選國朝詩餘》作「選夢憑他到鏡臺」。

【箋注】

一朵句：吴綃《一斛珠》詞：「鸞袖動香飛雪繞，煙中一朵芙蓉裊。」

溜：滑動之意。李清照《點絳唇》詞：「見客入來，襪剗金釵溜。」

鬢心、鳳翹：見前《采桑子》「土花曾染湘娥黛」闋之「箋注」。

叩玉釵：張臺柱《思帝鄉》詞：「獨立花陰下，扣釵兒。」

【説明】

校文所列《精選國朝詩餘》異文，可見此詞之初稿面貌。煞拍原作「選夢憑他到鏡臺」，「選夢」，沈宛之號，並爲沈氏詞集名，此詞必緣沈氏而作。「鏡臺」亦用晉温嶠娶婦典故，正切容若納沈氏爲妾事。沈宛自江南來京師，成、沈結褵，在康熙二十三、二十四年交歲之際，詞之作期，大略可知。

又

從教鐵石。每見花開成惜惜。淚點難消。滴損蒼煙玉一條。　憐伊太冷。添個紙窗疏竹影。記取相思。環佩歸來月上時。

【校訂】

下片「月上時」汪刻本作「月下時」。

【箋注】

從：同「縱」，縱然之意。

鐵石：皮日休《桃花賦》：「余嘗慕宋廣平（按指宋璟）之爲相，貞姿勁質，剛態毅狀，疑其鐵腸石心，不解吐婉媚辭。然睹其文而有《梅花賦》，清便富艷，得南朝徐庾體，殊不類其爲人也。」張邦基《墨莊漫録》：「人疑宋開府鐵石心腸，及爲《梅花賦》，清艷殆不類其爲人。」《西厢記》：「便是鐵石人，鐵石人也動心。」

惜惜：憐惜。

滴損句：顧貞觀《采桑子》詞：「滴破蒼煙，小字香箋，伴過泠泠徹夜泉。」張謂《早梅》詩：「一樹寒梅白玉條。」

環佩句：姜夔《疏影》詞：「想佩環月夜歸來，化作此花幽獨。」

【説明】

據「添個」句，知爲題畫詞，畫當爲梅花圖。

又

斷魂無據。萬水千山何處去。没個音書。盡日東風上緑除。　故園春好。寄語落花須自埽。莫更傷春。同是懨懨多病人。

【校訂】

下片「莫更」袁刻本作「莫恨」。

【箋注】

斷魂二句：韋莊《木蘭花》詞：「千山萬水不曾行，魂夢欲教何處覓。」

除：庭院之臺階。

又

新月

晚妝欲罷。更把纖眉臨鏡畫。準待分明。和雨和煙兩不勝。　莫教星替。守取團圓終必遂。此夜紅樓。天上人間一樣愁。

【箋注】

星替：李商隱《李夫人》詩：「慚愧白茅人，月没教星替。」按，李商隱妻王氏卒，柳仲郢作伐，欲以營妓張懿僊嫁李，李却之，因賦《李夫人》詩辭謝。「月没」喻王氏之卒，「教星替」，則指仲郢擬以張氏歸之。性德此句，亦寓不肯再娶之意。

守取：等待。

紅樓：天上僊人之居所，指亡妻所在之處。

【説明】

詞上片寫新月，新月如眉，遂思及亡妻。下片示無心再娶，幻想與亡妻尚有再見之日。揆性德諸詞，繼娶官氏似非主動，且至少在盧氏卒三年之後。前一闋有「穩耐風波願始從」句，亦與此闋「守取團圓終必遂」之意相同。

海棠春

落紅片片渾如霧。不教更覓桃源路。香徑晚風寒，月在花飛處。　薔薇影暗空凝佇。任碧颭、輕衫縈住。驚起早棲鴉，飛過秋千去。

【校訂】

下片「凝佇」底本原作「凝貯」，此據張刻、袁刻、汪刻本改。

【箋注】

桃源路：桃源事有二典，一爲武陵人入桃源事，出陶淵明《桃花源記》；一爲劉晨、阮肇入天台桃源洞事，出劉義慶《幽明録》。詩家每混用之，此句亦如是。

碧颭：謂花枝隨風揺動。

少年遊

算來好景衹如斯。惟許有情知。尋常風月，等閒談笑，稱意即相宜。　十年青鳥音塵斷，往事不勝思。一鈎殘照，半簾飛絮，總是惱人時。

【箋注】

青鳥：李璟《攤破浣溪沙》詞：「青鳥不傳雲外信，丁香空結雨中愁。」參見前《浣溪沙》「記綰長條欲別離」詞「青雀」條之「箋注」。

【輯評】

林花榭曰：納蘭容若《少年遊》云：「尋常風月，等閒談笑，稱意即相宜。」《鷓鴣天》云：「休嗟髀裏今生肉，努力春來自種花。」皆是真情流露語。（《讀詞小箋》）

大酺　寄梁汾

衹一爐煙，一窗月，斷送朱顏如許。韶光猶在眼，怪無端吹上，幾分塵土。手撚殘枝，沈吟往事，渾似前生無據。鱗鴻憑誰寄，想天涯隻影，淒風苦雨。便砑損吴綾，啼霑蜀紙，有誰同賦。　當時不是錯，好花月、合受天公妒。準擬倩、春歸燕子，説與從頭，争教他、會人言語。萬一離魂遇，偏夢被、冷香縈住。剛聽得、城頭鼓。相思何益，待把來生祝取。慧業相同一處。

【校訂】

《今詞初集》無副題。

首句「衹」《今詞初集》、《昭代詞選》、汪刻本作「怎」。

「朱顏」《昭代詞選》作「朱弦」。

「韶光」《今詞初集》、《昭代詞選》、汪刻本作「韶華」。
「淒風」《昭代詞選》作「西風」。
下片「準擬」《今詞初集》、《昭代詞選》、汪刻本作「衹索」。
「聽得」《今詞初集》、《昭代詞選》作「聽着」。

【箋注】

手撚三句：白居易《臨水坐》詩：「手把楊枝臨水坐，閑思往事似前身。」徐鉉《送王監丞之歷陽》詩：「青襟空皓首，往事似前生。」此三句言，結識梁汾，極爲投合，疑爲前生舊友。

鱗鴻：猶魚雁，謂書信。

研損句：研，碾壓，使緻密光亮。《朱子語類》八七：「方未經布時，先研其縷。」研綾，經研製之薄綾，用以書寫。方千里《醉桃源》詞：「良宵相對一燈青，相思寫研綾。」

蜀紙：猶蜀箋。自唐以後，蜀紙以精美著稱。周邦彦《塞翁吟》詞：「有蜀紙，堪憑寄恨，等今夜，灑血書詞。」

當時句：康熙十年，梁汾丁外艱，服闋赴補，任内國史院典籍。不久，移疾歸。實爲受人傾排失官。

會人句：宋徽宗《燕山亭》詞：「這雙燕，何曾會人言語。」

冷香句：鄧肅《長相思令》：「醉卧幽亭不掩扉，冷香尋夢歸。」

來生句：此句即《金縷曲》「贈梁汾」詞「後身緣恐結他生裏」意。

慧業：佛徒謂佛教爲慧業，文人稱文學創作亦爲慧業，此用後義。《宋書·謝靈運傳》：「太守孟顗事佛精懇，而爲靈運所輕。嘗謂顗曰：『得道應須慧業文人，生天當在靈運前，成佛必在靈運後。』」

【説明】

此闋見於《今詞初集》。康熙十六年春，梁汾南歸，詞當作於梁汾既歸之後。詞中「天公妒」，亦即《金縷曲》「古今同忌」意，全詞情致皆與《金縷曲》相似。性德逝後，梁汾有《望海潮》詞云：「品題真負當年，倩淚痕和酒，滴醒長眠。香令還家，粉郎依舊，知他一笑幽泉。慧業定生天。怕柔腸俠骨，難忘人間。莫更多情，漫勞天上葬神僊。」乃懷性德之作，猶念「慧業」之句，淒愴萬般。

【輯評】

謝章鋌曰：納蘭容若深於情者也。固不必刻畫花間，俎豆蘭畹，而一聲河滿，輒令人悵惘欲涕。情致與彈指最近，故兩人遂成莫逆。讀兩家短調，覺阮亭脱胎温、李猶費擬議。其中贈寄梁汾《賀新郎》、《大酺》諸闋，念念以來生相訂，交情至此，非金石所能比堅。（《賭棋山莊詞話》卷七）

滿庭芳 題元人蘆洲聚雁圖

似有猿啼，更無漁唱，依稀落盡丹楓。濕雲影裏，點點宿賓鴻。占斷沙洲寂寞，寒潮上、一抹煙籠。全不似，半江瑟瑟，相映半江紅。　楚天秋欲盡，荻花吹處，竟日冥濛。近黄陵祠廟，莫採芙蓉。我欲行吟去也，應難問、騷客遺蹤。湘靈杳，一尊遥酹，還欲認青峰。

【校訂】

下片「遥酹」張刻本作「遥酬」。

【箋注】

蘆洲聚雁圖：元末明初人朱芾繪。朱芾，字孟辨，華亭人，善繪蘆雁，極瀟湘煙水之致。副題雖云「元人」，但朱芾畫這幅畫時已入明。畫現藏臺北故宫博物院。《蘆洲聚雁圖》一度歸性德，原畫左下角鈐有容若藏印。嚴繩孫亦曾爲題《南浦》詞一闋。

賓鴻：雁。語本《禮記·月令》：「鴻雁來賓。」

占斷句：蘇軾《卜算子》詞：「揀盡寒枝不肯棲，寂寞沙洲冷。」

半江句：白居易《暮江吟》：「一道殘陽鋪水中，半江瑟瑟半江紅。」

黄陵祠：舜妃娥皇、女英之廟，亦稱二妃廟，在湖南湘陰縣。《水經注·湘水》：「湖水西流，徑二妃廟南，世謂之黄陵廟。」尤侗《艮齋雜説》：「湘陰黄陵廟，劉表所建，以祀舜二妃。」

芙蓉：荷花。黄陵廟在湖南，湖南又稱「芙蓉國」，因有此句。

我欲三句：用屈原事。行吟，《楚辭·漁父》：「屈原既放，遊於江潭，行吟澤畔。」騷客：屈原有《離騷》，故以騷客爲稱。

湘靈三句：《楚辭·遠遊》：「使湘靈鼓瑟兮，令海若舞馮夷。」《後漢書·馬融傳》李賢注：「湘靈，舜妃，溺於湘水，爲湘夫人。」青峰，用錢起詩意，錢起《湘靈鼓瑟》詩：「曲終人不見，江上數峰青。」

【説明】

嚴繩孫《南浦》「題元人蘆洲聚雁圖」詞選入《今詞初集》，性德此作與嚴詞當作於同時，作期在康熙十二至十四年（康熙十四年後嚴繩孫南歸，不在京中）。

又

堠雪翻鴉，河冰躍馬，驚風吹度龍堆。陰磷夜泣，此景總堪悲。待向中宵起舞，無人處、那有村雞。祇應是，金笳暗拍，一樣淚霑衣。　須知今古事，棋枰勝負，翻覆如斯。嘆紛紛蠻觸，回首成非。剩得幾行青史，斜陽下、斷碣殘碑。年華共，混同江水，流去幾時回。

【校訂】

首句「鴉」《詞雅》作「雅」。

「村雞」《詞雅》作「荒雞」。

【箋注】

堠雪二句：堠，路側記里程之土堆，古每五里設堠；又覘瞭敵情之土堡亦稱堠。此取前意。曹溶《踏莎行》詞：「堠雪翻鴉，城冰浴馬，搗衣聲裏重門閉。」

龍堆：白龍堆，漢時西域地名。清初滿人則稱蒙古敖漢旗以西沙地爲「龍堆」。詳趙遵路《榆巢雜識》卷上。

陰磷句：謂鬼哭。陰磷，磷火，俗稱鬼火。詩家每以鬼哭寫古戰場之慘景。元稹《代曲江老人百韻》詩：「破船沉古渡，戰鬼聚陰磷。」又盧弼《塞上四時詞》：「隴頭流水關山月，泣上龍堆望故鄉。」

起舞：《晉書·祖逖傳》：「（逖）中夜聞荒鷄鳴，蹴（劉）琨覺，曰：『此非惡聲也。』因起舞。」

金笳句：洪皓《江梅引》：「更聽胡笳，哀怨淚沾衣。」

蠻觸：《莊子·則陽》：「有國於蝸之左角者，曰觸氏；有國於蝸之右角者，曰蠻氏。時相與爭地而戰，伏尸數萬。」

混同江：性德《通志堂集》卷四《松花江》詩自注：「即混同江也。《金史》有宋瓦江，舊志遂以混同、松花爲二江，誤矣。」

【說明】

詞作於康熙二十一年覘梭龍時。身歷祖先故地，因有古今之感；身爲天涯羈旅，因有年華之嘆。

憶王孫

暗憐雙緤鬱金香。欲夢天涯思轉長。幾夜東風昨夜霜。減容光。莫爲繁花又斷腸。

【箋注】

雙緤句：沈自南《藝林彙考》引《名義考》：「緤，與紲同，《廣韻》：『繫也。』綵緤，襪繫之有綵色者，婦人足飾也。」楊慎《丹鉛録》：「緤，足衣也。」此謂襪。鬱金香：襪上綵繡花樣。馬縞《中華古今注》：「襪以帶繫於踝，至魏文帝吴妃，乃加以綵繡畫，至今不易。」

減容光：元稹《會真記》：「自從別後減容光。」又顧貞觀《鳳凰臺上憶吹簫》：「花寒人瘦，減盡容光。」

又

西風一夜翦芭蕉。滿眼芳菲總寂寥。强把心情付濁醪。讀離騷。洗盡秋江日夜潮。

【校訂】

「滿眼芳菲總」汪刻本作「倦眼經秋耐」。

「洗盡秋」汪刻本作「愁似湘」。

【箋注】

翦：削除，使凋敗之意。

濁醪：濁酒。

【説明】

三藩亂起，湖湘淪入戰火，性德原有投筆立功之志。其《送蓀友》詩曾云：「平生縱有英雄血，無由一濺荆江水。荆江日落陣雲低，横戈躍馬今何時。」此闋末句汪刻本作「愁似湘江日夜潮」，亦有請纓無路之意。此詞當作於康熙十五年前。

又

刺桐花底是兒家。已拆秋千未採茶。睡起重尋好夢賒。憶交加。倚著閒窗數落花。

【校訂】

「花底」汪刻本作「花下」。

【箋注】

刺桐：産於嶺南。李珣《南鄉子》詞：「相見處，晚晴天，刺桐花下越臺前。」

兒家：猶言我家，女子口語。

已拆句：古以寒食清明後拆秋千。句言已是晚春時節。

賒：渺茫。

【説明】

「刺桐花」云云，皆設想之詞。性德詞中，多有類此。此詞當作於早期，疑爲康熙十五年前作。

【輯評】

林花榭曰：王荆公詩「細數落花因坐久」，閑趣也。納蘭云「倚著閑窗數落花」，乃無聊也。雖同言一事，而情自有别。（《讀詞小箋》）

卜算子 塞夢

塞草晚纔青，日落簫笳動。慼慼淒淒入夜分，催度星前夢。　小語緑楊煙，怯踏銀河凍。行盡關山到白狼，相見惟珍重。

【校訂】

副題張刻、袁刻、汪刻本作「塞寒」。

下片「小語」《百名家詞鈔》作「小雨」。

【箋注】

星前：《牡丹亭·魂遊》：「生性獨行無那，此夜星前一個。」

白狼：白狼河，見前《臺城路》「塞外七夕」詞之「箋注」。

又

五日

村静午雞啼，緑暗新陰覆。一展輕帘出畫牆，道是端陽酒。　早晚夕陽蟬，又噪長堤柳。青鬢長青自古誰，彈指黄花九。

【校訂】

副題汪刻本作「午日」。

【箋注】

五日：同「午日」，五月初五端午節。

午雞：劉禹錫《秋日送客至潛水驛》詩：「楓林社日鼓，茅屋午時雞。」

帘：酒帘，賣酒幌子。

端陽酒：舊時有端陽飲酒辟邪之俗。或爲菖蒲酒，或爲艾酒，或爲雄黄酒，南北各地不一。

青鬢句：韓琮《春愁詩》：「金烏長飛玉兔走，青鬢長青古無有。」

黄花九：九月九日重陽節，稱黄花節。

又

咏柳

嬌軟不勝垂，瘦怯那禁舞。多事年年二月風，翦出鵝黄縷。一種可憐生，落日和煙雨。蘇小門前長短條，即漸迷行處。

【校訂】

張刻本無副題。

副題《昭代詞選》、袁刻、汪刻本作「新柳」。

【箋注】

嬌軟句：隋煬帝《望江南》詞：「堤上柳，煙裏不勝垂。」

鵝黄：趙令時《清平樂》詞：「著意隋堤柳，搓得鵝兒黄欲就。」

蘇小句：温庭筠《楊柳枝》：「蘇小門前柳萬條。」

金人捧露盤

浄業寺觀蓮，有懷蓀友

藕風輕，蓮露冷，斷虹收。正紅窗、初上簾鈎。田田翠蓋，趁斜陽、魚浪香浮。此時畫閣垂楊岸，睡起梳頭。　舊遊蹤，招提路，重到處，滿離憂。想芙蓉、湖上悠悠。紅衣狼藉，卧看桃葉送蘭舟。午風吹斷江南夢，夢裏菱謳。

【校訂】

下片「桃葉送」《清平初選後集》、汪刻本作「少妾蕩」。

【箋注】

浄業寺：勵宗萬《京城古蹟考》：「蓮花池舊名積水潭，在都城西北隅，池多植蓮，因名蓮花池。池上有浄業寺，又名浄業湖。」《日下舊聞考》五三引《燕都遊覽志》：「浄業寺，從德勝門西循城下行，徑轉得此寺。」又引《明水軒日記》：「浄業寺門臨水岸，去水止尺許，其東有軒，坐蔭高柳，荷香襲人，江南雲水之勝無以過此。」按，清初文人如朱彝尊、王士禛、嚴繩孫等皆曾寄宿浄業寺。寺乾隆初改爲莊親王家庵。

日日：《古詩》：「江南可採蓮，蓮葉何田田。」

魚浪：姜夔《惜紅衣》詞：「魚浪吹香，紅衣半狼藉。」

招提：寺院。原爲梵語「四方」之義，北魏太武帝造伽藍，創招提之名，後遂爲寺院别稱。

芙蓉湖：即射貴湖，在江蘇武進、無錫間。嚴繩孫家無錫，詞因言及。

紅衣：荷花。

蘭舟：船之美稱。

【説明】

此詞見於《清平初選後集》，可知必作於康熙十六年之前。檢嚴繩孫（蓀友）行履，康熙十一年歲暮入京，十二年春結識性德，不久移寓性德宅中。初秋與性德及徐乾學、姜宸英等遊慈仁寺，有詩。十三年早春，南還探家，至晚秋復入京。十五年夏四月，離京南歸。此詞作期，應在康熙十三年或十五年，細玩詞意，以作於康熙十三年荷季爲近。明珠府第在德勝門海子岸，距淨業寺甚邇。

青玉案 人日

東風七日蠶芽軟。青一縷、休教翦。夢隔湘煙征雁遠。那堪又是，鬢絲吹緑，小勝宜春顫。　繡屏渾不遮愁斷。忽忽年華空冷暖。玉骨幾隨花骨换。三春醉裏，三秋别後，寂寞釵頭燕。

【校訂】

副題汪刻本作「辛酉人日」。

上片「青一縷」汪刻本無「青」字。

下片「幾隨花骨换」底本原奪「骨」字，此據張刻本、《百名家詞鈔》、汪刻本補。

【箋注】

人日：正月初七日爲人日，舊時是日有戴綵勝之俗。

蠶芽：桑葉初發之嫩芽。

夢隔句：湖南衡陽有回雁峰，相傳北雁飛至此而止，自是即北回。柳宗元過衡陽，曾有寄弟詩云：「晴天歸路好相逐，正是峰頭回雁時。」更早則有王勃《滕王閣序》：「雁陣驚寒，聲斷衡陽之浦。」

宜春：李元卓《菩薩蠻》詞：「宜春小勝玲瓏剪。」另參見前《東風齊着力》詞之「箋注」。
玉骨：謂人，猶言冰肌玉骨。李商隱《偶成轉韻贈四同舍》詩：「玉骨瘦來無一把。」
花骨：蘇軾《雨中看牡丹》詩：「清寒入花骨，肅肅初自持。」
燕：即燕釵。

【説明】

汪刻本副題作「辛酉人日」。辛酉，康熙二十年。

又

宿烏龍江

東風卷地飄榆莢。纔過了、連天雪。料得香閨香正徹。那知此夜，烏龍江畔，獨對初三月。多情不是偏多别。别離祇爲多情設。蝶夢百花花夢蝶。幾時相見，西窗翦燭，細把而今説。

【校訂】

上片「卷地」《瑶華集》、《昭代詞選》作「剗地」。

「江畔」汪刻本作「江上」。

下片「别離衹爲」底本原奪「離衹」二字，此據《瑶華集》、《昭代詞選》、袁刻、汪刻本補。

「蝶夢百花」張刻本作「蝶夢百夢」。

【箋注】

烏龍江：此指松花江。松花江女真語稱松阿拉或松兀喇（宋金史書譯作宋瓦江），明清間稱兀喇江。烏龍，即兀喇之異譯。

榆莢：榆錢。

【説明】

此闋作於康熙二十一年春隨駕東巡時。自三月二十六日至四月初六，清聖祖一行逗留於松花江沿岸雞林（吉林）至大烏拉間。據高士奇《扈從東巡日録》：「四月庚辰（初三），晨興，細雨猶零，流雲未歇。泛舟江中，草舍漁莊映帶，岡阜岸花初放，錯落柔煙，似江南杏花春雨時，不知身在絶塞也。駐大烏喇虞村。」此詞「烏龍江畔，獨對初三月」句，全爲寫實。

月上海棠 中元塞外

原頭野火燒殘碣。歎英魂、才魄暗銷歇。終古江山，問東風、幾番涼熱。驚心事，又到中元時節。　淒涼況是愁中别。枉沈吟、千里共明月。露冷鴛鴦，最難忘、滿池荷葉。青鸞杳，碧天雲海音絶。

【箋注】

中元：舊曆七月十五日爲中元節。

原頭句：劉克莊《長相思》詞：「野火原頭燒斷碑，不知名姓誰。」

英魂兩句：韓偓《金陵》詩：「自古風流皆暗銷，才魄妖魂誰與招。」

千里句：謝莊《月賦》：「美人邁兮音塵絶，隔千里兮共明月。」

【説明】

此闋當作於康熙二十二或二十三年。參見前《臺城路》「塞外七夕」闋之「説明」。

雨霖鈴 種柳

横塘如練。日遲簾幕，煙絲斜卷。却從何處移得，章臺仿佛，乍舒嬌眼。恰帶一痕殘照，鎖黄昏庭院。斷腸處、又惹相思，碧霧濛濛度雙燕。　回闌恰就輕陰轉。背風花、不解春深淺。托根幸自天上，曾試把、霓裳舞遍。百尺垂垂，早是酒醒，鶯語如翦。衹休隔、夢裏紅樓，望個人兒見。

【校訂】

上片「日遲簾幕，煙絲斜卷。却從何處移得」《瑶華集》作「日長人静，蝦鬚低捲。知他春色何許」。

「仿佛」《瑶華集》作「望罷」。

「乍舒」《瑶華集》作「困酣」。

「恰帶一痕殘照，鎖黄昏庭院」《瑶華集》作「落照淒迷，又暗鎖隔水庭院」。

「斷腸」《瑶華集》作「腸斷」。

「又惹相思，碧霧濛濛」《瑶華集》作「絮亂絲繁，薄霧溶溶」。

下片「回闌恰就輕陰轉」《瑶華集》作「茅齋盡日牆陰轉」；「轉」字袁刻本作「軟」。

「不解」《瑶華集》作「不辨」。
「托根」《瑶華集》作「移根」。
「曾試」袁刻本作「會試」。
「休隔」《瑶華集》作「休遮」。

【箋注】

横塘：當指性德所居之什刹後海。

章臺：李商隱《對雪》詩：「柳絮章臺街裏飛。」另參見前《淡黄柳》詞之「箋注」。

嬌眼：蘇軾《水龍吟》「楊花」詞：「縈損柔腸，困酣嬌眼，欲開還閉。」

相思：李商隱《柳》詩：「動春何限葉，撼曉幾多枝。解有相思苦，應無不舞時。」

托根句：古天文學，二十八宿中有柳宿，詩人咏柳，往往與天上柳星聯想。性德《咏柳偕梁汾賦》詩云：「弱絮殘鶯一半休，萬條千縷不勝愁。只應天上張星伴，莫向青門繫紫騮。」用法同此詞。

【説明】

嚴繩孫有《雨霖鈴》「和成容若種柳」詞，收入《今詞初集》，容若此詞作期當在康熙十五年之前。

換頭「回闌」句《瑶華集》作「茅齋盡日牆陰轉」，似屬後改。另，繩孫和詞未輯入其《秋水詞》。

滿江紅　茅屋新成却賦

問我何心，却構此、三楹茅屋。可學得、海鷗無事，閒飛閒宿。百感都隨流水去，一身還被浮名束。誤東風、遲日杏花天，紅牙曲。　塵土夢，蕉中鹿。翻覆手，看棋局。且耽閒殢酒，消他薄福。雪後誰遮檐角翠，雨餘好種牆陰緑。有些些、欲説向寒宵，西窗燭。

【校訂】

《瑶華集》副題無「却賦」二字。

副題「成」字《百名家詞鈔》作「城」。

上片「遲日」《瑶華集》作「殘月」；《百名家詞鈔》、《古今詞選》作「殘日」。

【箋注】

海鷗句：杜甫《江村》詩：「自去自來堂上燕，相親相近水中鷗。」按此句暗用《列子・黃帝》海上之人玩鷗故事。

遲日：春日。

紅牙：紅色牙板，樂器，叩之以調節歌曲節拍。

蕉中鹿：《列子・周穆王》：「鄭人有薪於野者，遇駭鹿，御而擊之，斃之。恐人見之也，遽而藏諸隍中，覆之以蕉，不勝其喜。俄而遺其所藏之處，遂以爲夢焉。順途而咏其事，傍人有聞者，用其言而取之。既歸，告其室人曰：向薪者夢得鹿而不知其處，吾今得之，彼直真夢者矣。」

翻覆二句：《三國志・王粲傳》：「粲觀人圍棋，局壞，粲爲覆之。棋者不信，以帕蓋局，使更以他局爲之。用相比較，不失一道。」此句謂世事翻覆，全無新意趣可言。

殢：意同「耽」，迷戀、沉湎之意。許渾《送别》詩：「莫殢酒杯閒過日，碧雲深處是佳期。」劉過《賀新郎》詞：「人道愁來須殢酒，無奈愁深酒淺。」

【説明】

康熙十六年杪，梁汾南歸；十七年，性德爲之築草堂以邀之；十九年，梁汾復至京師。性德致張見陽手札第一簡末有梁汾跋語云：「卿自見其朱門，貧道如遊蓬户。容兄因僕作比語，猜比見招。」詞當作於康熙十七年内。

又

代北燕南，應不隔、月明千里。誰相念、臙脂山下，悲哉秋氣。小立乍驚清露濕，孤眠最惜濃香膩。況夜烏、啼絶四更頭，邊聲起。　銷不盡，悲歌意。勻不盡，相思淚。想故園今夜，玉闌誰倚。青海不來如意夢，紅箋暫寫違心字。道別來、渾是不關心，東堂桂。

【箋注】

代北三句：代，代州，在山西，此指山西北部。燕南，此指京師之南。此詞爲隨扈五臺之作，首三句言道里尚不爲遠。「月明」句用謝莊《月賦》，參見前《月上海棠》「中元塞外」詞之「箋注」。

臙脂山：又作燕支山，在甘肅山丹縣，此代指太行山。

悲哉句：《楚辭·九辯》：「悲哉秋之爲氣也。」

邊聲：李陵《答蘇武書》：「吟嘯成群，邊聲四起。」

東堂桂：李商隱《無題》詩：「昨夜星辰昨夜風，畫樓西畔桂堂東。身無綵鳳雙飛翼，心有靈犀一點通。」

【説明】

康熙二十二年九月十一至十月初九，性德隨扈往山西五臺山，此詞當爲是行之作。全詞祗言思念家中，無他意。「東堂桂」另有喻科舉及第意，與此詞無涉。

又

爲問封姨，何事却、排空卷地。又不是、江南春好，妒花天氣。葉盡歸鴉棲未得，帶垂驚燕飄還起。甚天公、不肯惜愁人，添憔悴。　攬一霎，燈前睡。聽半晌，心如醉。倩碧紗遮斷，畫屏深翠。隻影淒清殘燭下，離魂飄緲秋空裏。總隨他、泊粉與飄香，真無謂。

【箋注】

封姨：即封十八姨，風神。典出谷神子《博異志》。

妒花句：朱淑真《惜春》詩：「連理枝頭花正開，妒花風雨便相催。」

驚燕：驚燕帶。梁紹壬《兩般秋雨盦隨筆》：「凡畫軸製裱既成，以紙二條附於上，若垂帶然，名曰驚燕。其紙條，古人不粘，因恐燕泥點污，故使因風飛動以恐之也。見高江村《天禄識餘》。」

甚天公二句：《西廂記》：「這憂愁訴與誰，相思只自知，老天不管人憔悴。」

心如醉：《詩·王風·黍離》：「中心如醉。」

訴衷情

冷落繡衾誰與伴，倚香篝。春睡起，斜日照梳頭。欲寫兩眉愁。休休。遠山殘翠收。莫登樓。

【箋注】

香篝：薰籠。

寫：此謂畫眉。

水調歌頭　題西山秋爽圖

空山梵唄静，水月影俱沈。悠然一境人外，都不許塵侵。歲晚憶曾遊處，猶記半竿斜照，一抹界疏林。絶頂茅菴裏，老衲正孤吟。　雲中錫，溪頭釣，澗邊琴。此生著幾兩屐，誰識卧遊心。準擬乘風歸去，錯向槐安回首，何日得投簪。布襪青鞋約，但向畫圖尋。

【校訂】

上片「一抹界疏林」張刻本奪「界」字；袁刻、汪刻本作「一抹映疏林」。

【箋注】

西山秋爽圖：據高士奇《江村書畫目》，高氏曾藏有元人盛子昭繪《溪山秋爽圖》，性德所題，或即此圖。

梵唄：佛教法事中，僧人歌咏贊誦之聲。

水月：澄明之月，多用於描寫佛寺之月景。唐太宗《大唐三藏聖教序》：「松風水月，未足比其清華。」

錫：僧人之錫杖。

此生句：《世説新語·雅量》：「祖士少好財，阮遥集好屐，並恒自經營。同是一累，而未判其得失。人有詣祖，見料視財物，客至，屏當未盡，餘兩小簏，著背後，傾身障之，意未能平。或有詣阮，見自吹火蠟屐，因嘆曰：未知一生當著幾量屐。神色閒暢。於是勝負始分。」幾量屐，即幾兩屐；「量」、「兩」意猶今言「雙」。辛棄疾《滿江紅》詞：「佳處經須携杖去，能消幾兩平生屐。」

卧遊：《南史·宗少文傳》：「好山水，愛遠遊。有疾還江陵，嘆曰：『老疾俱至，名山恐難遍睹，唯澄懷觀道，卧而遊之。』凡所遊履，皆圖之於室，謂之撫琴動操，欲令衆山皆響。」此句言卧而觀畫。
乘風句：蘇軾《水調歌頭》詞：「我欲乘風歸去。」
槐安：李公佐《南柯太守傳》載，淳于棼酒醉於槐樹之下，夢至一地爲槐安國，國王招棼爲駙馬，使任南柯太守三十年，極享榮華。夢醒，見槐下一大蟻穴，南枝一小蟻穴。富貴乃南柯一夢耳。
投簪：古冠以簪固定，投簪，謂去冠，意指棄官。左思《招隱詩》：「躊躇足力煩，聊欲投吾簪。」
布襪句：杜甫《奉先劉少府新畫山水障歌》：「若耶溪，雲門寺，吾獨胡爲在泥滓，青鞋布襪從此始。」仇兆鰲注：「此見畫而思托身世外。」

又

題岳陽樓圖

落日與湖水，終古岳陽城。登臨半是遷客，歷歷數題名。欲問遺蹤何處，但見微波木葉，幾簇打魚罾。多少別離恨，哀雁下前汀。　忽宜雨，旋宜月，更宜晴。人間無數金碧，未許著空明。澹墨生綃譜就，待倩横拖一筆，帶出九疑青。仿佛瀟湘夜，鼓瑟舊精靈。

【校訂】

上片「何處」《昭代詞選》作「何在」。

下片「待倩」底本原作「待俏」，此據張刻本、《清平初選後集》、《草堂嗣響》、《昭代詞選》、袁刻、汪刻本改。「九疑」《清平初選後集》作「九嶷」。

【箋注】

岳陽樓圖：據高士奇《江村書畫目》，高氏曾藏有明人謝時臣繪《岳陽樓圖》，性德所題，或即此圖。岳陽樓爲湖南岳陽名勝。

登臨句：唐宋時謫遷官員，多往桂粵荒瘴之地，水行陸行，大率取徑岳陽。范仲淹《岳陽樓記》：「北通巫峽，南極瀟湘，遷客騷人，多會於此。」

木葉：《楚辭·湘夫人》：「洞庭波兮木葉下。」

金碧：謂畫用金碧重彩，參見前《夢江南》「一片妙高雲」闋之「箋注」。

九疑：九疑山，在湖南。是句謂橫抹一筆，畫出遠山。

鼓瑟句：參見前《滿庭芳》「題元人蘆洲聚雁圖」詞之「箋注」。

【說明】

此詞見於《清平初選後集》，作期不晚於康熙十六年。另，今存性德此詞手書扇面（圖影見《詞學季刊》第三卷第三號），詞後署：「題畫，書爲孟公道兄正，松花江漁成德」。無錫安璿，號孟公，清初畫家。

天僊子　渌水亭秋夜

水浴凉蟾風入袂。魚鱗蹙損金波碎。好天良夜酒盈尊，心自醉。愁難睡。西南月落城烏起。

【校訂】

汪刻本無副題。

「蹙損」張刻、袁刻本作「觸損」。

【箋注】

水浴凉蟾：謂水中月影。蟾，代指月。周邦彦《過秦樓》「夜景」詞：「水浴清蟾，葉喧凉吹。」晏幾道《點絳唇》詞：「暮雲稀少，一點凉蟾小。」

魚鱗：水紋。白居易《早春西湖閒遊》詩：「小橋裝雁齒，輕浪甃魚鱗。」

好天良夜：柳永《女冠子》詞：「好天良夜，無端惹起千愁萬緒。」

城烏：温庭筠《更漏子》詞：「驚塞雁，起城烏。」

又

夢裏蘼蕪青一翦。玉郎經歲音書遠。暗鐘明月不歸來，梁上燕。輕羅扇。好風又落桃花片。

【校訂】

《清平初選後集》有副題「閨思」。

《國朝詞綜》有副題「渌水亭秋夜」，未選前首。

「書遠」汪刻本作「書斷」。

「輕羅」《清平初選後集》作「生羅」。

「又落」《今詞初集》、《詞彙》作「吹落」。

「好風又落」《清平初選後集》作「輕風落盡」。

【箋注】

夢裏句：蘼蕪，香草名，又稱江蘺；一説即芎藭之苗葉。自薛道衡《昔昔鹽》詩有「垂柳覆金堤，蘼蕪葉復齊」句後，詩家多用作思婦懷人之辭。孟郊《古薄命妾》詩：「春山有蘼蕪，淚葉長不乾。」李賀《黃頭郎》詩：「沙上蘼蕪花，秋風已先發。好持掃羅薦，香出鴛鴦熱。」

玉郎句：顧敻《遐方怨》詞：「玉郎經歲負娉婷，教人争不恨無情。」

【説明】

此闋見於《今詞初集》，當作於康熙十七年前。

【輯評】

田茂遇曰：雅雋絶倫。（《清平初選後集》一）

陳廷焯曰：不減五代人手筆。（《詞則·大雅集》五）

陳廷焯又曰：措詞遣句，直逼五代人。（《雲韶集》十五）

又

好在軟綃紅淚積。漏痕斜罥菱絲碧。古釵封寄玉關秋，天咫尺。人南北。不信鴛鴦頭不白。

【校訂】

《昭代詞選》有副題「古意」。

「天咫尺」張刻、袁刻本作「水咫尺」。

【箋注】

好在：依舊。

軟綃：楊慎《麗情集》：「灼灼，錦城官妓也，善舞柘枝，能歌水調。御史裴質與之善，後裴召還，灼灼以軟綃聚紅淚爲寄。」

漏痕二句：言女子作書寄遠。漏痕，即屋漏痕，毛筆用筆技法。姜夔《續書譜·用筆》：「屋漏痕，欲其横直匀而藏鋒。」古釵，亦稱古釵腳，毛筆用筆渾厚有力狀。周越《法書苑》：「顔魯公與懷素同學草書於鄔兵曹，或問曰：『張長史見公孫大娘舞劍器，始得低昂回翔之狀，兵曹有之乎？』懷素以古釵腳對。」菱絲碧，此指作書之絹帛。玉關，玉門關，古詩詞多泛指出征之關塞。劉元濟《怨詩》：「玉關芳信斷，蘭閨錦字新。」

不信句：李商隱《代贈》詩：「鴛鴦可羨頭俱白。」

浪淘沙

紫玉撥寒灰。心字全非。疏簾猶是隔年垂。半卷夕陽紅雨入，燕子來時。　回首碧雲西。

多少心期。短長亭外短長堤。百尺遊絲千里夢，無限淒迷。

【校訂】

上片「猶是」汪刻本作「猶自」。

「隔年垂」張刻本作「隔簾垂」；袁刻本作「隔花垂」。

【箋注】

紫玉：紫玉釵。

心字：心字香。

短長句：譚宣子《江城子》詞：「短長亭外短長橋。」

百尺句：李商隱《日日》詩：「幾時心緒渾無事，得及遊絲百尺長。」

又

野宿近荒城。碪杵無聲。月低霜重莫閒行。過盡征鴻書未寄，夢又難憑。　身世等浮萍。病爲愁成。寒宵一片枕前冰。料得綺窗孤睡覺，一倍關情。

【校訂】

詞牌名《昭代詞選》作「浪淘沙令」。

上片「野宿」汪刻本作「野店」。

下片「綺窗」《昭代詞選》作「倚窗」。

【箋注】

過盡句：趙聞禮《魚遊春水》詞：「過盡征鴻知幾許，不寄蕭娘書一紙。」

夢又句：毛文錫《更漏子》詞：「人不見，夢難憑，紅紗一點燈。」

寒宵句：劉商《古意》詩：「風吹昨夜淚，一片枕前冰。」

又 望海

蜃闕半模糊。蹋浪驚呼。任將蠡測笑江湖。沐日光華還浴月，我欲乘桴。　釣得六鰲無。竿拂珊瑚。桑田清淺問麻姑。水氣浮天天接水，那是蓬壺。

【箋注】

蜃闕：即海市蜃樓。許敬宗《奉和春日望海》詩：「驚濤含蜃闕，駭浪掩晨光。」

蠡測：以蠡測海。蠡，瓢或勺。

乘桴：《論語·公冶長》：「子曰：道不行，乘桴浮於海。」桴，木筏。

六鰲：據《列子·湯問》，海上有五僊山，乃僊人所居。五山由巨鰲十五舉首而戴之，五山始峙而不動。「而龍伯之國有大人，舉足不盈數步而暨五山之所，一釣而連六鰲，合負而趣歸其國」。後以喻氣概非凡。李中《送王道士遊東海》詩：「必若思三島，應須釣六鰲。」

竿拂句：杜甫《送孔巢父謝病歸遊江東，兼呈李白》詩：「詩卷長留天地間，釣竿欲拂珊瑚樹。」

桑田句：葛洪《神僊傳》：「麻姑自說：接待以來，已見東海三爲桑田，向到蓬萊，水又淺於往昔會時略半也，豈將復還爲陵陸乎！方平笑曰：聖人皆言，海中行復揚塵也。」麻姑，女僊名。

蓬壺：海上僊山。王嘉《拾遺記》：「三壺則海中三山也。一曰方壺，則方丈也；二曰蓬壺，則蓬萊也；三曰瀛壺，則瀛洲也。形如壺器。」

【説明】

是闋寫康熙二十一年扈從東巡時事。東行往盛京途中，二月二十三出山海關，二十四日，高士奇

《扈從東巡日録》記：「遲旦，海日欲出，朝煙變幻，散若綺霞。接顧之頃，焱然四徹，海光浩淼，極目無際。」又四月三十日記：東巡返駕，「將入山海關，過歡喜嶺。澄海樓在關西八里許。是日，扈御制《觀海》詩。駐蹕二十里鋪，作《澄海樓觀海歌》。」

又

夜雨做成秋。恰上心頭。教他珍重護風流。端的爲誰添病也，更爲誰羞。　密意未曾休。密願難酬。珠簾四卷月當樓。暗憶歡期真似夢，夢也須留。

【校訂】

詞牌名《昭代詞選》作「浪淘沙令」。

上片「添病也」《百名家詞鈔》、《古今詞選》作「成病也」。

「更爲」《百名家詞鈔》、《古今詞選》作「却爲」。

下片「真似夢」《百名家詞鈔》、《古今詞選》、《昭代詞選》作「真是夢」。

【箋注】

夜雨二句：「秋」上「心」頭，爲「愁」字。吴文英《唐多令》詞：「何處合成愁，離人心上秋。」

端的二句：端的，口語，究竟、真的之意。元稹《鶯鶯傳》引崔鶯鶯詩：「不爲旁人羞不起，爲郎憔悴却羞郎。」

又

紅影濕幽窗。瘦盡春光。雨餘花外却斜陽。誰見薄衫低髻子，抱膝思量。　莫道不淒涼。早近持觴。暗思何事斷人腸。曾是向他春夢裏，瞥遇迴廊。

【校訂】

詞牌名《昭代詞選》作「浪淘沙令」。

《瑶華集》有副題「無題」。

上片「抱膝」《詞雅》作「銜指」；《國朝詞綜》、汪刻本作「還惹」。

【箋注】

雨餘句：温庭筠《菩薩蠻》詞：「雨後却斜陽，杏花零落香。」

暗思句：李珣《浣溪沙》詞：「暗思何事立斜陽。」

瞥遇句：王彦泓《瞥見》詩：「别來清減轉多姿，花影長廊瞥見時。」

【説明】

此闋見於《今詞初集》，約作於康熙十六年前後。

【輯評】

陳廷焯曰：容若詞不減飛濤（謂丁澎），然一則精麗中有飛舞之致，一則纖綿中得淒婉之神，筆路又各别。（《雲韶集》二十四）

又

眉譜待全删。别畫秋山。朝雲漸入有無間。莫笑生涯渾似夢，好夢原難。　紅味啄花殘。獨自憑闌。月斜風起袷衣單。消受春風都一例，若個偏寒。

【校訂】

詞牌名《昭代詞選》作「浪淘沙令」。

上片「渾似夢」《百名家詞鈔》作「全似夢」；汪刻本作「渾是夢」。

【箋注】

眉譜：女子畫眉圖樣。全删：全不用。

朝雲：宋玉《高唐賦》述楚襄王於雲夢之臺，夢見巫山神女，女云：「妾在巫山之陽，高丘之阻，旦爲行雲，暮爲行雨，朝朝暮暮，陽臺之下。」故立爲廟，號曰朝雲。此句言夢境中人漸不分明，「畫眉」好夢終未成。

莫笑句：李商隱《無題》詩：「神女生涯原是夢。」

紅咮句：咮，鳥喙。温庭筠《咏山雞》詩：「紅嘴啄花歸。」

若個：哪個。

【輯評】

陳廷焯曰：妙在婉雅（謂上片末二句）。淒婉不減古人（謂下片末二句）。（《雲韶集》二十四）

又

悶自剔殘燈。暗雨空庭。瀟瀟已是不堪聽。那更西風偏著意，做盡秋聲。　城柝已三更。欲睡還醒。薄寒中夜掩銀屏。曾染戒香消俗念，莫又多情。

【校訂】

詞牌名《昭代詞選》作「浪淘沙令」。《瑶華集》有副題「無題」。

上片「殘燈」《昭代詞選》作「銀燈」。「暗雨」《瑶華集》、汪刻本作「夜雨」。「偏著」《瑶華集》、汪刻本作「不解」。「做盡」《瑶華集》作「又做」。

下片「欲睡還醒」《瑶華集》作「冷濕銀瓶」；汪刻本雙行小字校作「冷浸銀屏」。「薄寒中夜掩銀屏」《瑶華集》作「柔情深後不能醒」。「曾染戒香消俗念」《瑶華集》作「若是多情醒不得」。

「莫又」《瑶華集》作「索性」；汪刻本作「怎又」。

【箋注】

柝：俗呼梆子，巡夜時敲擊以報更。

染戒香：染，薰染；戒香，佛家戒律，以能除俗世污濁，因以香喻；另亦指所焚之香。司空圖《爲東都敬愛寺講律僧惠確化募雕刻律疏》：「熏戒香以消煩惱。」

【説明】

此闋有陳維崧和韻詞，作期當在康熙十七至十八年間。

又

雙燕又飛還。好景闌珊。東風那惜小眉彎。芳草緑波吹不盡，祇隔遥山。　花雨憶前番。粉淚偷彈。倚樓誰與話春閒。數到今朝三月二，夢見猶難。

【箋注】

闌珊：衰落貌。李煜《浪淘沙》詞：「簾外雨潺潺，春意闌珊。」

三月二：舊時以三月三爲上巳日，三月二爲上巳前一日。上巳有禊飲踏青之俗，傾城出遊。

又

清鏡上朝雲。宿篆猶熏。一春雙袂盡啼痕。那更夜來山枕側，又夢歸人。　花底病中身。懶約湔裙。待尋閒事度佳辰。繡榻重開添幾線，舊譜翻新。

【校訂】

上片「山枕」汪刻本作「孤枕」。

下片「懶約湔裙」底本「湔」作「濺」，徑改。汪刻本此句作「懶畫湘文」。

「待尋閒事度佳辰」汪刻本作「藕絲裳帶奈銷魂」。

「重開」汪刻本作「定知」。

「舊譜翻新」汪刻本作「寂掩重門」。

【箋注】

湔裙：見前《浣溪沙》「五月江南麥已稀」闋之「箋注」。

譜：畫譜，刺繡圖樣。

南樓令

金液鎮心驚。煙絲似不勝。沁鮫綃、湘竹無聲。不爲香桃憐瘦骨，怕容易，減紅情。　將息報飛瓊。蠻箋署小名。鑒淒凉、片月三星。待寄芙蓉心上露，且道是，解朝酲。

【校訂】

詞牌名汪刻本作「唐多令」。

下片「朝酲」張刻、袁刻、汪刻本作「朝醒」。

【箋注】

金液句：道家鍊製的長生藥。葛洪《抱朴子·金丹》：「金液，太乙所服而僊者也，不減九丹。」此指治病之藥。心驚，謂病人畏驚動。王彦泓《述婦病懷》：「難憑銀葉鎮心驚，侍女床前不敢行。」

煙絲句：劉禹錫《楊柳枝》：「數株楊柳不勝春。」此句言病人病體如風中柳絲孱弱不支。

沁鮫綃句：鮫綃，薄紗，指女子之衣或帕。任昉《述異記》：「南海出鮫綃紗，一名龍紗，其價百餘金，以爲服，入水不濡。」陸游《釵頭鳳》詞：「淚痕紅浥鮫綃透。」湘竹，上多斑痕。張華《博物志》載，舜崩，舜之二妃啼，以涕揮竹，因成斑。此言竹簾或竹簟，二典並寓淚。是句謂病中人無聲揾淚。

不爲句：李商隱《海上謡》：「海底覓僊人，香桃如瘦骨。」李詩用漢武帝擬種僊桃求長生事（見《博物志・史補》），言求藥不得。瘦骨，謂僊桃之枝幹已無桃可摘。此句言一切方藥，均不吝尋覓。

紅情：指女子之紅顔麗色。

將息二句：將息，調養病體。飛瓊，女僊名。《太平廣記・女僊》：「進士許瀍，遊河中，忽得大病，不知人事。親友數人，環坐守之。至三日，蹷然而起，取筆大書於壁曰：『曉入瑶臺露氣清，坐中唯有許飛瓊。塵心未盡俗緣在，十里下山空月明。』良久漸言曰：昨夢到瑶臺，有僊女三百餘人。內一人云是許飛瓊，曰：『君終至此，且歸。』若有人導引，遂得回耳。」蠻箋，蜀地所産彩色箋紙，古人多用於寫書信，此代指信。小名，爲病者之小名。此二句言作書致許飛瓊，乞允病人回歸，以續未盡之緣。

片月三星：秦觀《南歌子》詞：「天外一鈎殘月，帶三星。」此暗指心，「心」字卧鈎如殘月，三點如三星。

待寄句：吳文英《齊天樂》詞：「芙蓉心上三更露，茸香漱泉玉井。」王仁裕《開元天寶遺事》：「貴妃每宿酒初消，多苦肺熱。嘗凌晨獨遊後苑，傍花樹以手攀枝，口吸花露，藉其露液潤於肺也。」

朝醒：醒，當作酲。朝酲指宿酒未醒。以上三句言病人似昏醉（實爲不忍言病之辭），望許飛瓊賜以僊露，使病人霍然而醒。

【説明】

此闋寫盧氏病重時事，時在康熙十六年春。盧氏死於産後虧虛或並發症。上闋言竭力求醫，下闋言寄希望於神僊援手，其絶望之情已見。

又

塞外重九

古木向人秋。驚蓬掠鬢稠。是重陽、何處堪愁。記得當年惆悵事，正風雨，下南樓。斷夢幾能留。香魂一哭休。怪凉蟾、空滿衾裯。霜落烏啼渾不睡，偏想出，舊風流。

【校訂】

詞牌名《瑤華集》、《昭代詞選》作「唐多令」。

副題《瑤華集》作「塞外重陽」。

下片「怪涼蟾」底本原作「怪涼蟬」;《瑤華集》作「奈銀蟾」。此據汪刻本改。

「衾裯」《瑤華集》作「寒裯」。

「霜落」《瑤華集》作「霜緊」。

【箋注】

香魂句：温庭筠《過華清宮》詩：「艷笑雙飛斷，香魂一哭休。」

涼蟾：涼月。

【説明】

此調亦作悼亡語，「記得當年」，口氣已非一年，當作於盧氏卒後數年。康熙二十四年之前，聖祖無重陽出塞巡邊事，故此調非隨扈之作。康熙二十一年秋往覘梭龍，或可當之。

生查子

短燄剔殘花，夜久邊聲寂。倦舞却聞雞，暗覺青綾濕。　天水接冥濛，一角西南白。欲渡浣花溪，遠夢輕無力。

【校訂】

《瑶華集》有副題「邊聲」。

上片「邊聲寂」《瑶華集》作「邊聲急」。

「倦舞」《瑶華集》作「未卧」。

「暗覺」《瑶華集》作「惆悵」。

下片「欲渡浣花溪」《瑶華集》作「忽憶浣花人」。

「遠夢輕無力」《瑶華集》作「輕夢渾無力」。

【箋注】

殘花：謂燈花，燈捻之殘燼。

倦舞句：用祖逖、劉琨聞雞起舞事，見前《滿庭芳》「堠雪翻鴉」闋之「箋注」。

青綾：即青綾被，見前《相見歡》詞之「箋注」。

浣花溪：在四川成都西郊，溪畔即杜甫草堂。

【説明】

康熙十二年三藩之亂爆發，南方各省相繼淪於戰火。十三年，吴三桂軍經東、西兩綫北進，川、湘失陷。十五年，東綫荆湘戰場呈相持狀態，西綫川陜則因王輔臣軍叛變，清軍一時退居守勢。時性德新舉進士，亟欲立功疆埸，屢請從戎，終未獲允。賦閑京師，中心鬱鬱，每寄情於詩詞。其詩如「平生縱有英雄血，無由一濺荆江水」（《送蓀友》），即因荆楚戰事作。此詞則見其對川陜戰場之關注，而請纓無路之慨，亦與詩同。惟詩、詞表達風格有别，所謂「詩直而詞曲」，故詩稱「血濺荆江」，而詞僅云「欲渡浣花」耳。

【輯評】

林花榭曰：「『欲渡浣花溪，遠夢輕無力』，婉約不減少游。」（《讀詞小箋》）

又

惆悵彩雲飛，碧落知何許。不見合歡花，空倚相思樹。　總是別時情，那待分明語。判得最長宵，數盡厭厭雨。

【校訂】

《瑶華集》有副題「感舊」。

上片「不見」《瑶華集》作「當日」。

「空倚」《瑶華集》作「今日」。

下片「時」字《瑶華集》作「離」。

「那待」張刻本、《昭代詞選》、汪刻本作「那得」。

「判得最長宵」《瑶華集》作「祇合斷腸人」。

「數盡」《瑶華集》作「聽盡」。

【箋注】

彩雲：李白《宫中行樂詞》：「祇愁歌舞散，化作彩雲歸。」

不見二句：合歡，俗稱馬纓花，喬木，花淡紅色，如馬纓。相思樹，見前《蝶戀花》「眼底風光留不住」闋之「箋注」。此二句祇取「合歡」、「相思」字面意思。

厭厭雨：淋淫不停之雨。厭，陰平聲。

又

東風不解愁，偷展湘裙衩。獨夜背紗籠，影著纖腰畫。　爇盡水沈煙，露滴鴛鴦瓦。花骨冷宜香，小立櫻桃下。

【校訂】

《瑶華集》有副題「無題」。

《清平初選後集》有副題「閨意」。

《清平初選後集》「裙」作「紋」；「櫻桃」作「東風」。

【箋注】

偷展句：謂風吹裙裾。湘裙，湖綠色裙。李群玉《同鄭相並歌姬小飲戲贈》詩：「裙拖六幅湘江水。」衩，衣襟開口處。

獨夜二句：紗籠，燈籠。女子面對燈籠站立，燈影顯出其纖腰輪廓。

花骨：此指花枝。

【說明】

此闋祇寫一女子夜間孤零形象，初在燈下，復又移於花下。其心情，則已由「東風不解愁」一句示出。此詞見於《今詞初集》，當作於康熙十六年前。

又

鞭影落春隄，緑錦鄣泥卷。脈脈逗菱絲，嫩水吴姬眼。　齧膝帶香歸，誰整櫻桃宴。蠟淚惱東風，舊壘眠新燕。

【校訂】

上片「鄣」張刻、袁刻本作「障」。

下片「宴」張刻、袁刻本作「晏」。

【箋注】

鄣泥：馬韉，墊於鞍下，垂馬背兩側，以擋泥土。

菱絲：菱蔓。

嫩水句：嫩水，春水。此句言春水明浄如吴姬之眼。薛能《吴姬》詩：「眼波嬌利瘦巖巖。」方千里《浣溪沙》詞：「嫩水帶山嬌不斷。」

齧膝：良馬名。帶香歸，用孟郊《登科後》詩「春風得意馬蹄疾，一日看遍長安花」及「踏花歸去馬蹄香」意。

櫻桃宴：新科進士宴會，見前《臨江僊》「謝餉櫻桃」闋之「箋注」。整：方言，準備之意。

惱：逗，戲，撩撥，無懊惱意。句意爲東風逗弄蠟燭焰。賀鑄《訴衷情》詞：「滿城弄黄楊柳，著意惱春風。」

【説明】

是闋爲及第後春遊詞，作於康熙十五年暮春。首二句言出遊，三四句言郊景明媚，五六句言歸來宴賀，末二句言心情振奮，頓覺已非舊時之人，所謂「洞房花燭夜，金榜題名時」。據此詞，可知性德早年原有積極用世之心，非如後之悲斫沮喪。

又

散帙坐凝塵，吹氣幽蘭並。茶名龍鳳團，香字鴛鴦餅。　玉局類彈棋，顛倒雙棲影。花月不曾閒，莫放相思醒。

【箋注】

散帙句：散帙，打開書卷，此謂已翻開之書。

吹氣句：《洞冥記》：「麗娟年十四，玉膚柔軟，吹氣勝蘭。」意謂氣息香如蘭花。此句則言吹氣與幽蘭並芳。

龍鳳團：即龍鳳團茶，宋時貢茶。王闢之《澠水燕談録》：「建茶盛於江南，近歲製作尤精，龍鳳團茶最爲上品。郊禮致齋之夕，宫人剪金爲龍鳳花貼其上，八人分蓄之，以爲奇玩，不敢自試。」

鴛鴦餅：薰籠所焚香常製作成餅狀，稱香餅。鴛鴦餅或爲其中之一種。

玉局句：彈棋，古博戲之一種，《後漢書·梁冀傳》章懷注：「彈棋，兩人對局，白黑棋各六枚，先列棋相當，更先彈也。其局以石爲之。」後指弈棋爲彈棋。蘇軾《寄蘄簟與蒲傳正》詩：「牙籤玉局坐彈棋。」《彈棋經後序》：「建安中曹公執政，禁闌幽密，至於博奕之具皆不得妄置。宫中宫人因以金釵玉梳，戲於妝奩之上，即取類於彈棋也。」陸游《老學庵筆記》：「大明龍興寺佛殿，有魏宫玉石彈棋局，上有黄初中刻字。」

顛倒句：謂宿鳥之影映於棋局。

莫敓句：莫引起相思之情。

憶桃源慢

斜倚熏籠，隔簾寒徹，徹夜寒於水。離魂何處，一片月明千里。兩地淒涼多少恨，分付藥爐煙細。近來情緒，非關病酒，如何擁鼻長如醉。轉尋思、不如睡也，看道夜深怎睡。幾年消息浮沈，把朱顏、頓成憔悴。紙窗風裂，寒到個人衾被。篆字香消燈灺冷，忽聽塞鴻嘹唳。加餐千萬，寄聲珍重，而今始會當時意。早催人、一更更漏，殘雪月華滿地。

【校訂】

上片「徹夜寒於水」《今詞初集》、汪刻本「於」作「如」；袁刻本通句作「聽盡哀鴻唳」。

「千里」袁刻、汪刻本作「如水」。

「淒涼」袁刻、汪刻本作「淒清」。

下片「風裂」《今詞初集》、汪刻本作「淅瀝」。

「忽聽塞鴻嘹唳」《今詞初集》、袁刻、汪刻本作「不算淒涼滋味」。

【箋注】

斜倚句：白居易《後宫詞》：「斜倚熏籠坐到明。」

非關句：李清照《鳳凰臺上憶吹簫》詞：「新來瘦，非干病酒，不是悲秋。」

擁鼻：《晉書·謝安傳》：「安本能爲洛下書生咏，有鼻疾，故其音濁。名流愛其咏而弗能及，或手掩鼻以效之」。後以擁鼻指吟哦讀書，且與離思别恨相關聯。唐彦謙《春陰》詩：「天涯已有銷魂别，樓上寧無擁鼻吟。」顧敻《更漏子》詞：「舊歡娱，新悵望，擁鼻含顰樓上。」

【説明】

據「兩地淒凉」、「消息浮沈」句，可知此爲懷念友人之作。此詞見於《今詞初集》，作期當在康熙十七年前。

青衫濕遍　悼亡

青衫濕遍，憑伊慰我，忍便相忘。半月前頭扶病，剪刀聲、猶在銀釭。憶生來、小膽怯空房。到而今、獨伴梨花影，冷冥冥、儘意淒凉。願指魂兮識路，教尋夢也迴廊。咫尺玉鈎斜路，一般消受，蔓草殘陽。判把長眠滴醒，和清淚、攪入椒漿。怕幽泉還爲我神傷。道書生、薄命宜將息，再休耽、怨粉愁香。料得重圓密誓，難禁寸裂柔腸。

【校訂】

《古今詞選》副題有「自度曲」三字。

《草堂嗣響》無副題。

上片「前頭」《草堂嗣響》作「前還」。

「猶在」《古今詞選》、汪刻本作「猶共」。

「識路」《草堂嗣響》作「歸路」。

下片「殘陽」汪刻本作「斜陽」。

【箋注】

忍：豈忍之意。

扶病：支撐病體行動或勞作。

小膽句：常理《古離別》詩：「小膽空房怯，長眉滿鏡愁。」

玉鈎斜：在揚州，隋煬帝葬宮人處。此藉指墓地。

椒漿：祭奠所用之酒漿，以椒浸製。《楚辭・東皇太一》：「奠桂酒兮椒漿。」

怨粉句：王沂孫《金盞子》詞：「厭厭地、終日爲伊，香愁粉怨。」

【説明】

此闋作於盧氏初逝時，時爲康熙十六年。

酒泉子

謝却荼蘼。一片月明如水。篆香消，猶未睡。早鴉啼。　嫩寒無賴羅衣薄。休傍闌干角。最愁人，燈欲落。雁還飛。

【校訂】

《瑶華集》有副題「無題」。

【箋注】

荼蘼：花名。《草花譜》：「荼蘼花，大朵色白，千瓣而香，枝根多刺。詩云『開到荼蘼花事了』，爲當春盡時開耳。」

無賴：多事而惹人厭。

【輯評】

陳廷焯曰：淒婉。端己、正中不得專美於前（謂下片）。（《雲韶集》十五）

陳廷焯又曰：情詞淒婉，似韋端己手筆。（《詞則·閒情集》三）

鳳凰臺上憶吹簫　守歲

錦瑟何年，香屏此夕，東風吹送相思。記巡檐笑罷，共撚梅枝。還向燭花影裏，催教看、燕蠟雞絲。如今但，一編消夜，冷暖誰知。　當時。歡娛見慣，道歲歲瓊筵，玉漏如斯。悵難尋舊約，枉費新詞。次第朱幡翦綵，冠兒側、鬭轉蛾兒。重驗取，盧郎青鬢，未覺春遲。

【校訂】

《國朝詞綜》無副題。

上片「燭花」《國朝詞綜》作「燈花」。

「一編」張刻本作「一遍」。

下片「冠兒側、鬭轉」《國朝詞綜》作「重簾畔、又轉」。

【箋注】

守歲：《古今事物考》：「歲終一日爲除日，夜爲除夕。宋，士庶之家圍爐團坐，達旦不寢，謂之守歲。」實此俗宋前即有，唐太宗曾作《守歲》詩。今此俗猶存。

錦瑟句：李商隱《錦瑟》詩：「錦瑟無端五十弦，一弦一柱思華年。」

巡檐：來往於檐下。杜甫《舍弟觀赴藍田取妻子到江陵喜寄》詩：「巡檐索共梅花笑，冷蕊疏枝半不禁。」

燕蠟句：楊慎《藝林伐山》：「《玉燭寶典》云：洛陽人家，正旦造絲雞、蠟燕、粉荔枝。故宋人賀正啟有『瑞英餞臘，粉荔迎年』之句。」

一編：猶言一卷。王彦泓《燈夕悼感》詩：「一編枯坐到三更。」

朱幡：即春幡。翦綵，《荆楚歲時記》：「立春之日，悉翦綵爲燕戴之。」

鬭轉句：鬭轉，旋轉。康與之《瑞鶴僊》「上元應制詞」：「鬧蛾兒滿路，成團打塊，簇著冠兒鬭轉。」蛾兒，即鬧蛾兒，年節飾於頭，轉動有聲，因云鬧。朱彝尊《日下舊聞》引《瑣譚》：「燕地上元節用金紙剪成飛哦，以猪鬃尖分披片紙貼之，或五或七，下縛一處，以鍼作柄，婦女戲之，名曰鬧蛾兒。」

盧郎：錢易《南部新書》：「盧家有子弟，年已暮，娶崔氏女。崔有詞翰，成詩曰：『自悵妾身生較晚，不見盧郎年少時。』」

又

除夕得梁汾閩中信，因賦

荔粉初裝，桃符欲换，懷人擬賦然脂。喜螺江雙鯉，忽展新詞。稠疊頻年離恨，匆匆裏、一紙難題。分明見，臨緘重發，欲寄遲遲。　心知。梅花佳句，待粉郎香令，再結相思。辛稼軒客三山有「梅花相思」之句。記畫屏今夕，曾共題詩。獨客料應無睡，慈恩夢、那值微之。重來日，梧桐夜雨，却話秋池。

【校訂】

《瑶華集》副題作「辛酉除夕得顧五閩中消息」。

上片「荔粉初裝，桃符欲换，懷人擬賦然脂」《瑶華集》作「神燕慵圖，朱泥罷印，新詩待擬燃脂」。

「忽展新詞」《瑶華集》作「忽送相思」。

「稠疊」《瑶華集》作「惆悵」。

「分明見」《瑶華集》作「料應是」。
「臨緘重發」《瑶華集》作「行人臨發」。
「欲寄」《瑶華集》作「封又」。
下片「心知」《瑶華集》作「誰知」。
「待粉郎」《瑶華集》作「與粉郎」。
「再結相思」《瑶華集》作「一樣淒迷」，下之雙行小字爲「辛稼軒在閩之三山有『梅花相思』之句，『粉郎香令』梁汾集中語」。
「曾共題詩」《瑶華集》作「共賦絲雞」。
「獨客料應無睡」《瑶華集》作「剔盡殘燈無焰」。
「那值微之」《瑶華集》作「風又東西」。
「秋池」《瑶華集》作「桃溪」。

【箋注】

荔粉：即粉荔枝，一種元旦食品。見前同調「守歲」闋之「箋注」。

桃符：舊時所用門神，以桃木板製。《本草集解》：「李時珍曰：風俗通曰東海度朔山有大桃蟠屈千里，其北有鬼門，二神守之，曰神荼、鬱壘，主領衆鬼。黄帝因立桃板於門，畫二神口銜鹵鬼。典術云：桃乃東方之木，五木之精，僊木也。味辛氣惡，故能壓伏邪氣，制百鬼。今人門上用桃符辟邪，以比也。」王安石《除日》詩：「總把新桃換舊符。」

然脂：點燃燈燭。徐陵《玉臺新咏序》：「於是然脂暝寫，弄筆晨書。」

螺江：亦稱螺女江，在福建福州西北。

雙鯉：書信。下句之「新詞」，即信中所寄。

臨緘句：張籍《秋思》詩：「復恐匆匆説不盡，行人臨發又開封。」

梅花佳句：指顧貞觀《浣溪沙》「梅」詞：「一片冷香惟有夢，十分清瘦更無詩，待他移影説相思。」

粉郎香令：粉郎爲三國時何晏事；香令爲荀彧事。此皆藉指顧貞觀。據《語林》載，何晏面白如傅粉，人稱粉郎。《世説新語》載荀令君（彧）懷異香，至人家，坐幕三日香不歇。又據《顧梁汾先生詩詞集》所附之舊《無錫縣志》：「貞觀美豐儀，才調清麗。」

再結相思：《通志堂集》此句下有成德自注：「辛稼軒客三山有『梅花相思』之句。」按，辛棄疾《定風波》「三山送盧國華提刑約上元重來」詞：「極目南雲無過雁，君看，梅花也解寄相思。」因辛棄疾、顧貞觀詞皆有梅花「相思」字，故云「再結」。

慈恩夢：用唐詩人白居易、元稹（字微之）故事。孟棨《本事詩》：「元相公爲御史，鞫獄梓潼。時白尚書在京，與名輩遊慈恩，小酌花下，爲詩寄元曰：『花時同醉破春愁，醉折花枝當酒籌。忽憶故人天際去，計程今日到梁州。』時元果及褒城，亦寄《夢遊》詩曰：『夢君兄弟曲江頭，也向慈恩院裏遊。驛吏唤人排馬去，忽驚身在古梁州。』千里神交，合若符契，友朋之道，不期至歟。」

秋池：用李商隱《夜雨寄北》詩意。李詩見前《金縷曲》「誰復留君住」闋之「箋注」。

【説明】

《瑶華集》此詞副題作「辛酉除夕得顧五閩中消息」，不可信。辛酉，即康熙二十年。是年七月，梁汾奔母喪南歸，十月，吴漢槎自塞外抵京。梁汾先有信致漢槎「晤期非杪冬即早春」，實年底梁汾又至京。姜宸英《題蔣君長短句》云：「記壬戌燈夕，與陽羨陳其年、梁溪嚴蓀友、顧華峰、嘉禾朱錫鬯、松陵吴漢槎數君，同飲花間草堂。」燈夕在京，半月前之除夕決不可能在閩中。大約上元後不久，梁汾又南返，在蘇浙近三年，至康熙二十三年九月始再入京。此詞副題之「除夕」，實爲康熙十八年或十七年之除夕，時梁汾在福州，依福建按察使吴興祚。康熙二十二年或二十三年除夕，梁汾雖在南，但吴興祚已於康熙二十年調任兩廣總督，梁汾不可能再去閩中。另，性德逝後，梁汾有《望海潮》詞，乃懷念性德之作，猶提及此詞「粉郎香令」之句，參見前《大酺》詞之「説明」。

翦梧桐 自度曲

新睡覺，正漏盡、烏啼欲曉。任百種思量，都來擁枕，薄衾顛倒。土木形骸，分甘抛擲，祇平白、占伊懷抱。聽蕭蕭，一翦梧桐，此日秋聲重到。若不是、憂能傷人，甚青鏡、朱顔易老。憶少日清狂，花間馬上，軟風斜照。端的而今，誤因疏起，却懊惱、殢人年少。料應他，此際閒眠，一樣積愁難埽。

【校訂】

詞牌汪刻本作「湘靈鼓瑟」。

上片「正漏盡」汪刻本作「聽漏盡」。「欲曉」下汪刻本多「屏側墜釵扶不起，淚浥餘香悄悄」二句。

「分甘抛擲」汪刻本作「自甘憔悴」。

「聽蕭蕭」汪刻本作「看蕭蕭」。

「聲重」汪刻本作「光應」。

下片「甚青鏡」汪刻本作「怎青鏡」。

「易老」汪刻本作「便老」，下添「慧業重來偏命薄，悔不夢中過了」二句。

「殢人」汪刻本作「誤人」。

「積愁」汪刻本作「百愁」。

【箋注】

顛倒：反側不眠之狀。

土木句：《晉書・嵇康傳》：「康身長七尺八寸，美詞氣，有風儀，而土木形骸，不自藻飾，人以爲龍章鳳姿，天質自然。」後以喻人一任自然，不自修飾。

分：本來，讀去聲。

憂能傷人：孔融《論盛孝章書》：「若使憂能傷人，此子不得永年矣。」

誤因句：蔣捷《滿江紅》詞：「萬誤曾因疏處起，一閒且向貧中覓。」

殢：耽擱、誤過之意。

【説明】

此闋似爲薄情少恩、貽誤女子青春而生悔。「平白占伊」、「殢人年少」皆此意。「誤因疏起」，謂早年未曾著意於情感。容若娶盧氏之前，先納庶妻顔氏，時約在康熙十二年。十四年，顔氏産容若長子富格。顔氏長期别居海淀桑榆墅（雙榆樹），性德眷顧甚少。此闋或即爲顔氏而作。

飲水詞校箋卷五

浣溪沙 寄嚴蓀友

藕蕩橋邊理釣筩。苧蘿西去五湖東。筆床茶竈太從容。　況有短牆銀杏雨，更兼高閣玉蘭風。畫眉閒了畫芙蓉。（據康熙刻本《今詞初集》）

【校訂】

副題《瑶華集》無「嚴」字。

上片「理」《瑶華集》作「作」；「筩」作「翁」。

「苧蘿西去五湖東」《瑶華集》作「披襟濯足碧流中」。

「筆床茶竈太從容」《瑶華集》作「江南好夢繞吴宫」。

下片「高閣」《瑶華集》作「小閣」；「玉蘭」作「玉簫」。

「閒了」《瑶華集》作「纔了」。

【箋注】

嚴蓀友：即嚴繩孫，詳見前《臨江僊》「寄嚴蓀友」詞之「箋注」。

藕蕩橋：在無錫。朱彝尊《嚴繩孫墓志銘》：「當君未仕，愛縣西洋溪丘壑竹林之勝，思買墓田丙舍終老。溪有橋曰藕蕩，因自號藕蕩漁人。」顧貞觀《彈指詞》有《離亭燕》「藕蕩蓮」闋注云：「地近楊湖，暑月香甚。其旁爲掃蕩營，蓋元明間水戰處也。蓀友往來湖上，因號藕蕩漁人。」

箵：貯魚之竹器，小口大腹，浸水中，魚不得出。

苧蘿：山名，在浙江諸暨縣境。春秋時美女西施居苧蘿山下。

五湖：古書稱五湖，所指多不同，大率爲太湖及周圍湖泊之泛稱。春秋時范蠡助越國滅吴，功成，携西子泛舟五湖。詩家用「五湖」，每有歸隱不仕之意。參見卷二《金縷曲》「慰西溟」闋之箋注。

筆床句：筆床，筆架。《新唐書·陸龜蒙傳》：「不乘馬，升舟設篷席，齎束書、茶竈、筆床、釣具往來，時謂江湖散人。」倪瓚《清閟閣集》卷十一：「元處士倪雲林先生名瓚，無錫人，孤舟蓑笠，載竹床茶竈，飄遥五湖三泖間。」蘇庠《賦王文孺臞庵》詩：「石渠東觀了無夢，筆床茶竈行相期。」

況有二句：嚴蓀友《望江南》詞：「暗緑撲簾銀杏雨，昏黄扶袖玉蘭風，人在小窗中。」

畫眉句：「畫眉」用張敞事，見前《金縷曲》「酒涴青衫卷」闋之「箋注」。畫芙蓉，爲美人畫像。白居易《長恨歌》：「芙蓉如面柳如眉。」蓀友善繪事，故有此句。

【説明】

嚴蓀友於康熙十五年春夏間南歸，原無再出仕意。性德康熙十六年十二月寄嚴書云「息影之計可能遂否」，即指此。此詞上片三句亦出同一背景。後嚴氏應博學鴻儒試，實出被迫無奈。此詞見《今詞初集》，故當作於康熙十六年。又，同時高士奇曾云：「嚴藕漁負卓犖之才，高尚其志，徜徉山水數十年，所懷狷潔，軒冕富貴不動其心，詩酒筆墨自娱而已。梁溪之人争以倪雲林目之。」（法式善《槐廳載筆》卷十四引《高澹人文稿》）容若此詞亦以雲林贊嚴氏。

漁父

收却綸竿落照紅。秋風寧爲翦芙蓉。人淡淡，水濛濛。吹入蘆花短笛中。（據康熙三十四年徐釚家刻本《南州草堂集》附《楓江漁父圖》題詞）

【箋注】

芙蓉：邢昺《爾雅疏》：「今江東人呼荷花爲芙蓉。」按《説文解字》艸部：「蓮，扶渠之實也。」「扶渠華未發爲菡萏，已發爲芙蓉。」翦，削除之意。

【説明】

是闋爲題畫之作，題於徐釚《楓江漁父圖》。徐釚（一六三六—一七〇八），字電發，號虹亭，又號楓江漁父，康熙十八年中博學鴻儒，授檢討。康熙二十五年，會當外轉，遽乞歸。著有《南州草堂集》，詞稱《菊莊詞》、《楓江漁父詞》，並編著有《詞苑叢談》。毛際可《楓江漁父圖記》：「康熙丙辰春，吴江徐君虹亭屢過邸舍，出《楓江漁父圖》，相屬以記。余謂必畫苑名迹，藉爲賞鑒之重；及展卷，而奚童之執燭於旁者，不覺粲然失笑。固不問而知其爲虹亭也。圖修廣不盈幅，煙波浩蕩，有咫尺千里之勢。舟中貯酒一瓮，圖書數十卷，虹亭綸竿箬笠，箕踞徜徉。讀款識，爲西泠謝彬之作。彬物故已久，計貌此圖，當逾十載，至今猶酷肖如此。」徐釚此圖自跋：「先是，漁父年四十歲，曾屬錢塘謝彬畫《垂竿圖》，因自號楓江漁父云。時康熙三十四年乙亥，漁父年六十。」可知圖作於康熙十四年，徐釚四十歲時。今此圖尚存，其題跋除見於《南州草堂集》外，又見於陸心源《穰梨館過眼續録》十五及近人黄賓鴻、鄧實編《美術叢書》。圖爲謝彬寫照，童生補圖，沈荃題字。康熙十七年戊午，徐釚應鴻博徵，携圖入京，當世名人多有題詩，性德此詞在内。此外，尚有顧貞觀、徐乾學、汪懋麟、朱彝尊、姜宸英等人題跋。性德此詞，當作於康熙十七至十八年間，其詞牌實爲《漁歌子》。

【輯評】

唐圭璋曰：《漁歌子》風致殊勝，詞見徐虹亭《楓江漁父圖》。一時勝流，咸謂此詞可與張致和《漁歌子》并傳不朽。世之愛讀容若詞者亦多矣，又何可不讀此闋。（朱崇才輯《夢桐詞話》四）

明月棹孤舟 海淀

一片亭亭空凝佇。趁西風、霓裳遍舞。白鳥驚飛，菰蒲葉亂，斷續浣紗人語。　丹碧駁殘秋夜雨。風吹去、采菱越女。轆轤聲斷，昏鴉欲起，多少博山情緒。（據康熙二十五年天藜閣刻本《瑶華集》）

【箋注】

海淀：在北京西北郊，今爲北京市海淀區。性德在海淀桑榆墅（今稱雙榆樹）有别居，其庶妻顏氏居之。

亭亭：謂荷花。陸游《老學庵學記》十：「卷荷出水面，亭亭植立。」

趁西風句：盧炳《滿江紅》詞：「依翠蓋、臨風一曲，霓裳舞遍。」

博山：樂府《楊叛兒》：「歡作沈水香，儂作博山爐。」

東風第一枝 桃花

薄劣東風，淒其夜雨，曉來依舊庭院。多情前度崔郎，應嘆去年人面。湘簾乍卷，早迷了、畫梁棲燕。最嬌人、清曉鶯啼，飛去一枝猶顫。　背山郭、黄昏開遍。想孤影、夕陽一片。是誰移向亭皋，伴取暈眉青眼。五更風雨，莫滅却，春光一綫。傍荔牆、牽惹遊絲，昨夜絳樓難辨。（據康熙二十五年天藜閣刻本《瑶華集》）

【校訂】

《精選國朝詩餘》副題作「種桃」。

「鶯啼」《精選國朝詩餘》作「啼鶯」。

「伴取」《精選國朝詩餘》作「侔取」。

下片「莫滅却」《昭代詞選》、汪刻本作「算滅却」。

【箋注】

薄劣：薄情。張元幹《踏莎行》詞：「薄劣東風，夭斜落絮，明朝重覓吹笙路。」

多情二句：用崔護「人面桃花」故事。唐崔護清明郊遊，至村居求飲，有女以盂水至，含情倚桃佇立。明年清明再訪，則門庭如故，人去室空。崔題詩於門云：「去年今日此門中，人面桃花相映紅。人面不知何處去，桃花依舊笑春風。」事見孟棨《本事詩》。

亭皋：水邊平地。王安石《移桃花》詩：「枝柯蔫綿花爛漫，美錦千兩敷亭皋。」

暈眉青眼：喻柳葉。元稹《叙詩寄樂天書》：「近世婦人，暈淡眉目，綰約頭鬢。」洪适《元氏長慶集跋》：「暈眉約鬢，匹配色澤。」趙孟頫《早春》詩：「草芽隨意緑，柳眼向人青。」

減却句：杜甫《曲江》詩：「一片飛花減却春。」

荔：薜荔，即木蓮，藤蔓植物，攀壁生。

【説明】

高士奇《蔬香詞》有《花發沁園春》「和容若種桃」詞，即和此詞。作期當在康熙十六年前。

【輯評】

陳淏曰：咏梅名作極多，題桃此爲傑構。（《精選國朝詩餘》）

望海潮　寶珠洞

漢陵風雨，寒煙衰草，江山滿目興亡。白日空山，夜深清唄，算來别是淒凉。往事最堪傷。想銅駝巷陌，金谷風光。幾處離宫，至今童子牧牛羊。　荒沙一片茫茫。有桑乾一綫，雪冷雕翔。一道炊煙，三分夢雨，忍看林表斜陽。歸雁兩三行。見亂雲低水，鐵騎荒岡。僧飯黄昏，松門凉月拂衣裳。（據康熙二十五年天藜閣刻本《瑶華集》）

【校訂】

上片「漢陵」，《瑶華集》作「漠陵」，此據汪刻本改。

【箋注】

寶珠洞：在京西翠微山，今八大處平坡山之上。震鈞《天咫偶聞》：「八刹者，長安寺居西山之麓，寺左緣山而上，不一里則靈光寺也。再上，北爲大悲寺，西爲三山庵。又上，則龍泉寺，又上半里，爲香界寺，又上里餘，爲寶珠洞，則至頂。洞前有敞樹，一目千里。」余棨昌《故都變遷記略》：「寶珠洞當山之翠微處，洞深廣丈餘，洞中石黑白點滲之如珠，故名。中供肉身坐化和尚名海岫禮師，俗稱鬼王菩薩。」吴長元《宸垣識略》十五亦有類似記載。

寒煙句：王安石《桂枝香》詞：「六朝舊事隨流水，但寒煙衰草凝緑。」

江山句：辛棄疾《念奴嬌》詞：「虎踞龍蟠何處是，只有興亡滿目。」

銅駝：見前《夢江南》「城闕尚嵯峨」闋之「箋注」。

金谷：金谷園。晉石崇在洛陽所築别墅。劉禹錫《楊柳枝》詩：「金谷園中鶯亂飛，銅駝陌上好風吹。」

桑乾：桑乾河，源出山西，自京西石景山側流過，折向南，改稱永定河。朱彝尊《最高樓》詞：「望不盡、軍都山一面，流不盡、桑乾河一綫。」

夢雨：細雨。王若虚《滹南詩話》：「蓋雨之至細，若有若無者，謂之『夢』」，賀方回有『風頭夢雨吹成雪』之句，又云『長廊碧瓦，夢雨時飄灑』。」

松門：寺門。朱彝尊《夏初臨》「天龍寺」詞：「佛火黄昏，伴殘僧，二山葛山，凉月松門。」

【説明】

康熙八年，嚴繩孫曾作《望海潮》「錢唐懷古」詞，一時傳誦。性德此詞，結構字句多與嚴詞相近。如嚴詞「一道愁煙，三分流水，惱人惟有斜陽」三句，性德詞作「一道炊煙，三分夢雨，忍看林表斜陽」，尤見趨仿形迹。此詞當爲性德早期習作，作期應在康熙十四年前。

瑞鶴僊 丙辰生日自壽，起用《彈指詞》句，並呈見陽

馬齒加長矣。枉碌碌乾坤，問汝何事。浮名總如水。拚尊前杯酒，一生長醉。殘陽影裏，問歸鴻、歸來也未。且隨緣、去住無心，冷眼華亭鶴唳。　無寐。宿酲猶在，小玉來言，日高花睡。明月闌杆，曾說與，應須記。是蛾眉便自、供人嫉妒，風雨飄殘花蕊。嘆光陰、老我無能，長歌而已。（據康熙三十年張純修刻本《飲水詞集》卷中）

【校訂】

副題張刻本原作「丙辰生日自壽，起用彈語句，並呈見陽」，此據汪刻本補。另袁刻本「起用《彈指詞》句」作「起用彈指語句」。

上片「問汝」張刻本原作「問女」，袁刻、汪刻本均作「問汝」。「女」、「汝」古字通，據改。

「拚尊前」袁刻、汪刻本作「判尊前」。

【箋注】

副題：丙辰，康熙十五年（一六七六）。性德生於順治十一年甲午十二月十二日，公曆一六五五年一月十九日。《彈指詞》，顧貞觀詞集名。顧氏有《金縷曲》「丙午生日自壽」詞，丙午爲康熙五年，時梁汾方舉順天鄉試第二，尋擢内國史院典籍，年三十歲。顧詞《金縷曲》首句即「馬齒加長矣」。見陽，即張純修。

馬齒句：《春秋穀梁傳》僖公二年：「荀息牽馬操璧而前曰：璧則猶是也，而馬齒加長矣。」以馬齒長短及磨損情況看馬之年齡，齒加長，謂年歲已長。

去住：猶去留。

華亭鶴唳：《世説新語·尤悔》：「陸平原河橋敗，爲盧志所讒，被誅。臨刑嘆曰：欲聞華亭鶴唳，可復得乎？」華亭在今上海松江境。陸機未仕前，與弟雲共優遊華亭。

小玉：泛指侍女。元稹《暮秋》詩：「棲烏滿樹聲聲絶，小玉上床鋪夜衾。」

蛾眉：見前《金縷曲》「贈梁汾」詞之「箋注」。

【説明】

性德丙辰中進士，原擬翰苑之選，竟不能得。康熙十五年一年間，全然賦閒，未得銓叙。詞中「嘆光陰、老我無能」，即由此生慨。作此詞時，梁汾在京，方與容若相識未久。

菩薩蠻　過張見陽山居，賦贈

車塵馬迹紛如織。羨君築處真幽僻。柿葉一林紅。蕭蕭四面風。　功名應看鏡。明月秋河影。安得此山間。與君高卧閒。（據康熙三十年張純修刻本《飲水詞集》卷中）

【箋注】

副題：毛際可《張見陽詩序》：「曩者歲在己未，余謬以文學見徵，旅食京華。張子見陽聯騎載酒，招邀作西山遊，同遊者爲施愚山、秦留僊、朱錫鬯、嚴蓀友、姜西溟諸公，分韻賦詩，極一時盛事。忽忽十餘年，余偶過瓜步，訪張子於官舍，語及西山舊作，余已惝怳，不復能記憶，而張子珍之什襲，墨瀋如新。」又秦松齡《送張見陽令江華》詩自注：「春間同愚山、錫鬯諸子宿見陽山莊，歷覽西山諸勝。」據此，可知張見陽山居在京郊西山。

功名句：謂容顏易老而功名未就。杜甫《江上》詩：「勳業頻看鏡，行藏獨倚樓。」陸游《秋郊有懷》詩：「一掛冠易事耳，看鏡嘆勳業。」

【説明】

張純修於康熙十八年秋赴湖南江華縣令，此詞作於康熙十七年之前。

於中好　咏史

馬上吟成鴨緑江。天將間氣付閨房。生憎久閉金鋪暗，花笑三韓玉一牀。　添哽咽，足淒涼。誰教生得滿身香。至今青海年年月，猶爲蕭家照斷腸。（據納蘭性德手迹）

【校訂】

詞牌名，作者手迹原無詞牌名，此據張刻本。《草堂嗣響》、汪刻本作「鷓鴣天」。

副題，作者手迹原無副題，此據張刻本。

上片「鴨緑江」張刻本、《草堂嗣響》、《昭代詞選》、汪刻本作「促渡江」。

「天將間氣付閨房」張刻本、《草堂嗣響》、《昭代詞選》、汪刻本作「分明間氣屬閨房」。

「金鋪」《昭代詞選》、汪刻本作「銅鋪」。

「花笑三韓」張刻本、《草堂嗣響》、《昭代詞選》、汪刻本作「花冷回心」。

「青海」張刻本、《草堂嗣響》、《昭代詞選》、汪刻本作「西海」。

【箋注】

副題：此闋所咏爲遼懿德皇后蕭觀音事。蕭觀音《遼史》有傳，較簡略；遼學士王鼎《焚椒録》、清周春《遼詩話》詳具其事。其大略爲：后端麗多技藝，能詩，清寧元年（一〇五五，遼道宗耶律洪基年號），册爲皇后。二年，從獵伏虎林，應制賦詩（見下條注文），帝稱爲「女中才子」。帝耽畋獵，后諫之，帝心頗厭，遂希見幸。后因作《回心院》詞十首以寓意，望帝回心焉。詞出，令伶官趙惟一演奏之。時奸臣耶律乙辛方任樞密使，謀害后及太子，乃遣人作《十香淫詞》，誣后與趙惟一淫通，並指《十香詞》爲證。道宗惑之，竟賜后自盡。后死於大康初，年三十六。

馬上句：周春《遼詩話》：「清寧二年八月，上獵秋山，至伏虎林，命后賦詩。后應聲曰：『威風萬里壓南邦，東去能翻鴨緑江。靈怪大千俱破膽，那教猛虎不投降。』上大喜，出示群臣曰：『皇后可謂女中才子。』」

間氣：英雄豪傑稟天地特殊之氣，稱「間氣」。語出《春秋演孔圖》「間氣爲臣」句。張端義《貴耳集》贊李清照詞「婦人中有此文筆，殆間氣也」，即以間氣贊婦女才調之一例。

生憎句：蕭后《回心院》詞第一首：「掃深殿，閉久金鋪暗。遊絲絡網塵作堆，積歲青苔厚階面。掃深殿，待君晏。」金鋪，即鋪首，銅製，故美稱金鋪；《漢書·哀帝紀》顔師古注：「門之鋪首，所以銜環者也。」多爲圓形獸面圖案。杜牧《華蕚樓》詩：「唯有紫苔偏稱意，年年因雨上金鋪。」

花笑句：蕭后《回心院》詞第七首：「展瑶席，花笑三韓碧。笑妾新鋪玉一牀，從來婦歡不終夕。展瑶席，待君息。」三韓，古朝鮮境有三國，稱辰韓（即扶餘）、弁韓（即新羅）、馬韓（即高麗），合稱三韓。又據《遼史·地理志》，遼聖宗伐高麗，徙三韓之民入遼，於中京大定府北境居之，因設三韓縣（地在今赤峰市東）。此似指産於朝鮮之席。

滿身香：耶律乙辛遣人作《十香詞》，嫁名於蕭后。其第二首云：「咳唾千花釀，肌膚百和裝。元非噉沈水，生得滿身香。」另，周邦彦《側犯》詞：「滿身香、猶是舊荀令。」

青海：西北有青海，此謂邊地而已。

滿江紅

爲曹子清題其先人所構楝亭，亭在金陵署中

籍甚平陽，羡奕葉、流傳芳譽。君不見、山龍補衮，昔時蘭署。飲罷石頭城下水，移來燕子磯邊樹。倩一莖、黄楝作三槐，趨庭處。　延夕月，承晨露。看手澤，深餘慕。更鳳毛才思，

登高能賦。入夢憑將圖繪寫，留題合遺紗籠護。正緑陰、青子盼烏衣，來非暮。（據康熙三十年張純修刻本《飲水詞集》卷下）

【箋注】

副題：曹子清，即曹寅，字子清，號楝亭，又號荔軒，滿洲正白旗包衣旗人，納蘭性德之友。子清年十三任御前侍衛，後差蘇州、江寧織造，官至通政使。康熙五十一年卒，年五十四。著有《楝亭集》。子清父曹璽，康熙元年任江寧織造，副題中「先人」即謂曹璽（璽卒於康熙二十三年六月）。曹璽在江寧，曾手植楝樹一株於署衙，築亭子於樹側。璽卒，曹寅重構亭，名爲楝亭，且請人繪圖以志念。《楝亭圖卷》今尚存，共四卷，計圖十幅，禹之鼎、戴本孝、嚴繩孫、程義等繪；題咏則有性德、唐孫華、姜宸英、徐乾學、王士禛等四十五家。圖及題咏非作於一時，題咏最早爲康熙二十四年，晚則至康熙三十年後。性德此詞亦題於圖，列諸題之先。故此詞乃題圖之作，非題於亭者。

平陽：漢功臣曹參封平陽侯。此以曹參喻子清家，切曹姓。

奕葉：累世、代代之意。至曹寅，曹家任江寧織造已兩代。蔡邕《琅邪王傅蔡朗碑》：「奕葉載德，常歷宮尹。」

山龍句：山龍，繪於衮服之章紋。《晉書·輿服志》：「王公衣山龍以下九章，卿衣華蟲以下九章。」補衮，補救、規諫帝王失誤之意。《詩・大雅・烝民》：「衮職有闕，維仲山甫補之。」

蘭署：唐秘書省爲蘭署，此用以尊曹氏門第。

石頭城下水：尉遲偓《中朝故事》：「李德裕居廊廟日，有知奉使於京口，李曰：『還日，金山下揚子江中泠水，與取一壺來。』其人舉棹日，醉而忘之。泛舟上石頭城下，方憶及，汲一瓶於江中，歸獻之。李公飲後，驚訝非常，曰：『江表水味，有異於頃歲矣。此水頗似建業石城下水。』其人謝過，不敢隱也。」

三槐：《周禮・秋官・朝士》：「面三槐，三公位焉。」後以喻三公。又據《邵氏聞見録》，王祐嘗手植三槐於庭，曰：「吾子孫必有爲三公者。」後其子王旦果入相，人稱三槐王氏。

趨庭：《論語・季氏》：「(孔子)嘗獨立，(孔)鯉趨而過庭。曰：『學詩乎？』對曰：『未也。』『不學詩，無以言。』鯉退而學詩。」此爲孔子教子故事，後因以趨庭謂承父教。

手澤：先人或前輩遺物、遺墨等。

鳳毛：比喻子弟才如其父輩。《世説新語・容止》：「王敬倫風姿似父，桓公望之，曰：大奴固自有鳳毛。」按，王敬倫爲王劭，其父爲王導。

登高能賦：《漢書・藝文志》：「傳曰：不歌而誦謂之賦，登高能賦可以爲大夫。」《詩・鄘風・定之方中》毛傳列大夫九種才能，「登高能賦」爲其一。

留題句：唐王播少孤，寄食揚州惠昭寺木蘭院，僧輕之，不以禮。後二紀，播貴，出鎮揚州，遊舊院，見昔日題詩已用碧紗籠之，因作詩云：「二十年來塵撲面，而今始得碧紗籠。」事見王定保《唐摭言》。

緑陰青子：此有二意：一，切詞作於晚春；二，用杜牧《嘆花》詩「緑葉成陰子滿枝」，喻曹璽之子已成人。

烏衣：用「烏衣諸郎」意。《南齊書・王僧虔傳》：「甲族向來多不居憲臺，僧虔爲此官，乃曰：此是烏衣諸郎坐處，我亦可試爲耳。」周應合《景定建康志》：「烏衣巷在秦淮南，晉南渡，王謝諸名族居此，時謂其子弟爲烏衣諸郎。」時有曹寅將繼承父任仍爲織造之説，故有此句。

來非暮：據《後漢書・廉範傳》，廉範字叔度，任蜀郡太守，有惠政。百姓作歌頌之曰：「廉叔度，來何暮，不禁火，民安作。」

【説明】

康熙二十三年冬南巡，性德曾至江寧織造府，會曹寅。康熙二十四年五月初，曹寅至京，携《楝亭圖》，性德及顧貞觀遂爲題咏。此詞作於性德卒前不及一月。《楝亭圖》今存世，性德詞前尚有一小序，附録於下：

曹司空手植楝樹記

《詩》三百篇，凡賢人君子之寄托，以及野夫遊女之謳吟，往往流連景物，遇一草一木之細，輒低迴太息而不忍置，非盡若召伯之棠「美斯愛，愛斯傳」也。又況一草一木，倘爲先人之所手植，則跧言遺澤，攀枝執條，泫然流涕，其所圖以愛之而傳之者，當何如切至也乎！余友曹君子清，風流儒雅，彬彬乎兼文學政事之長，叩其淵源，蓋得之庭訓者居多。子清爲余言，其先人司空公當日奉命督江寧織造，清操惠政，久著東南；於時尚方資黼黻之華，閭閻鮮杼軸之嘆；衙齋蕭寂，携子清兄弟以從，方佩觿佩韘之年，温經課業，靡間寒暑。其書室外，司空親栽楝樹一株，今尚在無恙；當夫春葩未揚，秋實不落，冠劍廷立，儼如式憑。嗟乎！曾幾何時，而昔日之樹，已非拱把之樹；昔日之人，已非童稚之人矣！語畢，子清愀然念其先人。余謂子清：「此即司空之甘棠也。惟周之初，召伯與元公尚父並稱，其後伯禽抗世子法，齊侯伋任虎賁，直宿衛，惟燕嗣不甚著。今我國家重世臣，異日者，子清奉簡書乘傳而出，安知不建牙南服，踵武司空。則此一樹也，先人之澤，於是乎延；後世之澤，又於是乎啟矣。可無片語以志之？」因爲賦長短句一闋。同賦者，錫山顧君梁汾。並録其詞於左。

下即録此詞，末注「成德倡」三字。再下爲顧氏和詞，末署「楞伽山人成德拜手書」。

南鄉子 秋莫村居

紅葉滿寒溪。一路空山萬木齊。試上小樓極目望，高低。一片煙籠十里陂。吠犬雜鳴雞。

燈火熒熒歸騎迷。乍逐橫山時近遠，東西。家在寒林獨掩扉。（據乾隆二十七年刻陳淏編《精選國朝詩餘》）

【箋注】

秋莫：即秋暮。

陂：積水，指池塘湖泊。

【說明】

據「試上小樓」句，似作於桑榆墅（雙榆樹）之三層小樓。《通志堂集》卷三有《桑榆墅同梁汾夜望》詩云：「登樓一縱目，遠近青茫茫。衆鳥歸已盡，煙中下牛羊。不知何年寺，鐘梵相低昂。無月見村火，有時聞天香。」頗類此詞之境。顧梁汾《彈指詞》末附跋語云：「憶桑榆墅有三層小樓，容若與余昔年乘月去梯，中夜對談處也。」亦述及小樓。又，一九三六年刊陳乃乾編《清名家詞》第四册《通志堂詞》亦收此詞，於下片第二句之「歸騎」作「歸路」，未詳其所據。

【輯評】

陳淏曰：單道村居佳致。（《精選國朝詩餘》）

雨中花 紀夢

樓上疏煙樓下路。正招余、綠楊深處。奈卷地西風，驚回殘夢，幾點打窗雨。　夜深雁掠東檐去。赤憎是、斷魂砧杵。算酌酒忘憂，夢闌酒醒，愁思忘何許。（據乾隆二十七年刻陳淏編《精選國朝詩餘》）

【箋注】

赤憎：可恨、可厭之意。

何許：如何、怎樣之意。王沂孫《摸魚兒》詞：「姑蘇臺下煙波遠，西子近來何許？」

【説明】

陳乃乾編《通志堂詞》收此詞無副題，末句「忘何許」作「知何許」，未詳其所據。

浣溪沙

一半殘陽下小樓。朱簾斜控軟金鈎。倚闌無緒不能愁。　有個盈盈騎馬過，薄妝淺黛亦風流。見人羞澀却回頭。（據乾隆三十二年經鋤堂刻本《昭代詞選》卷九）

【箋注】

一半句：杜牧《題揚州禪智寺》詩：「暮靄生深樹，斜陽下小樓。」

盈盈：謂年輕女子。嚴繩孫《虞美人》詞：「有個盈盈相並説遊人。」

菩薩蠻

夢回酒醒三通鼓。斷腸啼鴂花飛處。新恨隔紅窗。羅衫淚幾行。　相思何處説。空有當時月。月也異當時。團圞照鬢絲。（據乾隆三十二年經鋤堂刻本《昭代詞選》卷九）

【校訂】

《清平初選後集》有副題「夢回」。

「團圞」《清平初選後集》作「團團」。

【箋注】

夢回酒醒：彭孫遹《丹鳳吟》詞：「正值夢回酒醒，旅中單枕眠乍覺。」

三通：擊鼓一陣爲一通。詞中謂更數，言已敲三更鼓。

啼鴂：鴂謂鶗鴂。洪興祖《離騷補注》：「江介曰：子規，蜀右曰杜宇，又曰鶗鴂，鳴而草衰。」歐陽修《千秋歲》詞：「數聲啼鴂，又報芳菲歇。」

相思句：韋莊《應天長》詞：「暗相思，無處説。」

【説明】

此詞先見於康熙刻本《清平初選後集》。本書據《昭代詞選》録出，以《清平初選後集》入校。詞當作於康熙十六年。另參見卷二同調「催花未歇花奴鼓」闋之「説明」。

攤破浣溪沙

一霎燈前醉不醒。恨如春夢畏分明。澹月澹雲窗外雨，一聲聲。　人到情多情轉薄，而

今真個不多情。又聽鷓鴣啼遍了，短長亭。（據乾隆三十二年經鋤堂刻本《昭代詞選》卷九）

【箋注】

恨如句：張泌《寄人》詩：「一場春夢不分明。」

人到二句：性德有閒章「自傷情多」。又，此二句與前《山花子》「風絮飄殘」二句類似，疑此二首原爲一首。

鷓鴣啼：俗謂鷓鴣鳴聲爲「行不得也哥哥」。

【説明】

此詞下片與卷二《山花子》「風絮飄殘」闋下片類似，當爲同時之作，作期或在盧氏卒後一、二年。

水龍吟　再送蓀友南還

人生南北真如夢，但卧金山高處。白波東逝，鳥啼花落，任他日暮。别酒盈觴，一聲將息，送君歸去。便煙波萬頃，半帆殘月，幾回首，相思否。　可憶柴門深閉，玉繩低、翦燈夜語。浮生如此，别多會少，不如莫遇。愁對西軒，荔牆葉暗，黄昏風雨。更那堪幾處，金戈鐵馬，

把淒涼助。（據乾隆三十二年經鋤堂刻本《昭代詞選》卷九）

【校訂】

「東逝」《精選國朝詩餘》作「東適」。

「烏啼」《精選國朝詩餘》作「烏鳴」。

「回首」《精選國朝詩餘》作「回眸」。

「深閉」《精選國朝詩餘》作「深扃」。

「那堪」《精選國朝詩餘》作「那看」。

「把淒涼助」《東白堂詞選》、《精選國朝詩餘》作「助人淒楚」。

【箋注】

但卧句：卧，即「高卧」意，指歸隱。《晉書・謝安傳》：「累違朝旨，高卧東山。」又《陶潛傳》：「夏月虛閒，高卧北窗之下。」金山，在鎮江，見前《夢江南》「鐵瓮古南徐」闋之「箋注」。此藉指嚴繩孫家鄉。

白波：指江水。徐凝《荆巫夢思》詩：「楚水白波風嫋嫋。」

玉繩：星名。《文選・西京賦》李善注：「玉衡北二星爲玉繩。」參見前《菩薩蠻》「宿灤河」詞之「箋注」。

翦燈句：史達祖《綺羅香》詞：「憶當日、門掩梨花，翦燈深夜語。」

不如句：顧況《行路難》詩：「一生肝膽向人盡，相識不如不相識。」性德《送蓀友》詩：「人生何如不相識，君老江南我燕北，何如相逢不相合，更無別恨横胸臆。」

西軒：性德宅中之軒，蓀友嘗居性德宅中。

金戈鐵馬：謂南方戰事，時三藩亂正熾。

【説明】

此詞先見於《東白堂詞選》卷十二及《精選國朝詩餘》，此據《昭代詞選》録出，以先見二本入校。康熙十五年初夏，蓀友南還，有息影之計。性德先作七言詩《送蓀友》一首，又作此詞，因稱「再送」。時逢三藩之亂，故二作皆涉及之。《送蓀友》詩見《通志堂集》卷三。

【輯評】

陳淏曰：是再送之意，説得曠達。（《精選國朝詩餘》）

相見歡

落花如夢淒迷。麝煙微。又是夕陽潛下小樓西。　愁無限，消瘦盡，有誰知。閒教玉籠鸚鵡念郎詩。（據道光十二年汪元治結鐵網齋刻本《納蘭詞》卷一）

【箋注】

落花句：秦觀《浣溪沙》詞：「自在飛花輕似夢，無邊絲雨細如愁。」

閒教句：柳永《甘草子》詞：「奈此個單棲情緒，却傍金籠共鸚鵡，念粉郎言語。」

【輯評】

林花榭曰：柳耆卿曰：「却傍金籠教鸚鵡，念粉郎言語。」納蘭性德本之曰：「閑教玉籠鸚鵡念郎詩。」一艷麗，一澹雅，意趣自覺不同。（《讀詞小箋》）

昭君怨

暮雨絲絲吹濕。倦柳愁荷風急。瘦骨不禁秋。總成愁。　别有心情怎説。未是訴愁時節。譙鼓已三更。夢須成。（據道光十二年汪元治結鐵網齋刻本《納蘭詞》卷一）

【箋注】

倦柳愁荷：史達祖《秋霽》詞：「望倦柳愁荷，共感秋色。」

譙鼓：譙樓更鼓。葉憲祖《寒衣記》：「斷送人譙鼓三更側。」

霜天曉角

重來對酒。折盡風前柳。若問看花情緒，似當日、怎能彀。休爲西風瘦。痛飲頻搔首。自古青蠅白璧，天已早、安排就。（據道光十二年汪元治結鐵網齋刻本《納蘭詞》卷一）

【箋注】

青蠅白璧：《後漢書·楊震傳》李賢注：「青蠅，污白使黑，污黑使白，喻佞人變亂善惡也。」李白《鞠歌行》：「楚國青蠅何太多，連城白璧遭讒毁。」

減字木蘭花

花叢冷眼。自惜尋春來較晚。知道今生。知道今生那見卿。天然絶代。不信相思渾不解。若解相思。定與韓憑共一枝。（據道光十二年汪元治結鐵網齋刻本《納蘭詞》卷一）

【箋注】

花叢句：顧貞觀《燭影摇紅》「立春」詞：「負却韶光，十年眼冷花叢裏。」

尋春句：用杜牧《嘆花》詩意，見前《臨江僊》「謝餉櫻桃」闋之「箋注」。

韓憑：見前《清平樂》「青陵蝶夢」闋之「箋注」。

憶秦娥

長飄泊。多愁多病心情惡。心情惡。模糊一片，强分哀樂。　擬將歡笑排離索。鏡中無奈顔非昨。顔非昨。才華尚淺，因何福薄。（據道光十二年汪元治結鐵網齋刻本《納蘭詞》卷二）

【箋注】

哀樂：偏意複詞，偏言樂。句言心已無樂，隨人强作樂態而已。

青衫濕　悼亡

近來無限傷心事，誰與話長更。從教分付，緑窗紅淚，早雁初鶯。　當時領略，而今斷送，總負多情。忽疑君到，漆燈風颭，癡數春星。（據道光十二年汪元治結鐵網齋刻本《納蘭詞》卷二）

【箋注】

緑窗句：李郢《爲妻作生日寄意》詩：「緑窗紅淚冷娟娟。」

早雁句：《南史·蕭子顯傳》：「早雁初鶯，開花落葉，有來斯應，每不能已。」

漆燈：燃漆爲燈，點於逝者靈前或冢中。颭：摇動。

【説明】

是闋當作於盧氏卒後未久。詞中多春令節物，當爲康熙十七年春間之作，時盧氏靈柩暫厝雙林禪院。

憶江南　宿雙林禪院有感

心灰盡，有髮未全僧。風雨消磨生死別，似曾相識祇孤檠。情在不能醒。　摇落後，清吹那堪聽。淅瀝暗飄金井葉，乍聞風定又鐘聲。薄福薦傾城。（據道光十二年汪元治結鐵網齋刻本《納蘭詞》卷二）

【箋注】

雙林禪院：見前卷三《望江南》「宿雙林禪院有感」闋之「箋注」及「説明」。

有髮句：陸游《衰病有感》詩：「在家元是客，有髮亦如僧。」

清吹：北俗，夜間於亡者靈前奏樂，俗稱「聒夜」。此俗今猶存於鄉間。

鐘聲：寺鐘。

薦：祭獻，使僧人念經拜懺，以超度亡靈。洪邁《夷堅志》：「明日，召僧爲誦佛書，作薦事。」又《夷堅丙志》：「自是群人作佛事薦亡。」

傾城：謂盧氏。

【説明】

此闋與前卷三《望江南》「宿雙林禪院有感」同題同調，作期皆在盧氏卒後至下葬前，時盧氏靈柩暫厝雙林寺。據詞「金井葉」句，此闋當作於康熙十六年秋。參見卷三《望江南》詞之「説明」。

鵲橋僊

倦收緗帙，悄垂羅幕，盼煞一燈紅小。便容生受博山香，銷折得、狂名多少。　是伊緣薄，是儂情淺，難道多磨更好。不成寒漏也相催，索性盡、荒雞唱了。（據道光十二年汪元治結鐵網齋刻本《納蘭詞》卷三）

【箋注】

緗帙：緗黄色書函套，代指書。句謂無心讀書。

多磨：即好事多磨意。

不成：莫非之意。

又

夢來雙倚，醒時獨擁，窗外一眉新月。尋思常自悔分明，無奈却、照人清切。　一宵燈下，連朝鏡裏，瘦盡十年花骨。前期總約上元時，怕難認、飄零人物。（據道光十二年汪元治結鐵網齋刻本《納蘭詞》卷三）

【箋注】

照人句：嚴繩孫《念奴嬌》詞：「姮娥知否，照人如此清切。」

瘦盡句：史達祖《鷓鴣天》詞：「十年花骨東風淚，幾點螺香素壁塵。」

前期二句：前期，前次相約。上元，正月十五夜。歐陽修《生查子》詞：「去年元夜時，花市燈如晝。月上柳梢頭，人約黃昏後。」蘇軾《江城子》詞：「縱使相逢應不識，塵滿面，鬢如霜。」

臨江僊 孤雁

霜冷離鴻驚失伴，有人同病相憐。擬憑尺素寄愁邊。愁多書屢易，雙淚落燈前。　莫對月明思往事，也知消滅年年。無端嘹唳一聲傳。西風吹隻影，剛是早秋天。（據道光十二年汪元治結鐵網齋刻本《納蘭詞》卷三）

【箋注】

屢易：屢次重寫。

隻影：楊維楨《聞雁篇》詩：「樓頭聞過雁，隻影不成雙。」

水龍吟　題文姬圖

須知名士傾城，一般易到傷心處。柯亭響絶，四絃纔斷，惡風吹去。萬里他鄉，非生非死，此身良苦。對黄沙白草，嗚嗚卷葉，平生恨、從頭譜。　應是瑶臺伴侣。衹多了、氈裘夫婦。嚴寒觱篥，幾行鄉淚，應聲如雨。尺幅重披，玉顔千載，依然無主。怪人間厚福，天公盡付，癡兒騃女。（據道光十二年汪元治結鐵網齋刻本《納蘭詞》卷四）

【箋注】

文姬：即蔡文姬。《後漢書·列女傳》：「陳留董祀妻者，同郡蔡邕之女也。名琰，字文姬。博學有才辯，又妙於音律。興平中，天下喪亂，文姬爲胡騎所獲，没於南匈奴左賢王，在胡十二年，生二子。曹操素與邕善，痛其無嗣，乃遣使者以金璧贖之，而重嫁於祀。」文姬圖，見本詞之「説明」。

名士傾城：名士與美女。顧貞觀《梅影》詞：「須信傾城名士，相逢自古相憐。」

柯亭響絶：伏滔《長笛賦》序：「蔡邕避難江南，宿於柯亭。柯亭之觀，以竹爲椽。邕仰而眄之曰：『良竹也。』取以爲笛，奇聲獨絶。」響絶，無人再吹奏，喻邕已亡。

四絃句：《後漢書·列女傳》李注引劉昭《幼童傳》：「邕夜鼓琴，絃絶，琰曰：『第二絃。』邕曰：『偶得之巨。』故斷一絃問之，琰曰：『第四絃。』並不差謬。」尤侗《百字令》詞：「四絃撥斷，清淚如鉛發。」

惡風：喻突發災難。

非生句：吴兆騫以科場案遠戍寧古塔，吴梅村寫《悲歌贈吴季子》詩送行，詩有云：「人生千里與萬里，黯然消魂別而已。君獨何爲至於此？山非山兮水非水，生非生兮死非死！」漢槎之遠戍，原無生還之望，生不見人，死不見屍，故稱「非生非死」。

卷葉：卷草葉或樹葉，吹以作響。白居易《楊柳枝》：「卷葉吹爲玉笛聲。」

瑶臺：據《竹書紀年》，夏桀得琬、琰二女，爲「築傾宫，飾瑶臺」。文姬名琰，因藉此典，謂文姬（實謂漢槎）原當有良好境遇。

氈裘：北方民族服裝。《周禮》賈公彦疏：「西方、北方衣氈裘，執弓矢。」蔡琰《胡笳十八拍》：「氈裘爲裳兮骨肉震驚。」

觱篥：即笳管，古樂器名，流行於邊塞，發聲悲亢。

尺幅：指《文姬圖》。重披，再看。

依然句：《胡笳十八拍》：「天災國亂兮人無主，唯我薄命兮没胡虜。」

騃：愚。陳維崧《賀新郎》詞：「説甚凌雲遭遇，笑多少癡兒騃女。」

【説明】

此閲藉《文姬圖》而咏吴兆騫事。「名士傾城」、「名士」即謂漢槎。「非生非死」句用梅村送漢槎詩句。「氈裘夫婦」謂漢槎妻葛氏隨戍寧古塔。詞多爲漢槎感慨不平。據「依然無主」句，詞似作於漢槎入關之後，暫居性德宅中時。《文姬圖》，疑爲紗燈所繪古迹。康熙二十一年元夕，吴漢槎、陳維崧、姜宸英等與性德集花間草堂，指紗燈所繪古迹，命題作詩詞，時漢槎初自塞外還，性德因爲賦此。

金縷曲

未得長無謂。竟須將、銀河親挽，普天一洗。麟閣纔教留粉本，大笑拂衣歸矣。如斯者、古今能幾。有限好春無限恨，没來由、短盡英雄氣。暫覓個，柔鄉避。　東君輕薄知何意。儘年年、愁紅慘緑，添人憔悴。兩鬢飄蕭容易白，錯把韶華虚費。便决計、疏狂休悔。但有玉人常照眼，向名花、美酒拚沈醉。天下事，公等在。（據道光十二年汪元治結鐵網齋刻本《納蘭詞》卷四）

【箋注】

未得句：李商隱《無題》詩：「人生豈得長無謂。」

竟須二句：杜甫《洗兵馬》詩：「安得壯士挽天河，淨洗甲兵長不用。」

麟閣：麒麟閣。漢宣帝曾圖霍光等十一功臣像於閣上，以彰其功。虞羲《咏霍將軍北伐》詩：「當今麟閣上，千載有雄名。」

粉本：原義爲畫稿，夏文彦《圖繪寶鑒》：「古人畫稿謂之粉本。」此指圖畫。

拂衣：振衣而去，謂歸隱。殷仲文《解尚書表》：「辭粟首陽，拂衣高謝。」

没來由二句：性德致顧貞觀書云：「從前壯志，都已隳盡。昔人言，身後名不如生前一杯酒，此言大是。弟是以甚慕魏公子之飲醇酒、近婦人也。淪落之餘，方欲葬身柔鄉，不知得如鄙人之願否耳。」（見本書附録）

但有句：王彦泓《夢遊》詩：「但有玉人長照眼，更無塵務暫經心。」

【説明】

此闋沮喪情緒甚濃，與致顧貞觀手簡如出一轍，作期亦當相近。「覓柔鄉」、「玉人照眼」，非泛言，乃謂欲納沈宛事。參見附録《納蘭性德手簡》。

望江南　咏弦月

初八月，半鏡上青霄。斜倚畫闌嬌不語，暗移梅影過紅橋。裙帶北風飄。（據康熙十七年刻佟世南編《東白堂詞選初集》卷一）

【箋注】

裙帶句：李端《拜新月》詩：「細語人不聞，北風吹裙帶。」

鷓鴣天　離恨

背立盈盈故作羞。手挼梅蕊打肩頭。欲將離恨尋郎説，待得郎來恨却休。　雲澹澹，水悠悠。一聲横笛鎖空樓。何時共泛春溪月，斷岸垂楊一葉舟。（據康熙十七年刻佟世南編《東白堂詞選初集》卷五）

【校訂】

《精選國朝詩餘》副題作「春閨」。

【箋注】

手挼句：晏幾道《玉樓春》詞：「手挼梅蕊尋香徑。」王彦泓《臨行阿瑣欲書寫前詩遂口占》詩：「打將瓜子到肩頭。」

【説明】

此首及前首《望江南》「咏弦月」見於《東白堂詞選》，該選刻於康熙十七年，詞之作期當不晚於康熙十六年。

【輯評】

陳淏曰：盡饒别趣。（《精選國朝詩餘》）

臨江僊 無題

昨夜佢人曾有約，嚴城玉漏三更。一鈎新月幾疏星。夜闌猶未寢，人静鼠窺燈。　原是瞿塘風間阻，錯教人恨無情。小闌干外寂無聲。幾回腸斷處，風動護花鈴。（據康熙十七年刻佟世南編《東白堂詞選初集》卷七）

【校訂】

《精選國朝詩餘》有副題「憶友」。汪刻本無副題。

【箋注】

人静句：秦觀《如夢令》詞：「夢破鼠窺燈，霜送曉寒侵被。」

瞿塘風：長江三峽有瞿塘峽，水速風疾，中有灧澦礁，古時行舟甚難。此以喻阻隔約會之意外變故。牛嶠《菩薩蠻》詞：「風流今古隔，虚作瞿塘客。山月照山花，夢回燈影斜。」

【説明】

此首亦見《東白堂詞選》，作期當不晚於康熙十六年。

【輯評】

陳淏曰：情至語還自解，嘆妙。（《精選國朝詩餘》）

憶江南

江南憶，鸞輅此經過。一掬胭脂沈碧甃，四圍亭壁幛紅羅。消息暑風多。（據光緒六年許增娱園刻本《納蘭詞》補遺）

【箋注】

鸞輅：天子所乘之車。《吕氏春秋·孟春紀》：「天子居青陽左个，乘鸞輅，駕蒼龍。」

胭脂：胭脂井，原爲南朝陳景陽宫井，在今南京市雞鳴寺南。隋伐陳，陳後主與妃張麗華、孔貴妃投此井避難，卒爲隋人牽出。井有石欄呈紅色，後人附會爲胭脂所染，呼爲胭脂井，或稱辱井。周必大《二老堂雜志》：「辱井者，三人俱投之井也，在寺之南。世傳二妃將墜，淚漬石欄，故石脈類胭脂，俗又呼胭脂井。」

紅羅：據蔣一夔《堯山堂外紀》卷四，南唐後主於宫中築紅羅亭，四面栽紅梅，作艷曲歌之。

【説明】

此闋寫康熙二十三年冬南巡至江寧事，據首二句，似北還後追憶之作。次年五月底性德卒，故末句「暑風」云云殊不可解。此詞首見於光緒間許增刻本，許氏依據何書，亦未標明，或有訛誤。

又

春去也，人在畫樓東。芳草緑黏天一角，落花紅沁水三弓。好景共誰同。（據光緒六年許增娱園刻本《納蘭詞》補遺）

【箋注】

春去也：劉禹錫《憶江南》詞：「春去也，多謝洛陽人。」

弓：長度單位，説法不一，或以爲一步即爲一弓。或爲面積單位，二百四十弓爲一畝（見《清史稿・食貨志》）。或解弓作「泓」，一弓水即一泓水，如云一塘水。

【説明】

此調或寫贈沈宛者。宛有《菩薩蠻》「憶舊」詞，上片結句云「記得畫樓東，歸驄繫月中」，此詞亦云「畫樓東」，意必實指。

赤棗子

風淅淅，雨纖纖。難怪春愁細細添。記不分明疑是夢，夢來還隔一重簾。（據光緒六年許增娱園刻本《納蘭詞》補遺）

玉連環影

纔睡。愁壓衾花碎。細數更籌，眼看銀蟲墜。夢難憑。訊難真。只是賺伊終日兩眉顰。（據光緒六年許增娱園刻本《納蘭詞》補遺）

【箋注】

銀蟲：燈花。

如夢令

萬帳穹廬人醉。星影摇摇欲墜。歸夢隔狼河，又被河聲攪碎。還睡。還睡。解道醒來無味。（據光緒六年許增娱園刻本《納蘭詞》補遺）

【箋注】

穹廬：西清《黑龍江外紀》：「呼倫貝爾、布特哈居就水草，轉徙不時，故以穹廬爲室。穹廬，國語曰蒙古博，俗讀『博』爲『包』，冬用氈毳，夏用樺皮及葦。」此謂軍帳。

星影句：杜甫《閣夜》詩：「三峽星河影動揺。」

狼河：即白狼河，見前《臺城路》「塞外七夕」闋之「箋注」。

【説明】

此闋作於康熙二十一年春隨扈東巡時。據高士奇《扈從東巡日録》，二月二十七日「乙巳，清明，暮渡大凌河，駐蹕東岸」。又四月二十五日「壬寅，路出十三山下，駐蹕大凌河西」。

天僊子

月落城烏啼未了。起來翻爲無眠早。薄霜庭院怯生衣，心悄悄。紅闌繞。此情待共誰人曉。

（據光緒六年許增娱園刻本《納蘭詞》補遺）

【箋注】

生衣：夏衣。王建《秋日後》詩：「立秋日後無多熱，漸覺生衣不著身。」

心悄悄：《詩·邶風·柏舟》：「憂心悄悄，愠於群小。」張玉娘《山之高》詩：「一日不見兮，我心悄悄。」

浣溪沙

錦樣年華水樣流。鮫珠迸落更難收。病餘常是怯梳頭。　一徑緑雲修竹怨，半窗紅日落花愁。愔愔祇是下簾鈎。（據光緒六年許增娱園刻本《納蘭詞》補遺）

【箋注】

鮫珠：喻淚。《搜神記》：「南海之外有鮫人，水居如魚，不廢織績，其眼泣則能出珠。」

怯梳頭：病起多脱髮，櫛則順梳而下。怯，謂畏見落髮。

愔愔：柔弱貌。沈遼《讀書》詩：「病骨愔愔百不如，不應投老更看書。」

又

肯把離情容易看。要從容易見艱難。難拋往事一般般。　今夜燈前形共影，枕函虛置翠

衾單。更無人與共春寒。（據光緒六年許增娛園刻本《納蘭詞》補遺）

【箋注】

形共影：猶言形影相伴，謂孤單。

又

已慣天涯莫浪愁。寒雲衰草漸成秋。漫因睡起又登樓。伴我蕭蕭惟代馬，笑人寂寂有牽牛。勞人只合一生休。（據光緒六年許增娛園刻本《納蘭詞》補遺）

【箋注】

浪愁：空愁，徒然發愁。王九思《傍妝臺》曲：「拚沈醉，莫浪愁，人間亦自有丹丘。」

代馬：代謂代郡，今山西北部。代馬，泛指北方之馬。古詩：「代馬依北風，飛鳥揚故巢。」

牽牛：牽牛星。李商隱《馬嵬》詩有「當時七夕笑牽牛」句，此反其意用之。時逢七夕，天上牛女尚團圓，人却行役在外，故爲牽牛所笑。

勞人：勞苦之人，此謂行役在外之人。梅堯臣《秦始皇馳道》詩：「秦帝觀滄海，勞人何得脩。」

【説明】

此闋當作於七夕。據「伴我蕭蕭」句，似非扈從之作。姜宸英撰《納臘君墓表》云：「（性德）遇公事必虔，不避勞苦。嘗司天閑牧政，馬大蕃息。」詞有「惟代馬」相伴之語，則或爲出塞牧馬之作。

采桑子 居庸關

巂周聲裏嚴關峙，匹馬登登。亂踏黄塵。聽報郵籤第幾程。　行人莫話前朝事，風雨諸陵。寂寞魚燈。天壽山頭冷月横。（據光緒六年許增娛園刻本《納蘭詞》補遺）

【箋注】

居庸關：在北京昌平西北。孫承澤《天府廣記》：「居庸關在（京師順天）府北一百二十里，昌平州西三十里。南北相距四十里，兩山夾峙，一水旁流，懸崖峭壁，最爲險要。《淮南子》曰天下有九塞，居庸其一焉。」

巂周：洪興祖《離騷補注》：「《禽經》云：巂周，子規也。」即杜鵑鳥。

郵籤：杜甫《宿青草湖》詩：「宿槳依農事，郵籤報水程。」仇注：「漏籌謂之郵籤。」明清詩家用郵簽代指行程、路途。

魚燈：帝王陵寢之燈。《史記·秦始皇本紀》：「葬始皇酈山，以人魚膏爲燭，度不滅者久之。」曹鄴《始皇陵下作》詩：「千金買魚燈，泉下照狐兔。」

天壽山：《明史·地理志·順天府》：「昌平州，北有天壽山，成祖以下陵寢咸在。」龔自珍《説天壽山》：「由德勝門北行五十五里，曰沙河；出沙河之北門，大山臨之，是爲天壽山，明成祖永樂十年所錫名也。自永樂至天啟，十二帝葬焉，謂十二陵，獨景泰帝無陵。崇禎十五年妃田氏死，葬其西麓，十七年，帝及周后死社稷，昌平民發田妃之墓以葬帝后，因曰十三陵矣。山之首尾八十里。」

【説明】

此闋亦非扈行之作。

清平樂　發漢兒村題壁

參横月落。客緒從誰托。望裏家山雲漠漠。似有紅樓一角。　不如意事年年。消磨絶塞風煙。輸與五陵公子，此時夢繞花前。（據光緒六年許增娱園刻本《納蘭詞》補遺）

【箋注】

漢兒村：見前《百字令》「宿漢兒村」闋之「箋注」。

參橫：參，星名，白虎七宿之一。參橫，謂後半夜天將曉時。

家山：故鄉。

五陵公子：此謂京中富豪子弟。五陵指帝王陵園。漢唐皆有五陵，所指不一，貴戚嘗居帝陵附近。

又

角聲哀咽。襆被馱殘月。過去華年如電掣。禁得番番離別。　一鞭衝破黃埃。亂山影裏徘徊。驀憶去年今日，十三陵下歸來。（據光緒六年許增娛園刻本《納蘭詞》補遺）

【箋注】

襆被：以包袱裹衣被，即行裝。

【説明】

以上二闋情緒如一，似作於同時。

又

畫屏無睡。雨點驚風碎。貪話零星蘭焰墜。閒了半床紅被。　生來柳絮飄零。便教呪也無靈。待問歸期還未，已看雙睫盈盈。（據光緒六年許增娛園刻本《納蘭詞》補遺）

【箋注】

蘭焰：蘭燈，燈燭之美稱。或謂燈花形狀如蘭，或謂燈用蘭膏，皆未必。

呪：祝禱。

秋千索

錦帷初卷蟬雲繞。却待要、起來還早。不成薄睡倚香篝，一縷縷、殘煙裊。　緑陰滿地紅闌悄。更添與、催歸啼鳥。可憐春去又經時，只莫被、人知了。（據光緒六年許增娛園刻本《納蘭詞》補遺）

【箋注】

蟬雲：猶言鬢雲，女子之髮。

浪淘沙 秋思

霜訊下銀塘。並作新涼。奈他青女忒輕狂。端正一枝荷葉蓋，護了鴛鴦。　燕子要還鄉。惜别雕梁。更無人處倚斜陽。還是薄情還是恨，仔細思量。（據光緒六年許增娱園刻本《納蘭詞》補遺）

【箋注】

青女：司霜雪之女神。《淮南子·天文訓》高誘注：「青女，天神，青霄玉女，主霜雪也。」此借指霜雪。

虞美人 秋夕信步

愁痕滿地無人省。露濕琅玕影。閒階小立倍荒凉。還剩舊時月色在瀟湘。　薄情轉是多情累。曲曲柔腸碎。紅箋向壁字模糊。憶共燈前呵手爲伊書。（據光緒六年許增娱園刻本《納蘭詞》補遺）

【箋注】

琅玕：竹。杜甫《鄭駙馬宅宴洞中》詩：「留客夏簟青琅玕。」仇注：「青琅玕，比竹簟之蒼翠。」梅堯臣《和公儀龍圖新栽竹》詩：「聞種琅玕向新第，翠光秋影上屏來。」

舊時月色：姜夔《暗香》詞：「舊時月色，算幾番照我，梅邊吹笛。」

瀟湘：用劉禹錫詞意。劉禹錫《瀟湘神》詞：「斑竹枝，斑竹枝，淚痕點點寄相思。楚客欲聽瑶瑟怨，瀟湘深夜月明時。」

浣溪沙　郊遊聯句

出郭尋春春已闌（陳維崧）。東風吹面不成寒（秦松齡）。青村幾曲到西山（嚴繩孫）。　並馬未須愁路遠（姜宸英），看花且莫放杯閒（朱彝尊）。人生别易會常難（成德）。（據一九六一年上海圖書館影印《詞人納蘭容若手簡》朱彝尊跋手蹟）

【箋注】

聯句：作詩方式之一。多人合作一首，每人一句或兩句，依次接續，直至終篇。又分兩式：一，人較少而詩較長，則每人輪過之後，再接第二輪，第三輪，至終篇，一般用於古體詩或排律。二，所有人輪一過，詩即終篇。《浣溪沙》共六句，六人每人一句，故此詞之聯句屬第二種方式。

闌：殘。李頎《送司農崔丞》詩：「邑里春方晚，昆明花欲闌。」

陳維崧：見前《菩薩蠻》「爲陳其年題照」詞之「箋注」。

東風句：志南《絶句》：「吹面不寒楊柳風。」

秦松齡：一六三七—一七一四，字漢石，號留僊，又號對巖。無錫人。順治十二年進士，入翰林，以奏銷案褫革。康熙十八年舉鴻博，洊擢諭德。二十三年主順天鄉試，中蜚語下獄。得徐乾學援救，始放歸。家居三十年，卒於康熙五十三年。有《蒼峴山人集》，詞集名《微雲詞》。

嚴繩孫：見前《臨江僊》「寄嚴蓀友」詞之「箋注」。

姜宸英：見前《金縷曲》「誰復留君住」詞之「箋注」。

朱彝尊：一六二九—一七〇九，字錫鬯，號竹垞，浙江秀水（嘉興）人。康熙十八年舉鴻博，授檢討，入值南書房。二十三年，以携僕入内廷鈔録四方經進書，被劾降級。二十九年復官，三十一年又以事被劾，遂離京南歸。康熙四十八年卒。有《曝書亭集》。詞集五種，合稱《曝書亭詞》。

人生句：魏文帝《燕歌行》：「别日何易會日難。」顔之推《顔氏家訓·風操》：「别易會難，古人所重。」李煜《浪淘沙》詞：「别時容易見時難。」寇準《陽關引》詞：「嘆人生，最難歡聚易離别。」

【説明】

此詞作於康熙十八年春。此詞朱彝尊手蹟尚存，並附諸家跋語，見附録。

羅敷媚 贈蔣京少

如君清廟明堂器，何事偏癡。却愛新詞。不向朱門和宋詩。　嗜痂莫道無知己，紅淚偷垂。努力前期。我自逢人説項斯。（據蔣聚祺纂《西餘蔣氏宗譜》卷十六）

【箋注】

羅敷媚：即《采桑子》。

蔣京少：蔣景祁（一六四六—一六九五），字京少，宜興人，蔣永修之子；諸生，曾候補府同知。蔣景祁是清初著名詞人，著有《梧月詞》、《罨畫溪詞》、《東舍集》；編有清初人詞總集《瑶華集》、詩集《輦下和鳴集》。

清廟明堂器：喻指可任朝廷重任之人。司馬相如《上林賦》：「登明堂，坐清廟。」郭璞注：「明堂者，所以朝諸侯處；清廟，太廟也。」

新詞：性德與蔣景祁生活於清初，「新詞」指清初人之詞。蔣氏好填詞，且當時正在選編《瑶華集》，是書收清初詞家作品兩千五百餘首。性德亦好新詞，曾編選新詞集《今詞初集》。

不向句：康熙十五年後，王士禛以文壇領袖身份，鄙棄填詞，倡導宋詩，並得清聖祖贊同，文人求進身者，多不屑於詞。性德「性喜詩餘」，蔣氏與性德嗜好略同，因有此句。參見本書附録顧貞觀《與栩園論詞書》。

嗜痂：謂二人皆好晚唐、《花間》風格。參見本詞之「説明」引蔣氏《瑶華集・集述》。

前期：前約；謂二人互約矢心於詞。

項斯：唐楊敬之器重項斯，作《贈項斯》詩：「幾度見詩詩總好，及觀標格過於詩。平生不解藏人善，到處逢人説項斯。」楊詩作於初識項斯時，據此句，可知詞之作期在成德與蔣景祁相識未久。

【説明】

此詞自網上信息録出，本書校箋者隨檢上海圖書館藏世德堂本《西餘蔣氏宗譜》，知確有此詞。因諸本納蘭詞集向無收録，初頗置疑；繼檢景祁詞集，有《采桑子》四首，題爲「答容若」，且與此首同韻，始信其確爲性德佚作。蓋蔣氏四首，即此詞之和作。另，景祁集中存與性德倡和之作尚多，可見往還之密。蔣氏同鄉儲欣嘗謂景祁「一困於丁巳之京闈，再困於己未之薦舉，三困於吏部之謁選，皆倏得倏失」。可知蔣氏康熙十六年後久滯京師，淹蹇不得志。蔣氏《瑶華集・集述》有云：「昔人論詞調染指較難，然今作者率多工長句。蓋知難而趨，才可以展，學可以副，鏤能爲之。而如温韋諸公，短音促節，天真爛漫，遂疑於天仙化人，可望而不可即。顧舍人梁汾、成進士容若極持斯論，吾無以易之。」稱容若爲「進士」而非「侍衛」，則其與容若結交當在康熙十五年後，康熙十七年秋之前（性德初任侍衛在康熙十七年秋，而其成進士則在十五年三月）。蔣氏和作四首，皆向性德作自我介紹，亦可證此詞作於蔣、成相識之初，故此詞當繫於康熙十七年或稍前。此詞於瞭解性德文學思想關係頗大，此佚作之發現意義亦不尋常。蔣景祁《采桑子》（答容若）四首，見中華書局近出《全清詞》順康卷八七三七頁，此不贅録。

附録

通議大夫一等侍衛進士納蘭君墓志銘〔一〕

徐乾學撰

按：徐乾學撰《納蘭性德墓志銘》今存四種文本，一見《通志堂集》卷十九附録，一見徐氏《憺園集》卷三十一，一見北京五塔寺藏原墓志石刻，一見國家圖書館藏鈔本《納蘭明珠家墓志銘》。四種文本不盡相同。以通志堂本文字較爲學界熟知，故作爲底本照録如左。餘三本與底本歧異處，摘要出校附文後，以供讀者參考研究。另，今學者陳桂英先生有專文考辨四本之關係及意義，載《承德民族師專學報》一九九五年第四期，讀者可參閲。

嗚呼，始容若之喪，而余哭之慟也！今其棄余也數月矣。余每一念至，未嘗不悲來填膺也。嗚呼，豈直師友之情乎哉！余閲世將老矣，從我遊者亦衆矣，如容若之天姿之純粹，識見之高明，學問之淹通，才力之强敏，殆未有過之者也。天不假之年，余固抱喪予之痛，而聞其喪者，識與不識，皆哀而出涕也。又何以得此於人哉！太傅公失其愛子，至今每退朝，望子舍必哭。哭已，皇皇焉如冀其復者，亦豈尋常父子之情也。至尊每爲太傅勸節哀，太傅愈益悲不自勝。余間過相慰，則執余手而泣曰：惟君知我子，惠邀君言，以掩諸幽，使我子雖死猶生也。余奚忍以不文爲辭。顧余之知容若，自壬子秋榜後始，迄今十三四年耳。後容若入侍中，禁廷嚴密，其言論梗概，有非外臣所得而知者。太傅屬痛悼，未能殫述，則是余之所得而言者，其於容若之生平，又不過什之二三而已。嗚呼，是重可悲也！

容若姓納蘭氏，初名成德，後避東宫嫌名〔二〕，改曰性德。年十七，補諸生，貢入太學。余弟立齋爲祭酒，深器重之。謂余曰：司馬公賢子，非常人也。明年，舉順天鄉試。余忝主司，宴於京兆府，偕諸舉人青袍拜堂下，舉止閒雅。越三日，謁余邸舍，談經史源委及文體正變，老師宿儒有所不及。明年會試中式，將廷對，患寒疾。太傅曰：吾子年少，其少竢之。於是益肆力經濟之學，熟讀《通鑑》及古人文辭，三年而學大成。歲丙辰，應殿試，條對剴切，書法遒逸，讀卷執士各官咸歎異焉〔三〕。名在二甲，賜進士出身。閉門掃軌，蕭然若寒素，客或詣者，輒避匿。擁書數千卷，彈琴詠詩，自娱悦而已。未幾，太傅入秉鈞。容若選授三等侍衛，出入扈從，服勞惟謹。上眷注異於他侍衛。久之，晉二等，尋晉一等。上之幸海子、沙河，及西山、湯泉，及畿輔、五臺、口外、盛京、烏剌，及登東岳，幸闕里，省江南，未嘗不從。先後賜金牌、綵緞、上尊、御饌、袍帽、鞍馬、弧矢、字帖、佩刀、香扇之屬甚夥。是歲萬壽節，上親書唐賈至《早朝》七言律賜之。月餘，令賦《乾清門應制》詩，譯御制《松賦》，皆稱旨。於是外庭僉言上知其有文武才，非久且遷擢矣。嗚呼，孰意其七日不汗死也。容若既得疾，上使中官侍衛及御醫日數輩絡繹至第診治。於是上將出關避暑，命以疾增減報，日再三。疾亟，親處方藥賜之，未及進而殁。上爲之震悼。中使賜奠，卹典有加焉。容若嘗奉使覘梭龍諸羌，其殁後旬日，適諸羌輸款，上於行在遣宮使拊其几筵哭而告之，以其嘗有勞於是役也。於此亦足以知上所以屬任之者非一日矣。嗚呼，容若之當官任職，其事可得而紀者，止於是矣。余滋以其孝友忠順之性，殷勤固結，書所不能盡之言，言所不能傳之意〔四〕，雖若可髣髴其一二，而終莫能而悉也，爲可惜也。容若性至孝。太傅嘗偶恙，日侍左右，衣不解帶，顔色黝黑。及愈乃復初。太傅及夫人加餐，輒色喜，以告所親〔五〕。友愛幼弟，弟或出，必遣親近傔僕護之。反必往視，以爲常。其在上前，進反曲折有常度。性耐勞苦，嚴寒執熱，直廬頓次，不敢乞休沐自逸，類非綺襦紈袴者所能堪也〔六〕。自幼聰敏，讀書一再過即不忘。善爲詩，在童子已句出驚人。久之益工，得開元、大曆間丰格〔七〕。尤喜爲詞〔八〕，自唐、五代以來諸名家詞皆有選本，以洪武韻改并聯屬，名《詞韻正略》〔九〕。所著《側帽集》，後更名《飲水集》者，皆詞也。好觀北宋之作，不喜南渡諸家，而清新秀雋，自然超逸，海内名爲詞者皆歸之。他論著尚多〔一〇〕。其書法摹褚河南臨本禊帖，間出入於《黄庭内景經》。當入對殿廷，數千言立就，點畫落紙，無一筆非古人者。薦紳以不得上第入詞館爲容若歎息。及被恩命，引而置之珥貂之行，而後知上之所以造就之者，别有在也。容若數歲即善騎射，自在環衛，益便習，發無不中。其扈蹕時，琱弓書卷，錯雜左右〔一一〕。日則校獵，夜必讀書，書聲與他人鼾聲相和。間以意製器，多巧倕所不能。於書畫評鑒最精。其料事屢中。不肯輕爲人謀，謀必竭其肺腑。嘗讀趙松雪自寫照詩有感，即繪小像，倣其衣冠。坐客或期許過當，弗應也。余謂之曰：爾何酷類王逸少！容若心獨喜。所論古時人物，嘗言王茂弘闌闒闒闒，心術難問；婁師德唾面自乾，大無廉恥。其識見多此類〔一二〕。間嘗與之言往聖昔賢修身立行，及於民物之大端，前代興亡理亂所在，未嘗不慨然以思。讀書至古今家國之故，憂危明盛，持盈守謙，格人先正之遺戒，有動於中，未嘗不形於色也。嗚呼，豈非《大雅》之所謂亦世克生者耶，而竟止於斯也。夫豈徒吾黨之不幸哉！君之先世，有葉赫之地，自明初内附中國。諱星懇達爾漢，君始祖也。六傳至諱養汲弩，君高祖考也。有子三人，第三子諱金台什，君曾祖考也。女弟爲太祖高皇帝后，生太宗文皇帝。太祖高皇帝舉大事，而葉赫爲明外捍，數遣使諭，不聽，因加兵克葉赫，金台什死焉。卒以舊恩，存其世祀。其次子即今太傅公之考，諱倪迓韓，君祖考也〔一三〕。君太傅之長子，母覺羅氏，一品夫人。淵源令緒，本崇積厚，發聞滋大，若不可圉〔一四〕。配盧氏，兩廣總督兵部尚書都察院右副都御史興祖之女，贈淑人，先君卒。繼室官氏，某官某之女〔一五〕，封淑人。男子子二人，福哥〔一六〕，女子子一人，皆幼。君生於順治十一年十二月，卒於康熙二十四年五月己丑〔一七〕，年三十有一。君所交遊，皆一時儁異，於世所稱落落難合者，若無錫嚴繩孫、顧貞觀、秦松齡，宜興陳維崧〔一八〕，慈谿姜宸英，尤所契厚。吴江吴兆騫久徙絕塞，君聞其才名，贖而還之。坎軻失職之士走京師，生館死殯，於貲財無所計惜。以故，君之喪，哭之者皆出涕，爲哀輓之詞者數十百人，有生平未識面者。其於余綢繆篤摯，數年之中，殆日以余之休戚爲休戚也，故余之痛尤深。既爲詩以哭之，應太傅之命而又爲之銘。其葬蓋未有日也〔一九〕。銘曰：

天實生才，蘊崇胚胎，將象賢而奕世也，而靳與之年，謂之何哉！使功緒不顯於旂常，德澤不究於黎庶，豈其有物焉爲之災。惟其所樹立，亦足以不死矣，而亦又奚哀。（據《通志堂集》卷十九）

〔校〕

〔一〕一等侍衛進士納蘭君：墓志石本、鈔本作「一等侍衛佐領納蘭君」。

〔二〕後避東宮嫌名改曰性德：鈔本作「後改曰性德」。

〔三〕條對剴切，書法遒逸，讀卷執士各官咸嘆異焉：《憺園集》無此十八字。

〔四〕言所不能傳之意：《憺園集》無此七字。

〔五〕太傅及夫人加餐，輒色喜，以告所親：《憺園集》無此十四字。

〔六〕不敢乞休沐自逸，類非綺襦紈袴者所能堪也：《憺園集》作「不敢乞休沐」，無「自逸」以下十三字。

〔七〕在童子已句出驚人。久之益工，得開元大曆間丰格：《憺園集》無此三句。

〔八〕尤喜爲詞：《憺園集》作「尤工於詞」。

〔九〕以洪武韻改并聯屬，名《詞韻正略》：《憺園集》作「撰《詞韻正略》」，無「以洪武韻改并聯屬」八字。

〔一〇〕海内名爲詞者皆歸之。他論著尚多：《憺園集》作「海内名爲詞者皆歸之。嘗請予所藏宋元明人經解鈔本，捐資授梓，每集爲之序。他論著尚多」。鈔本作「海内名爲詞者皆歸之。他論著尚多。生平所最究心者經解一書，嗣刻問世」。

〔一一〕其扈蹕時，瑚弓書卷，錯雜左右：墓志石本、鈔本作「其扈蹕時，毡帳内瑚弓書卷，錯雜左右」。

〔一二〕所論古時人物……其識見多此類：鈔本無此段文字。

〔一三〕太祖高皇帝舉大事……諱倪迓韓，君祖考也：鈔本作「太祖高皇帝初受命，於是葉赫諸子皆仕皇朝。諱倪迓漢者，則太傅公之考而君祖考也」。

〔一四〕淵源令緒，本崇積厚，發聞滋大，若不可圉：鈔本無此十六字。

〔一五〕繼室官氏，某官某之女：墓志石本、鈔本作「繼室官氏，光禄大夫、少保、一等公朴爾普之女」。

〔一六〕男子二人，福哥：墓志石本作「男子二人，福哥，永哥，遺腹子一人」。鈔本作「男子三人，長富格，次富爾敦，次富森」。

〔一七〕君生於順治十一年十二月，卒於康熙二十四年五月己丑：「十二月」，墓志石本作「十二月戊辰」；「五月己丑」，《憺園集》無「己丑」二字。

〔一八〕宜興陳維崧：墓志石本、鈔本作「秀水朱彝尊」。

〔一九〕其葬蓋未有日也：墓志石本、鈔本無此七字。

通議大夫一等侍衛進士納蘭君神道碑銘

韓菼撰

維天篤我勳相之臣，神靈和氣，萃於厥家。常開哲嗣，趾美前人。自厥初才子，罔不世濟。若伊之有陟，巫之有賢。媲於功宗，登於策書。後之名公卿子，發聞能益人家國者，亦往往間出。其或年之有永有不永，斯造物者之不齊。雖休光美實，顯有令聞，足以自壽無窮。而存亡之繫，在於有邦有家，則當吾世而尤痛我納蘭君。君氏納蘭，諱成德，後改性德，字容若。惟君世遠有代序，常據有葉赫之地。明初内附，爲君始祖星懇達爾漢。六傳至君高祖諱養汲弩，女爲高皇后，生太宗文皇帝。曾祖諱金台什，祖諱倪迓韓。父今大學士太傅公也。母覺羅氏，封一品夫人。太傅公勳高望鉅，爲時柱石，而庭訓以義方。君胚胎前光，重休襲嘉，自少小已傑然見頭角。喜讀書，有堂構志，人皆曰太傅有子。年十八九，聯舉京兆、禮部試。又三年而當丙辰廷對，勁直切劘，累累數千言，一時驚歎。今上知君材，欲引以自近，以二甲久次，選授三等侍衛，再遷至一等。蓋上方厲精思治，大正於群僕侍御之臣，欲罔非正人，以旦夕承弼。其惟君吉士，以重此選也。君日侍上所，所巡幸，無近遠必從，從久不懈，益謹。上馬馳獵，拓弓作霹靂聲，無不中。或據鞍占詩，應詔立就。白金文綺、中衣佩刀、名馬香扇、上尊御饌之賜相屬也。康熙二十一年秋，奉使覘唆龍羌。道險遠，君間行疾抵其界，勞苦萬狀，卒得其要領還報。後唆龍輸款，而君已歿。上時出關，遣宮使拊其几筵哭而告之，重憫其勞也。君既以敬慎勤密當上意，而上益稔其有文武才，且久更明習，可屬任。嘗親書唐賈至《早朝》詩賜之，又令賦《乾清門應制》詩，譯御製《松賦》，上皆稱善。中外咸謂君將不久於宿衛，行付以政事，以展其中之所欲施。君亦自感厲，思竭所以報者，而不幸遽病。病七日，遂不起。時上日遣中官侍衛及御醫問所苦，命以其狀日再三報，親處方藥賜之，未及進而絶。上震悼，遣使賜奠，恩卹有加，屢慰諭太傅公毋過悲。然上彌思之弗置也。嗚呼！君其竟死矣，而君之志未一竟也。君性至孝，未闓明入直，必之太傅夫人所問安否，歸晚亦如之。燠寒之節，寢膳之宜，日候視以爲常。而其志亢在於守身不辱，保家亢宗，不僅以承顔色娱口體爲孝也。侍禁闥數年，進止有常度，不失尺寸。盛寒暑必自彊，不敢輒乞滁沐。其從行於南海子、西苑、沙河、西山、湯泉尤數。嘗西登五臺，北陟醫巫閭山，出關臨烏喇，東南上泰岱，過闕里，度江淮，至姑蘇，攬取其山川風物，以自寬廣，資博聞。而上有指揮，未嘗不在側，無幾微毫髪過。性周防，不與外庭一事。而於往古治亂，政事沿革興壞，民情苦樂，吏治清濁，人才風俗盛衰消長之際，能指數其所以然，而亦不敢易言之。窺其志，豈無意當世者。惟其惓惓忠愛之忱，藴蓄其不言之積，以俟異日之見庸，爲我有邦於萬斯年之計，而家亦與其福也。君雖履盛處豐，抑然不自多。於世無所芬華，若戚戚於富貴，而以貧賤爲可安者。身在高門廣廈，常有山澤魚鳥之思。達官貴人相接如平常，而結分義，輸情愫，率單寒羈孤侘傺困鬱守志不肯悦俗之士。其翕熱趨和者，輒謝弗爲通。或未一造門，而聞聲相思，必致之乃已。以故海内風雅知名之士，樂得君爲歸，藉君以起者甚衆。而吴江吴孝廉兆騫，以隽才久戍絶塞，君力贖以還而館之，殁復爲之完其喪，世尤高君義也。讀書機速過人，輒能舉其要。著詩若干卷，有《通志堂集》。頗好爲詞，蓋愛作長短句，跌宕流連，以寫其所難言。嘗輯《全唐詩選》、《詞韻正略》。而君有集名《側帽》、《飲水》者，皆詞也。工書，妙得撥鐙法，臨摹飛動。晚乃篤意於經史，且欲窺尋性命之學，將盡裒輯宋元以來諸儒説經之書以行世，其志蓋日進而未止也。嗟夫！君於地則親臣，即他日之世臣也。使假之年而充斯志也，以竟其用，譬若登高順風，不疾聲速，與夫踈遜新進之臣較其難易，夫豈可同日而語。昊天不弔，百年之喬木，其壞也忽諸。斯海内之知與不知者，無不摧傷，而余獨尤爲邦家致惜者也。君卒於康熙乙丑夏五月，距其生年三十有一。娶盧氏，贈淑人，兩廣總督尚書興祖之女。繼官氏，封淑人，某官某之女。子二，長曰福哥，次曰某。女二，俱幼。始君與余同出學士東海先生之門，君之學皆從指授。先生亟歎其才，佳其器識之遠。殁而哭之慟，既，爲文以誌其藏。而顧舍人貞觀、姜徵君宸英雅善君，復狀而表之矣。太傅公以君之常道余不置也，屬以文其隧上之碑。余方悼斯世之失君，而非徒哭吾私，其敢以荒落辭。輒論次君志之大者如此，而繫之以銘。銘曰：

鳳觜麟角絶世稀，渥洼籋雲種權奇。家之令器邦之基，弱年文史貫珠璣。胸羅星斗翼天垂，拜獻昌言白玉墀。致身端不藉門資，雀弁峨峨吉士宜。帝簡厥良汝予爲，周廬陛楯中矩規。郎曹竊視足不移，手挽繁弱仰月支。錯雜帳帟書與詩，奉使絶徼窮羌氐。冰雪皸瘃不宿馳，山川阨塞抵掌知。卒降其王若鞭笞，帝方用嘉足指麾。將試以政工允釐，歲星執戟亦暫期。阿鴻摩天竟長辭，正人元氣身不訾。平生菀結何所思，要扶義和浴咸池。明良常見唐虞時，千秋萬世比志齊。埋玉黄泉當語誰，泰山毫芒一見之。琳琅金薤散爲詞，我今特書表其微。荒郊白煙冢離離，獨君不朽徵君碑。（據《通志堂集》卷十九；又見韓菼《有懷堂詩文集》卷十四）

通議大夫一等侍衛進士納臘君墓表

姜宸英撰

按：《清史列傳》、《清史稿》等史書載納蘭性德傳記，文獻易徵，且嫌簡略，本書不予收録。《通志堂集》附録二卷大量刊入了性德師友撰各類墓銘、哀文等，本書摘要收録徐乾學撰墓志銘、韓菼撰神道碑銘二種（見前）。姜宸英撰墓表，《通志堂集》失收，内容又極重要，故附録於此。此文惟見於光緒勿自欺齋刊《姜先生全集》卷十八，據編者馮保燮、王定祥云，係自姜氏手稿録出。

君姓納臘氏。其先據有葉赫之地，所謂北關者也。父今大學士、宫傅公；母一品夫人，覺羅氏。君初名成德，字容若，後避東宫嫌名，改名性德。以今年乙丑五月晦卒。卒而朝之士大夫及四方知名士之遊於京師者，皆爲君嘆息泣下。其哀君者，無問識不識，而與君不相聞者，常十之六七。然皆以當今失君爲可惜，則君之賢以才可知矣。君年十八九聯舉禮部，當康熙之癸丑歲。未幾也，予與相見於其座主東海閣學公邸，而是時君自分齒少，不願仕，退而學經讀史，旁治詩歌古文詞。又三年，對策則大工。時皆謂當得上第，而今上重器君，不欲出之外廷，置名二甲，久之，授三等侍衛，再遷至一等。自上所巡幸西苑、南海子、沙河及登醫巫閭山，東出關至烏喇，南巡上泰岱，過祀闕里，渡江以臨吴會，君鮮不左櫜鞬右櫜筆以從。遇上射獵，獸起於前，以屬君，發輒命中，驚其老宿將。所得白金綺繡、中衣袍帽、法帖佩刀、名馬香扇之賜，前後委屬。間令賦詩，奉詔即奏稿，上每稱善。二十一年八月，使覘唆龍羌。其地去京師重五六十驛，間行或累日無水草，持乾糒食之。取道松花江，人馬行冰上竟日，危得渡。僅抵其界，卒得其要領還報，上大喜。君雖跋涉艱險，歸時從奚囊傾方寸札出之，疊數十紙細行書，皆填詞若詩，略記其風土方物。雖形色枯槁不自知，反遍示客，資笑樂。性雅好讀書。日黎明問省畢，即騎馬出，入直周廬，率至暮。雖大寒暑，還坐一榻上翻書觀之，神止閒定，若無事者。詩蕭閒冲淡，得唐人之旨，然喜爲長短句特甚。嘗言：「詩家自漢魏以來，作者代起，姓氏多澌滅。填詞濫觴於唐人，極盛於宋，其名家者不能以十數，吾爲之易工，工而傳之易久。而自南渡以後弗論也。」其於詞，小令取唐五代，宗晏氏父子；長調則推周、秦及稼軒諸家。以爲其章法轉换、頓挫離合之妙，正與文家散行體何異，而世故薄之，何耶？故即第左葺茅爲廬，常居之，自題曰「花間草堂」。視其凝思慘澹，終合天巧，真若有自得之趣者。今年五月辛巳，君將從駕出關，連促予入城。中夜酒酣，謂予曰：「吾行從子究竟班馬事矣，子謂我何如？」予笑曰：「頃聞君論詞之法，將無優爲之耶？」是時，竊視君意鋭甚。明日予出城，君固留，願至晚。予不可。送予及門，曰：「吾此行以八月歸，當偕數子爲文字之遊。如某某者，不可以無與，君宜爲我遍致之。」先是萬壽節，上親書唐賈至《早朝》詩賜君；月餘，令賦《乾清門應制》詩及譯御制《松賦》，皆稱旨。於是復挈予手曰：「吾倘蒙恩得量移一官，可并力斯事，與公等角一日之長矣。」意鄭重若不忍别者。然不幸以明日得疾，七日，遂不起。年止三十一。以君之才與志，使假之天年，古人不難到。其終於此，命也。居閒素縝密，與人交，遇意所不欲，百方請之不可得謁。及其所樂就，雖以予之狂，終日叫號慢侮於其側，而不予怪。蓋知予之失志不偶，而嫉時憤俗特甚也。然時亦以此規予，予輒愧之。君視門閥貴盛，屏遠權勢，所言經史外絶不及時政。所接一二寒生罷吏而外，少見士大夫。事兩親，退食必在左右。遇公事必虔，不避勞苦。嘗司天閑牧政，馬大蕃息。侍上西苑，上倉卒有所指揮，君奮身爲僚友先。上嘆曰：「此富貴家兒，乃能爾耶！」其感激主恩深厚，思所圖報，日不去口。然視文章之士，較長絜短，放浪山水，跌宕詩酒，而無所羈束，常恨不得身與其間，一似以貧賤爲可樂者。於世事如不經意，時時獨處深念，則又愁然抱無窮之思。人問之，不答。以此竟死，其施不得見，其志未就也。而吾輩所區區欲爲君不朽之傳者，亦止於此而已。悲夫！君始病，朝廷遣醫絡繹，命刻時以狀報。及死數日，唆龍外羌款書至。上時出關，即遣宫使就几筵哭而告之，以前奉使功也。賻恤之典，皆溢常格。嗚呼！君臣之際，生死之間，其可感也已。君所輯有《詞韻正略》、《全唐詩選》，著詩若干卷；有集名《側帽》、《飲水》者，皆詞也。書行楷遒麗，得晉人法。娶盧氏，繼官氏。其中外世系，詳載閣學所撰墓志銘及顧舍人華峰所次行述。副室以某氏，生子二人，女子一人。子長曰福哥，次某。

（據光緒勿自欺齋刻《姜先生全集》卷十八）

飲水詞序

顧貞觀撰

非文人不能多情，非才子不能善怨。《騷》《雅》之作，怨而能善，惟其情之所鍾爲獨多也。容若天資超逸，翛然塵外，所爲樂府小令，婉麗淒清，使讀者哀樂不知所主，如聽中宵梵唄，先悽惋而後喜悦。定其前身，此豈尋常文人所得到者。昔汾水秋雁之篇，三郎擊節，謂巨山爲才子。紅豆相思，豈必生南國哉。蓀友謂余，盍取其詞盡付剞劂。因與吴君薗次共爲訂定，俾流傳於世云。同學顧貞觀識。時康熙戊午又三月上巳，書於吴趨客舍。（據道光十二年汪元治結鐵網齋刻《納蘭詞·原序》）

飲水詞序

吴　綺撰

一編《側帽》，旗亭競拜雙鬟；千里交襟，樂部唯推隻手。吟哦送日，已教刻遍琅玕；把玩忘年，行且裝之玳瑁矣。邇因梁汾顧子，高懷遠詢《停雲》；再得容若成君，新製仍名《飲水》。披函晝讀，吐異氣於龍賓；和墨晨書，綴靈葩於虎僕。香非蘭茝，經三日而難名；色似蒲桃，雜五紋而奚辨。漢宮金粉，不增飛燕之妍；洛水煙波，難寫驚鴻之麗。蓋進而益密，冷暖祇在自知；而聞者咸歔，哀樂渾忘所主。誰能爲是，輒喚奈何。則以成子姿本神仙，雖無妨於富貴；而身遊廊廟，恒自託於江湖。故語必超超，言皆奕奕。水非可盡，得字成瀾；花本無言，聞聲若笑。時時夜月，鏡照眼而益以照心；處處斜陽，簾隔形而不能隔影。才由骨俊，疑前身或是青蓮；思自胎深，想竟體俱成紅豆也。嗟呼！非慧男子不能善愁，唯古詩人乃云可怨。公言性吾獨言情，多讀書必先讀曲。江南腸斷之句，解唱者唯賀方回；堂東彈淚之詩，能言者必李商隱耳。薗次吴綺序於林蕙堂。（據乾隆衷白堂刻吴綺《林蕙堂文集》續刻卷四）

今詞初集題辭

魯　超撰

按：《今詞初集》，顧貞觀、納蘭性德合選之詞集，共二卷，選明末清初詞一百八十四家六百一十五首。收顧貞觀詞二十四首，性德詞十七首。書初編於康熙十五年，後經陸續增選，並邀陳維崧參加編選，約於康熙十七年内編定刻成。

《詩》三百篇，音節參差，不名一格。至漢魏，詩有定則，而長短句乃專歸之樂府，此《花間》、《草堂》諸詞所託始歟。詞與樂府有同其名者，如長相思、烏夜啼是也；有同其名亦同其調者，如望江南是也。遡其權輿，實在唐人近體以前。而後之人顧目之爲詩餘，義何居乎？吾友梁汾常云：詩之體至唐而始備，然不得以五七言律絶爲古詩之餘也；樂府之變，得宋詞而始盡，然不得以長短句之小令、中調、長調爲古樂府之餘也。詞且不附庸於樂府，而謂肯寄閏於詩耶？容若曠世逸才，與梁汾持論極合。採集近時名流篇什，爲《蘭畹》、《金荃》樹幟，期與詩家壇坫並峙古今。余得受而讀之。余惟詩以蘇李爲宗，自曹劉迄鮑謝，盛極而衰；至隋時風格一變，此有唐之正始所自開也。詞以温韋爲則，自歐秦迄姜史，亦盛極而衰。至明末，才情復暢，此昭代之大雅所由振也。詞在今日，猶詩之在初盛唐。唐人之詩不讓於古，而謂今日之詞與詩，必視體製爲異同、較時代爲優劣耶？兹集具在，「即攀屈宋宜方駕，肯與齊梁作後塵」，若猥云緣情綺靡，豈惟不可與言詩，抑亦未可與言詞也已。書以質之兩君子。康熙丁巳嘉平月，會稽同學弟魯超拜撰。（據《今詞初集》卷首）

今詞初集跋語

毛際可撰

少陵云「讀書破萬卷，下筆如有神」，千古奉爲詩聖。至於詞，非天賦以别才，雖讀萬卷書總無當於作者。使少陵爲憶秦娥、菩薩蠻諸調，必不能與青蓮争勝，則下此可知矣。近世詞學之盛，頡頏古人，然其卑者掇拾《花間》、《草堂》數卷之書，便以騷壇自命，每歎江河日下。今梁汾、容若兩君權衡是選，主於鏟削浮艷，舒寫性靈；採四方名作，積成卷軸，遂爲本朝三十年填詞之準的。丁巳春，梁汾過余浚儀。剪燭深宵，所談皆不及塵俗事。酒酣，出斯集見示。吟賞累日，漫附數語歸之。余賦性椎朴，不能作綺語，於詞學有村夫子之誚，無足爲斯集重。顧生平讀書不及少陵之半，而謬託以解嘲，益令有識者揶揄。兩君其爲余藏拙可也。遂安毛際可識。（據《今詞初集》卷首）

飲水詩詞集序

張純修撰

余既哀容若詩詞付之梓人，刻既成，謹泚筆而爲之序曰：嗟呼！謂造物者而有意於容若也，不應奪之如此其速；謂造物者而無意於容若也，不應畀之如此其厚。豈一人之身故有可解不可解者耶？容若與余爲異姓昆弟，其生平有死生之友曰顧梁汾。梁汾嘗言：人生百年一彈指頃，富貴草頭露耳。容若當思所以不朽，吾亦甚思所以不朽容若者。夫立德非旦暮間事，立功又未可預必，無已，試立言乎。而言之僅僅以詩詞見者，非容若意也，並非梁汾意也。語云：非窮愁不能著書。古之人欲成一家之言，網羅編葺，動需歲月。今容若之才得於天者非不最優，而有章服以束其體，有職守以勞其生，復不少假之年，俾得殫其力以從事於儒生之所爲。噫嘻！豈真以畀之者奪之，而其所不可解者，即其所可解者耶？梁汾從京師南來，每與余酒闌燈炧，追數往事，輒相顧太息，或泣下不可止。憶容若素矜慎，不輕爲文章，極留意經學，而所爲經解諸序，從未出以相示。此卷得之梁汾手授，其詩之超逸，詞之雋婉，世共知之。而其所以爲詩詞者，依然容若自言「如魚飲水，冷暖自知」而已。區區痛惜之私，欲不言不忍，姑述其大略如是云。時康熙辛未仲秋，古燕張純修書於廣陵署之語石軒。（據康熙三十年張純修刻《飲水詩詞集》卷首）

通志堂集序

徐乾學撰

往者容若病且殆，邀余訣别，泣而言曰：「性德承先生之教，思鑽研古人文字，以有成就。今已矣。生平詩文本不多，隨手揮寫，輒復散佚，不甚存録。辱先生不鄙棄，執經左右，十有四年。先生語以讀書之要，及經史諸子百家源流，如行者之得路。然性喜作詩餘，禁之難止。今方欲從事古文，不幸遘疾短命。長負明誨，殁有餘恨。」余聞其言而痛之，自始卒以及殯阼，臨其喪哭之必慟。其葬也，余既爲之志，又銘其隧道之石，余甚悲。容若以豪邁挺特之才，勤勤學問。生長華閥，澹於榮利。自癸丑五月始，逢三、六、九日，黎明騎馬過余邸舍，講論書史，日暮乃去，至入爲侍衛而止。其識見高卓，思致英敏，天假之年，所建樹必遠且大。而甫及三十，奄忽辭世，使千古而下，與顔子淵、賈太傅並稱。豈惟忝長一日者有祝予之悲，海内士大夫無不聞而流涕，何其酷也。余里居杜門，檢其詩詞古文遺稿，太傅公所手授者，及友人秦對巖、顧梁汾所藏，並經解小序合而梓之，以存梗概，爲《通志堂集》。碑志、哀輓之作，附於卷後。嗚呼！容若之遺文止此，其必傳於後無疑矣。記其撤瑟之言，宛如昨日，爲和淚書而序之。重光協洽之歲，崑山友人健菴徐乾學書。（據《通志堂集》卷首）

成容若遺稿序

嚴繩孫撰

始余與成子容若定交，成子年未二十。見其才思敏異，世未有過之者也。使成子得中壽，且遲爲天子貴近臣，而舉其所得之歲月，肆力於六經諸史百家之言，久之浩瀚磅礴，以發爲詩歌古文詞，吾不知所詣極矣。今也不然。追溯前遊，十餘年耳。而此十餘年之中，始則有事廷對，所習者規摹先進，爲殿陛敷陳之言。及官侍從，值上巡幸，時時在鈎陳豹尾之間。無事則平旦而入，日晡未退以爲常。且觀其意，惴惴有臨履之憂，視凡爲近臣者有甚焉。蓋其得從容於學問之日，固已少矣。吾不知成子何以能成就其才若此。抑嘗計之，夫成子雖處貴盛，閒庭蕭寂。外之無掃門望塵之謁；內之無裙屐絲管、呼盧秉燭之游。每夙夜寒暑，休沐定省，片晷之暇，游情藝林，而又能擷其英華，匠心獨至，宜其無所不工也。至於樂府小詞，以爲近騷人之遺，尤嘗好爲之。故當其合作，飄忽要眇，雖列之《花間》、《草堂》，左清真而右屯田，亦足以自名其家矣。嗟呼！天之生才，而或奪之年，如賈傅之奇氣卓識，度越今古無論。其次文章之士，若唐王勃之流，藻艷飈馳，一往輒盡。故裴行儉之論，有以卜其所止。今成子之作，非無長才，而藴藉流逸，根乎情性。所謂人所應有，已不必有；人所應無，已不必無。雖使益充其所至，猶疑非世之所共識賞。而造物厄之，何耶？雖然，脩短天也。夫士亦欲其言之傳耳。今健菴先生已綴輯其遺文而刻之，蓋不徒篤死生之誼也。後世必更有知成子者矣。獨是余與成子周旋久，於先生之命序是編，其能不泫然而廢讀乎。康熙三十年秋九月，無錫嚴繩孫題。（據《通志堂集》卷首）

與栩園論詞書

顧貞觀撰

按：左爲顧貞觀致陳聶恒書一幀。陳氏自刊其《栩園詞棄稿》，置顧書於卷首，原題「顧梁汾先生書」。書作於康熙四十三年甲申（一七〇四）七月。是書頗關涉清初詞壇風氣衍變及納蘭性德學詞經歷，因以全文照録。

判袂一十餘年，栩園之名既成，頗且遂矣。懸知近歲風采倍常，而玉山朗朗，在老人心目間者，尚依然向日栩園也。憶曾有拙詩題《金縷曲》云：「人因慧極難兼福，天與情多却費才。」後聞恰續鸞膠，便亦懶尋魚素，然未嘗旬月不廑企想。忽承來翰，深荷見存，欲令野老姓名附尊詞以不朽；而厚意虚懷，至如昔人所云「不蘄其知吾之所已就，而蘄其知吾之所未就」，抑何問之下而恭也。年力如栩園，夫孰得而輕量其所就者。而余因竊嘆天下無一事不與時爲盛衰。即以詞言之，自國初輦轂諸公，樽前酒邊，借長短句以吐其胸中。始而微有寄托，久則務爲諧暢。香巖、倦圃，領袖一時。唯時戴笠故交，担簦才子，并與讌遊之席，各傳酬和之篇。而吴越操觚家，聞風競起，選者作者，妍媸雜陳。漁洋之數載廣陵，實爲斯道總持。二三同學，功亦難泯。最後吾友容若，其門第才華，直越晏小山而上之；欲盡招海内詞人，畢出其奇，遠方駸駸漸有應者。而天奪之年，未幾輒風流雲散。漁洋復位高望重，絶口不談。于是向之言詞者，悉去而言詩古文辭。回視花間草堂，頓如雕蟲之見恥于壯夫矣。雖云盛極必衰，風會使然，然亦頗怪習俗移人，凉燠之態，浸淫而入於風雅，爲可太息。假令今日更得一有大力者，起而倡之，衆人皤然從而和之，安知衰者之不復盛邪。故余之于詞，不能無感；而于栩園，實不能無望。雖然，將何以益栩園？唯余受知香巖，而于詞尤服膺倦圃。容若嘗從容問余兩先生意指云何，余爲述倦圃之言曰：「詞境易窮。學步古人，以數見不鮮爲恨；變而謀新，又慮有傷大雅。子能免此二者，歐秦辛陸何多讓焉。」容若蓋自是益進。今栩園之傾倒於余，不減容若。且此中甘苦，皆能自知之而自言之，二者之患，吾知免矣。讀其詞者，方不勝望洋向若，茫焉而莫測其所就。而猶欿然自以爲有所未能，何也？倘亦有「及之而後知，履之而後難」者乎。吾又以知栩園之所就，有深于此矣。而何以益栩園邪？栩園行以名進士出宰百里，抵都時倘舉余語質之漁洋，必有相視而笑，且相視而嘆者。起衰之任，幸已有屬，但不知我輩猶及見否耳。秋暑長途，珍重珍重。不備。七月二十六日，石仙山樵顧貞觀頓首復。（據康熙且樸齋刻《栩園詞棄稿》卷首）

納蘭性德手簡

按：一九六一年，上海圖書館裒集納蘭性德書簡手蹟，影印《詞人納蘭容若手簡》一册，共收性德致友人書簡三十七件，並有查嗣韓等六人跋語。這些手簡均不見收於《通志堂集》，是爲納蘭性德研究的重要材料。由於影印本屬非賣品，印數極少，流傳不廣，本書特迻録於卷末，作爲附録。收簡人名及各簡排序，悉照影印本。本書校箋者的一些初步看法，則以跋語形式，置於簡末。

致張純修二十九簡

第一簡

前求鎸圖書，内有欲鎸「藕漁」二字者。若已經鎸就則已，倘尚未動筆，望改篆「草堂」二字。至囑，至囑！茅屋尚未營成，俟葺補已就，當竭誠邀駕作一日劇談耳。但恨無佳茗供啜也。平子望致意。不宣。成德頓首。初四日。

「卿自見其朱門，貧道如遊蓬户。」容兄因僕作此語，搆此見招，有詩刻《飲水集》中。適覩此札，爲之三嘆！貞觀。

第二簡

前來章甚佳，足稱名手。然自愚觀之，刀鋒尚隱，未覺蒼勁耳。但鐫法自有家數，不可執一而論，造其極可也。日者竭力搆求舊凍，以供平子之鐫，尚未如願。今將所有壽山幾方，敢求渠篆之。石甚粗礪，且未磨就，並希細致之爲感。疊承雅惠，謝何可言！特此，不備。十七日，成德頓首。石共十方，其欲刻字樣，俱書於上。又拜。

第三簡

德白：比來未晤，甚念。平子兄幸囑其一二日内撥冗過我爲禱。此啟，不盡。初四日，德頓首。並欲携刀筆來，有數石可鐫也。如何？

第四簡

正因數日不見，懷想甚切，不道駕在津門也。海上風煙，想大可觀，有新作，歸來即望示我。來箋甚佳，乞惠我少許。尊使還，草此奉覆。不盡，不盡。十月五日。成德頓首。

第五簡

前托潘公一事，乞命使促之。夜來微雨西風，亦春來頭一次光景。今朝霽色，亦復可愛。恨無好句以酬之，奈何，奈何！平子竟不來，是何意思？成德頓首。

第六簡

前正以風甚不得相過爲憾，值此好風日，明早準擬同諸兄並騎而來，奈又屬入直之期，萬不得脱身。中心嚮往，不可言喻。另日奉屈過小圃，快晤終日，以續此緣，何如。見陽道兄。成德頓首。

第七簡

連日未晤，念甚。黄子久手卷借來一看，諸不一。期小弟成德頓首。

第八簡

日晷望即付來手，諸容另佈，不一。期弟成德頓首。見陽道長兄。

第九簡

日晷不佳，望以前所見者賜下，否則俱不必耳，恃在道義相照，故如是貪鄙也。平子已托六公，如何竟有舛謬？俟再訂之。諸不悉。成德頓首。

第十簡

一二日間，可能過我？張子由畫三弟像，望轉索付來手。諸子及悉，特此。成德頓首。七月四日。

第十一簡

素公小照奉到，幸簡入之。諸容再布，不盡。成德頓首。七月十一日。

第十二簡

天津之行，可能果否？斗科望速抄出見示。聚紅杯乞付來手。三令弟小照亦望檢發，至感，至感！特此，不一。成德頓首。

第十三簡

令弟小照可謂逼肖，然妝點未免少俗耳。吾哥似少不像，而秋水紅葉，可無遺憾也。一兩日可能過我？特此，不盡。來中頓首。

第十四簡

姚老師已來都門矣，吾哥何不於日斜過我。不盡。成德頓首。三月既日。

第十五簡

兩日體中已大安否？弟於昨日忽患頭痛喉腫。今日略差，尚未全愈也。道兄體中大好，或於一二日内過荒齋一談，何如，何如？特此，不一。來中頓首。更有一要語，爲老師事，欲商酌。又拜。

第十六簡

花馬病尚未愈，恐食言，昨故令帶去。明早家大人扈駕往西山，他馬不能應命，或竟騎去亦可。文書已悉，不宣。成德頓首。

第十七簡

來物甚佳，渠索價幾何?欲傾囊易也。弟另覓鰍角，尚欲轉煩茂公等再爲之，未審如何?先此覆，不盡，不盡。初四日。成德頓首。

第十八簡

箭決二，謹遣力馳上。其物甚鄙，祈並存之爲感!所言書，幸於明朝即令紀綱往取。晤期俟再訂。不盡。弟成德頓首。見陽道兄足下。

第十九簡

箭決原付小力奉上，因早間偶失檢察，竟致空手往還，可笑甚矣。今特命役馳到，幸並存之。書祈於明後日即取至，則感高愛於無量也。晤期再報。不一。成德頓首。見陽道兄足下。

第二十篇

倪迂《溪山亭子》乃借耿都尉者，頃已送還，俟翌日再借奉鑒耳。四畫若得司農公慨然發覽，當邀駕過共賞也。率覆，不一。弟德頓首。

第二十一篇

周、伊二人昨竟不來，不知何意？先生幸促之。諸容面悉，不盡。七月七日。成德頓首。見陽足下。

第二十二篇

久未晤面，懷想甚切也，想已返轡津門矣。奚彙升可令其於一二日間過弟處，感甚，感甚！海色烟波，寧無新作？並望教我。十月十八日。成德頓首。

第二十三篇

廳聯書上，甚愧不堪。昨竟大飽而歸，又承吾哥不以貴遊相待，而以朋友待之，真不啻既飽以德也。謝謝！此真知我者也。當圖一知己之報於吾哥之前，然不得以尋常酬答目之。一人知己，可以無恨，余與張子，有同心矣。此啟，不一。成德頓首。十二月歲除前二日。因無大圖章，竟不曾用。

第二十四簡

明晨欲過尊齋，同往慈仁松下，未審尊意以爲如何？特此，不一。成德頓首。

第二十五簡

欹斜一徑入，門向夕陽邊。何必堪娱賞，凋零自可憐。松寒疑有雪，僧老不知年。只合千峰上，長吟看月圓。《戒壇》。

第二十六簡

亡婦柩決於十二日行矣，生死殊途，一别如雨。此後但以濁酒澆墳土，灑酸淚，以當一面耳。嗟夫，悲矣！澹庵畫册附去。宋人小説明晨望送來。成德頓首。

第二十七簡

比日未奉教誨，何任思慕。前所云表帖張慶美，幸致其過荒齋。奚彙升亦遣其過我。秋色滿階，忽有迅雷，斯亦奇也，不知司天者亦有占驗否？此上。不盡，不盡。九月十三日，成德頓首。《從友人乞秋葵種》一絶呈教：空庭脉脉夕陽斜，濁酒盈樽對晚鴉。添取一般秋意味，牆陰小種斷腸花。

第二十八簡

成德白：渌水一樽，黯然言别，漸行漸遠，執手何期？心逐去帆，與江流俱轉，諒知己同此睠切也。衡陽無雁，音問久疏。忽捧長箋，正如身過臨邛，與我故人琴酒相對。鄉心旅況，備極淒其，人生有情，能不惆悵。念古來名士多以百里起家者，願足下勿薄一官，他日循吏傳中，藉君姓名，增我光寵。種種自當留意，乃勞諄囑耶。鄙性愛閒，近苦鹿鹿，東華軟紅塵，衹應埋没慧男子錦心繡腸，僕本疏慵，那能堪此。家大人以下，仗庇安和，承念並謝。沅湘以南，古稱清絶，美人香草，猶有存焉者乎？長短句固騷之苗裔也，暇日當製小詞奉寄，煩呼三間弟子，爲成生薦一瓣香，甚幸。郵便率勒，不盡依馳。成德頓首。

第二十九簡

四月廿一日，成德白：朝來坐渌水亭，風花亂飛，煙柳如織，則正年時把酒分襟之處也。人生幾何，堪此離別？湖南草緑，悽咽同之矣。改歲以還，想風土漸宜，起居安適。惟是地方兵燹之後，興除利弊，動費賢令一番精神。古人有踐歷華要，猶恨不爲親民官得展其志願者。勉旃，勉旃，勿謂枳棘非鸞鳳所棲也。蕞爾荒殘，料無脂膩可點清白。但一從世俗起見，則進取既急，逢迎必工，百煉剛自化爲繞指柔。我輩相期，定不在是。兄之自愛，深於弟之愛兄，更無足爲兄慮者。至長安中，煙海浩浩，九衢晝昏，元規塵污，非便面可却。以弟視之，正復支公所云「卿自見其朱門，貧道如遊蓬户」耳。詩酒琴人，例多薄命，非爲曠達，妄擬高流。頃蒙遠存，聊悉鄙念。來扇並粗箋寫寄，筆墨蕪率，不足置懷袖間。穆如之清，藉此奉揚。楚雲燕樹，宛然披拂，或暫忘其側身沾臆也。努力珍重！書不盡言。成德頓首。

題跋

向從朱供奉竹垞、姜徵君西溟輩得悉容若風雅，深以未經挹接爲恨。壬申秋，從見陽署中始覩其筆札，把玩不能釋。見陽與容若爲莫逆交，生平唱酬最密。於其殁後，既刻其飲水詩，復集其往還尺牘，裒然成卷。世之覽者，不獨想見風流，亦當有感於交道也。臯亭查嗣韓題。

每與人言容若佳處，聞者或以爲過情，要是其人未識容若耳。若曾相識，則其佳處尚不盡於吾輩所言也。今觀諸札，與見陽愛重若此，知容若，並可知見陽。而容若已不可復作矣，惜哉！梁溪同學顧貞觀識。

余向棲遲郎署者八年，未嘗一識容若。間有言及者，亦止道其聲華烏奕，才思藻麗而已。及乞休後，寓居錫山，日與梁汾舍人對，始悉其爲人：雖處華膴，而律己甚嚴；雖風雲月露，不廢拈毫，而留心當世之務，不屑屑以文字名世。今觀見陽張君集其往復書札，胸中筆下，都無點塵，而用意尤極深厚。則其人之生平，益信梁汾之言爲不虚矣。惜乎天不假之年，使賫志以殁。豈天之所賦，亦有靳有不靳耶？吁！若容若者，正不必以年傳也。癸酉孟夏，武陵存齋胡獻徵跋。

人謂容若貴公子耳，稍知之者，目爲才人已耳。不知其志潔，其行芳，不但不以貴公子自居，並不肯以才人自安也。此其與見陽先生往來手札，觀其於朋友間肫篤如此，亦豈今人所有哉！至其辭翰工妙，有目共見，又不待言也。見陽裒集成卷，寶愛如拱璧，其知容若深矣。梁溪同學秦松齡跋。

容若先生素未謀面，然詩文翰墨，饒有風雅之譽，心竊慕之。見翁世叔於胥江舟次出其手札一卷，閱之不能釋手。大抵非常之人，自分必傳，不遇真知己，雖一言半字，不肯浪擲。獨與見翁往還尺牘如許，殆知己無有過之者，宜其什襲藏之，出處必携也。獅峰居士沈宗敬拜手識。

平生知交，赤牘筆疏，推曹侍郎秋岳第一。此外則容若侍衛，書記翩翩，天然絶俗。侍郎里居，日必有札及余，或再至三至。每過余，見雜置几案，輒誡余投甕火之。鄉里後進有緝侍郎赤牘單行者，寓余諸札，獨無有也。容若好填小詞，有作必先見寄，紅箋小疊，正復不少。迨乙丑逝後，余浮湛都市，人海波濤，轉徙者數，欲求斷楮零墨，邈不可得。見陽張郡伯乃一一藏之，裝池成卷，足以見生死交情之重矣。小長蘆金風亭長朱彝尊書於白門之承恩僧舍，時年七十有六。

附録《和容若秋夜詞，在通路作》：

倦柳愁荷陂十里，一絲雁絡晴空。酸雞漸逼小亭中。魚雲難掩月，豆葉易吟風。

才子年來相憶數，經秋離思安窮。新詞題就蜀箋紅。雪兒催未付，先寄玉河東。

《郊遊聯句，調浣溪沙》：

出郭尋春春已闌（宜興陳維崧其年），東風吹面不成寒（無錫秦松齡留僊），青村幾曲到西山（無錫嚴繩孫蓀友）。並馬未須愁路遠（慈溪姜宸英西溟），看花且莫放杯閒（彝尊），人生別易會常難（成德）。

致顧貞觀一簡

望前附一緘於章藩處，計應徹覽。弟比日與漢槎共讀「蕭選」，頗娱岑寂，衹以不對野王爲悒悵耳。黄處捐納事，望立促以竣，不可以泄泄委之也。頃聞峰泖之間頗饒佳麗，吾哥能泛舟一往乎？前字所言半塘、魏叟兩處如何，倘有便郵，即以一緘相及。杪夏新秋，準期握手。又聞琴川沈姓有女頗佳，亦望吾哥略爲留意。顛言縷縷，嗣之再郵。不盡。

鵝梨頓首。

致嚴繩孫五簡

第一簡

成德白。前有一字，托鄭谷口寄去，想先後可達台覽，種種非片言可盡。未審起居如何？家嚴病已漸差，辱吾哥垂慮，敢並附聞。弟今於閒中留心《老子》，頗得一二人開悟，未敢云有得也。馬雲翎不及另字，幸道思念之意。别後光陰，不覺已四越月，重來之約，應成空談。明年四月十七，算吾咏「正是去年今日别君時」也。吴伯老不專啟，幸道意。趙聲伯若進謁時，並望周旋之。此泐，不盡。八月六日，成德頓首。

第二簡

中秋後曾於大恩僧舍以一函相寄，想已入覽矣。弟秋深始歸，日值騊苑，每街鼓動後，纔得就邸。曩者文酒爲歡之事，今祇堪夢想耳。兹於廿八日又扈東封之駕，錦帆南下，尚未知到天涯何處，如何言歸期邪！漢兄病甚篤，未知尚得一見否，言之涕下。弟比來從事鞍馬間，益覺疲頓，髮已種種，而執殳如昔，從前壯志，都已隳盡。昔人言，身後名不如生前一杯酒，此言大是。弟是以甚慕魏公子之飲醇酒、近婦人也。行前得吾哥手書，知遊況不佳，甚爲懸念，然人世常情，毋足深訝。東巡返駕，計吾哥已到都亭，當爲彈指畫謀生之計。古人謂好官不過多得金耳，吾哥但得爲飽暖閒人，又何必復萌宦情邪？吾哥所識天海風濤之人，未審可以晤對否？弟胸中塊磊，非酒可澆，庶幾得慧心人以晤言消之而已。淪落之餘，久欲葬身柔鄉，不知得如鄙人之願否耳。乘輿南往，恐難北上，如尚未發棹，須由中州從陸。以歲前爲期，便當别置帷房，以爐茗相待也。此札到日，速以答書見寄，必附章藩乃能速達。九月廿七日午刻，飲水弟頓首白。

第三簡

成德頓首。前有一函托湯商人寄去，想入覽矣。近況已略悉前柬，兹不復具。惟乞吾哥於八月間到都，以慰我愁思也。華山僧鑒乞轉達鄙意，求其北來爲感。留僊事今已大妥，不必爲念，特此附聞。餘情縷縷，不宣。七月廿一日，成德白。

第四簡

十二月十五日成德白：蓀友長兄足下，慕大哥去，曾附一信，想已入覽矣。聞已自浙中來，家囊橐不知如何？息影之計可能遂否？前有新詞四十餘闋附去，未審得細加删定否？華封在都，相得甚歡，一旦忽欲南去，令人幾日心悶。數年之間，何多離別！訂在明年八月間來都，若吾哥明春北來則已，否則秋間即促其發軔，亦吾哥之大惠也。前吾哥在浙時，江烟湖鳥，景物自佳，但恐如白香山所云「誠知老去風情少，見此争無一句詩」耳。江南風景如何？伯成身後事已囑料理，想不有誤。新令韓君，覔人轉致。邳仙尚留滯京中，頗見不妥。留僊亦一淹蹇人也。有新詩即寄我。二郎讀書如何，並示爲慰。家大人皆無恙。幾年以來，吾哥意中人想俱已衰醜零落，亦大淒凉也。呵呵。闊懷如縷，捉管頓不能言，奈何，奈何。諸惟鑒，不盡。成德頓首。

第五簡

分袂三日，頓如十載。每思清夜酒闌，殘星凉月，相對言志，不禁泣下。前者因行李匆遽，未得把臂一送，深爲歉仄。馳戀之心，想彼此同之也。至叮囑之言，以吾兄高明人，故不敢瑣瑣。然此中愁腸，正不知有幾千結也。稍俟緑肥紅瘦，即幸北來，萬勿以尋舊約，作當日輕薄態，留滯時日，以負弟望也。至懇至懇。慕鶴老處囑其照拂，留老相會時希致意。諸草草不一。成德頓首。左至。正月廿日。

致闕名一簡

成德白：不見忽已二十餘日，重城間隔，趨侍每難。日夕讀《左氏》、《離騷》，餘但焚香靜坐。新法如麻，總付不聞，排遣之法，推此爲上。來言盡悉，俟面布。再宣。初三日，成德頓首。謹狀。伏惟鑒察。

致顔光敏一簡

成德謹稟太夫子臺下：前接手諭，因悉起居佳勝，翹首南天，益增悵望。悠悠夢想，願飛無翼，種種並志之矣。使旋，布候不宣。成德頓首。

本書校箋者跋

以上是納蘭性德的三十七件書簡。據幾位目驗過部分原件的鑒賞專家判斷，它們確是出自性德之手，這一點可以不必置疑。在校箋納蘭詞的過程中，我們仔細研讀了這些手簡，得到一些初步認識，兹寫在這裏，供讀者參考。

一　關於查嗣韓等六人的跋語

致張見陽二十九簡是一個整卷，查嗣韓等六人跋語題在卷末。致顧貞觀等人八簡並不在此卷内。其中致闕名一簡，先載於吴修《昭代名人尺牘小傳》卷八，上海圖書館影印本所印此簡，即取自吴修書。至於致顧貞觀等另外七簡出處，尚不清楚。

六家跋文，時間有先後，地點也不同。從跋文順序和内容可知，查嗣韓題於壬申（康熙三十一年，一六九二），最早；地點在揚州府同知張見陽署中。查氏之後是顧貞觀，未説明時間地點。第三是胡獻徵，題於癸酉（康熙三十二年，一六九三）孟夏，地點不詳。顧貞觀跋在胡氏前，必然題於壬申、癸酉間。第四是秦松齡跋，時地均不詳。第五爲沈宗敬跋，作於胥江舟次，未署時間。最後爲朱彝尊跋，地點在南京承恩寺僧舍，並云「時年七十有六」，易考知題時在康熙四十三年，即一七〇四年。

納蘭性德致張見陽二十九札卷，原藏夏衍處，大約得之於一九四九年前後，上圖影本即由夏氏提供。在夏氏收藏之前，該卷曾經今人啟功過目，並爲題跋文。二十世紀八十年代，啟功以《飲水詞人手札卷跋》爲題，刊其跋文於《文史》第五輯。啟文云：「右成容若先生德手札二十九通並諸名賢題跋一卷，武進趙藥農教授所藏。」由此得知，夏衍收藏前，手卷曾收藏在趙藥農處。至於致顧貞觀等七簡藏於誰何，未能訪知。

二　關於致張見陽二十九簡

這二十九簡，能考知作期的，衹有一部分。

第二十八簡云「淥水一樽，黯然言别，漸行漸遠，執手何期」，又云「衡陽無雁，音問久疏，忽捧長箋，正如身過臨邛，與我故人琴酒相對」，可知是張見陽赴江華任後不久之作。張見陽令江華在康熙十八年，秋日離京，待性德得見見陽來書，時間當在當年冬日。

第二十九簡很容易判斷，作於康熙十九年四月廿一日。這一簡是致張見陽簡中最晚的一件。

第二十六簡談盧氏下葬事，當作於康熙十七年夏。

第一簡有「茅屋尚未營成」語，應在康熙十七年。一、二、三、五簡均言及請平子鐫刻圖章事，内容相關，也當屬康熙十七年。平子，名吴晉，福建莆田人，生卒年不詳，事存周亮工《印人傳》卷三。平子善繪蘭，篆法初學莆田派，後有改變。其治印邊款多署「平子晉」名。簡内原欲鐫「藕漁」二字者，乃鐫贈嚴繩孫者，嚴别署藕蕩漁人。改篆「草堂」二字乃自用，草堂即後文之「茅屋」，又稱花間草堂。

第四簡云「來箋甚佳，乞惠我少許」。第五簡用暗花箋，且有「張氏」小印，殆即乞得者。第五簡有「夜來微雨西風，亦春來頭一次光景」，是作於十七年春。第四簡署「十月五日」，則爲頭年即康熙十六年之作。

第四簡、十二簡、二十二簡均談及見陽赴天津事，當同爲康熙十六年之作，且日期相近。

第十二、十三、十等三簡均言及三弟小像，也爲康熙十六年之作。

第二十二、二十七兩簡皆有邀奚彙升事，則第二十七簡也作於康熙十六年。

第七、第八兩簡稱「期」，可見作於盧氏去世之年，即康熙十六年。

第八、第九簡談日晷事，時日必近，第九簡也當作於康熙十六年。

第十六簡有「家大人扈駕往西山」語，檢《康熙起居注》康熙十八年之前，聖祖赴西山惟十七年五月一次，因知第十六簡作於康熙十七年。

第六簡有「入值」事，是任侍衛之後作，當在康熙十八年春。

三　關於致顧貞觀一簡

「祇以不對野王爲惆悵耳」一句，以顧野王代指收信人，判定此簡是寄給顧貞觀的，可以確切無疑。章藩，指章欽文；「藩」是布政使的别稱。《聖祖實録》康熙二十二年載，是年十月，陞江西按察使章欽文爲江寧布政使，簡必作於二十二年十月之後。「弟比日與漢槎共讀『蕭選』」，漢槎即吴兆騫。吴兆騫，康熙二十年冬入關，二十三年十月病故，則簡必作於康熙二十二年十月至二十三年十月之間。又從「杪夏新秋，準期握手」句看，非隔歲相約口氣，因而此簡當作於康熙二十三年春間。簡中提及的琴川沈姓女，爲江南女詞人沈宛。由顧貞觀作伐，沈宛於是年秋隨顧氏入京，性德旋納之爲妾。至於「鵜梨」，當爲性德列署。

四　關於致嚴繩孫五簡

性德與嚴繩孫相識，在康熙十二年。此後，繩孫曾數度回南（無錫），以康熙十五年四月離京，十七年夏北返，時日最久。

第一簡提到馬雲翎，馬雲翎卒於康熙十七年，簡必作於此年前。簡中又有「明年四月十七，算吾詠『正是去年今日別君時』也」句，知簡即作於與嚴氏分別的當年，即康熙十五年。簡末署「八月六日」，與簡中「別後光陰不覺四越月」語，皆與繩孫康熙十五年四月離京南歸相合。馬雲翎是年春到京應禮部試，仍不第，旋即南返。吳伯老，謂吳伯成，即吳興祚，時在無錫候職。趙聲伯，謂趙時揖，杭州人。

第二簡云：「茲於廿八日又扈東封之駕，錦帆南下，尚不知到天涯何處。」康熙二十三年九月二十八日聖祖南巡，自京師起程。簡中云「秋深始歸」，指扈從古北口近邊，至八月十五始歸事。此簡顯然祇能是康熙二十三年之作。簡又云「東巡返駕，計吾哥已到都亭」，則作簡之時，嚴氏當不在都。而實際上，康熙二十三年内，繩孫並未離開京師。檢《康熙起居注》，是年九月二十五日的起居注即由繩孫記録，與此簡署時祇隔一天。所以，此簡不是寄給嚴氏的。如果把這封信簡看作是寄給顧貞觀的，則處處合枘。是年春，性德已與顧氏約定「杪夏新秋，準期握手」，性德隨扈南下時，正是梁汾北上之期，簡中「乘輿南往，恐難北上，如尚未發棹，須由中州從陸」，即指此而言。所謂「天海風濤之人，未審可以晤對否」，仍是説沈宛之事。此簡爲南巡前一日致顧貞觀書，上海圖書館影本列爲致嚴繩孫簡，當爲誤置。另須説明，今學者張弘已率先發現並撰文指出了此簡「誤顧爲嚴」的錯誤，張弘文載《甘肅社會科學》一九九一年第三期，讀者可參讀。

第三簡尚難有所論述。張弘以爲作於康熙十六年七月，姑備一説。

第四簡稱「蓀友長兄足下」，爲寄嚴繩孫簡無疑。繩孫康熙十五年四月南還，十七年夏北返，此簡署時「十二月十五日」，簡的作期衹有康熙十五年、十六年兩種可能。康熙十七年正月，聖祖下徵博學鴻儒詔，但徵鴻博的消息則早在康熙十六年已傳出，嚴繩孫亦在必徵之列。繩孫原擬徜徉林泉，終老藕蕩，故簡中有「息影之計可能遂否」的問訊。康熙十七年，繩孫終被迫赴京應試，「吾哥明春北來則已」，即指此事。據此可判斷，這一簡當作於康熙十六年十二月十五日。華封，即顧貞觀，時正在都。顧氏已定年後南還，今存顧撰《飲水詞序》，署「康熙戊午（按爲十七年）又三月上巳，書於吴趨客舍」，可知康熙十七年閏三月華封已返回江南。簡云「華封在都，相得甚歡，一旦忽欲南去，令人幾日心悶」。「忽欲」二字，正是欲行尚未成行口氣。性德與顧貞觀「訂在明年八月間來都」，實際這一約定並未實現。據鄒升恒撰《梁汾公傳》：「己未詔舉博學鴻詞，修明史，有欲薦先生者，先生力辭。」梁汾康熙十七年未能進京，實與徵鴻博有關。爲避此事，梁汾乃遠走福建，做吴興祚門客，直至康熙十九年，方再次入都。伯成，即吴興祚，原任無錫縣令，康熙十四年陞福建按察使，但因閩亂發生，未能赴任，時在無錫候職。「身後事」，指吴在無錫時的積年賦額未清。新令韓君，指韓文琨，康熙十四年繼吴興祚任無錫縣令。邳仙，指秦松齡之堂弟秦松期（一六四〇——一七一五），字邳仙，號漆園，廪貢生。康熙十五年經廷試授蒙城縣學訓導，未就，所以手簡有「留滯京中，頗見不妥」語。後改授翰林院孔目，想來經容若援手。

關于第五簡的收簡人及日期，有兩種可能。一、寄嚴繩孫，作於康熙十三年。是年早春蓀友回南探家，晚秋返京，高士奇此年作《聞嚴蓀友至潞河》詩云：「郭外春寒別，天邊尺素稀。忽聞君北至，驚見雁南飛。」（見高氏《城北集》卷六）二、寄顧貞觀，作於康熙十七年。梁汾行履已具第四簡考訂中。前人編此件於寄蓀友簡，未悉有何確據。

五　關於致闕名簡和致顔光敏簡

致闕名簡字迹甚工，口吻亦恭謹，似致師長便函。

顔光敏，字修來，曲阜人。康熙二年進士，官吏部主事、郎中。康熙二十五年卒。顔光敏與性德交誼情況不詳。此簡見收於顔運生輯《顔氏家藏尺牘》（有道光海山仙館叢書本）卷三，且注明作者爲「成侍衛德」。案，《顔氏家藏尺牘》於收信人每略而不書，故此簡之收簡人未必爲顔光敏，亦可能爲光敏之兄顏光猷。光猷，字秩宗，康熙十二年進士，與性德會試同年。嘗以刑部郎中出守貴州安順府，似與簡中「翹首南天，益增悵望」語合。究竟爲伯爲仲，尚俟確考。